剜烂苹果·锐批评文丛　第二辑

牛学智　著

双重审视

作家出版社

牛学智

1973 年 8 月出生于宁夏西吉县，汉族，现任宁夏社科院文化研究所所长，研究员；致力于中国当代文学及文化研究；出版《话语构建与现象批判》《当代批评的众神肖像》《当代批评的本土话语审视》《文化现代性批评视野》等 10 部文学批评理论著作；在《文学评论》《文艺理论研究》等刊物发表学术论文 100 余篇，人大复印资料及《新华文摘》转载或摘编多次；主持国家及省部级哲学社会科学课题 5 项；入选宁夏哲学社会科学领域"领军人才"培养工程项目；荣获宁夏回族自治区人民政府特贴专家，宁夏宣传文化系统"四个一批"人才，宁夏文联"德艺双馨"文艺工作者等称号；曾获第二届"茅盾文学新人奖"，宁夏哲学社会科学优秀成果一等奖等奖项。

目　录

第二辑：叙事惯性批判（2007—2019）

附录：（2014—2019）

后　记／381

自 序

《双重审视》是我第十本文学批评著作。

之前的九本书，我分别研究过批评是什么，世纪之交的文学表情，批评家个案及批评的本土经验，文化现代性批评，社会分层与流行文学现象，等等。到了这本书，在零零散散写作的几年里，脑中萦绕不散的一个困惑是，批评与创作是不是共享着同一文化资源？如果是，有没有达成共识的可能？如果不是，导致它们之间分道扬镳的微妙之处在哪里？反复追究的过程，就是反复沉淀反思表达的过程。悄然间，盘点心路历程，不觉已是厚厚一沓儿稿纸。有的是思索有了初步结论但学界却依然聚讼纷纭的话题，有的是并无定论但认真记录求证的过程，有的是别人铿锵有力觉得不是问题的问题，有的是我认为无需耗费精力别人却连篇累牍抢占版面头条的知识。总而言之，写作过程一直面对着言人人殊的尴尬。话说回来，这种尴尬许多时候确是我思考的重要组成部分之一，自始至终，它充当了我的结构主义的重要元素。

研究当代文学多年，但当代文学及其理论批评的确不是我唯一的阅读对象，我主要的阅读对象是社会学、哲学文化学、政治经济学等，再加上本人一直身处基层社会，可以想见，一个由基层经验、知识、观念、话语、价值、情感、主题包裹着的主体，恐怕不是那么轻易能相信文学史或文学批评史结构流程的，更不会轻易相信转译的知识、搬运的故事、借来的眼光和顶替的衣冠的思想威力的。所以，所谓批评的问题和叙事惯性问题，在我看来，实则一体两面。无论探讨谁，都不能离开社会分层的现实及由此形成的社会分层语境。

而事实却是，文学创作走得太快，以至于脚步不免打飘，极端者飘过了基本社会现实的头顶，向更远的远方呼唤诗；文学批评也跟着急匆匆上路，决绝者眼里的批评只是一种知识技术操练，四平八稳地寻章摘句被认为是遵循行规，否则就是不务正业。

作为一个爱好学术的写作者，浸泡在如此氛围，说实在的，许多时候是一个字都写不出来。好在基层社会经验一再告知我，一个多半生侍弄土地的农民无论丰收还是歉收，之所以他都照常下地，不是他深沉地爱这土地，是因为下地已是他生命的形式本身。同样，我依然写出《双重审视》，思考并表达已然是我的生命形式本身。审视批评也好，批判叙事惯性也罢，我认为事情没有有些人想象得那么玄乎。两者的某些"根本"问题，并非缺乏创造理论的雄心和想象力贫乏，而是文本与现实之间总是两张皮状态。懒得下楼，于是想起叫方便的外卖；外卖哥逆行，又想起城市治理。文学及其批评与主体的关系正如此。好的基础建设，应该想到不断新生的事物；而不是遏制新生事物，才去建设基础设施。我的研究没什么新奇理论和新鲜名词，我主张的无非是，既然文学及其批评，本来是我们意义生活、价值生活之一部分，那么，我们就该在社会现实生活的深处来体验体味，并真诚地把我们的预期和最低限度的理想，作为矫正和清理一切芜杂、纷乱的基本依据。这时候，我们所在、将在的位置，不可能是古典主义施展拳脚的语境，也不可能是传统主义席卷一切的话语场，只能是现代性扎根未稳但必须扎根的地方。最切实最朴素的观照，就是把文学及其批评还原到现实结构中去，即使用老太婆扳着手指头算账的原始方法论证，哪些好哪些不好、哪些是妄说哪些是真言，也就清楚地呈现出来了，何用玄玄乎乎的造词或虚张声势的框架？

所以用"当前"来组织本书的系列文章，一则"当前"的确暴露了太多问题；二则我们在"当前"这个时间轴上，并没有处理好"接着说"的逻辑关系，也没有处理好"反着说"所依赖的理论观念与现实的关系问题。这就导致产生了太多"顺着说""跟着说"，以至于成为话语赘余。

当然，"当前"还有身边、周身、切身、近的意思，有把高深玄妙、鸿篇巨制、高头讲章，拉回到基层现实检验之意，用的仍然是实证分析法。不过，无论"当前"，还是"实证"，支持它的不是别的，是文化现代性即人的现代化尺度。这也正是我很少膨胀我的个人经验，也很少随意"拿来"别的主义的原因，因为衡量人是不是有尊严，是不是尊严地生活，得看当下我们到底做了什么，想了什么。如此，一切的清理，只能纳入"当前"并从"当前"说起，似乎才有意义。在审视批评问题时，我并没有把太多精力放到对域外理论观念的辨析上，而是格外关注中国本土典型性个体及其感知经验。在批判叙事惯性时，也并没有把太多时间交给隔山打虎式的经典对照阅读上，而是更加关注身边此时此地的涌动潮汐。原因就在于，域外理论观念自带着文化时差，经典文本自带着历史表情。稍有不慎，弄不好审视和批判，就成了另一形式的本本主义。为了有效克服这一难点，较理想的办法是确信典型个体及其文本对社会现实问题的提炼与凝聚，以此为契机，检验现代性被植入的水平和程度。当今这个时代，有一点与五四时期有点像，就是民间社会什么主义都在兴起，好像也都有市场，然而相比较，对人的现代化要求似乎更加迫切。而这个迫切的要求，的确也是最先被文学及其批评中的突出个体所感知和领悟、接受，审视和批判，最终也便指向了当代中国最敏感区域，包括以"拯救"的名义反着来的观念和形态，它们都是测试现代性扎根程度的 pH 试纸。即置身于观念、话语、价值、主题、情感的漩涡中心，也就免去了"转化"或"转换"的麻烦，只需审视与批判。

本书叫作《双重审视》，所谓审视，其另一含义当然是自审。一来夸夸其谈，表露点自恋，"见贤思齐焉，见不贤而内自省也"；二来"琐细隘俗务"，也算超脱一把，"翻检灵魂常自审，每临心海漫听潮"。

最后，有必要就小书的章节来源做点说明。本书中的全部内容，都曾在《当代作家评论》《小说评论》《南方文坛》《当代文坛》

《宁夏社会科学》《文艺评论》《文学自由谈》《百家评论》《文艺报》《光明日报》等刊物报纸发表过，感谢这些刊物报纸的编辑为小文的最终刊印所付出的辛勤劳动。

2020.2.4 银川

作者

第一辑：

批评问题审视
（2004—2019）

本辑的讨论对象主要是批评问题，批评问题包括宏微观及延伸问题。宏观问题包括批评的现代性、现实主义、现代主义、心灵叙事等；微观问题有与创作同步的批评现象、批评主体性、批评话语、批评空间、批评刊物及批评知识规定性等。该辑前五章是对批评宏观问题的分析，涉及李泽厚、雷达、路遥、毕飞宇等思想家、评论家和作家，围绕中国本土批评的现代性展开。现代性批评的思想渊源、本土经验与相关创作实践，比如现象化的现实主义、现代主义便取得了深层联系。没有现代主义文学的深刻介入，现实主义就不会摒弃现象化的弊端，现代性的文学体验也就只是一种方法。该辑第六至十二章从微观层面探讨伴随创作而生的批评现象、批评主体性、批评话语、批评空间与批评刊物等问题，是对宏观问题的具体化，希望在具体针对性中弄清批评的处境。该辑后三章则属于批评问题的论述延伸部分，触及《人民的名义》《灵与肉》等典型影视剧暴露的当前流行大众文化价值模式、审美趣味等等。其中包含有批评观念、批评价值趋向、批评视角等几乎所有可称为批评思想的元素。通过宏微观探讨可知，当前批评之所以问题丛生，重要原因是批评耽于对第二生活甚至流行趣味的盗用。一切追求同步，导致一切独立属性被取消。批评只好沦为对第二生活现场的赋形与卖力，无力谛听来自第一生活现场乃至创造性发现撬动新的时代变迁的话语方式及价值机制。

第一章 李泽厚的现代思想与今天现代性批评问题

一

李泽厚是二十世纪八十年代中国哲学思想界的风云人物，更是"青年导师"，也被后来的研究者誉为唯一建立了创造性思想体系的一位中国当代哲学家、思想家、美学家。对于这样一位人物，我个人的阅读及接受，的确经历了非常复杂甚至许多反复的过程。

第一个阶段是二十世纪八九十年代之交，初读他《美的历程》时，老实说，那时多半为了赶时髦，读得囫囵吞枣，只知其一不知其二。人们都在谈他说他论他，不读心里似乎过意不去，为着增添点谈资，也得弄两本他的著作置于案头，以示不落伍。然而，为年龄、知识、阅历所限，即便"美学热""文化热"炒得再厉害，本人就是觉得与己无关。非但如此，还觉得那些向壁务虚的口水唾沫挺没意思。一个初入职，又在偏远农村教小学课的小青年，拿着170元工资，最关心的事是如何进城、如何找个对象成家、如何涨点工资买双皮鞋等等，而不是当代文学往何处去、当代美学及其思想往何处去一类"国"字号大问题。就这么着，《美的历程》《美学四讲》一类苦涩读物，马上被《读者》《青年文摘》，至多《作家文摘》等刊物报纸代替了。它们作为枕边摆设，显得落落寡合。

第二阶段是二十世纪九十年代末期至新世纪第一个十年之间，李泽厚这三个汉字连同他的著作，开始悄悄从我书架消失，取而代之的是另一批人及其著述，比如吉登斯、鲍德里亚、泰勒、伊格尔顿、麦克卢汉等。甚至通过对后者的渐深了解，内心开始抵触这位风云人物及其思想，觉得他已过时，至少需要颠覆或批判地看待。

其中原委说来话长，简而言之，与大语境有关。在社会剧烈分层以及自私自利的个人主义泛滥的当前，关注社会尖锐问题要比四平八稳体验美更攸关。另外，他一直力倡的"开明专制"，确实歧义丛生，由此辐射到文学艺术美学，可想而知，其被误读、改造的负作用不能说不大。如此等等，相比较一些世界一流当代哲学社会学家，他似乎真过气了。

　　第三个阶段就是当下了。沉陷于当前文学文本和理论批评文本，无聊与日俱增，偶然机会，再读李泽厚皇皇几册对话，突然眼前一亮。目前炒得一塌糊涂的这个学那个主义，原来早被李泽厚谈过写过了，有些甚至都是他二十世纪七十年代已出版、发表文章的重要批判对象，如今类似方面的论述不过是低层次重复罢了。

　　有了这个基本背景再来重新体认和理解李泽厚，顿觉他的重要了。单从文学及理论批评的发展看，今天已经出现的现象，只不过是对二十甚至三十年前李泽厚预言的应验，这不仅让我吃惊，还倍感恐惧。说明在文学理论批评道路上的绝大多数从业者，均在有意无意生产正确的废话、制造貌美而实质陈旧破败的价值。顺便举一例，大家就能感受到废到什么程度、破败到什么地步了："我一直觉得好小说是生活赐予作者的一份特殊的礼物，是可遇而不可求的，它不仅要敏锐地触及生活现实的感知肌理，而且还要出离寻常，带有某种难以言说的神秘性和惊异感，能够让人产生无穷的回味。"

　　这是一位青年研究者对另一位青年小说家新长篇小说评说的打头话语，"好小说""生活赐予""生活现实""感知肌理""神秘感""惊异感""回味"等，均属于说了和没说一样的空词。既无具体指涉，又无明确对象，基本是些似是而非的个人好恶。既为个人好恶，古人、今人，外国人、中国人，白皮肤、黄皮肤、黑皮肤、棕色皮肤，以及老的、少的、男的、女的，富的、穷的、在上的、在下的，发达社会个体、落后社会个体，都会有，而且大体相同。可是，再怎么百科全书式，一部长篇小说不可能关顾如此全乎。这就构成了逻辑上的悖论，要么确有这般天书，要么评者在说胡话。

4

事实证明，情况只能是后者。情况还不止如此，细读这行文，感觉做研究罢，写小说也罢，其实是闭着眼睛自个儿与自个儿内心感受的玩耍，不单是"去政治化"，还是"去社会化"，几乎每一个用词每一句话，都与具体生存环境无关。放到十年前也行，放到二十年前也行，甚至放到《红楼梦》的评论上也行，空洞、抽象，再加上一些心理学词语和不管什么时候都差不多的感觉体会描述，大概就是他们需要的小说和研究了。这即是典型的废话，典型的说了等于没说，典型的不知所云，以及典型的文字赘疣。这一类所谓文学研究、文学批评，随便一抓一大把，充斥于大小版面，与同样水平的文学作品一起，相互鼓荡、相互忽悠，书写着并养活着时人的文学梦，既无自知之愧意也无自省之赧颜，推推搡搡、嘻嘻哈哈，弄得文学的天空乌烟瘴气。

我现在又开始喜欢李泽厚，原因之一就在于，要从根本上解决类似上例普遍性问题，就得首先从思想根基上重新认识今天这个时代和社会，才能再深一步认识各不同专业的既有行规与惯性。而要做到这一点，目前来看，只有李泽厚成体系的学说，才能满足。至于他思想学说内部的个别偏激与矛盾，的确也该认真审视和清理，这篇文章暂不涉及这一点。这里重点想就《二十世纪中国（大陆）文艺一瞥》中的一些文学研究或批评思想，看看当前乃至当代中国文学批评的现代性问题。

二

《二十世纪中国（大陆）文艺一瞥》是李泽厚《中国现代思想史论》[①]中的一章，全文四十八页约五万字，该章在其整个史论中占有重要而关键位置，起承上启下作用。

《中国现代思想史论》之所以是"史论"而不是通常意义的"专

---

① 李泽厚：《中国现代思想史论》，生活·读书·新知三联书店，2017。

"著"体例，李泽厚的考虑的确比较独特。他所谓的中国现代思想"史"，或者认为能构成中国现代思想"史"的材料，一言以蔽之，是围绕高层意识形态首肯、授意的"政治经济学"而产生，并充分进入且组成强势意识形态重要部分的思维方式和话语。这种综合的、讲求现实实效作用的思考，决定了进入他视野的思想材料并非纯粹学术意义的人物和纯学术的论述。这是"救亡压倒启蒙"及"转换性创造"这一议题放到"现代思想"首位的原因。所谓"转换性创造"，按他的阐释，"重要的是在树立现代个体人格的前提下，不是以理（社会）压情，也不是一味纵情破理，而是使理融化在情感中。只有这样，传统才能有转换的创造，并在这过程中得到继承和发扬"。所以，他的"转换"其实就是直到现在他仍然坚持着的"西体中用"，即中国式的社会主义现代化道路。[1]经过这样一番"思想"材料的判断和精简，接下来的章节便逻辑地是学术的"民族化形式"及其中国式情融于理的探讨。之所以他更看重青年毛泽东"通今"的经验理性和诸现代新儒家对中国社会的文化作用，是因为在他看来，即使是现在，经济发展问题仍然是首要问题，哲学观念、思想潮流和文化价值取向，始终是派生的和次要的。更重要的还在于，毛泽东深受颜元强调体力活动的自我修养、严复介绍的形式逻辑和近代经验论的方法论的影响：第一，西方传来的个人主义思想被中国原有的英雄主义思想在传统儒学的"立志""修身"及做"圣贤"的外罩下融化了；第二，重劳动、建信仰、立组织、讲刻苦的下层社会的观念、情感、习俗，与上层社会的文化修养、知识学问、高雅趣味融合在一起了。"中国上下层社会均保持的传统的实用（实践）理性精神，在这里展现的非常清楚。"[2]故而，"动力"的欲求、"贵我"的意志、"通今"的理性，三者相互渗透交织，结成了青年毛泽东以实用性的经验理性为其浪漫主义的自由意志服

---

[1] 李泽厚：《中国现代思想史论》，生活·读书·新知三联书店，2017，第46页。

[2] 李泽厚：《中国现代思想史论》，生活·读书·新知三联书店，2017，第146-147页。

务的英雄主义、浪漫主义哲学世界观的雏形。①这样的一种思想蓝图，即以永恒的追求作为这种生存动力的思想和信仰，以依靠现实经验作为实现此思想和信仰的步骤、手段和方法，不断地、自觉地与天、地、人奋斗，来取得事业的成功和最高度地"实现自我"的精神快乐，无疑为二十世纪五十至七十年代中国接受、选择、运用、发展马克思主义埋下了伏笔、规定了基本方向。

　　值得再次强调的是，李泽厚对青年毛泽东思想既有批判又有褒扬，但最终还是褒扬盖过了批判的论述基调，是与他今天通过一系列长篇对话企图完善他自己的思想体系密切相关的。简而言之，他反复申说的社会治理上的"两德伦"（"社会性道德"和"宗教性道德"）、政治哲学上的"开明专制"以及精神文化建构上一再推出的"情本体"等等，里面的确含有深切的"现代性"诉求，但他的"现代性"实在又难以摆脱个人英雄主义与人情关系学的"情融于理"的框架。如果从公德—私德的形式看，李泽厚的主张无疑更注重公德，而认为私德"最多"有范导的意义而已，这种重公德轻私德的观念和近代以来的道德论的主导取向是一致的。②结果，在他那里，本来是经济前提论的理论，不得不变异而成经济决定论。③前面说过，本章重点不在于清理李泽厚思想中的分裂与局限，如此这般的研究只能留待另文解决。这里还得回到他的现代思想史论来，单就他的这部现代思想史论看，所谓"通今"的经验理性，一旦与"现代性"取得结合而成的经验主义"现代性"思想，在今天语境而论，确与当时及现在的文化至上主义有了根本区别，也与诸如冯友兰《中国现代哲学史》④一类早成高校哲学教学知识范式的专著写作有着质的不同。冯著也有毛泽东一章，但题目是《毛泽东

---

①　李泽厚：《中国现代思想史论》，生活·读书·新知三联书店，2017，第144页。

②　陈来：《李泽厚的"两种道德论"述评》，《船山学刊》2017年第4期。

③　吕佳翼：《经济决定论还是经济前提论？——李泽厚历史哲学中的矛盾与断裂》，《黄冈职业技术学院学报》2016年第1期。

④　冯友兰：《中国现代哲学史》，生活·读书·新知三联书店，2009。

和中国现代革命》，该章论述最后涉及"社会主义阶段""极左思想阶段"和"空想共产主义与科学共产主义"。因此，冯的整个书写，中国现代哲学史实际更像一部中国现代社会改造史，或中国现代革命与社会改造史，所选传主及其思想观点，皆应在是否牵动了中国现代革命和中国现代社会改造层面来理解，民间声音和在野知识分子话语、诉求，包括集体无意识，均未曾得到正面考虑。冯哲学史的这一特点，最为李泽厚所警惕。这是为李泽厚所不齿的，事实也证明，李的三部"史论"（其他两部是《中国古代思想史论》《中国近代思想史论》），并未把冯著作为一个当然的前提来对待，毋宁说是直接离开冯著"我来说"的一部独立思想史。尽管如此，诚如李泽厚在皇皇四大本对话①中反复申明他的哲学是"吃饭哲学"那样，他在中国现代思想史论中虽意识到了"革命史""社会改造史"作为主要素材的思想史，总是减法式甚至偏激的，但"政治经济学"的认知惯性却不能一下子把他的审视目光沉入基层社会。再加之他总把占有过多资料说成是精力不足不愿"抄"。故而，现在他的"论"只能附着在他精心选择却又无法周详顾及民间社会的不尴不尬境地，难以从总体上实现他实际想要的现代思想论述水平。这也解释了他一直坚持思想学术研究也必须讲求"科学分析"的原因。其实"科学分析"在他或许只是高度认同已发生的"经验"和正在发生的"现实"的另一说法。如此，与李泽厚中国现代思想史论，构成呼应关系的倒是葛兆光的《中国思想史》②，包括导论《中国思想史：思想史的写法》、第一卷《中国思想史：七世纪前中国的知识、思想与信仰世界》和第二卷《中国思想史：七世纪至十九世纪中国的知识、思想与信仰》。

　　葛兆光不再以思想家个案来解构中国思想史的经纬，而是改为

8

---

① 《李泽厚对话集·八十年代》，中华书局，2014；《李泽厚对话集·九十年代》，中华书局，2015；《李泽厚对话集·廿一世纪（一）》，中华书局，2014；《李泽厚对话集·廿一世纪（二）》，中华书局，2014。当然还有其他几部对话集，笔者并未细读，此不罗列。

② 葛兆光：《中国思想史》，复旦大学出版社，2013。

以一般的知识、思想与信仰状态为重点。由此可见，他确实深受福柯"权力话语"理论的影响。我的不完全统计，直接引用福柯《知识考古学》《癫狂与文明》《规训与惩罚》《事物的秩序》等著作观点的多达四十多处。如果把引用的其他当代西方思想理论家如罗兰·巴特、利奥塔、海登·怀特等算进来，葛兆光真正凸显的其实是解构主义这一方法；另一方面，他本人实际上想在普通民众、一般读书人甚至大众的层面，来求证主流意识形态思想成果的能动作用。这样的一个视角选择，一些被专门著述突出过的思想家、精英知识分子观念，反而被日常生活的洪流湮没了；而并不被思想撰述在乎的集体无意识，有时候倒显出了思想的生命活力。读后的体会是，他一直在通过思想史梳理来突出最高认同的条件问题。政治、传媒、经济水平、日常生活方式、文学艺术、精英知识分子和大众，便构成了这部思想史实质性的结构线索：一条是自下而上的生成线索，先是从民间观念到"巫祝史宗"书写，再到彻底官方化，并通过官化形成社会主导性礼仪秩序；另一条是自上而下的政治认同线索，从介于庙堂与江湖之间的"巫祝史宗"话语，生产而成为制衡"皇权"的"天道"话语系统，再到民间社会的普遍性。在官方与半官方、官方与民间的消极的或积极的互动中，给今天再认识"古今转化"提供了莫大的想象空间。近代以前中国社会最高价值的良性循环、互动生成机制，在今天并不理想的存在，这给今天的"古今转化"出示了难题。当然，同时也启示我们得从另外角度切入和观察。天真的"古今转化"之所以甚嚣尘上，其实是在"回不去"的语境中安全地消费乌托邦般的古代社会，古代社会连续性的"道统"对当下的批评功能，反而被推到了价值断裂的现实外围，"古今转化"最为自圆其说的部分，恰好成了最没有介入力量的话语赘余。我虽未做过李著与葛著的对比研究，单就李泽厚《中国现代思想史论》来看，显而易见的事实是，葛兆光的确把李泽厚自觉意识到但未经正面详细处理的思想信息进行了充分突出和强化，这便是他对民间视野与官方意识形态的互证运用。

　　前面提到过，李泽厚的现代思想史论思想是属于"现代性"

的，但也许还要加个限定词"经验主义"才比较准确。经验主义现代性表达的是一个矛盾概念，一方面指李泽厚确实继承了"五四"启蒙思想衣钵，始终在强调思想启蒙；另一方面，他的启蒙仍然是"五四"时期、"五四"语境的启蒙，甚至许多时候是以丢掉他赖以区别于别人的"政治经济学"构想为代价而换取的。表现在他总是把已经打开的现代社会机制和现代文化体系的审视，收缩于对重要人物作用的分析与解释中。由于是经验主义的，作为方法论的"现代性"，在他那里一般是以宏观视野的面目出现，他对封建主义的批判，就暴露了这一点。当然这些论述本身十分精彩，可顺便举一例。在《试谈马克思主义在中国》的第四节《1976——　　》中，面对马克思主义已经被严重道德化却还要批判马克思主义的人道主义现实，他分析道："这就说明，为什么人道主义的理论、观点、思潮，尽管被大规模地批判，却受到广大知识分子以至社会的热烈欢迎，并且它能与经济改革同步，配合和支持着改革，把社会推向前进。因为它们是在继续清算'文化大革命'，是在继续与封建主义作斗争。这也很清楚，为什么批判者们尽管引经据典，大造声势，力加驳斥，证明马克思主义的确并不是人道主义，却始终应者寥寥。这些批判文章强调集体主义，反对个人主义，提倡伦理价值，呼唤献身革命等等，一切似乎都很正确，但这已是几十年来人们早已熟知的论调。"①封建主义的确是二十世纪八十年代文化思想界所共识的该清理的东西，李慎之甚至直接把"专制主义"②认定为中国文化传统③的本质，实在是一个意思，都表征了二十世纪八九十

---

① 李泽厚:《中国现代思想史论》，生活·读书·新知三联书店，2017，第 215 页。
② 李慎之:《中国文化传统与现代化——兼论中国的专制主义》，《战略与管理》2000 年第 4 期。
③ "文化传统"与"传统文化"属两个不同概念。传统文化是丰富的、复杂的、可以变动不居的；而文化传统应该是稳定的、恒久单一的，它应该是中国人几千年传承至今的最主要的心理习惯、思维定势。参见李慎之:《中国传统文化就是专制主义》，引自 : https ://bbs. sjtu.edu.cn/bbstcon, board, ProAndCon, reid, 1051336091.html。

年代之交广大知识分子"新启蒙"的基本表情和重要工作对象,李泽厚的《中国现代思想史论》即在这个大的思想框架里。可是,当市场经济进入到文化城镇化建设话语而存在时,岂不知封建主义早已途经了好多次的变异。这时候,它以相当隐蔽的身份镶嵌在几乎所有领域的细微纹理中了,封建主义当然已不再是李泽厚意义的封建主义了。如此思想情境谈论现代性,如果仍用宏大的视野,的确显得空疏、抽象,甚至还有照搬"五四"话语之嫌了。

正是在这个节骨眼处,《二十世纪中国(大陆)文艺一瞥》作为独立的一章,出现在《试谈马克思主义在中国》与《略论现代新儒家》之间,着实弥合了李泽厚并不完备的现代性思想论述,也同时助推他的思想走向了相对成熟而彻底的现代。有了这一章,《中国现代思想史论》的现代性自觉水平得到了更高境界的提升。不仅如此,还填补了中国思想史①写作上的一个空白。其作用,简而言之,昭示了文学理论批评如何从整体思维上实现现代性的一个方法论启示。仔细琢磨其行文、其口气,对于文学批评的这个收获,实非李泽厚本人所有意为之。即便这样,仅此一端,纵观成批生产的中国现当代文学研究、理论批评著作、论文,若以自觉的现代性思想诉求来衡量,好像还鲜有李泽厚"一瞥"那样给人饱满、丰沛感觉的。

三

李泽厚是这样解释"一瞥"的,他说,"之所以要从思想史'瞥'一下文艺者,在于文艺能表达非思辨、理论、学说、主张所可表述

---

① 葛兆光的《中国思想史》无疑是民间视角写作的典型代表之一,在整理考古成果、归纳民间信仰知识、梳理一般社会文化思想以及文学化语言的劲道运用等方面,恐怕很少有出其右者。但该思想史却唯独非常漠视文学的力量。冯友兰的《中国现代哲学史》亦复如此,这与包括罗素《西方哲学史》在内的其他西方哲学思想史总会给文学及其理论批评以相应分量的传统,是很不一样的。

之心态故也。理论、思想是逻辑思维，文艺是形象思维。形象思维的特征之一，就在于它大于思维。从大于思维中又恰好可以看到中国近现代思维的某些要点"①。又说，"既然是从思想史角度而并非从文艺史或美学角度来看中国近现代文艺，本文所拟记录涉及的，便只是通过文艺创作者的心态，以观察所展现的近现代中国所经历的思想的逻辑，即由心灵的历程所折射出来的时代的历程。在现代中国，文艺（又特别是文学）一直扮演着敏感神经的角色"②。

　　这就清楚了，他的"文艺一瞥"又确是为着现代思想史的补白，是站在"现代"门槛对中国近现代之交文学所折射的知识分子普遍内心迹象的概括与透视，是一种企图从整体上把握时代更迭过程中，文学情感模式与形象思维方式进入"现代"的特征而来。全文由"转换预告""开放心灵""创造模式""走进农村""接受模式"和"多元取向"构成，现代思想收束于孔门"内圣之学"，悬置了"外王之学"。其所以如此，他的分析的确独到，"'外王'，在今天看来，当然不仅是政治，而是整个人类的物质生活和现实生存，它首先有科技、生产、经济方面的问题；'内圣'也不仅是道德，它包括整个文化心理结构，包括艺术、审美等等。因之，原始儒学和宋明理学由'内圣'决定'外王'的格局便应打破，而另起炉灶。第二，现代新儒家是站在儒学传统的立场上吸收外来的东西以新面貌，是否可以反过来以外来的现代化的东西为动力和躯体，来创造性地转换传统以一新耳目呢？"③既然"内圣"边界被撑开，"外王"幻想被粉碎，那么，这样的语境只能是近现代之交的中国社会。不过，这一切都是李泽厚的判断，而并非那个时候文学的表现。那个时候文学恰好表现的是极端的道德激情和以死来换取生的意义，准

① 李泽厚：《中国现代思想史论》，生活·读书·新知三联书店，2017，第 221 页。
② 李泽厚：《中国现代思想史论》，生活·读书·新知三联书店，2017，第 221 页。
③ 李泽厚：《中国现代思想史论》，生活·读书·新知三联书店，2017，第 332 页。

确说，是有点义士行为的"良知"。这个东西虽不见得中国亘古就有，起码也是中国文学的一个传统，一直这么表达道德担当，近现代这么表达又有什么奇怪呢？

限于篇幅，下面略举"转换预告"与"多元取向"中的一些细节，来看李泽厚的"文艺一瞥"到底对当前中国文学批评有何启示。

在"一瞥"中，李泽厚挨个点评完至今我们在文学学科规定性中都认为很有批判锋芒很有个性很有良知很有道德感的近现代英豪、作家、知识分子的古体诗词、长篇小说、学术等后，他写道，"但在心态、情感上却并没有真正的新东西。他们没有新的世界观和新的人生—宇宙理想，来作为基础进入情感和形象思维，而旧的儒家道家等等又已经失去灵光。因此，尽管他们揭露、谴责、嘲骂，却并不能给人以新的情感和动力。这就是晚清小说之所以失败的重要原因"①。

研究晚清及晚清与现代文学比较的著述可谓汗牛充栋，然读完后过眼云烟，留下的思想冲击不大。唯独李泽厚的这个感知、判断，给人以很大触动。原因大概在于，他从整体上弄清楚了暧昧时代文学思想深层的分水岭。我们习惯用的人道主义话语、莫名其妙的忧患意识、似是而非的道德伦理感喟，以及口头禅、顺口溜似的"真实性""批判性""犀利""尖锐"乃至"人性""诗意""温暖"等等，如果不具体包含时代性、人性特点，不是在观念更新层面上来说的，那就仍然是空洞的能指，犹如道士所画自欺欺人的护身符，不能从根本上揭示出现时代人们为什么需要和何以需要文学这个朴素的道理。

正是在这一层面，李泽厚甩开了包括林纾在内在一批学者、作家可能字字珠玑，但总归丢不掉"儒道互补"或"据于儒，依于老，逃于禅""儒治世，道治身，佛治心"的作品，选择了"转换预告"的苏曼殊。苏曼殊小说及诗创作的特殊性不再是那时候一般文学表

13

---

① 李泽厚：《中国现代思想史论》，生活·读书·新知三联书店，2017，第224页。

达所倾向的理性主义即抗拒资本主义异化，反抗理性主义即投向中国传统的实用理性，而是即使"逃于禅"也已经渗入了新的"思想情感方式"，且超出了"儒道互补"旧有模式的品质。李泽厚的三个问句，表达的感知便是苏曼殊短诗与小说对"由来已久"文学标准的挑战。他摘抄了苏小说《焚剑记》"也并没有什么特殊"的结尾段落后发问道，不就是漂亮绝句和婉丽的言情小说吗？如此普通复普通的感情为什么会被当年青年们那样激赏？只是由于"优美婉丽""缠绵凄楚"吗？他的结论是"似乎都不是"。苏曼殊小说和短诗的主题无非是死与爱，但"苏曼殊描述的爱情已不复是《聊斋》里的爱情，也不再是《牡丹亭》《红楼梦》里的爱情，当然更不是《恨海》里的爱情"①。究竟是什么爱以及爱中又内涵了什么呢？作为思想家，作为撰写现代思想史的作者，他总是着眼于大处来看问题，不会仅以个体来谈个体、仅以个体生命感知来谈生死与爱恨，那样的话，苏曼殊文学不就与林纾、林觉民，甚至《官场现形记》《文明小史》《二十年目睹之怪现状》等等一样了？这里便关系到李与苏是否具有同等感知体验的问题。苏文学的特殊之处，恰好是李理论直觉到的东西。这与通常的文学评论家的感知真是不大一样。文学评论家围绕生死与爱恨，可能也用个体、孤独、寂寞，甚至还会不惜笔墨一股脑儿把淡定、宁静、安详等等表达个体内心遭遇挫折时的所有形容词、相反相悖的词都堆上去，以示个体内心世界的丰富与复杂。然而仅限于文学学科规定性的术语、概念，其思想半径也许并未超出既有文学理论惯例多远，到头来结果却只是一个个案，无法上升到时代的普遍性感知。李泽厚对这些热词的重新打理，呈现的是很容易被文学评论模糊乃至于取消的现代性批评方式。

第一，他看出了个体的自觉与发展，但这个自觉与发展却又不能自外于个体而释解，只能反身面向个体内在性世界，表明了时代语境已提供了个体摆脱依附而独立的发展信息，个体作为个体被建

---

① 李泽厚：《中国现代思想史论》，生活·读书·新知三联书店，2017，第229页。

构，首先需要个体觉醒的精神诉求来支持。他说苏曼殊也曾经热衷于"革命加恋爱"，后来"行云流水一孤僧"所反思的爱与死，却是在世俗故事中企求超脱，即他似乎在寻求超越爱与死的本体真如世界。"而这个真如本体却又实际只存在于这个世俗的情爱生死之中。正因为这样，苏作在情调凄凉、滋味苦涩中，传出了近现代人才具有的那种个体主义的人生孤独感与宇宙苍茫感。"①这里的人生孤独感与宇宙苍茫感，只有在传统与现代、依附与独立被清晰感知时，才是有确指意义的。一旦离开了近现代转折点，恐怕都只能算是复制与照搬，谈不上文学敏感神经的思想原创性。无独有偶，随便百度一堆现如今的文学批评文章，大有离开了这些词不会说话、说了感觉不个体的架势。毕竟，李泽厚论评苏曼殊的时间距今已经三十多年了，暂不说现实情境变化大不大，单是个体的内心状态，恐怕也不复是苏曼殊等人率先感知到的那样了，更遑论在今天仍用同样的词语表达完全不同的批评对象了。这可以衡量今天以个体内心做文章的批评，究竟匍匐在怎样一个层次了。

　　第二，他意识到了苏作情感模式的别样，不再是纸上无边无际的喟叹，亦不再是既定道德伦理规范下个体走投无路的破罐子破摔或无所畏惧的放纵，是冥冥当中指向外部力量的挣扎。犹如黑格尔所说的，"内在的"必然由"外在的"来完成，否则主体就不完整。主体作为整体，"不只是内在的，而且要在外在的之中，并且通过外在的，来实现这内在的"②。李泽厚说，苏作尽管谈不上在人物塑造、情节建构上的艺术圆熟，但他把男女的浪漫情爱和个体孤独，提升为参悟那永恒的真如本体的心态高度，已不是中国传统的伦常感情（如悼亡）、佛学观念（色空）或庄子逍遥，是"他这身世愁家国恨之中打破了传统心理的大团圆，留下了似乎无可补偿无可挽回的残缺和遗憾，这是苦涩的清新所带来的近现代中国的黎明

15

---

① 李泽厚:《中国现代思想史论》，生活・读书・新知三联书店，2017，第229页。

② ［德］黑格尔:《美学》（第一卷），朱光潜译，商务印书馆，1979，第124页。

时期的某种预告"①。如果沉溺于既有文学评论的思维惯性和话语表达惯例，个体精神世界所表征出来的无可补偿无可挽回情绪，恐怕很容易定位成欲望及潜意识的不得圆满。同样是残缺和遗憾的感情，前者是一种普遍性，后者仅是个例；是普遍性就一定联系着广阔外部世界，是个例只能是患得患失、自私自利的个人主义感伤。联系外部世界，个体就成为了思想航标，突破了前所未有之情感模式；收缩为仅为个体所有，便徒有模拟亘古以来道德情绪，是因袭之伦理诉求。今天新型城镇化（文化城镇化）导致的剧烈社会分层，包括分层社会内部个体的挫败感、撕裂感、不确定性，属于社会结构本身的问题，即是说个体想要什么是清楚的。定然不同于苏作已经叙事的传统稳定性的将倾被个体所意识到，但去向不清楚，处在前不见村后不着店的思想迷茫中，体现的是个体能否成为个体以及多大程度成为个体仍处在半明不明状态。虽然都是现代性不足或缺席的问题，但一个微观一个宏观，一个具体一个抽象，甚至一个明确一个暧昧，能一样吗？

第三，李泽厚认为苏作只是一种"预告"。预告者，开端之谓也。但能以个体为时代开端者，确需必要的现实依据来支持，否则，就不是开端，而是个性了。这就涉及如何于成批量生产的日常生活文学中，理解论评、解读、命名、分析文学的日常生活话语的问题了。弄不好就成了没完没了的复制和重复，极端者，把《红楼梦》《金瓶梅》的评论话语原版原样移植上去，不但浑然不觉还可能当作经典来示人。李泽厚也用感伤、忧郁、哀痛等词语，来表述他对苏作远离现实斗争的浪漫小事和爱情故事的感受，他也用"个体的体验"这样一个今天的流行语，来说明苏作"四顾侵冷"的感染力效果。但他的限定语境始终是"新旧时代在开始纠缠交替的心态"和"现实仍在极不清晰的黑暗氛围"。前者是主体感知体验，后者是混蒙不清的社会现实，一主一客，互为表里，符合它的只能

---

① 李泽厚：《中国现代思想史论》，生活·读书·新知三联书店，2017，第229页。

是"五四"前夜，不可能是"五四"之前"稳定"的道德良知，也不可能是之后睛明单纯的"革命加恋爱"。然而与当前类似评论话语及思维方式一对照，当个体化、内在性越是集中越是不约而同之时，就知道这种批评其实已经相当滞后而同质化了。别的不说，单是时代语境而言，实在风马牛不相及了。这不是说在今天文学不能个人主义，而是说用以表达个体内心世界的感伤、忧郁、哀痛等，不再是类似苏曼殊那样宏观的、莫可名状的状态，应该是具体人在具体现代社会、具体现代文化氛围中对具体现代机制及价值的诉求，是确知的、有明确指向的，不是不清晰的、黑暗氛围中的，因此是方法论层面的文化现代性，而不复是作为视野和理念的抽象现代性概念，这是与此时个体自觉程度普遍比较高息息相关的。如果今天的批评依然反复誊写"预告"阶段的话语，只说明批评太粗糙，没能体察到当前语境中个体的集体无意识思想能量，这远不是皈依传统文化、新国学那么简单。

仅以上三点对照可推知，今天批评的整体水准，的确偏低了点。同样受惠于个体本位的价值期许，但重复的乃是"五四"前夜及"五四"时期的个体心态；同样是借重个体主义，但是收缩了向外探索眼光的自私自利的个人主义；同样是企图通过个体把感知体验推向普遍性的思想努力，但当此意图寄存在无数大同小异身份认同时，书写的仅仅是分层内部的小小共鸣——里面有自得其满、有自恋自娱、有自戕自残，更有自我存在感，就是少有自我拷问、自我审视、自我超越。这种无限分解下去的"自我"，只能是西方"现代性"向"第二现代性"过渡时期出现的文化糟粕，却不是发展的个体化及相伴而生的成熟个体主义。这里的个体，实际与关于个人的传统定义是相吻合的，即个人总是服从于更大的集体，不论那个集体是指家庭、祖先还是民族国家。其结果是，中国个体化的核心是个体与国家之间关系的变迁，而不是西欧那样的个人与社会关系的范畴转型。[①]为之赋形并依附其上的文学，就很难说比苏曼殊时

17

---

① 阎云翔：《中国社会的个体化》，陆洋等译，上海译文出版社，2016，第342—343页。

代进步了，理论批评亦很难说比阐释苏曼殊时代文学的李泽厚进步了。

跨过"开放心灵""创造模式""走进农村""接受模式"，再到"多元取向"。在"多元取向"一节中，李泽厚喜欢的中国当代文学，不过两类。一类是承接"五四"思想气质的舒婷、北岛等人的诗歌。他把朦胧诗激赞为"新时期的第一只春燕"，"它们最先喊出了积压已久的酸甜苦辣和百感交集"①。感伤、忧郁和迷茫，是那么的温柔；愤慨、否定和呼喊，完全不同于郭沫若《女神》《向太阳》那样的稚气和单纯，充满了更多的人生思索和命运疑问。表明中国新一代知识者的"思想情感方式"熬炼了过多的苦难，比任何其他一代都更顽强、深沉和成熟了。②另一类是《你别无选择》（刘索拉）、《无主题变奏》（徐星）等现代派文学。继张贤亮《绿化树》"在灵魂净化中追求人生"之后，这类在认定人生荒诞中探寻意义的小说，在李泽厚的嬉笑调侃中被赋予了更重的思想功能，一切是虚无，连虚无也虚无，于是像 Sisyphus 徒劳无益，却仍然必须艰难生活着，整个人生便是这样。人不去自杀，就得活，"活就得吃饭、睡觉、性交、工作、游玩……嘲弄这个生活，嘲弄你自己，嘲弄一切好的、坏的、生的、死的、欢乐、悲伤、有聊、无聊……这就是一切。一切就是荒诞，荒诞就是一切"③。

大概后来修订《中国现代思想史论》时，他也了解了一些新的文学作品，连同前者一同被归纳为两种文学现象。认为一些作品是以其艺术性审美性，装修着人类心灵千百年；另一些则以其思想性鼓动性，在当代及后世起重要的社会作用。在前者追求审美流传因而追求创作永垂不朽的"小"作品中，他或许并未看到犹如荒诞现

---

① 李泽厚：《中国现代思想史论》，生活·读书·新知三联书店，2017，第 272 页。

② 李泽厚：《中国现代思想史论》，生活·读书·新知三联书店，2017，第 275 页。

③ 李泽厚：《中国现代思想史论》，生活·读书·新知三联书店，2017，第 277 页。

代派文学那样的无情戏谑和肆意反讽之故,因此,在"多元取向"中,他把赞成票投给了现实主义文学,理由只有一条,尽管粗拙却当下能震撼人心,"容易看,又并不失其深刻"①。

四

多种风格、多种流派都要发展都有存在的道理,这是李泽厚"一瞥"中论评中国现当代文学的总底盘。但作为思想期待,他的尺度也很执拗,即是启蒙传统的和自觉现代性追求的。这正是他基于对当前中国思想思潮正确判断的前提下提出的,在其《李泽厚对话集·廿一世纪(二)》中就表达了他的如许心声。在被问到怎么看待自由主义和新左派时,他说他是历史主义者,不同意一些自由派认为现代化就是美国化;赞成当年新左派提出中国走自己的路,但不赞成十年来他们要走自己的路是照搬西方的"后现代、后殖民主义、文化相对主义",以及后来又和新儒家、新国学结盟而"高唱民族主义"。他说,当民族主义和儒家最优、传统万岁、"中国龙主宰世界"的民族主义一相结合,其中包括新老左派、后现代与前现代的合流,假如变成主导的意识形态,便非常危险,它将对外发动战争,对内厉行专制。②在问到"中国需要什么样的现代性"和"中国是否还需要启蒙"的问题时,李泽厚的态度也很肯定,他说"中国要搞自己的现代性,但不是'反现代的现代性',而是建立在现代化基础上的既吸收、继承启蒙理性、普世价值,而又融入中国传统元素(如'情本体')的现代性。不能因为现代化暴露出的

19

---

① 李泽厚:《中国现代思想史论》,生活·读书·新知三联书店,2017,第 279 页。

② 《警惕民族主义与民粹主义合流》,原载《东方早报》2010 年 10 月 24 日;见李泽厚:《中国现代思想史论》,生活·读书·新知三联书店,2017,第 82—83 页。

问题而否定现代化、否定全球化、否定启蒙理性和普世价值"①。鉴于上面对民粹主义与民族主义合流的警惕，他认为当前中国很多地方其实是"封建特色的资本主义"，有些人把已经启蒙的东西再"蒙"起来。因此，现在不但要反"蒙启"，还要反封建。反"蒙启"就是启蒙，反封建就是启蒙。②

当然这仅是对他关于当前中国思想思潮走向重要观点的梳理，不可能过多抄录他的详细论述。在大体脉络中可以看出，李泽厚的现代性思想的确仍是对"五四"启蒙思想的宏观接续，即是说是二十世纪八十年代的"新启蒙"气质和氛围，还不属于微观到具体现代社会机制建立、现代文化体系构筑的文化现代性。即使是这样，诚如前所提及其"文艺一瞥"中的批评观念、话语、思维方式、情感体验模式那样，夸张一点说，恐怕已经大大超过了现如今大多数文学批评写作者的现代性认识水平了。那种把文化传统主义说成"中国自己现代性"的和把自私自利个人主义自我确认为"个体主义"的批评价值趋向，以及总以个体为本位但诉求视野却并未超出私欲得失的心态主义批评，非但与"文艺一瞥"相差天壤，而且可能正是今天文学中的"蒙启"。中国现当代文学研究、批评中的这种现象，的确早已普遍地出现了，只不过它们的出现悄无声息，甚至还有点温水煮蛙的性质，夹杂在来势汹汹的经济主义浪潮中，反而被许多业内业外人士认为这才是回归文学，以及认为文学及研究就应该边缘化，还认为这没什么不正常的。非但如此，还进一步振振有词地辩解说，如果文学及其研究仍像二十世纪八十年代那样热闹，证明我们的社会有病、出了问题。站在"经济建设"的角度，似乎有道理，毕竟率先解决吃饭和吃饱饭吃好饭的问题比饿着

---

① 《需要什么样的现代性？》，原载《财经》2010年第24期，见李泽厚：《中国现代思想史论》，生活·读书·新知三联书店，2017，第118—122页。

② 《当下中国还是需要启蒙》，原载《新京报》2010年11月22日，见李泽厚：《中国现代思想史论》，生活·读书·新知三联书店，2017，第97—110页。

肚子、吃着粗粮、随便糊弄着吃点饭食去体验文学及其研究中的价值、意义、思想要现实得多、迫切得多。但是换个角度想，物质追求与文化境界提高并不矛盾呀！同步发展也并无冲突呀！认为有矛盾有冲突的是人的观念。确切地说，是中国社会普遍的一种不成熟现代性思想在作祟，人文知识分子扶摇不定、跟风附丽的思想形象便可见一斑了。由此而推知，这也是表征我们的现代社会机制、现代文化体系以及人的现代化（文化现代性）不能一以贯之而达到建构的晴雨表。已故教授、中国现当代文学资深研究专家王富仁的一段心灵体悟，说出了其中的幽微。在给黄曼君《现代化与中国 20 世纪文学》一书的序言中他写到，二十世纪八十年代，国家的政治方针是"改革、开放"，社会上的潮流是告别"文化大革命"，社会意识形态的关键词是"现代性"，与之相呼应的文化和文学研究学科是中国现代文化和文学研究，所以中国现代文学研究那时颇"火"了一把；二十世纪九十年代，国家的政治方针是经济改革，社会上的潮流是下海经商，社会意识形态的关键词是"后现代"，与之相呼应的文化和文学研究学科是中国当代文化和文学研究，"现代性"开始受到质疑，中国现代文学研究也失去了龙头老大的地位；二十一世纪第一个十年，国家的政治方针在新建立起的"崛起的大国"观念的基础上得到调整，经济上的潮流是炒股、买房子，文化上的潮流是"国粹热""国学热""儒学热"，社会意识形态的关键词是"中国模式""民族性"，与之相呼应的文化和文学研究学科是中国古代文化和文学研究，"现代性"受到相当普遍的质疑，中国现代文学研究也被严重边缘化。[①] 兜了一大圈，又回到了原点，的确只适合与二十世纪八十年代中国现代文学现代性批评来对照。

面对如此这般的文学批评现状，我想，再怎么重三叠四"文本细读""贴着文本走""接地气"，或者对当前作家作品再怎么奋力"历史化""经典化""世界化"，如果不以朴素的办法丈量出自己

---

① 王富仁：《现代化与中国 20 世纪文学》序一，见黄曼君：《现代化与中国 20 世纪文学》，高等教育出版社，2013，第 1 页。

的思想位置，声音再高恐怕也不会太有效果。这是我选择李泽厚写于三十多年前的《二十世纪中国（大陆）文艺一瞥》作为参照的首要考虑。至于语境是否对位、诊断是否准确、表述是否清楚等等，我只能说出我的感受，愿以此章的任何问题，就教于方家。

当然深究今天主流的或重要的批评的背后原因，不能说与我们文化长期养成的那种个人经验的、真实性的"宏观思维"及其"宏观批评"无关。接下来，通过文学评论家雷达的分析，或许能解释这个问题。

第二章　雷达的现实经验与今天
"宏观批评"问题

一

研究文学批评，常常会遭遇分类。

研究文学批评的人通常习惯性地把文学批评分为作协派与学院派并加以批判，得出褒此贬彼或贬此扬彼的结论。这种以作者工作身份和行文习惯划分的做法，其实是很粗糙很偷懒的，不可能触及文学批评的实质问题。因此而产生的对文学批评本身的分歧，也就反而好像只是个人喜好问题了。事实是，不管谁，文学批评的工作对象却是不变的，它面对的一直是文学创作、文化价值、社会现实和思想诉求。离开这几样东西，无论批评文章写得再怎么有趣好读，应该说都不能算是对文学批评的实质性建树。在这几样东西中，细加琢磨可知，无论哪一项东西又好像不得不在不变中求变化而得生命力。比如文学创作，读李白的文本，我们得出浪漫主义气质，但李白的浪漫主义是屈原的吗？是北岛或者欧阳江河的吗？肯定不是。读莫言的小说文本，也很容易得出魔幻现实主义元素的结论，但究竟不是《百年孤独》的，更不是《喧哗与骚动》的。所以看起来静止的文本，变化其实是它的立命之本。推动不同时代相似创作方法变化的，并不单是作者的经历、经验和思想境界，而是还有该时代突出而普遍的文化价值诉求和社会现实状态，这是导致同中有异，且异占主体的根本原因。而这个"异"又只能是不同主体运用不同个性理解对普遍性或深或浅的审视和批判，不可能是止于个性且仅仅是对个性的叙述或叙事。这一本质属性，才是文学离不开一个时代政治经济学、社会学、人类民俗学，却又毅然决然区别

23

于它们而成为审美意识形态的特点。同理，文学批评如果不是在这方面自觉用力，那么，文学批评或许仍然理直气壮存在、生产、繁殖，但它并不具备最低限度进一步讨论、发展的条件，充其量是李泽厚所说的只为"装修着人类心灵千百年"追求审美流传因而追求创作永垂不朽的"小"作品[①]而做的阐释、图解工作，连时代烙印都很模糊，哪来思想？

作协派批评有宏观批评，学院派批评也有宏观批评，同为宏观，区别孰高孰低是毫无意义的。有意义值得区别的是哪种宏观是由最显著的文化价值和社会现实状况所推动，进而突出于该价值与该现实。

雷达的文学批评实践几乎贯穿于整个新时期以来中国文学创作与批评，并且是最前沿观照与审视，这一点是许多雷达研究者的共识；雷达文学批评的最大特点是直观现场的和注重主潮起伏的，这一点也被大多数雷达研究者所认同。类似方面的论述及观点，我在《文学主潮论与"时代主体"探寻：雷达的文学批评世界》[②]和《呼唤文学评论的"师友"雷达先生》[③]两文中，均有详细分析，此不再赘言。2008 年到 2018 年整整十年，我也跟踪阅读雷达十年，在这期间，不同的心境，阅读感受确有过细微的不同，但对他文学批评总的感知却始终未变。这从一个侧面说明雷达有其相对稳定的观察文学的价值支点，也有其相对独立的论述文学的价值参照和话语方式。特别是他生前出版的最后一部批评集《雷达观潮》[④]，更是如此。书中第一辑"脉动与症候"中的十七篇文章，基本都是 2015 年前后他在《文艺报》所开专栏"雷达观潮"中的系列文章。这些文章在保持他原先宏观思潮现象论述的基本格调基础上，在话语的尖锐程度、价值判断的明确性上，更进了一步，因此是可以单独拎

---

① 李泽厚：《中国现代思想史论》，生活·读书·新知三联书店，2008，第 279 页。
② 《小说评论》2008 年第 4 期。
③ 《黄河文学》2018 年第 4 期。
④ 雷达：《雷达观潮》，人民文学出版社，2018。

出来研究的批评现象，其或许已经触及了当前中国文学批评的最棘手问题。

二

　　许多指责文学批评的文章，有时候显得非常"高大上"，仿佛一旦触碰世俗问题，文章便会降格，以至于作者也就随之堕落了，如此思维"禁忌"其实正好把批评文本与批评主体弄得水是水油是油两张皮，甚至分裂错位，有意遮掩了最切实问题。雷达的宏观批评则不是这样。他从最实际最世俗的层面来谈问题，尤其是他生前最后写下的这些文章，可以说，就是冲着戳破大家都心知肚明却又不屑靠近的那个五彩气泡而来的。比如在《文学批评的"过剩"与"不足"》一文中，他有一个朴素的看法是这样的，他说，研究队伍的庞大与研究对象的单薄之间存在明显不平衡现象，"当代文学的研究者队伍可谓庞大，包括教师、学生，再加上协会的、科研机构的，人数可想而知。他们要晋升职称，要毕业，要出学术成果，要拿基金项目，要获社科奖，都离不开写论文、发论文，而作家作品研究这一块就很重要，于是研究对象也就集中在十几个'一线作家'身上，像莫言、贾平凹、王蒙或者张爱玲甚至胡兰成，都变成'唐僧肉'了，研究他们的论文加起来，恐怕比他们本人的著作要多出十倍百倍。对作家本人来说，这无疑是好事；但是不管多么伟大的作家，再有深度，也经不住这样地反复挖掘"①。还比如批评的同质化，他说，"有些论题相对固化，隔几年就会转圈儿似的重新讨论一回，例如振兴文艺评论问题，市场化与社会效益的问题，深入生活的问题，城市文学问题，底层叙述问题，等等，不一而足"②。《面对文体与思潮的错

----

① 原载《文艺报》2015年10月12日；见《雷达观潮》，第71页。
② 原载《文艺报》2015年10月12日；见《雷达观潮》，第70—71页。

位》中，他借着评论家与读者对《平凡的世界》截然不同的态度，进而推而广之得出结论认为，评论家总是习惯于从文学史、社会思潮、创作方法和文学的思想艺术背景来考虑和评价作品，从而形成一种"专业眼光"，评论家正是如此"专业"地对待《平凡的世界》的，也因此在当时那个观念革命，先锋突起，大力借鉴和实验西方现代主义文学方法的热潮中，"突然遇到这么一部面貌颇为传统的现实主义作品，评价怎么会高呢？"[①]可是读者则不然，特别是普通社会读者，他们很少从文学思潮或方法革新的角度审视作品，他们不看重标签，却看重作品与他们的生活、命运、心灵体验有多少沟通和感应，能否引起他们的共鸣和震撼。[②]还比如在《文学与社会新闻的纠缠及开解》一文中，通过贾平凹《带灯》和余华《第七天》等作家作品中对新闻素材用得好但相比较再好的新闻素材毕竟很容易"事过而境迁"得出结论认为，小说思想的魅力其实只能在情感深处打捞才接近事物本质。[③]当多数批评者非常受用"代际"带来的研究便利时，雷达却指出了"代际研究"的三大致命误区，一是"代际""行规"下，所有的研究不过是关于作家年龄与文学题材的社会学调查报告而已；二是阻断了作者对生活本身的整体性、广阔性的拥抱和全方位的体验，过于注重文化身份认同，不敢突破方格子里的定位；三是助长了每一代作家的"溺爱需求"和"自恋情结"，强化了"抱团取暖"的依赖心理。[④]

以上所列雷达笔下的诸种最实际最世俗的批评现象，归纳来说，包括批评者的职称需要、发表热点、教科书思维、跟风趋利风气和自我确认等等，经雷达这么一聚焦，读起来问题好像非常清楚了。但在实际的批评研究中，这些看起来显而易见的问题和现象，其实并不那么容易引起人们的注意。非但如此，多数时候

---

① 原载《文艺报》2015 年 5 月 22 日；见《雷达观潮》，第 40 页。
② 原载《文艺报》2015 年 5 月 22 日；见《雷达观潮》，第 40 页。
③ 原载《文艺报》2015 年 1 月 16 日；见《雷达观潮》，第 36 页。
④ 原载《新华文摘》2015 年 5 第 21 期；见《雷达观潮》，第 31—33 页。

在"贼喊捉贼"的话语包裹中，反而变得越来越不值一提，大家都像躲瘟疫一般躲得远远的谈一些"纯粹的"精神和"纯洁的"真理了事。没有谁真上心这等俗事会是制约批评发展的关键因素，也没有人在繁殖形而上的批评话语或价值时真会意识到"俗务"早已瓦解了批评在读者心目中的光辉形象。这表明，不是研究者不明白世俗生活和功利性人事关系对文学批评的致命影响，而是极力撇清类似这样的话语沾染，进而进一步挤进世俗功利人事关系网赚取批评的份额。可想而知，人际关系而导致的人格分裂和人际关系变异而导致的批评错位，已经严重到了什么地步。如果与批评相关的所有人及其机构，不能从这个层面去反思批评文风，那么，不断生产的"昂扬的""正面的"批评话语及其价值，只不过是一些错位的理论修辞和悖谬的价值表演，长此以往，无论细读式文本解读，还是纵览式思潮现象分析以及打包式代际研究，前提上都将是不成立的，至少是缺乏学术合法性的。由此而推演出来的"中国文学经验""中国文学理论价值"和"中国思想前沿议题"，恐怕既不符合文学与理论及思想诉求的实际，也不能代表最好的文学经验和理论期待，更坏的情况可能还会误导今后文学创作与理论探索方向。

　　当然，雷达之前这方面的批评问题，一直有人在探讨在研究，但相比较，那些指责要么因文风粗糙而浅尝辄止，不能给人切实的印象；要么因抢占话语山头的急切而总是纠缠于几个作家和几个作品，不自觉落入被批评者的思维窠臼，普遍性缺失致使问题仍然属于个别的而不是一般的。雷达这类精短文章所勾勒的，正是当前最一般的和最世俗的批评问题，因而他这方面的宏观批评，实际是介于过去社会批评与现在"学术批评"之间的一种眼光。有效地补充了今天"学术批评"过剩而社会文化探析不足的短板，坐实了批评者与文本与社会机制与读者与价值标准几者之间谁都不能缺席这样一个朴素道理；也有力论证了真正有生命力的文学社会价值和文学理论批评的大众化意义，彰显了它们应该高于文学的经堂独白与文学批评的等级化话语这个简单逻辑。体会雷达这类以过来人和置身文学潮汐中心的参与者的经验和教训，我能想见，他穷极大半生的观察和审视，其实他是非常痛恨走到今天，文学及其批评为什么越来越圈子化、越来越固化、越来越功利、越来越会说漂亮话、越来越会论证得体事物的整个社会文化氛围和支持它的利益运行机制的。其论述的终极目的，也就为着力图打破坚固的背后网络而不遗余力摆明事实讲明道理，这是他非常清楚的价值诉求。因此，他笔下批评的诸多言不由衷、诸多王顾左右和诸多指鹿为马，实质也是当前文学批评最典型而棘手问题。大概人到一定年岁，特别是到了生命的某个可预见的阶段，才愿意如此表达的缘故。虽然他说的时候，鉴于篇幅的原因和精力的原因，他的一些观点或许还展开得不充分，但毕竟，他说的已经不少了。不过，对于他这样一位享有权威地位的批评家来说，他的这些非常有分量的精短论述，来的还是晚了一些少了一些。

三

对世俗功利性批评有了整体反思和认知后，雷达其实已经开始了对精品佳作的重评工作。十七篇精短评论中，属于重评的篇章的确很少，涉及的作家也不过三四个，然而，这些重评，却是力图在他的宏观思潮批评基础上建构作家作品论价值观念的，是他宏观批评中的另一努力。两者相得益彰，构成了雷达文学批评思想的大致面貌。

在评论莫言的长文《莫言：中国传统与世界新潮的浑融》中，雷达的确给了莫言小说创作很高的评价。这个"高"，有别于学院学者教授们"诗学""叙事学"以及中西文化对比的"学术研究"，那是很容易把简单问题复杂化的行文，雷达只以"浑融"便点出了莫言那些被批评界吃喝得神乎其神的"魔幻现实主义"本质。他指出，"莫言并没有对西方或拉美先锋小说下过什么'读书破万卷'的功夫，他不过按照自己的兴趣，选择几本，或细读，或浏览而已，后者居多"①。这样的一个破碎阅读，大概不会那么容易建构一个作家比较完整的现代性思想了，最大的可能是，阅读激发灵感，培养出一种大胆而泼辣运用经验的能力。因此雷达说，莫言是一个骨子里浸透了农民精神和道德理想的作家，"他很难到农民之外去寻觅他所向往的理想精神，这可以说是他至今未必意识到的潜在危机，但也是他不断成功的坚实根由"②。雷达认为，莫言的这一点几乎构成了其作品所有的"叛逆"。在讲究"容隐""尊卑"的古国，莫言却放开笔墨写"爷爷"与"奶奶"的"野合"；在我们的历史教义和多年来的惯例所描述的农民武装的发展图式几成定式时，余占鳌却匪气十足偏偏不肯就犯这种图式；在阶级分析和政治角度所圈定的农民的性格形象框架中，莫言笔下的农民却又无组织无思想准备、混乱、冲动而又盲目③等等。当然，雷达还通过莫言近期作品的再评价，极力肯定了莫言的形象塑造能力和语言创造能力。在西方先锋或拉美魔幻现实主义的形式刺激下，莫言以农民式的粗野和无羁，写出了自然状态下的农民本来面目和内心世界，并且还能适时嵌入"潜在国际读者和全球话语元素"④，以造成国际视野和本土化中国经验的巧妙结合。雷达所谓"浑融"之谓者，道理就在这里。《路遥作品的内在灵魂和审美价值》⑤是重评路遥及其《平凡的世界》的另一代表性文论。这篇文论自然也烙有雷达一直以来的为文风格和基调，即注重知人论世和审美体验。但他格外注意调整的地方却很突出，就是把就事论事的感觉体验与平行平列的现象类比，做了深度修改。变就事论事为历时性与及时性，强化了历史

---

① 原载《小说评论》2013 年第 1 期，《新华文摘》2013 年第 8 期全文转载；见《雷达观潮》，第 120 页。
② 原载《小说评论》2013 年第 1 期，《新华文摘》2013 年第 8 期全文转载；见《雷达观潮》，第 125 页。
③ 原载《小说评论》2013 年第 1 期，《新华文摘》2013 年第 8 期全文转载；见《雷达观潮》，第 118 页。
④ 原载《小说评论》2013 年第 1 期，《新华文摘》2013 年第 8 期全文转载；见《雷达观潮》，第 124 页。
⑤ 原载《解放日报》2015 年 3 月 27 日；见《雷达观潮》，第 147—154 页。

意识和社会意识，变平行并列现象类比为内在灵魂与审美惯性的审视。如此一来，便打破了批评界对《平凡的世界》的两大突出模式，一是青年心理的"励志"读法，二是中老年心理的"社会分析法"。前者对应着现如今人们的心态和身份危机，却省去了社会学背景；后者对应于城乡二元结构和过去时代的"一体化"禁锢，却忽略了个体正常欲望与文化无意识诉求。他把《平凡的世界》的总的特点，安放在"把历史命运个人化、把个人命运历史化"来展开即是明证。他说，由此《平凡的世界》形成了一个横纵交错的骨架，使之带有全景性、史诗性和开放性。当然他也意识到，真要做到这一点可不是容易的事情。这一点也正是《平凡的世界》超越其他同类小说的地方，也是使得《平凡的世界》"民间热，学界冷"的最主要原因。他是这样解释两个"化"的，"《平凡的世界》却能化而为一，融为一体，在人物身上闪现现时代生活的剧烈变化，让时代变化在一个个偏僻山村的微不足道的农民的心灵激起波澜，他们不是两层皮，是一而二，二而一的存在，人物的动机不仅是从琐碎的个人欲望，而主要是从历史的潮流中浮起来的"①。

在这个基础上再进行同类作家作品的对比，就显得格外准确而有普遍意义。这时候拉出贾平凹的确再合适不过，"路遥和贾平凹不一样的是，他写的不是纯粹的、完全封闭的农村，他也重点写农村，但更注意写县城、省城，尤其是城乡交叉地带，在他看来这里既是封闭的又是开放的，是信息量最丰盛的地带，最能认识中国基层社会的真面目"②。雷达也读出路遥作品中的各种"审美冲击"，比如传统道德之美，苦难、冶炼之美，自我实现的未来之美，可是这诸种美的冲击，却不是离开特定社会规定性、意识形态规定性和文化价值规定性的纯粹个人主义的"励志"，是个体为着完成个体而与社会、与体制、与传统、与僵化政治教条进行的心灵与行动两方面的全面撕扯。其中有爱情的启蒙，也有人的觉醒，更有作家主

---

① 原载《解放日报》2015年3月27日；见《雷达观潮》，第147页。
② 原载《解放日报》2015年3月27日；见《雷达观潮》，第147—148页。

体性想要的上下阶层积极流动而生的尊严叙事。在这一块内容中，农民儿女与高级官员儿女之间产生了爱情，多数研究者因此把路遥的文学思想简化成痴心妄想及向官员的献媚，说路遥骨子里有浓厚的"官本位"意识。雷达也指出了路遥这一叙事"比较表面""过于轻易"和"多少有一点廉价的乐观"，暴露了路遥及后来的陈忠实、贾平凹、雪漠等几位著名的农裔城籍作家共同的问题，都不同程度地存在着美化乡土伦理的乌托邦倾向。[1]但雷达同时还看出了路遥文学思想中最核心的一部分内容，这是别的研究者到现在还未曾意识到或意识到了但因所持理论观点的不同而嗤之以鼻的地方。雷达指出，"路遥确实让一些地位比较悬殊的男女相爱了，因为他向往那种非功利的、超越门第和贫富的、能经得起苦难考验的、自由而炽烈的爱情"[2]。"非功利的""超越门第和贫富的""能经得起苦难考验的"和"自由而炽烈的"，是现代性个体一直追求而不得的爱情条件，理论批评说起来容易，真要落实到具体而微的叙事纹理中，恐怕就难了。从涓生与子君（《伤逝》，鲁迅），周萍与鲁四凤（假如不是兄妹关系，而是作为一种理想爱情的象征来读的话。《雷雨》，曹禺），到孙少安与田润叶、孙少平与田晓霞、顾养民与郝红梅以及吴仲平与孙兰香等等，漫长的中国乡土文学史，就其情感枢纽而言，差不多就是上下阶层可否顺利流通的身份受挫史，爱情是检验社会变革是否朝向人的现代化的最核心试金石。如果没有介入到社会结构深层，爱情叙事的分量及寄予到爱情之上的思想当然就不被人们所关注。事实证明，路遥之前这类叙事不是夭折在道德伦理上，就是被打回到资本主义拜金主义上，的确很少作家自觉从人的角度来看待城乡男女在爱上的现代性意识。

与其说这是路遥及《平凡的世界》的败笔，不如说这才体现了路遥超越的和深沉的思考。他是抓住了现代社会人的根源问题，才叙事城乡爱情故事的，毫无含糊，作为重评，雷达看到了这一点，

31

---

① 　原载《解放日报》2015 年 3 月 27 日；见《雷达观潮》，第 154 页。
② 　原载《解放日报》2015 年 3 月 27 日；见《雷达观潮》，第 151 页。

这也是他晚期的批评有别于前期的重要一点，是他的批评思想接近现代性的地方。

对于批评界长热的《白鹿原》，雷达重评也做过独到而细微的观照，历数了"经典相"的那个"相"①，不重复自己，也不重复他人，观点新颖，举证有力，这里就不再赘述了。

四

雷达生前最重要文论差不多都包含在这些精短论述中了，这些论述从 2013 年一直延长到 2016 年，看一下发表日期就明白，他写这些文章的时间间隔是很短的，就是说，他几乎是在病痛中争分夺秒赶出来的。这说明在他生命的最后几年里他最上心最觉得值得进一步强化的是什么了；这些短论提到的具体作品和作家也不多，至少不像前期那样为了重铸"民族魂"、论证"主潮"②，或者强化主体意识③，抑或站在时代潮头堡居高临下地总结④或引领⑤，往往

---

① 原载《人民日报》2016 年 6 月 17 日；见《雷达观潮》，第 109—115 页。
② 原载《文学评论》1987 年第 1 期；见《雷达观潮》，第 310—334 页。
③ 原载《人民文学》1986 年第 6 期；见《雷达观潮》，第 348—356 页。
④ 2004 年 6 月 23 日、6 月 30 日《光明日报》分上、下两期发表的《当今文学审美趋向辨析》一文，无论对主要审美走向的分析，还是对文学风格变化的判断，都充满"收官"与"开启"的气魄；见《雷达观潮》，第 357—373 页。
⑤ 1996 年 8 月 25 日雷达在《文学报》发表了《现实主义冲击波及其局限》一文，"现实主义冲击波""分享艰难"等术语概念连同该文涉及的大量作品，如长篇小说《乡村豪门》(许建斌)、中篇小说《分享艰难》(刘醒龙)、《大厂》(谈歌)、《天缺一角》(李贯通)、《大雪无乡》《破产》(关仁山)、《年前年后》(何申) 等，不胫而走，大有街谈巷议之盛，雷达这个名字也像电波雷达一样，几乎传到了祖国各地文学读者的大脑皮层，他那前沿而鸟瞰式的敏感神经，也因此而成为众多知名作家创作导向的检测仪，其对思潮的引领可见一斑；见《雷达观潮》，第 409—417 页。

牵扯到一批甚或一个阶段几乎所有重要作家作品。这几年里他重点论述的批评、创作现象和作家作品，数量着实不多，但绝对是精中选精的典型，也就更加具有了普遍意义。概而言之，一部分是影响乃至制约文学及其批评的具体世俗功利因素，对这些已经嵌入进批评话语流程和价值标准核心位置的东西，他是力图从最实际的层面给出解答，希望从业者超越或看淡这些东西；一部分是对因世俗功利因素的兑入，本属于承上启下作用的优秀文学经验、批评理论被误读误评进而做的深一层修正，他的再度强化和重新发掘，廓清了许多理论问题和创作实践经验问题。二者都属于宏观批评，细微区别只在于，前者重心是揭示流行现象、分析原因、总结经验；后者侧重勾连历时性文化语境、聚焦并突出审美思想，以重评方式彰显其价值与意义。总的来说，雷达晚年的这两点批评遗产，是其贡献给批评界的重要方法论和重要经验参照，弥补了批评界普遍存在的贴身细读有余而整体性缺失、代际打包阐释过剩而普遍性匮乏、审美感性因素上升而社会文化发掘淡出的不足，打破了各身份各阶层甚至各利益团体壁垒森严自说自话的封闭局面，提出了文学创作特别是文学批评进一步革新乃至跨过本质性危机的有效途径——他并没有过多死盯着个别批评个体的道德伦理做文章，而是呼唤包括批评刊物在内的批评生产流程各环节怎样超功利的可能性。这样切实的良知之论，大概也只有雷达这般历经几乎新时期以来所有批评阶段的批评家，才有资格端出其肺腑；也大概只有曾经身陷其中纠缠其中深知批评水深水浅的最后生命，方能忍痛挑疮挤脓、刮骨疗伤。

前面说过，有些东西是已经被批评话语化了的，它们早已被组织进了批评价值系统，成为了批评脑神经本身，要彻底厘清其内里原委，并非易事。如果把雷达晚年的这些短论，看作是一种特殊文论，那么，依我的看法，他动用的还主要是经验和阅历，若以文化现代性的思想尺度来衡量，即使是他生前的这些短论，也恐怕很难说具有自觉的现代性意识。

这就提出了一个问题，在雷达已经做到乃至意识到的之外，宏观批评还应该怎样才算是理论自觉的？

33

首先，雷达的宏观批评旨在戳穿现象，寻找背后的真相，但他却很少甚至不涉及政治经济话语及由其派生的实际社会运行机制。这就导致他的许多解释和观点，一般只停留在由文学阅读积累而生的经验性审美感知体验层面。即是说，他太多精力花费在"是什么"上了，对于"为什么是"则只解释了一部分。文学阅读与社会现实、社会现实与文化价值、文化价值与审美体验，是文学批评不可或缺的几个勾连环节，它们有时相互对立，但多时却是互相补充的。雷达取终端来审视全部过程及细节，使得宏观批评经常好像处在欲言又止、虽言却虚的位置。上文所举大多数例子，其实已经暴露了雷达批评中较少理论自觉的问题。莫言不可能在农民文化之外寻找理想和精神，这判断简洁而准确；莫言小说往往有潜在国际读者和全球话语元素，也符合莫言小说叙事事实。可是有分量的价值判断却缺乏有价值的理论支持，话到嘴边又收回去了。雷达说他很赞同莫言对描写人类不可克服的弱点和病态人格，因而志在"拷问灵魂"的深度和力度的夫子自道。"拷问灵魂"的事情虽然复杂，但具体到莫言小说，止于农民式的"叛逆"，距离真正的思想批判还有很远的路要走，更何况"拷问灵魂"的深和力，并非从莫言这里才开始。鲁迅对陀思妥耶夫斯基的研究、别林斯基对果戈理的批评等等，都已经镌刻在批评史的显赫位置。对路遥及其小说的重评，也基本如此。雷达揭开了被文学史和学院知识分子所垄断进而阻断了路遥和他的小说进入主流文学经验的原因，但《平凡的世界》并非仅是底层读者和底层社会的一剂心灵伤痛贴药。路遥之所以不是在封闭的农村写农民，他的叙事结果也一再证明，他的终极关怀不全在熨烫那个时代农村社会的压抑，而是另有雄心，虽然这个雄心一直被一些批评家说成是政治野心，但他确实是内在于政治经济文化来处理农村与农民文化诉求的，这就形成了农民文化与高层政治经济文化相互参照的双重批评视野。①

---

① 详细论述参见牛学智：《路遥的现实主义与今天走向现象化的"现实主义"：从〈早晨从中午开始〉说开去》，《南方文坛》2019 年第 3 期。

　　我相信，如果雷达的论述是内在于文化现代性思想的，他对作品关键细节和整体叙事氛围的结论，也许会是另一面目，至少会把他没说完的话充分而完整地说出来。

　　其次，与其他批评家相比，雷达的作家作品论，究其实质，是比他们更了解作家的内心的区别，却不是高出作家或平行于作家的区别。这个印象是我长期阅读理论批评后得出的。其他大多数批评家，包括现在仍活跃在一线，经常支撑刊物光荣门面的著名批评家，他们也细读文本，也有得心应手的理论武器，但他们的理论武器往往显得笨拙、细读往往容易感激涕零，原因就在于他们的"贴"和"隔"一样，都扮演的并非子非鱼安知鱼之乐的角色。雷达有时候甚至比作家本人还对作品有切肤之感，一是他的散文创作本身堪称一流，有足够的创作感受；二是能于芜杂中迅速提炼出社会最敏感神经，因而他能敏识到文学的最重要部分，这是他作为批评家的艺术天赋。不过，探讨批评家与作家的关系，恐怕不是拼谁更了解乃至理解作家心理的问题。了解乃至理解作家心理只是批评的一个方面，更要紧的是能否通过话语通过价值，与作家作品进行积极冲突。正像已故著名学者、文学史家王富仁曾经著文论述过的那样，启蒙之所以能在"五四"作家知识分子中生根发芽，并不是那时候有什么政策或极端手段废除了传统文化、古典文化以及传统性、古典性。在传统性、古典性和现代性并存的空间，人们在反对霸权主义文化、反对儒家霸权话语的中国本土思想解放运动的同时，觉得它们更适合当时的社会诉求和思想文化诉求，因而现代性是在被感受、被理解、被阐释和被使用中接受下来的。在这个过程中，这些"西方话语"实际已经成为"中国话语"①。

　　当前中国社会、中国文化、中国文学、中国文学批评，不是更加需要缅怀过去、不是更加需要恪守一亩三分地不越雷池半步遵守行规，而是更加需要让现代性或文化现代性进入既有知识结构、叙

---

　　①　王富仁：《"西方话语"与中国现当代文化》，《文学评论》2004 年第 1 期。

事结构和审美结构，进而推进人的现代化程度。如此语境，重评任何一个作家作品，要想让其内含的真正思想在曝光中深一层影响乃至重塑现代性读者，就必然需要以现代性眼光而不是更加贴近作家作品的理念来审视一切。

雷达《真正透彻的批评为何总难出现》[①]是他生前所写宏观批评中不多见的长文之一。从批评的工具化、实用化、商业化，以及信仰的失落、"知识化"、批评主体的缺失几个方面，扎实论述了当前批评最典型最突出的瓶颈问题，但愿后来的批评从业者能沿着雷达尚未充分展开实践的理念道路，储备宏观批评的能量，以宏观矫正普遍的琐碎、私密化、知识化和身份化书写，把批评引向更广阔的社会。而批评的社会化，首先得益于创作功能的社会化实践，这可不是批评的空喊能够抵达的。在此，我们只能暂且离开雷达，认真谛听并不遥远但似乎已经久违了的路遥的咯血探索与拼死实践。

① 原载《当代作家评论》2011 年第 2 期；见《雷达观潮》，第 74—87 页。

第三章　路遥的现实主义与今天 走向现象化的"现实主义"

　　每次重温路遥的小说，总会不油然想起现实主义。然而，他的现实主义是否就是今天仍流行的现实主义呢？

　　许多时候，今天流行的现实主义似乎只生活在文学理论与文学史逻辑当中，而文学理论与文学史又好像成了文学批评或文学研究当然的旨归，尤其在"历史化""经典化"焦虑症周期性复发的当前，此种心理与现象更甚。虽然有志于使自己小说迅速"历史化""经典化"的作家，不见得都能真的如其所想离开现实和现实主义，但这不意味着他们不从骨子里鄙视现实主义。如果小说家的"创作谈"是提供给作家自己说大话秀理念理论的特殊文体的话，读多了这样的文章，突出感觉是但凡自我认知比较自信的小说家，好像都胸怀一个壮志，那就是逃避现实主义。不消说，现实主义在这年头，已经是一个迂腐、陈旧、落伍、老土的代名词了。与此同时，"重返八十年代"的一个被简化了的次贷反应便是"重新先锋"。显而易见，上一代千回百折操练过并最终落了地的"先锋"，在下一代手里就有必要义无反顾捡起来了，就因为"先锋即自由"，也因为认定这个"先锋"的"自由"，是其理解当中唯一能取代现实主义进而能把中国小说带向开阔天地并与世界接轨的手段。这样的一个循环，现实主义其实早已变成了一种知识姿态和一种僵化的文学词条。

37

一

　　路遥的文学创作及其文学言论，随着他年轻生命的戛然而止都定格在了历史的 1992 年。但他文学的生命力却格外旺盛，特别是长篇小说三部曲《平凡的世界》与中篇小说《人生》，今天仍然拥有大量的读者。非但如此，他塑造的文学人物如孙少安、孙少平、高加林等，身上所具有的阐发能量，许多时候都溢出了文学的范畴，成为了当代社会学尤其是讨论城乡二元社会结构时的一个有力证据。在无以计数的路遥热爱者中，当代大学生自然是其文学形象与文学价值的重要延续者、传播者，不时发布的大学生阅读排行榜中，《平凡的世界》能稳居榜单即是明证。

　　不过，要理解路遥及其文学选择，的确是一个复杂的现象。它已经不是一个纯文学叙事问题，也不是现实主义的问题。即是说，这里面既包括"草根"读者的原始朴素感情，也包括知识精英的意识形态构造。对于"草根"读者，需要辩证地看待他们选择"励志""青春爱情""政治激情""人生金句""理想主义"甚至"人道主义"等价值模式与故事流程的社会原因。在一个社会分层加剧、上下流通渠道狭窄的现实中，个人的拼命会是一贴不得不如此的疗伤创可贴，因为除此别无他途，正可谓"今天工作不努力，明天努力找工作"，或者"吃得苦中苦，方为人上人"。同理，当一个社会的公平正义大面积缺失时，类似"把坏事变成好事""化悲痛为力量"，自然而然成了支撑无助个体活下去的精神动力。可是，说到底，当一个现实里这些自我安慰、自我疗救与自我麻醉普遍有效之时，只能说明社会还运行在相当低的层次，个体的发展也还处在相对静止的状态。对于知识精英，理性思考路遥及其他的八十年代文学选择，还不能只在文学史概念的"八十年代"里寻找，不能只凭借查建英《八十年代访谈录》[①]那样的精英意识来分析，也不能是

38

---

① 　查建英主编：《八十年代访谈录》，生活·读书·新知三联书店，2006。

曾在理论批评界产生巨大影响的唐小兵《再解读：大众文艺与意识形态》①式的"解构"的七八十年代，更不能是高中阶段被所谓"创新教育"所孕育，大学及更高一级教育脱胎于"精致利己主义"知识体系的《重读路遥》②中的八十年代，而是路遥本人曾现实主义地生活过的社会现实和现实主义地思考过的文化和文学的那个八十年代。对于他正式进入又戛然而止年代的属于他的文学，无数研究者似乎都给它赋予了许多特殊性。认为那个时候的路遥及其小说，好像只能放到中国的西北黄土高原，只能放到文学中最像那么回事的乡土文学，也就紧接着仿佛谈论路遥及其小说，只有"苦难"与"真实性"，而没有也不可能像以上所举诸书"正面"强攻的"思想"价值。当视野被有意识限定在"一个特别的年代""一个特色鲜明的地区"和人物命运属于"一小部分人群"时，路遥小说世界里的诉求好像的确与文学史一直所强调的"普遍性""整体性"没多少必然血缘关系了。

关键问题是，路遥并不是这么认为的，这恐怕是路遥选择最痛苦也最无奈的地方。这不能简单地认为路遥一定有多么强悍，也不能径直以路遥小说世界里的道德说事，那同样是一种"神化"。直到他创作完成他最重要也是唯一的长篇三部曲《平凡的世界》与总结他创作的长篇随笔《早晨从中午开始》期间，他也并没有表现出天才小说家的特异禀赋，他自己也始终不认为自己就是生就的一块小说材料。这一点，只要认真通篇读过他文学作品与言论，以及他的同乡晚辈厚夫所著《路遥传：重新开启平凡的世界》③的读者，相信都会有这种判断的。无论《路遥传》所记述的路遥的生平、生活、思考状态，还是路遥文学中无时无刻不在的老实与质朴气息，甚至可以说，路遥基本上不是一个才华型作家，如果才华指的是李白式一挥而就，或者卡夫卡式荒诞怪异，那么，路遥写作实际上正像路

---

① 唐小兵主编：《再解读：大众文艺与意识形态》（修订版），北京大学出版社，2007。
② 程光炜、杨庆祥编：《重读路遥》，北京大学出版社，2013。
③ 厚夫：《路遥传：重新开启平凡的世界》，人民文学出版社，2015。

遥自己所定位的那样，只是一个吃着猪狗食，干着牛马活的原始朴素农民的劳作。也有点他形容自己的胡楂时所说的那样，他的写作活像他脸上"匈奴式的胡须"，是自然主义的却又是永远不驯服的样子，"无榜样意识"因而野性十足。

到此为止，关于路遥的选择，在一轮又一轮路遥阅读热中批评界会时不时出现的"追认"，或干脆反着来的观点，就都需要通过他的《早晨从中午开始》进一步澄清。

这些问题也许不是如何再给路遥的现实主义下个别样内涵的定义的问题，而是在路遥那个时代已经变异了的现实主义是他怎样进一步矫正并发展了的问题。它涉及作家主体性与主要思潮的关系问题，人性成长与个体命运的社会性危机问题，八十年代或路遥的现代性问题。至于总是着眼于路遥写作多么苦行僧、多么虔诚等道德伦理问题，如果不先廓清以上核心且关键的问题，则与文学思想的平庸与否，没什么直接关系。

刘再复是新时期以来从文学理论的角度最早系统论述作家主体性的理论批评家之一，他的作家主体性发端于其影响卓著的《性格组合论》[1]。在质疑者看来，无非两个走向。一个是极端的甚至恶劣的人性张扬，一个是沉湎于小自我内心世界的冥想。认为把内心、精神、情感、自我作为第一性的中心项，是对精神绝对性的过分乐观。[2]与此对应并因此而导致的文学写作后果，就是玩弄"怪圈叙事"，只专注于"怎么写"而忽略"写什么"的"不及物写作"，以及谈政治而色变的纯粹意义的"回到文学自身"等等。尽管如此，只要重新回到八十年代初中期那个文学语境，作家的主体性的魅力就在于一下子从理论概念上解放了作家的精神禁锢，情况非但没有那么糟，而且可能还恰逢其时。路遥写作《早晨从中午开始》的1991年初冬至1992年初春，恐怕已经知道类似的讨论了。所以，

---

[1] 刘再复:《性格组合论》，中国人民大学出版社，2010。

[2] 刘再复的主要批判者是盖生和董学文，他们两个的质疑观点均见盖生:《价值焦虑:新时期以来文学理论热点反思》，第二章"关于'文学是人学'命题的价值反思"，上海三联书店，2008。

在这篇长文中，针对批评界的抗辩与不满，他回应诸种文坛声音的意思是非常直接而明白的。这可以从呈递进式的三个层面来看。首先，他强调他的写作干脆不面对文学界，不面对批评界，而直接面对读者。[①]显然，他对彼时批评界的不满已经出离愤怒了，不妨引他的原话看看。"我们常常看到，只要一个风潮到来，一大群批评家都拥挤着争先恐后顺风而跑。听不到抗争和辩论的声音，看不见反叛者。而当另一种风潮到来的时候，便会看见这群人作直角式的大转弯，折回头又向相反的方向拥去了。这可悲的现象引导和诱惑了创作的朝秦暮楚。"[②]谁是始作俑者，路遥是看得很明白的。不过，这种情形恐怕正是网罗共同体，形成圈子的绝佳机会，道理路遥不会不懂，只是他选择了背过脸去，足见当时四十岁不到的路遥，多么有底气。当然，光有底气，逞一时之能的毛头小伙子，到处都有，那只是一莽夫而已。真正的底气，到底考验的是真能耐，否则，就是自恋。从他所列自己仔细分析过的中外不同流派长篇小说书单看，不能说一网打尽，起码重要作品他都研读过，这是他对当时文坛背过脸去的真正资本。其次，他强调的既不是义无反顾的本土化，也不是借鸡下蛋，而是"互通法"。他提出了克服思想和艺术平庸的具体方法，就是"有现代意义的表现"[③]。何为现代意义的表现？他所举哥伦比亚当代著名作家加西亚·马尔克斯创作《百年孤独》《霍乱时期的爱情》的例子，就很有说服力。他说前者用的是魔幻现实主义，后者纯粹是古典式传统现实主义手法。手段方法不同，但读后却都令人信服，这分明是思想成熟，而不是技巧娴熟的问题。这一层面的作家主体性指什么也就基本清楚了，它强调的是作家以自觉的现代意识对对象世界的把握，是陈旧、陈腐、落

41

---

① 路遥:《早晨从中午开始》,《早晨从中午开始》,十月文艺出版社,2013,第12页。

② 路遥:《早晨从中午开始》,《早晨从中午开始》,十月文艺出版社,2013,第12页。

③ 路遥:《早晨从中午开始》,《早晨从中午开始》,十月文艺出版社,2013,第16页。

后的内容，途经作家自由意志激活后的新颖与豁亮，并非作家如何想当然，如何发泄自我欲望的问题。他本人也完完全全落实了他的理想，黄土高原的农村的确苦难重重，但其中的人性却是一天一天由低级向高级艰难地发展、成熟着；双水村孙玉厚家的光景真是一个烂包，但烂包中的每一个个体是不是都有着一个初醒的朦胧的主体性？试想一下，倘若没有这些叙事，或者这些叙事根本不自觉，哪来今天热心读者与批评界围绕该作而生的"励志"话语？虽然"励志"一出，几乎全部覆盖了《平凡的世界》里作家的主体性和人物的主体性。再次，他强调的是"无榜样意识"、诗穷而后工的绝地逢生式的创造，是建立在包括他像解析数学题式研究过的近百部中外长篇小说结构的坦然之上的，这就决定了《平凡的世界》，尽管有这样那样的不完美，却一定不是《红楼梦》第二、《呼兰河传》第二、《静静的顿河》第二或者《创业史》第二。这与前两层形成了一组递进式逻辑关系，是他与主要思潮保持一定距离的"在胸"的"成竹"。

　　所以总结来说，路遥那里的作家主体性，是一种自觉意义的抵制、拒绝与置之死地而后生的姿态，绝不是肆意妄为发挥作家自我的意识、潜意识，更不是封闭在自我世界无休无止分解个体精神体系，进而以自我来确认自我的所谓"人性叙事"。前者向外打开，后者向内收缩；前者由个体人性的缓慢发展，逻辑地导向对制约个体人性发展的社会政治因素，后者由人的社会性导入人的自然性，即黑格尔所谓不是通过"外在的"来实现"内在的"，而是适得其反，以"内在的"来确认"内在的"[1]，这是截然不同的两个概念。

二

　　这就触及怎样理解路遥叙事思想中的人性成长与个体命运的社

---

① ［德］黑格尔：《美学》（第一卷），商务印书馆，1984，第124页。

会性危机问题了，当然还得回到《早晨从中午开始》来说。

面对批评界对《人生》的"责难"——认为高加林最后又回到了土地上，并且让他手抓两把黄土，沉痛地呻吟着喊叫了一声"我的亲人哪……"由此，便得出结论说路遥让一个叛逆者重新皈依了旧生活，因此有"恋土情结"，没有割断旧观念的脐带等。路遥说当时因为忙于自己的创作，没有精力和他们"抬杠"，现在可以"谈谈自己当时的认识了"①。

第一，他说不是路遥让高加林们转了一圈后又回到起点的，应该问的是"是谁让高加林们经历那么多折磨或自我折磨走了一个圆圈后不得不又回到了起点"。第二，他强调指出高加林被迫回了故乡，但他并没有说他应该永远在这土地上一辈子当农民。第三，由以上两个"责难"引出的另一问题是，如何对待生息在土地上的劳动大众的问题，路遥由此问题又引申说，"因此，必须达成全社会的共识：农村的问题也就是城市的问题，是我们共有的问题"②。中篇小说《人生》，发表于 1982 年第 3 期《收获》，百万字长篇小说《平凡的世界》全部完稿于 1988 年 5 月 25 日，等到 1991 年 3 月获得第三届茅盾文学奖前夕，才完整出版。就是说，路遥的"回应"隔了整整十年，他那些在今天都仍然熠熠闪光的思想，也许有之后创作《平凡的世界》及对现实生活更深的体悟在里面。那又能怎样？《平凡的世界》与《人生》的思想叙事其实是高度一致的，《人生》中提出的待解问题，一直延伸到《平凡的世界》并继续成为待解问题。比如，爱情被"悬置"了的高加林，未来爱人是不是就一定是"官二代"田晓霞，这不单是回乡高中生个体情感归宿的问题，很大程度取决于他的经济基础与社会身份。这就自然而然牵扯到城与乡的二元社会结构和底层个体上升的渠道，彼时尚未明朗化的社会分层与底层知识青年觉醒的理想诉求之间横亘着森严壁垒的障碍，

---

① 路遥：《早晨从中午开始》，《早晨从中午开始》，十月文艺出版社，2013，第 59 页。

② 路遥：《早晨从中午开始》，《早晨从中午开始》，十月文艺出版社，2013，第 62 页。

可谓旷日持久，它需要太多具体而微的硬件去补充。可能是情感伦理的，可能是精神文化的，更可能是政治经济学的。面对这些无比坚硬的东西，路遥甚至具体到了"日"叙事单位，但就是没有心急火燎地甚至粗暴蛮横地给他们一个不负责任的想当然的结局。从这个角度看，与其说路遥的创作是理想主义的，毋宁说是实证主义的和自然主义的。唯其"自然""实证"，个体人性的发展是怎样被经济、社会所制约，才触目惊心，匮乏的现代社会机制叙事最终上升为小说主体并被凝聚于个体人性发展的核心地位。如此来看，如果说路遥的小说是中国当代第一个正面触碰匮乏的现代社会机制和阙如的现代文化的思想叙事，恐怕一点不为过。

遗憾的是，路遥的小说正是在这里被迫走上了"岔路"，始作俑者包括喜爱他小说的热心读者和无处不在的"批评界"。作家的"反讽"叙事被无数阅读个体自觉不自觉置换成具体的政治厌恶感后，共同制造了长达三十年之久的误读史。由高加林们抛弃刘巧珍们，而衍生出的爱情、道德伦理领域的背叛话题；由田晓霞与孙少平的恋爱短命故事，而生产出的"权力崇拜"争论；由田福军敢于表达真实想法不与众同僚同流合唱，而发挥出的"英雄主义"或"理想主义"；等等。几乎一路伴随着路遥文学的漫长阅读史，也生产了过剩的文学批评话语和繁复且简单粗糙的文学审美趣味及价值判断标准。顺着一波一波的文学潮流推动来看，诸种"新颖"发现似乎真该警惕，因为它们相当吻合路遥文学的那个时代。既然路遥从"一体化"时代过来，他的创作立场也还有浓厚的"有用"色彩，那么，首先清除他文学思想中的"肠梗阻"，仿佛显得很必要了。其实不然，首先这里涉及人性发展与对现实真实性的理解问题。

44　　　《早晨从中午开始》有两个细节值得进一步展开来说说，一个是路遥区分重大事件与一般性生活的方法；另一个是路遥在文本中如何处理细节的姿态。

前一个问题关系到文学表现现实社会的完整性，"首要的任务是应该完全掌握这十年间中国（甚至还有世界——因为中国并不是孤立地存在着，它是世界的一员）究竟发生过什么。不仅是宏观的了解，还应该有微观的了解，因为庞大的中国各地大有差异，当时的同一政策可能有各种做法和表现。这十年间发生的事大体上我们都经历过，也一般都了解，但要进入作品的描绘就远远不够了。生活可以故事化，但历史不能编造，不能有半点似是而非的东西。只有彻底弄清了社会历史背景，才有可能在艺术中准确描绘这些背景下人们的生活形态和精神形态"①。这是路遥理解的真实性，是宏观政治通过具体政策对一个村庄一个具体农民影响而导致命运变形，或者一个村庄一个具体农民由遭遇而对具体政策乃至宏观政治的反应态度，它的整体性就建立在这样的真实性之上。为了实现它，路遥进行的是一种"奴隶般的机械性劳动"。他小说人物生活的十年间的《人民日报》《光明日报》，包括他身处地方的省报、地区报和《参考消息》的全部合订本，他都是一页一页翻看，都要认真细致地在笔记本上记下某年某月某日发生了什么大事和一些认为"有用"的东西②，以折射政策话语夹缝中可能只是一粒尘土的重量，但辐射到农民个体身上或许就变成了一座山的威力。后一个其实是文学中细节的真实性问题，即如何准确把握生活的问题。他说，乡村城镇、工矿企业、学校机关、集贸市场；国营、集体、个体；上至省委书记，下至普通老百姓，只要能触及的，就竭力去触及。他说，有些生活是过去熟悉的，但为了更确切体察，再一次深入进去，他称之为"重新到位"③。具体到什么程度呢？比如详细记录作品涉及的特定地域环境中的所有农作物和野生植物；从播种出土到结子收获的全过程；当什么植物开花的时候，另外的植物又处于什么状态；这种作物播种的时候，另一种植物已经长成什么样子；全境内所有家养和野生的飞禽走兽；民风民情民俗；婚嫁丧事；等

---

① 路遥:《早晨从中午开始》,《早晨从中午开始》, 十月文艺出版社, 2013, 第 20—21 页。
② 路遥:《早晨从中午开始》,《早晨从中午开始》, 十月文艺出版社, 2013, 第 20—21 页。
③ 路遥:《早晨从中午开始》,《早晨从中午开始》, 十月文艺出版社, 2013, 第 23 页。

等，全部在他的占有之内。①之所以对自然环境也要事无巨细，是因为在他开来，准确的自然环境恰好也是使人物心灵波动、社会活动轨迹具有坚实支持因而避免敷衍社会生活的核心保障。

　　热爱路遥的读者大都知道，路遥非常崇拜他的同乡前辈柳青及其《创业史》，那么，问题来了，路遥是不是在效仿柳青呢？完全不是。他清楚地认识到每个作家占有生活，取决于作家自己感受生活的方式和他处身时代的特点。"比如，柳青如果活着，他要表现八十年代初中国农村开始的'生产责任制'，他完全蹲在皇甫村一个地方就远远不够了，因为其他地方的生产责任制就可能和皇甫村所进行的不尽相同，甚至差异更大。"②粗略读这些表述，感觉毫无新意，不就是真实性吗？然而问题或许就出在这里。一段时间，我们经常听到当前小说特别是长篇小说创作"半部书""段子化""新闻化"问题，暴露的实际就是生活不完整进而真实性缺失的问题。由此衍生而来的叙述个人欲望的真实性、诱惑的真实性、意识与潜意识的真实性，对照路遥的真实性，不过是一般性生活事件，而不会是重大事件。如果把他的重大事件理解成对政策乃至政治的理解和把握，路遥之所以格外重视这个东西，是因为只有这个东西才能构成人性改变或不改变的终极条件或障碍。相比较，前面的那些真实性，的确仅仅是大同小异、言人人殊的个人利益诉求，甚至它们可能连具体的社会背景都不需要就能把故事铺展得有板有眼，把人物拿捏得有血有肉，但那是谁的故事哪朝哪代的角色呢？所以，视野锁定在此，或许可以放大一个个体的"内心世界"，在善与恶、美与丑、真与假的平均值中求得所谓人性复杂性与丰富性，但无法有效表现具体个体在具体生活环境与具体意识形态环境中的境遇，更别说个体的发展了，作为文学整体的和主要的思想诉求也就因漫漶而溃散。

　　路遥的叙事思想也进一步证明，无论个体的情感伦理危机、农

---

① 路遥：《早晨从中午开始》，《早晨从中午开始》，十月文艺出版社，2013，第23页。

② 路遥：《早晨从中午开始》，《早晨从中午开始》，十月文艺出版社，2013，第22页。

民与土地的关系危机，还是农村社会现代文化与整个现代社会机制的危机，都无法离开微观政策与宏观政治的影响而取得独立发展的机遇。所以，严格意义上，起于个体心理、欲望、意识与潜意识，而又止于个体内在性世界，或起于个体内在性诉求而终止于个体心理满足、欲望得逞、意识与潜意识解释的叙事，很难说是现实主义的，至于是什么，就很难说了。

三

这就必须对八十年代路遥文学的现代性究竟指什么的问题做一归纳。第一，它通过象征性叙事，表明了社会现代性必须先得政治现代性这样一个时间顺序，这是他在个体命运的重要转折点总把叙事指向某些莫名其妙的"上级"，上下流通的渠道在他看来系于某个政治铁腕人物的原因，这也给后来的阅读留下了挥之不去的政治妄想的阴影。第二，在文化现代性（人的现代化）与社会现代性之间，他的叙事坚持站在后者一边，正因审美现代性的极度匮乏，他选择了用泛抒情或者励志的抽象叙事来取代来填充苍白的审美现代性内容，这也造成了后来阅读体验上"青春话语"的繁殖。第三，因为以上两点，他文学中的个体发展的动力，主要依赖爱情来推动，不能不说这是一种相当脆弱的力量，远不是自觉意义上的人性发展，这也或多或少给后来的阅读留下了"伪理想主义"的口实。尽管如此，路遥的文学思想叙事，的确拨云见日，穿透了种种一般性人文叙事或论述的迷障，让我们看到了切实的现实和现实主义，那是《八十年代访谈录》那种精英主义眼光无法体验的生活，也是《再解读：大众文艺与意识形态》中的那种"民间"所不能完全理解的人生，更没有《重读路遥》里的那么肤浅。即是说，路遥的这种现实主义文学，可能并不是经过各路理论批评层层叠叠阐释乃至教科书化、文学史化了的创作形态，是活的动态的中国当代社会制度史中的产物，否则，无法解释时至今日无数"草根"青年那么喜

47

爱他这一根本性原因。当然，无数"草根"青年的喜爱，多数时候总被解释成是"心灵的抚慰"和穷途末路的"励志"，甚至还视为当今大学生境界不高的一种表征加以讥讽，这已是另一话题了。

路遥的所有思考所有文学叙事，都因四十三岁生命的消逝而终结在二十世纪九十年代初的寒冬之夜了。他已经思考成熟的和将要思考却未及展开的内容，的确成了文学史乃至社会史中一个大大的问号。前面谈到路遥的现实主义，其实是从路遥之后已经走歪了的所谓现实主义逆推的结果。路遥那里的现实主义主要有三个支柱来架构：深植于彼时政治经济结构内层并生长而成的作家主体性，克制自我经验，独立于当时时髦潮流，自觉反叛与抗争包括文学界在内的几乎所有浮华与乐观，发现了真正中国化个体成长所需要的充分必要条件；主张个体成长内在于现代社会机制的人性理念，决定了他的文学叙事主要指向社会现实特别是政治经济秩序，完整呈现了人性受阻的客观因素；相对比较明确的现代性思想意识，在提升一般现实主义文学境界的同时，也暴露了他的致命局限，尤其关键节点每每植入的"清官情结""英雄主义""理想主义"叙事本可以具有反讽意味，可是因过度依赖个人道德感而消弭了自觉的现代性思想力量。换而言之，经过路遥言论矫正及与其相匹配的创作实践落实了的现实主义，已经逻辑地需要文化现代性叙事来激活了。然而，不幸的是，随着路遥的溘然长逝，这种努力似乎卡在了历史的夹缝中而不得迈进。时代规定性当然是一个方面，更重要的仍然是他叙事的不彻底所致。就是说，他缺乏进一步细化叙事的能力，这是路遥及其文学叙事的致命局限。

那么，什么是文化现代性叙事呢？它是相对于哲学现代性、社会现代性、审美现代性而来的一个综合概念。首先，文化现代性是一种思想。相对于文化传统主义，文化现代性更加注重在完善的现代社会机制中衡量个体人的觉醒程度或不觉醒程度，如此，文学题材选择有无思想含量的问题，都可以文化现代性来审视。如果凝聚于个体的叙事信息，不足以撬动整体性观念，那么，这个个体故事其实不能称为自觉的文化现代性故事。其次，文化现代性是一种视角和方法。没有这种视角和方法，就无法判别文学作品在多大程度上具有文化自觉意识的问题，也就会把一般道德伦理叙事或对传统宗法宗族社会具体道德伦理方式方法的回归，视为完善人本身的终极目的，而无视人超越自我的主动作为。再次，文化现代性是一种价值理念。多元社会中，什么价值追求可能都存在，也都相对有存在的道理。但对新型城镇化建设，即文化城镇化来说，时代的强烈要求必然是人的现代化。人们如何才能觉悟到并接受文化现代性价值理念，一定程度取决于社会现实对人的现代化这种诉求的支持水平。很难想象，没有文化现代性这一价值理念，该怎样衡估文学作品这方面的品质？当然，现在的确有一种思潮认为，"现代性"即颓废、迷茫、消极、负能量等的同义语，也即"城市病"。这不仅是一种肤浅观点，而且还是一种别有用心的思维蛊惑。"城市病"的确存在，但指的是偶发的、个别的和个体的现象，与具体人的禀赋、具体环境状况以及具体情境有密切关系。如果所谓"城市病"已经构成了某种普遍性或集体无意识而存在，它就一定不是个别人的个别趣味和诉求，而是现代社会机制不完善或缺失所致，必须追究"外在的"原因，而不是无休止琢磨个体具体的道德伦理状况。一句话，病根仍然在文化现代性意识不自觉上。

之所以说路遥缺乏一种细化叙事的能力，就是因为他的叙事思想或者这思想的顺序先是社会现代性，到了人的现代化（文化现代性），则主要由情感伦理来检测，并没有最终返回到个体的观念形态中去。就是说，个体的被奴役与觉醒都是在无分辨的"理性"的名义下展开。孙氏兄弟（《平凡的世界》）与高加林（《人生》），除了情感选择的自觉，并没有其他更高一级的自觉诉求，尤其无力完成环境"苦难"向社会乃至政治"苦难"的批判性转化，这就导致这些主要人物的人性在由低向高发展的过程中，其实很难脱离原始朴素的善与恶而延伸。

当然，对于路遥的现实主义叙事在八十年代中后期成功扭转了已经有现象化迹象的现实主义而言，无论他的小说创作还是言论《早晨从中午开始》，对今后走好走正现实主义文学与现实主义文学理论之路，都是绕不过去的重要文献。这样说，绝不是说路遥的《早晨从中午开始》绝无仅有，而是说这篇佳作中的思想，的确一直有一系列的"共识"存在，只不过它们被越来越精致化越来越繁复的文学史论述不同程度淹没或遮盖罢了。

目前中国高校的"文学教育"及其有选择性的"文学思想"，实际上早已与切实的中国基层社会现实分道扬镳了，其错位恐怕从二十世纪八十年代中后期就开始了。他们所选择所重点论述的"纯文学"或"先锋文学"作家及其文学现象、作品，只要认真读读崔志远的《现实主义的当代中国命运》①、曹文轩的《中国八十年代文学现象研究》②与《二十世纪末中国文学现象研究》③等，就不难发现，差不多都是文学创作、文学研究的深度体验者所警惕与批判地、审慎地分析的对象。崔志远的批判与其时路遥的主要观点就很是一致，在逐个分析完"寻根文学""先锋文学"的缺陷后，他总结道，"寻根文学所揭示的国民的灵魂虽然与鲁迅开创的启蒙现实主义传统有着继承和沟通（如鲁迅揭露国民性弱点，胡风提出'医治精神奴役的创伤'），但是，鲁迅和胡风等的着眼点和立足点是现实社会，寻根文学却陷入'远、老、异'而不能自拔……寻根文学的精神缺陷显然与此相悖"④；"他们（先锋作家）阐释生命本体论时，强调本能欲望等非理性意识却无视生命的价值和意义；他们在倡导形式本体论时，则排斥了文学同社会历史文化的联系。其实，西方的文化和文学也在进行着调整，当我们的文学在八十年代'向内转'的时候，他们又走向政治、文化和历史"⑤。曹文轩的两个"现象"研究，更是圈内人的知己知彼之论，他并不把他们的形式实验、"主义"选择、个性经验、修辞造势等看得多么神圣多么能

① 崔志远:《现实主义的当代中国命运》，人民文学出版社，2005。
② 曹文轩:《中国八十年代文学现象研究》，人民文学出版社，2010。
③ 曹文轩:《二十世纪末中国文学现象研究》，人民文学出版社，2010。
④ 崔志远:《现实主义的当代中国命运》，人民文学出版社，2005，第424页。
⑤ 崔志远:《现实主义的当代中国命运》，人民文学出版社，2005，第424页。

扭转乾坤，认为只不过是二十世纪八十年代"方法论热""文化热"当中文学创作"从一维构成到多元复合"的一种"开放姿态"。[1]故而，他仍在呼唤"中国，渴望着'纪念碑'式的伟大作品"[2]，这种作品，应该修正政治与文学的关系的把握的偏颇，应该有一支实力雄厚的文学理论队伍，应该有品格和素质更高的作家队伍，更应该有最佳状态的思想解放。[3]毫无含糊，这表达中蕴含了对既有文学事实的太多不满。

归根结底，无论路遥、崔远志，还是曹文轩，他们囿于文学而没有说出的思想，其实正是李泽厚率直点破的东西。现有必要转述一下李泽厚的这个意思。他说，从文艺史看，经常有这样一种现象，一些作品是以其艺术性审美性，装修着人类心灵千百年；另一些则以其思想性鼓动性，在当代及后世起重要的社会作用。前者追求审美流传因而追求创作永垂不朽的"小"作品；后者面对现实尽管写些粗拙却能震撼人心的现实作品。他说，选择审美并不劣于或低于选择其他，"为艺术而艺术"不劣于或低于"为人生而艺术"，世界、人生、文艺的取向本来就应该是多元的。但是，他说在爱好上，"我也更喜欢现实主义，容易看，又并不失其深刻"[4]。今天看，路遥文学创作与言论的几乎其所有思想魅力，恐怕并不在"装点"人生，而在社会作用的"思想性鼓动性"。正因如此，它们才构成了矫正现如今已经普遍现象化的现实主义文学的一面镜子。如果不正视这面镜子，我们的现实主义文学，可能统统会变成大同小异的"反腐"价值模式，或者回归传统宗法宗族文化麾下的具体道德伦理故事，那就不是一般的简单，而是太幼稚了。

---

① 曹文轩:《中国八十年代文学现象研究》，人民文学出版社，2010，第134—160页。

② 曹文轩:《中国八十年代文学现象研究》，人民文学出版社，2010，第381页。

③ 曹文轩:《中国八十年代文学现象研究》，人民文学出版社，2010，第381—396页。

④ 李泽厚:《中国现代思想史论》，生活·读书·新知三联书店，2008，第279页。

目前为止，把毕飞宇的小说创作与现实主义扯上关系，好像还是个奇怪的论题。既然如此，他的小说创作或阅读经验，肯定不是现实主义文学理论了。然而，事情并非如此。我们自筑篱笆，其结果只能作茧自缚。毕飞宇的《小说课》即是挣脱茧，让我们惊讶的一部文学理论书。他通过对人们公认的一些中外经典短篇小说、长篇小说片段的解读，重新建构、整合了当前文学语境、文化语境，深化了现实主义文学叙事理论。之所以如此，得益于作者自觉的现代性文化意识和自觉的文学叙事思想。因此，《小说课》并不是有些评论认为的，仅仅是作者一次充满体温和个性趣味的"解读"。

一

《小说课》①共收录十篇文章，论评对象包括《促织》（蒲松龄）、《红楼梦》（曹雪芹）、《项链》（莫泊桑）、《故乡》（鲁迅）、《布莱克·沃滋沃斯》（奈保尔）、《杀手》（海明威）、《德伯家的苔丝》（哈代）等短篇小说或长篇小说片断，其中对《故乡》《项链》的解读，具有自觉而成熟的文化现代性思想意识，打破了现代主义与现实主义的理论规定性，深化并发展了现实主义文学的个体叙事观念。因此，作为小说家的解读体验，就其理论气质而言，《小说课》完全可以看作是对现实主义文学理论的深入探讨。

---

① 毕飞宇：《小说课》，人民文学出版社，2017。

关于"文化现代性",现在不能说它是一个生僻词语或陌生概念术语,因为就我所知,自从"现代性"进入文学及理论批评话语生产流程以来,人们言说"现代性"时,就已经涉及"文化现代性"了。需进一步强调的只是,"文化现代性"比通常的审美现代性、社会现代性、哲学现代性更世俗,眼光也就更微观,内涵也就更贴身,视角也就更加下沉,不再给人"高大上"乃至居高临下、不食人间烟火的所谓"精英"之感。最新以该思想为尺度论述问题的学者,比如英国文化理论家阿兰·斯威伍德《文化理论与现代性问题》[1]和吉尔·布兰斯顿《电影与文化的现代性》[2]等,往往不会以具体学科为界限小心谨慎地封锁其边界,而是把人作为目的,认为无论大众流行文化、文学艺术,还是相关人类社会学、政治经济学等,它们本来塑造并培养着处在观念意识深位的个体的价值走向。如果不以如此意识土壤为总底盘,那么,分解后隶属于各种不同学科的"现代性"诉求,就很有可能只是一种不痛不痒的话语繁殖,或者彻底堕落成扛着专业主义大旗的"室内游戏",久而久之,一定会丧失其思想能量。只要不把各学科的知识生产仅看作是例行作业式的寻找"增长点",而是视为人文知识者的"以言行事",现代文化秩序的完善,就不会成为某种轻描淡写的装饰。正是在这个层面,把"传统"仪式化与给"传统"封加一些包治百病的徽号,其本质都只是把人当作手段而不是目的,也就不是文化现代性。文化现代性叙事是建立在这种思想基础之上,并能把由个体处境推到社会现代性的叙事再度返回个体,来检验个体理性程度的文学观念。而肇始于十九世纪的批判现实主义,途径社会巨变又自变过多次的现实主义文学,目前为止,仍停留在现象与本质、偶然性与普遍性,或典型人物与典型环境的相当暧昧机械的纠结阶段,并没有从一般社会学视野的"真相"再度返回到"个体",其理论也就还

---

① ［英］阿兰·斯威伍德:《文化理论与现代性问题》,黄世权等译,中国人民大学出版社,2013。
② ［英］吉尔·布兰斯顿:《电影与文化的现代性》,闻钧等译,北京大学出版社,2012。

不是彻底的和深入的。

　　毕飞宇的解读不是以严谨的学术话语及学术结构来完成，他主要是以带进自我体验的方式来表达他的文学思想叙事理念，这就需做必要的剥离。有三层意思，第一层是作为叙述人的毕飞宇，他只能把全部的自我认知摆进去，解读中就形成了一个二度创作的完整的小说家。这个小说家既是原作者叙事意图的执行者，也同时是原作品叙事语境的转换者。原作者与原作品未到之处或者意思饱和而缺乏当下情境的地方，通过被构建的这个叙述人取得了逻辑上的完善因而转换成了当下叙事。第二层是作为人物复活者的毕飞宇，他是一个个活在今天思考在今天体验在今天的人物，更重要的是他们均有着焦虑、迷茫、无助的现代神色，是刚刚从路遥式现实主义夺门而出的个体，有着被经济主义价值模式粗糙修理过的意识痕迹，也有着文化主义常有的傲慢与偏见。因此，与其说他们是供人瞻仰、把玩、嘲笑的对象，不如说是按照人物复活者毕飞宇的理解，重新打扮起来专门来领教中国化惯习的思考者。唯其思考，他们就是有主体性的人。第三层是作为论评者的毕飞宇，他统揽全局、臧否是非，不但知道写什么、怎么写，还明白写得怎么样。所以，这一层就其性质而言是典型的文学思想叙事话语。

　　有了这三个组合，毕飞宇的解读便径直奔向人的现代化这一终极目的而去了。引带而出的问题首先是现代性顺序的变化。在二十世纪八九十年代，政治现代性与社会现代性叙事居于现实主义文学首位是明确的，只不过往往把这种意图寄托在"清官""政治精英"与"为人民受难""替他人受伤"身上，大多数"反思文学""伤痕文学"即是如此，个体叙事只是一个切口，其一体两面的追求在政治现代性与社会现代性上。这样的一个"传统"到了市场主义语境，一下子被"日常生活叙事"打断了，汹涌而来的是各种"危机叙事"，个体大同小异的"内在性体验"反而成了经济主义利益诉求在文学上的反映。自我确认使然，文化现代性的共识被瓦解。在这样一个文学知识与经验的氛围里，毕飞宇的《小说课》把前面的顺序变成了文化现代性、社会现代性、政治现代性。一方面，时代已经具备了起码的物质基础和意识条件；另一方面缘于毕飞宇对个体发展的更宽阔理解。

　　培育现代性个体当然是一个漫长过程，要历经生长、发展、成熟、自觉几个阶段，再优秀的文学叙事自然不能包治百病，更不能揪着头发肆意畅想，它需要扎根在适宜的物质土壤和文化土壤中，起码是需要个体自为而获得权利的语境，这是与路遥时代完全不同的条件。因此，它只能准备给有准备的个体，只能给醒悟的精神世界提供启蒙，这就必须分别对待毕飞宇的解读。

二

　　毕飞宇并没有大段大段正面论述过文化现代性，在他看来，现代性也罢，文化现代性也罢，早已过了提倡、强调的阶段，现在需要的是执行、深入，这是更加成熟更加自觉的表现。读他的表述，突出的感受是文化现代性叙事不是一般意义的人性成长问题，也不是通常所见通过自我确认便能照射出个人内在性生活状态的意识与潜意识释放，是内在于传统文化结构的具有整体感的结构性叙事。即为结构性存在，难点就在于必须指向"原来如此"的文化传统。《两条项链——小说内部的制衡与反制衡》所表达的就是法国个体在日常生活中"习以为常"的常识，和中国个体在日常生活中"习以为常"的"创新"的主题，充满着对比张力。年轻漂亮的教育部公务员路瓦栽之妻玛蒂尔德，有幸被教育部部长太太邀请去参加家庭舞会，于是，借了富豪朋友佛来思节夫人的一条名贵项链，作为身份的一种装点。舞会上她当然心情愉快，表现完美，不幸在于回家途中弄丢了项链，然后是打短工赚钱还项链，这即是莫泊桑短篇小说《项链》的大致故事流程。这故事流程也被新时期以来我国中学语文教材等权威读本归纳为借项链、丢项链、还项链以及发现是假项链这样一连串经典情节，用来说明资本主义社会拜金主义对社会的腐蚀以及爱慕虚荣对个体的异化。《项链》自然影响卓著，因

55

第四章　毕飞宇现代性体验与现实主义
文学理论的深化

为它盘踞我国中学语文课文距今已有四十年之久，贯穿了恢复高考以来课文的历次删减、更新，然而唯它我自岿然，表明它是衬托我们文化优越性的永远的他者。即是说，有了玛蒂尔德，资本主义社会究竟是什么样子，资本主义社会养育起来的个体是什么样子，才不再是一对抽象概念，它是一种实体，离我们很近，一不注意会冷不丁跟我们打个照面，乃至于同化、腐蚀我们自己。

毕飞宇当然心知肚明触碰这样一个话题的风险，因为无论1884年的"法国经验"，还是今天的"中国经验"，都是每个人血液里自然而然流淌着的东西，越是这样越就不好具象化。所以，他首先回避了轻便省事的道德审判，也放弃了抽象而高蹈的人性启蒙，他沉淀了他作为中国个体的生活经验，回到了常识的细微纹理。他把玛蒂尔德、路瓦栽、佛来思节夫人，分别换成张小芳、王宝强和秦小玉，结果《项链》中的故事"漏洞百出、幼稚、勉强、荒唐，诸多细节都无所依据。任何一个读者都可以轻而易举地发现它的破绽"①。《项链》中的"法国经验"与"中国经验"之间就有了十个方面的错位：第一，教育部公务员王宝强的太太参加部长家的派对，即使家里没有钻石项链也不可能去借，丈夫也做不出借的事来；第二，哪怕王宝强家里有钻石项链，太太平日里就戴如此项链，要去部长家也会取下来，即使太太不取下来丈夫也会建议取下来；第三，一个中国成年女人再怎么不懂事，也不会抢部长太太的风头，当然也是抢不走的；第四，假货是中国的基础，道德上谴责的同时情感上却又是依赖的，更何况一个虚荣奢华的女人对假货是在行的，去借奢侈品是不可能的；第五，即使王宝强夫妇借了也丢了，真的会买钻石项链还吗？他们有各种别的措施；第六，就算买了真钻石项链还了，教育部的公务员及其太太会辛苦十年吗？第七，漂亮貌美的张小芳可能会采取别的办法赚钱，唯独不可能做最苦最累最脏的苦力活；第八，富婆秦小玉若真得到了还来的真钻石项链是

---

① 毕飞宇：《两条项链——小说内部的制衡和反制衡》，《小说课》，人民文学出版社，2017，第56页。

不会第一时间告诉张小芳的；第九，一个年轻漂亮的女人有点虚荣心，作家就恶意升华、草菅生活、肆意践踏，不是仇富就是变态；第十，中国社会一个女人的小小虚荣还达不到影射社会虚伪的功能与力量。①前三个是中国机关常识，后七个是中国普遍现实。置换人物后他得出结论认为，莫泊桑的短篇小说《项链》的故事来源于两个基础前提。小前提是，之所以莫泊桑对玛蒂尔德的虚荣，包括奢侈及奢侈的冲动不能原谅，是因为至少 1884 年的法国社会是"健康的、美好的"和极其正常的。玛蒂尔德人性中的问题，仅仅是人类顽固的、不可治愈的奢侈冲动，而不是通常所见贫穷太容易，奢侈也一样太容易，或者一方面有大量的贫穷，一方面有大量的奢侈的糟糕的社会。因为《项链》的基本语境是个体深入骨髓的"诚实"和作为社会机制的稳如磐石的"契约精神"。大前提是，"真"的环境里，"假"才无法容忍，而"真"进一步则是现实主义对现实世界认知方式的"求真"，它是人类心理的基础、认知的基础、审美与伦理的基础，最终变成了日常生活的基础。《项链》所采用的小说线性是假——真——假，"假"冲击盘踞在生活中央的"真"便构成了小说的戏剧性，玛蒂尔德身上所拉响的警铃，反而不是虚假与阴谋，而是耐心与忠诚，这是她与她的社会相互依存、互动运行的价值基础，也就与存在主义的真——假——真，即当"假"盘踞于生活中央而产生的不可思议效果有了本质区别。

相对而言，"中国经验"的《项链》，除了以上十条，中学阶段就被骄傲地植入的"创新"元素，历经几十年而不衰，其基础前提便是认定个体人性与社会机制之间不存在必然联系。非但如此，几十年来雷打不动的经典性设问，比如"玛蒂尔德丢项链之前就发现是假的"或"偿还之前突然发现所借项链是假的"将怎么安排情节发展一类问题，看似只在探讨小说叙事，其实无不指向国人根深蒂固的人性理解或日常生活经验，即如何开脱自我责任和怎样发挥

---

① 毕飞宇：《两条项链——小说内部的制衡和反制衡》，《小说课》，人民文学出版社，2017，第 57—58 页。

"智慧"以便巧妙嫁祸于人。所以，放大了看，中国当代现实主义文学叙事中的"真""真实性""真实感"，并非严格意义的"求真"文学，充其量不过是现象叙述。为现象赋形或把糟糕的社会问题推向千篇一律的"官场腐败"，是其叙事终点。这也就部分地解释了我们的文学创作及其读者，总那么愿意寻找"亮色"，以至于总那么容易在"励志""理想主义""人道主义"甚至"伦理主义"层面要求作品的原因了。说到底，是我们的文学教育中先天性缺失现代性思想所致。仅以对《项链》的解读来论，毕飞宇的文学思想不是把个体的实际处境推向社会，由抽象的社会来买单，而是再度返回个体，重铸理性的自觉。由此可见，他有着更自觉更细化的叙事理念。他把玛蒂尔德十年干脏活的苦力劳动看作具体个体在社会中的"耐心"与"忠诚"，并认为这种普遍性品质所缔造的"契约精神"，才是普遍意义的日常生活伦理基础，健康的、美好的社会首先建基于此并被这个东西所维持。因此，莫泊桑写作《项链》时的法国社会，与中国读者所体验到的法国社会正好相反，那是一个有着无比稳固的基础性价值的社会，那里面的一个人、一个公民、一个家庭，都对契约精神无限忠诚。[1]

毕飞宇的小说创作同样具有这样的思想气质，发表于《人民文学》2007 年第 5 期的短篇小说《相爱的日子》，就是近十多年来无数大同小异的"危机叙事"中显得很特别的一个例子。男女青年为同乡，又在同一城市同一大学毕业，就业也在同一城市，紧接着同居过上了准夫妻生活。他们俩可谓方言共同体、地域共同体、知识共同体以及情感伦理共同体，然而，他们俩最终却没能顺利到达婚姻的殿堂。摧毁他们的有水涨船高的基本经济生活标准，无需过多的道德谴责。按照小说语境，这对恋人大概属于从农村"漂"到一线城市的大学生，对于任何一个心智正常的女子，大学毕业了能留在一线城市并且能嫁给一个收入比较稳定的男人，甭管他是离异还

---

[1]　毕飞宇：《两条项链——小说内部的制衡和反制衡》，《小说课》，人民文学出版社，2017，第 59 页。

是带一小孩，怎么说都不过分。问题出在，这个看上去很像玛蒂尔德的女同学，她远没有玛蒂尔德那样的耐心与忠诚，就是说，"相爱"而"无爱"，根源在她及她被允许如此选择日常生活的逻辑是符合"中国经验"的，而这个"中国经验"却是拒绝个体成长的，始作俑者就包括男子本人。男子躺在女友身边帮她划拉着手机照片，为恋人挑选未来的丈夫，他们心平气和地掂量着那些男人的条件，充分表明他们认同"假"盘踞生活中央，闹鬼的反而是"真"。《林红的假日》①同样是通过细化叙事检验个体发展与否的一个中篇小说。林红在"假日"中完全能实现"真我"，"假日"一旦结束，马上被各种"符号"所吸附。青果过的是另一种堕落生活，可是林红要维持持久的"真我"，似乎只能先扛得住青果那样的生活，因为正因有青果的参照，林红才做出了挑战"真我"的尝试。这意味着，林红这个个体只能说对消灭"真我"的日常生活有所醒悟，根本谈不上成长，更遑论发展乃至于自觉了。

现实主义文学创作不能深入，至少不能如理论所愿那样深入，当然问题比较复杂，由多种语境共同所导致。但核心一点是，现实主义文学理论批评，的确也仅停留在文学叙事是否符合现实社会逻辑的"真实""真实感"上，而这个"真"其实不过是像不像实际现实的问题，根本不是反身审视培育此"真"的无数个体有意或无意造就的文化土壤。即是说"个体化"发育的过程是缺席的。不言而喻，由此建构起来的现实主义文学理论也仍然是肤浅的，难脱庸俗习气的。

三

个体本身的破碎，是个复杂的哲学问题，但之于毕飞宇，不是

---

① 毕飞宇:《林红的假日》,《好的故事》,山东文艺出版社,2004,第39—81页。

如多数所谓现实主义文学所示的那样批判人类的顽固性，而是批判"统揽性"的文化惯性。这种意识在毕飞宇解读《故乡》时，表现得更加清明而坚定。关于鲁迅先生的话题及其文学思想的阐释，的确几乎没有没说过的。再谈《故乡》无疑更是走钢丝，可是，毕飞宇把"劣根性"细分为"强的部分"的"流氓性"和"弱的部分"的"奴隶性"，以及认为成年闰土用"理性"来表达他的"奴隶性"等观点，即便放到汗牛充栋的鲁迅研究成果中，也应该能成一家之言。毕飞宇的结论当然不是通过对"国内外研究现状"的梳理中而来，而是他文化现代性叙事经验的另一侧面，承接着解读《项链》的思想。简而言之，是通过细化叙事纠正了通常现实主义文学中被误用的笼统的"理性"，触及的是现代性叙事的核心部位，可谓三度返回个体。

闰土与杨二嫂的身上全部集中了这些问题，围绕他们两个角色而发展壮大的现实主义文学批评话语，其中的偏差与局限也就都可以从对这两个角色的理解上暴露出来。

《故乡》于1921年创作，小说以"我"回故乡的活动为线索。按照"回故乡""在故乡""离故乡"的情节安排，依据"我"的所见所闻所忆所感，着重描写了闰土和杨二嫂的人物形象，从而反映了辛亥革命前后农村破产、农民痛苦生活的现实；同时深刻指出了由于受封建社会传统观念的影响，劳苦大众所受的精神上的束缚，造成纯真的人性的扭曲，造成人与人之间的冷漠、隔膜，表达了作者对现实的强烈不满和改造旧社会、创造新生活的强烈愿望。该小说入选初中语文，人民教育出版社九年级（上册）。[①]这段概括是初中语文教材中雷打不动的内容，如果稍微改动一下"旧社会"及其相关社会背景，简直就是今天"底层文学"的文学史前身。下面的总结与提炼，即是如此。

有文章说，什么是底层文学，目前评论界并没有一个统一的明确的定义。有的学者将底层文学视为一种伦理写作，也有的学者

---

① 参见：https://baike.so.com/doc/5398439-7518450.html.

认为它是资本神话时代的无产者写作，甚至还有学者将它看作是对传统左翼文学写作的回归。文章认可如此界定的"底层"概念：政治学层面——处于权利阶梯的最下端，难以依靠尚不完善的体制性力量保护自己的利益，缺乏行使权利的自觉性和有效路径；经济层面——生产资料和生活资料匮乏，没有在市场体系中进行博弈的资本，只能维系最低限度的生存；文化层面——既无充分的话语权，又普遍不具备完整表达自身的能力，因而其欲求至少暂时需要他人代言。文章还强调指出，这个界定告诉我们无论在哪一个层面，"底层"都是一个弱势群体，他们身份卑微，地位低下，生活贫困。于是"底层"就成了苦难的代名词。底层作家采用平民视角关注现实，关注底层民众，通过朴素的现实主义叙述方式，反映社会转型中的农民、工人和其他底层民众的艰辛与苦难。所以底层文学一出现就具有浓厚的苦难意识，表述苦难也几乎成了底层文学的共同特征。①

当然"底层文学"成为热点，不光在概念，更在它拥有普遍的社会文化基础和数量庞大的创作队伍及作品。文章强调，进入新世纪以来，许多作家不约而同地将视线转向社会底层人物——城市平民和农民工，在作品中表现他们苦乐相伴的艰辛生活。到 2004 年底层文学创作已形成强大阵势，我们可以很轻松地列出一大批为读者所熟知的作家，如刘庆邦、陈应松、谈歌、刘醒龙、尤凤伟、葛水平、胡学文、荆永鸣、曹征路、罗伟章、夏天敏、孙惠芬等。底层文学作品数量也令人刮目相看，"最近一年半的文学杂志上，差不多有一半小说，都是将'弱势群体'的艰难生活选作基本素材的。"而且其中许多作品已经得到文学评论家和文坛的认可，如尤凤伟的《泥鳅》、孙惠芬的《民工》、陈应松的《太平狗》、荆永鸣的《北京候鸟》、罗伟章的《大嫂谣》、夏天敏的《好大一只羊》、胡学文的《命案高悬》、曹征路的《那儿》等等。这些作品或者被

---

① 《底层文学中的人性之光》，参见网址：http://www.artsbj.com/Html/zhuanti/gh_3190_7669.html.

多家文学杂志期刊转载，或者被批评家研讨，或者获鲁迅文学奖、老舍文学奖等重要奖项，而且底层文学作品大量入选中国小说学会年度小说排行榜。底层文学的兴起，也带来了文学批评的热闹。2004 年到 2006 年，《天涯》《文艺争鸣》《上海文学》《北京文学》以及新星出版社和新浪网等文学期刊、新闻媒体等，先后发起组织了十多次关于底层文学的对话与争鸣。创作与评论交相辉映使底层文学声势浩大地浮出水面，成为备受人们关注的热点和焦点。[①]

很清楚，表面看，《故乡》是今天"底层文学"的前身，今天的"底层文学"是《故乡》叙事的"未竟事业"。既然闰土与杨二嫂的命运贯穿到了今天，意味着揭开他们所受惠的"文化"也有着近百年的历史。这里面不止需要转换语境，更需要揭示其"文化"与其弥漫周身的"政治""经济"话语混杂而生成的民粹主义，才能与《项链》中已经镶嵌进日常生活纹理的"契约精神"产生积极的对应关系。否则，仍然以"理性"逻辑自居，并且仍然以道德及生存伦理优越感自居的"底层文学"，便难以与新型城镇化或文化现代性这个基本前提相匹配。

"想做奴隶而不得的时代"与"暂时做稳了奴隶的时代"，是鲁迅先生对国民劣根性的经典总结。毕飞宇在《故乡》解读中把它细化为具体的几对关系来呈现，他们渗透在"故乡"里的两种势力中：强势的、聪明的、做稳了奴隶的流氓；迂讷的、蠢笨的、没有做稳奴隶的奴才。[②]这两种势力交织替换地出现在"我"与母亲、闰土，母亲、少年"我"与少年闰土、成年"我"，成年闰土、母亲与杨二嫂、"我"，杨二嫂以及宏儿与水生之间。虽然都是流氓性与奴隶性，其中闰土与"我"之间的转换却最为触目。毕飞宇指出，少年闰土于"我"而言是"强势的"、自然性的，因此，鲁迅先生的笔触是抒情与诗意的。当成年闰土嘴里"老爷"一出，自然性戛然而

---

① 《底层文学中的人性之光》，参见网址：http : //www.artsbj.com/Html/zhuanti/gh_3190_7669.html.

② 毕飞宇：《什么是故乡？——读鲁迅先生的〈故乡〉》，《小说课》，人民文学出版社，2017，第 88—110 页。

止，阶级性产生了，"弱势的'我'成了'老爷'，而强势的'闰土'到底做上了奴才"①，小说叙事基调由温暖、缓急转而为寒冷、冷，回忆、描绘变为了对话、审视。不仅如此，闰土表达奴性不是一闪而过、礼节性的，而是有着一整套"理性"程序。"那时是孩子，不懂事"，是奴性需求的特有表达方式：自我检讨；奴性表达也有着滴水不漏的内容或者智慧："过去不懂事"。与闰土由"强势"转"弱势"或"我"由"弱势"转"强势"不同，杨二嫂则只属于"强势"的流氓性，一是明抢，二是告密，与她"圆规"式冰冷、坚硬的外形非常相称。全然没了少年闰土因自然性未泯而有的本真的强势，也没有少年闰土经过长期"奴役"到成年后才慢慢变得"弱势"的迂讷与蠢笨，后者总归还有点羸弱而迟钝的"善意"。如此，再仔细读毕飞宇归纳的六条观点，就别有意味了。第一，奴性不是天然的，它是奴役的一个结果；第二，在闰土叫"我"为老爷的过程中，什么都没有发生；第三，"五四"一代知识分子或作家，反帝与反封建是两个基本命题；第四，"五四"一代知识分子或作家有一个基本道德选择，就是站在被侮辱与被损害的那一边，他们批判的是"统治者"；第五，鲁迅是唯一一个"不肯示爱"的作家；第六，在鲁迅那里，价值与真理的认同"不一定"在民众那一边，虽然它同样"也不一定"在统治者那一边，就一对对抗的阶级而言，价值认同绝不是非此即彼的关系。②

体验《故乡》中的这些味道，再对比刚提到的"底层文学"，有至少两个疑问需要提出来，即人民与人民之间只通过告密才建立了关系，今天的现实主义文学有无建立正面关系的可能？既然是长期奴役，从"新时期"到"新世纪"，文学叙事"主义"的确更换了无数次，但作为现实主义，支撑"新"的是"真知"还是"旧"的异化形式？毫无含糊，今天的现实主义文学理论，除了一直亢奋

---

① 毕飞宇:《什么是故乡？——读鲁迅先生的〈故乡〉》,《小说课》,人民文学出版社, 2017, 第 104 页。

② 毕飞宇:《什么是故乡？——读鲁迅先生的〈故乡〉》,《小说课》,人民文学出版社, 2017, 第 104—108 页。

于泛化的人道主义、底层道德伦理优越感外，并没有真正将视角下沉到作为政治无助者、经济匮乏者、文化失语者底层个体的现代性审视上去，取而代之的恰好是代言政治而不得的"苦闷"与代言社会而不能的"愤慨"，缺乏基本的理性拷问与逻辑沉思。

四

毕飞宇是在"象征主义"层面解读《故乡》的，然而从现实主义的本质来论，象征主义不也是现实主义文学叙事的一个常识吗？如果不耽溺于一一对应的死板逻辑，成其为叙事者，不是象征便是隐喻、反讽，这更是叙事学的一个常识。也就是说，近四十年来，途经"新写实"再到"底层"，现实主义文学其实是比之前现象学更极端化的图解政策，其中的个体、人性，并没有超越具体的伦理道德、政治经济乃至文化身份。非但如此，反而是具体伦理道德、政治经济、文化身份规定性中的"认同"或"危机"。可想而知，产生于此的"认同叙事"或"危机叙事"，无法不被收缩在"个人主义"麾下，也无法不在自我中心的半径内纵横肆意，一旦碰到超出自我经验半径的领域只能缩手缩脚、畏头畏尾。导致的后果只能是，向前不屑也不愿承接"五四"的大开大合，向后也不敢亦不愿正面迎接现代性——只会在走样了的"现代主义"或"后现代主义"那里插科打诨；又由于囿于基本语境、情境，只会制造些貌似"先锋"实则心理主义的拼贴文本，或者貌似现实主义实则伪自然主义的同质化叙事。唯独匮乏的是，把个体理念返回到日常生活逻辑，再由日常生活逻辑第三次返回文化观念的细致与耐心。其后果可想而知，特别是现实主义文学中的个体状态，要么是对《项链》中"中国经验"的反复重写、组装、改造，玛蒂尔德们继续充当无辜的道德审判者；要么作家摇身一变为无数"无根者""漂泊者"，大量版面被少年闰土们的"强势"所挤占，现实主义文学世界反而成了生产"诗意"与"抒情"的基地与大后方，中间偌大的空白几无人认真打理。

《小说课》一经出版，已有不少研究者著文谈论，要么表彰毕飞宇研读经典的细腻、细致与个性化观点；要么借此放大述学文体的意义，送毕飞宇的"解读"以"体温""体贴""灵动""率性"为标签。《小说课》是小说家言，以上特点自然读者都能感受到，既如此，那么把它视为另一形式的创作好了，体验随着文字的终结而消失是自然的事，有什么好挽留的呢？

《小说课》的价值的确不止在这里，他在《项链》中发现的"中国经验"所习焉不察的"契约精神"，在《故乡》中看到的个体长期被奴役而生的"理性"自我检讨方式及内容，包括在《看苍山绵延，听波涛汹涌——读蒲松龄〈促织〉》中得到的"劝谏文化"还不是现代文化[1]结论、《"走"与"走"——小说内部的逻辑与反逻辑》中梳理的《水浒传》的"逻辑"与《红楼梦》的"反逻辑"[2]，等等，整合而成的现实主义文学叙事理念，一宏观一微观、一观念一叙事方法、一思想一审美，一前一后或一后一前，处处打在当前中国现实主义文学叙事及理论批评程式的软肋处、痛处。其通过感性方式给现实主义撑开的空间可能性，恐怕不是多数文学史惯性、批评家理性思维能意识到的。因此，说《小说课》因为自觉的文化现代性而深化了现实主义文学叙事理论，似乎一点都不过分。这并不是某个读者个人偏好不偏好的问题，而是深关现实主义文学理论要不要继续与现代性划清界限，甚至要不要因强力呼吁"先锋性"而贬为陈旧、落伍、迂腐的问题。

部分文学叙事事实及其理论批评已经证明，如果不跳出约定俗成的现实主义文学及其批评价值模式、话语方式、理论惯性，用文化现代性这个本属于现代主义文学的思想来重新审视，现实主义文学及其理论批评，大概也不会走多远。要么堕落为庸俗自然主义，

65

---

[1] 毕飞宇：《什么是故乡？——读鲁迅先生的〈故乡〉》，《小说课》，人民文学出版社，2017，第25页。

[2] 毕飞宇：《什么是故乡？——读鲁迅先生的〈故乡〉》，《小说课》，人民文学出版社，2017，第37—47页。

要么走样变调成某个类型文学的附庸，唯独不会再成为读者曾经青睐的现实主义。

现实主义的异化形式有多种，但最主要的是所谓"心灵叙事"，它蔑视常态伦理叙事，因而一定程度上毁坏了文学叙事的社会化。虽然心灵叙事的兴起有其特殊的语境原因，也有其具体针对性，可是，从现代社会机制的层面看，心灵叙事却未必是介入社会现实结构的姿态，这是由它的本质属性决定了的。

第五章 "心灵叙事"与常态伦理叙事辨析

心灵叙事是近几年一些批评家炮制的一个理论术语。表面看，心灵叙事比传统现实主义有文学味得多，但实际上这种只指向人物内心事象的叙事，其实是以牺牲，至少是以回避外部现实为代价的一种相当私密的美学诉求。一个直接的文学后果是，歪曲正常人性状态，回避现实尖锐问题，以及极端的个人主义的应运而生。

与日常叙事的区别在于，日常叙事有它潜在的对立面——宏大叙事。因此，庸常性、消解性、形而下性成了日常叙事的核心。常态是相对内心与个人而言，在发掘内心的密度和个人的潜意识上，历史叙事与乡村叙事本质上并没有太大的差异，都承载着个人经验的沉重负担，甚至可以理解为是想象催生的文学现实，在常态的现实面前，我认为这是"非常态"的文学。不过，非常态针对的只是目前的某些评价理论，不包括被归类到以上两大主流叙事的作品本身。恰恰是理论上简单粗暴的评价标准，集体性地简化了作品本身的丰富性和复杂性，至少看上去，当代中国文学就只剩下历史叙事和乡村叙事，或者当代中国文学应该在心灵上下功夫，才堪称伟大的文学。这种主张无疑永远是正确的，我认为可以继续讨论的是，当这种主张扩散成一种意识形态，文学也许会变得更心灵了，但文学同时也与普通人生的紧密关系可能面临着被取消的危险。

正是基于以上考虑，我认为漠视常态下的文学叙事是有偏颇的。

67

一、"心灵叙事"发生学及其虚妄承诺

从新写实主义到欲望化写作，无疑是导致"心灵叙事"出场的

一个直接后果。按照洪子诚教授的描述，"'新写实小说'的'新'，是相对于当代写实小说的一段状况而言。与当代写实小说强调'典型化'和表现历史本质的主张有异的是，对于平庸的俗世化的'现实'，'新写实'作家表现了浓厚兴趣。注重写普通人（'小人物'）的日常琐碎生活，在这种生活中的烦恼、欲望，表现他们生存的艰难，个人的孤独、无助，并采用一种所谓'还原'生活的'客观'的叙述方式。叙述者持较少介入故事的态度，较难看到叙述人的议论或直接的情感评价。这透露了'新写实'的写作企图：不作主观预设地呈现生活'原始'状貌。'新写实'作家的现实观和写作态度，是他们的创作切入过去'写实'小说的盲区，但也会产生对现实把握的片断化和零散化"①。价值判断上的不介入，意图上的原始状貌，以及以关切、认同的态度，来描述俗世形态的生活。这些其实已经是欲望化写作的前文本特征。只不过当时语境下的新写实批评家，着力点并不在这里。他们与新写实作家一起要解决的核心问题是，把人从历史本质中解救出来，还原小人物的历史面貌和俗世状态。显然，这是一个集体"解构"的文学运动。

在新写实后期，文学的一个极端化表现是，由日常自然地进入对身体的展示，或者说，日常叙事的必然走向就是要找寻长期以来被迫迷失的身体。如果抛开题材的划分，我认为物化的都市景观和所谓女性身体写作，消极的意义就在于，把文学的世界紧缩成了个体私人的世界。从大的方面说，被发掘的欲望不只是指人性的潜意识，在无意识、潜意识合理化的基础上，大力宣扬一种飘忽的、不确定的、说不清楚的人生观。那里不索求起码的善恶、美丑、是非的界限。洪先生所说的现实把握上的片断化和零散化，到了欲望化写作已经成了对世界的根本看法。这在许多作家的创作谈中表现得很明确，一方面，他们认领文学的边缘化，文学仅仅是个人的谋生手段或自娱方式，文学就有理由成为他人陌生的私人生活；另一方

---

① 洪子城：《中国当代文学史》，北京大学出版社，1999，第340-341页。

面，他们骨子里充满"革命性"，文学成为一种有对抗物的释放，自娱、自乐、自虐、自恋，窥探、偷窥、暴力都在文学表达的范围之内。这时候，文学人物不再是小人物的普通形象，呆傻、白痴、病态、变态是主要人物的突出特征。在这些人物的眼里，世界必然是荒诞的、不可把握的，现实必然是断裂的、碎片化的，人生必然是神秘的、宿命的。最后，人性的吊诡就是合理的。革命把人变成非人，反革命把非人变成人，便是一般的历史小说的人性模式。

私有形态写作的大量流行，构成了批评家对当前文学失望的直接原因。2004年第1期《南方文坛》发表了长达21页的题为《回到文学本身》的"青年作家批评家论坛纪要"。在这次云集了当前最为活跃的批评家论坛上，批评家集体性地诉诸了中国当代文学的精神性问题。老实说，我读这篇论坛的感觉正像参与者之一的张柠所言："大家的发言分开看，都有道理，也很漂亮，但放在一起就一团糟。"原因是，多元化思维下的精神交锋缺乏对共同问题的价值底线："文学是个人最孤独的内心的一种声音""文学就是小丑，在公众面前表演""文学就是维护人的尊严，表达一种最自由的声音""也有人将文学当作达到个人目的而向当权者献媚的工具"等等。这些都是非价值的多元，而不是价值的多元。各执己见就等于什么问题也没解决，至少没有就某个问题达成哪怕是理论上的共识。导致空谈的核心因素大致有两点：一、没有结合中国当代的作品；二、没有就当代中国的现实来谈问题。不过，就这次论坛的论题本身，仍然可以看作是批评家集体提出"心灵叙事"的发端。

首先，提出了在"全球—本地"化语境中如何确立中国文学的自性。批评家郜元宝借鲁迅的"立人"，认为文学改观被动的、后发的"反应"，主要在于"先立其人之心，让他的'内部生活'变得深邃壮大，其他一切救国计划，比如我们熟悉的各种号称要对时代作出'反应'的计划，其重要性倒在其次"。

其次，重新思考写作者的身份，即写作者的立场、姿态、职责。对该问题讨论的讨论者似乎都有经验要谈，但结果仍然倾向于个人主义的神秘色彩和宿命论成分，颇有代表性的是作家陈希我的观点。他不齿余华、莫言、王小波作品所谓活命哲学。他认为"文学不是比进步、比科学、比道德的东西，不是比正确、比常态"，"文学是比弱的，比的是软肋"。"文学是什么？文学是告诉人们，在现实世界之外还有一个世界；在世俗逻辑之外还有另一个逻辑"。

再次，中国文学的精神本根：信仰还是虚空？虽然批评家谢有顺的观点与中国文学精神本根充满了悖论甚至自相矛盾，但因其有相对的结论，基本可以代表该论坛的旨意："伟大作品该有的最基本的命题，比如存在的意义、生与死、人性、宗教意识等。"域外的宗教精神、宗教思想和对域外宗教的理解，其实是他讨论中国人精神问题的出发点。

归纳一下，所谓心灵叙事约等于回到文学本身。第一，要书写内部生活。对于新时期以前中国文学的处境而言，内部生活自然更为自由一些，但结合近几年非常流行的内心叙事，与前者并无本质性区别。那种隔绝更大的社会背景，进入人物内心，把内心景观显微化的文学，很难说对"立人"有必然的积极意义。第二，把写作者定位在找寻现实世界之外的另一个世界上，找寻世俗逻辑之外的另一个逻辑上。连起码的正确、常态都不屑于关注，这样的作家写出来的作品普通人是不可能领受得了的，更遑论对普通人的精神有益了。这肯定是个误会，神秘主义只能是私人的事情。第三，把中国文学的精神本根立在西方传统的麾下，学习、修复、改善是可以的，但要借此来解决中国人的精神缺失问题，从根本上会越走越与中国现实隔膜。

也许是谢有顺有所警觉的缘故，在 2005 年第 4 期《南方文坛》上，他发表了《中国小说的叙事伦理——兼谈东西的〈后悔录〉》的文章，对他在 2004 年论坛上的观点进行了扩充和具体化。背景由《圣经》变成了中国作家曹雪芹、鲁迅、张爱玲的作品。主要思想支援来源于胡兰成、夏志清等人，或者说受胡、夏等人文学观的启发。客观地说，整体上我是认同这篇文章的。主要基于以下两点认识：其一，曹雪芹、鲁迅、张爱玲无疑是现当代文学研究领域具有永久性生命力的作家，他们在不同时段都能被研究者言说，既是热点又是永恒话题，可以说各个维度的发掘都有，谢有顺能在社会伦理和写作伦理的主题下把他们串起来而不牵强，足见谢并不是一时的较真；其二，谢对当下文学中的病象很敏感，也试图从中国文学的传统中寻求解决的办法，这在方法论上无疑是正确的。

但我对他梳理三位作家的意图——认为中国文学历来缺乏"心灵叙事"，因此要补的写作功课是解决作家对文学人物善恶观的态度。我以为这是极其有限的论调，且不论三位作家作品的丰富和复杂。就现实关怀而言，三位作家对笔下人物的态度并不是像谢所说的，"好玩之心"（按——胡兰成语）和"无差别的善意"（按——胡兰成语）。这一点是谢文的根本目的。可以说，正是为了表达这一中心论点，三位作家才有缘走到一起。行文过程保持着谢有顺一贯的风格：口气的决绝、术语的滥用、铺排的个人推理以及以点带面的姿态（通常被认为是谢有顺的才气）。全文比较长，恕不细析。这里只摘引"四"中带有结论性的一段话：

> 我希望看到有一批作家，成为真正的灵魂叙事者。他的写作，不仅是在现实的表面滑行，更非只听见欲望的喧嚣，而是能看到生命的宽广和丰富，能"饶恕"那些扭曲的灵魂，能有无所不包的同情心，能在罪与恶之间张扬"无差别的善意"，能对坏人坏事亦"不失好玩之心"，能将生之悲哀和生之喜悦结合为一，能在"通常之人情"中追问需要人类共同承担的"无罪之罪"，能以"伟大的审问者"和"伟大的犯人"这双重身份写出"灵魂的深"——这些作品品质，在日渐肤浅、粗糙的当代文学中几近绝迹，可以说，它直接导致了当代文学的苍白和无力。
>
> 特别是当代小说，大多还是走"种族的，国家的，乡土及家族的"路子，把"兽性"当人性来写的人也不在少数，精神上的狭窄和浅薄一目了然。因此，一个作家是否具备生命的广度和灵魂的深度，就直接决定了这个作家写作境界的高低。我注意到，已经有一些当代作家，开始从

71

现世的道德、是非中超越出来，正走向生命的仁慈和宽广，正试图接续上中国叙事文学（以曹雪芹、鲁迅、张爱玲等人为代表）传统中最为重要的精神血脉。

这样就清楚了，浅层次上，心灵叙事指超越俗世道德观、善恶观、现实观、政治观；更深一层实际上仍然指向西方的宗教意识。看来胡兰成的话在该文中是个关键，它负责该文背景的转换，把西方转换成中国，而核心内容还是上次论坛上配置好了的。这就不得不使人怀疑他把这三位作家放到一起的学理性。恐怕至少鲁迅并非那么唯美的作家，大量的鲁迅研究成果搁在那里，这是文学界内的人早已有目共识的事实。至于张爱玲，在对张爱玲作品有过专题研究的学者那里，张的小说也并不是《圣经》式的作品。比如王宏图曾援引他的博士生导师陈思和的"浮世观"，得出的结论是，"张爱玲的作品从整体而言无疑描绘的是俗世中人们的生活常态"[①]。在决绝的思想批判性上张爱玲显然是不能与鲁迅同日而语的。

另外，诚如王彬彬所发现，像夏志清（还有胡兰成与大陆的特殊关系）这样的旅美华人，他们在审视现代文学时，有他们相对超脱的一面，同时也有他们的局限，即"清醒与迷误共存，新见与偏见交错"[②]。不能辩证地看待他人的观点，先设题旨再找证明材料的批评方式，也是近年来批评界的一种普遍批评征候。这正好说明了批评的不真诚，批评的不及物性。

不过，这一路下来，那次论坛上批评家提倡的"心灵叙事"的轮廓还是比较清晰了。第一，"写什么"上，心灵叙事就是要拒绝或者尽量拒绝走"种族的，国家的，乡土及家族的"路子；第二，价值立场上，心灵叙事要价值中立，张扬"无差别的善意"，能对坏人坏事亦"不失好玩之心"；第三，精神观照上，能饶恕那些扭

① 王宏图:《都市叙事与欲望书写》，广西师范大学出版社，2005，第66页。
② 王彬彬:《胡搅蛮缠的比较——驳王德威〈从"头"谈起〉》，《南方文坛》2005年第3期。

曲的灵魂，能有无所不包的同情心。这样一来，心灵叙事倒真是自由了，但文学与读者的生存恐怕就要永久地失去联系了。对于中国特殊的国情下特殊的读者，即当种族的，国家的，乡土及家族的网络中，时代的艰难问题仍然存在的前提下，以上心灵叙事显然是一个虚幻的承诺。

当然，心灵叙事并非是新鲜名词。同样在当代文学的语境下，早在二十世纪九十年代，徐葆耕先生在《西方文学：心灵的历史》一书中就阐述过了。不同的是，徐先生的"心灵的历史"既指心灵的丰富与复杂，又指制约心灵的力量的沉重与繁杂，而且要真正地解放心灵，先得解放挤压心灵的力量。"总之，他们（按——该书评述的西方作家）所关注的依然是人的心灵，如果有区别地说，就是现实主义比浪漫主义更重视人的心灵与外部世界的撞碰与和谐。具体地说，心灵世界不能不受制于历史空间和种种外部因素。总之，是主体创造了自己的枷锁，然后再来挣脱枷锁。心灵世界的发展就是这样。"①这应该才是心灵的辩证法。当前的一些批评家极力推崇的"心灵叙事"，似乎不包括围困心灵的"历史空间和种种外部因素"。不要说病象丛生的当代文学，就是一般的文学诉诸，"心灵叙事"能否成为拯救文学的有效途径，显然是需要大打折扣的。

二、现实主义与常态伦理叙事

我这里并不是对心灵叙事抱有偏见，我表示质疑的是，心灵叙事的持见者是不是一定要以反抗现实主义为代价。2004 年的"论坛"、2005 年谢有顺的"中国叙事伦理"再加上近几年见于各种核心文学理论期刊的大多数文学评论文章。概括一下，其实不过两大类：一类是守护"底层文学"；一类是在人性的大旗下展开的，注

---

① 吕俊华序言，见徐葆耕：《西方文学：心灵的历史》，清华大学出版社，1990。

重文学的寓言化、魔幻化的文学存在论。谈论底层文学不可回避地要谈到道德、人道、良知、伦理等公共领域话题，而谈论存在则免不了要超越具体问题，如何有想象力就成了文学性强不强的关键问题。暂且不论被评的作品适合不适合这样的归类，较劲的结果是后者的声音往往压倒前者的声音，或者说，前者经常是被后者批判的对象。因此，给人的一个印象是，关注现实问题、关注社会公共意识领域、表达人道情怀的现实主义文学，就是窒碍今天文学发展的绊脚石，也就意味着现实主义风格是该抛弃的、落后的、守旧的东西。说心灵叙事是对现实主义的反动可能不怎么严谨，但从文学观上，心灵叙事的容器至少不屑于容纳写实应该是不争的事实。写实或现实主义的首要品质是真实性，是对整体性问题的触碰。人道主义和现实关怀是它的基本价值支撑。或许可以说，现实主义就是一种宏大叙事。那么，对走"种族的，国家的，乡土及家族的"路子的蔑视，不管有多么充分的理由，究其实质，这种文学仍然难脱私我嫌疑。直接说，心灵叙事不可能理想地走出把兽性当人性来写的囿限，所谓"生命的广度和灵魂的深度"只能是叙事理论的一厢情愿。在"罪与恶之间张扬'无差别的善意'""能对坏人坏事亦'不失好玩之心'"，在心灵叙事者的理论描述中就是大多数中国作家擅长的"轻"和"趣"，所谓"超然物外""物我两忘"在中国古代文论体系中都属于个人心灵感悟的范畴。作为一种美学追求本无可厚非，只是把这种滋味视为最高美学时，文学的思想力量或许就成了真的问题。毋庸置疑，我们一般是在方法论的层面谈论现实主义的，即文学应对现实的"反应"或"反映"的策略。如果单从反应论或反映论的角度分析，现代主义语境下的现实主义的确不啻一种静止的、被动的、后发的、功利性的创作误区。心灵叙事所呈现的境界自然会给文学一个广阔的洞明视野。只是心灵叙事剑走偏锋之时，即只进入人的内心，不进或故意回避它赖以存在的文化土壤，这个时候，心灵叙事不但标不出文学的品格，反而使文学更加无根。

基于人们对现实主义的普遍误解，李建军提出了对现实主义的重新理解，他认为，从根本上讲，现实主义主要是指一种精神气质，一种价值立场，一种情感态度，一种与现实生活发生关联的方式。

> 现实主义即人道主义，它意味着无边的爱意和温柔的怜悯，意味着对陷入逆境的弱者和陷入不幸境地的人们的同情，意味着作为"道德力量"和"人民的良心"，……现实主义即批判精神，它意味着始终以分析的态度面对现实，以怀疑的精神思考并回答时代"最艰难的问题"；现实主义即客观态度，它意味着对事实真相的忠实反映，对人物个性的充分尊重，……它努力追求真实可信的叙事效果，表现具有普遍意义的"世界感受"；现实主义即文化启蒙，它意味着用理想之光照亮黯淡的生活场景，意味着要求作家要有自觉的文化责任感，要致力于从精神上改变人、提高人和解放人……[1]

我认为，李建军指出的实际上是当下文学特别是小说叙事中，普遍缺乏的常态伦理叙事问题。

毫不讳言，从二十多年前的形式实验到今天的异化叙事（弑父、偷窥、梦境、痴傻），中间虽然有许多说法，目的是要中国化，但本质上是去中国化。很难摆脱早期西方异化文学的阴影，就连最具有中国特色的"底层文学"，要么完全是纪实笔法，真实得掉渣但没有文学；要么意图先行，愤怒过了头，比狠比惨，畸形的苦难似乎就是底层。有人把这种现象归纳为写实功夫的不扎实，实际上技术只是问题的一个方面。更重要的是作家的世界观、人生观出了问题。看起来他们在非常态中颠覆什么抵达什么是明确的，实际上变来变去的"怎么写"，只为小说叙述提供了投机取巧的方便，他们从来不屑于考虑人生的常态和人性的常态。所谓超越、创新是作

75

---

[1] 李建军:《重新理解现实主义》,《文艺报》2006 年 4 月 8 日。

家们至高无上的追求，也是评论家追捧的不二法门，这样一路下来，文学的发展就成了时间上名副其实的直线性线索。变化叙述的花样，试验命名的快感是这个时代文学的主要事件。因此，人们普遍的认识是，读多数小说就是寻求刺激，或者就是看热闹。刘小枫说："自由的叙事伦理学不说教，只讲故事，它首先是陪伴的伦理：也许我不能释解你的苦楚，不能消除你的不安，无法抱慰你的心碎，但我愿陪伴你，给你讲述一个现代童话或者我自己的伤心事，你的心就会好受得多了。"①总之，非常态伦理叙事，指的是那些提供人生的神秘面孔、发掘人性的恐怖因素、视现实为灰暗、戏剧性地看待世界的叙事路向。这样的作品，作家们自然有他们很得意的理由，看过许多作家的创作谈和访谈就会明白，他们对文学的社会功能乃至对知识分子的责任意识并没有太离谱的看法，可以说他们其实是在明明白白地玩文学。更有甚者，对批评家的批评指桑骂槐、百般有理——的确，他们只是在施展想象力，意义并不是他们的首要追求。

　　在这样的背景下，我以为中国当代作家在"怎样写"上已经纠缠得太久，在社会热点的追踪中已经形成了某种强势潮流——反而利用了时代的艰难问题，把艰难问题文学化了。应该正视常态的人生，关注常态下的现实结构，介入常态下的世界核心。

　　首先，常态不是日常，日常叙事奉行的是存在的就是现实的逻辑，常态对现实是一种深入、分析和克制、修复。毕竟人在复杂的社会结构中不可能离开各种关系而孤立存在，人的种种际遇、奋斗、理想的落实就不可避免地要受到他者力量的制衡。文学在唤醒人们心灵自由的同时，处理现世关系时的隐忍、谦让、退步以及利他的牺牲性，应该也是文学的题中应有之义。至少文学应该使人自身觉悟到意识或潜意识中的某种暴力和恐怖因素。或者说，文学在帮助人认识自己时，同时也应该对自己的所获所得有足够的警觉性。这或许远不是文学的伟大，但对于读它的人来说是有用的。

---

① 刘晓枫：《沉重的肉身》，华夏出版社，2004，第6页。

其次，常态伦理叙事是有价值边界的文学诉诸。当下比较流行的内心叙事和所谓人兽同体的人性论，我认为兜售的是判断含混的文学观，呈现多层次的内心内容或许有助于获得语焉不详的"纯文学"的名分。但小说叙事它首先是可读性文本，一切意义都在可读中生成。现实主义的大师哈代、列夫·托尔斯泰都写人的内心，读者却从来不会在内心的复杂中迷失。

再次，描写人的脆弱，书写人的神性、宗教性、精神性是文学当然的对象，但没有对正常人生中不凡因素的拨云见日，即没有对现实秩序的透析，一切精神意义都将会失去说服力。某种程度上，常态伦理叙事就是说服常人的文学。理论批评界之所以始终有一些人在呼唤伦理、良知、道义，我认为正是基于对弱者、小人物、被剥夺话语权的普通民众的尊重。如果连起码的尊重都很稀薄，叙事再怎么心灵化也都是失去观照力的。事实证明，心灵奥秘只能属于片面的真实，不可能赢得普遍的真实。普遍的真实只有走出自我的絮叨，才可能拓开一个共鸣的空间。这个意义上，心灵叙事对公共意识的漠视，只能造就文学的小家子气。刘小枫的"陪伴的伦理"，李建军的现实主义就是"一种与现实生活发生关联的方式"，本质上他们表达的是文学对现实中活人的作用。陪伴、关联在唯美学是求的创作者那里不见得很高明，但在一般读者心目中却十分管用，文学正是通过大量的读者得以流传的，而不是私密化地走向少数人学术的演练场。

这就有必要再返回到创作现场，从文学创作缺失的角度反观批评问题了。

第六章　当前创作缺失与批评问题

关于"当前文学创作"的"缺失"或"软肋"的评析文章，应当说，在雷达文章《当前文学创作症候分析》[1]之前就有形形色色的探讨，或者以研讨会的形式，或者发表单篇文章。讨论的范畴包括具体作家作品、包括某个流行的创作观念等等。从精神、价值、题材、审美都有不同程度的涉及。但把这些"问题"合起来结合一些被提到的具体作品来看，评论家所谈的"问题"有许多恐怕只能算是一厢情愿，即仅仅是谈论者的"标尺"。

《当前文学创作症候分析》一文用了四个"最缺少"：即最缺少生命写作、灵魂写作、孤独写作；最缺少肯定和弘扬正面价值的能力；最缺少对现实生存的精神超越和对时代生活的整体性把握；最缺少原创能力。当然，如果继续开列下去，"最缺少"还会有许多，而且也丝毫不显得过分。正如雷达所言："文学的问题复杂、缠结、非单个数可以厘清。使用'最'字，无非是突出其严重性、紧迫性，以引起注意，引起讨论。"雷达向以善意的正面评价为其评论的主色调，而今他却用最为尖厉的语势提出了他的问题，创作界的毛病就不言而喻了。先前提到雷达的文章，毫无含糊，表达的是我的一种认同。雷达从时代节奏、社会症候、创作心理来把握当前的创作问题，他的价值就在于，他能知彼知己，甚至可以看出雷达可能还要比作家本人更熟悉作家自己的作品。可是，这种既朴素又深入复杂的创作内里的评论，在今天病象丛生的创作界似乎并不多见。我想，当前创作界之所以一边显得异常繁荣，一边却格外有问题的部分原因大概就在这里。那就是，当前的批评气候给人感觉好像比起

---

[1]　雷达：《当前文学创作症候分析》，《光明日报》2006 年 7 月 5 日。

以往有着更为坚决的批评勇气，也不乏精神骨力，但创作上暴露的问题尤其一些被反复指出来的问题却依然是问题，而且多有漫漶之势。这恐怕不能用作家与批评家之间的两不买账简单搪塞了事。另一方面一个不争的事实是，伴随二十世纪八十年代"先锋文学"的崛起，出现的大力宣扬、认同、阐释"先锋文学"的批评几乎也在同步显扬，甚至可以说，没有所谓现代主义批评，"先锋文学"的"意义"就不会像今天这样彰显。批评家与作家之间建立的朋友式的亲密，其好处是毋庸多说的，但朋友式的暧昧性也同样无需多言。而且正是后者所形成的批评风气，不能不说是导致今天批评"标准"异常混乱的直接原因之一。

在我看来，当前批评界存在的问题也丝毫不亚于创作问题，很大程度上，看起来很具锋芒的批评，对创作上的问题非但判断有误，而且在出示"标准"的时候，也一同出示了空茫的、大而无当的，至少不怎么有操作性和针对性的方向。

一、"曲高和寡"与虚妄承诺

无论是重新理解现实主义，还是注重"心灵叙事"（或"精神叙事"），无疑都是永远正确的，坚守这样的精神尺度和价值取向也是批评在这个时代的最深入发言。颇具滑稽的一面是，以小说创作为例，如果忽略题材的选择，多数小说其实都是在"人性"和"现实问题"上下功夫的。人性的明暗难测、意识和潜意识的不确定性；现实的最艰难问题、时代的历久痼疾，无一不在作家的书写之列。也就是作家意识到并且写出来的和批评家意识到或者没意识到但一定希望得到的，它们之间的间隙并未大到令人吃惊的程度。比如底层文学和内心叙事，不管是谁先提出来，在中国当前的背景上，庞大的社会结构中寄存着的广大底层者及其精神状态问题，显然不只是一时间的"热点"，同时它更是一个共时性的话题，经过创作界和批评界的发现、呈现、梳理、质疑，虽不能说"底层者"

的形象已经很清晰、人内心的秘密已经很清楚，文学介入现实结构的姿态、文学深入人内心的趋向，与批评家所指示的方向似乎不是十分离谱。那么，按理说，批评家没有理由对这样的文学横挑鼻子竖挑眼，应该大唱赞歌才是。可是为什么，创作介入了最艰难的现实问题、书写了人最诡秘的内心，文学还显得那么柔弱那么看上去不堪推敲呢？是批评家的标准本来就不在这里，还是文学的境界本就没有终极——所谓终极只不过是阶段性的终极，批评家说出的只是权宜之计，没说出那个暗藏的"永远"才是作家尽其毕生之精力去追寻的？

倘若图省事，这种解释既符合文学的规律也完全说得过去。这样的话，创作上的所谓"缺失"，就会是一个伪问题；批评上的"批评"就会显得矫揉造作。据我的观察，我看问题根本就不在这里，理论的脱离实际和创作的远离主观意愿是真正的症结所在。

还以底层文学与内心叙事为例，批评话语体系中的底层者和内心世界，与创作中的底层者与内心世界根本就不是一回事。批评家（当然是一部分）所倡扬的灵魂、生命、体恤、关怀，它并不针对具体的人，也不针对具体的现实状况，它只是一种话语语调，一种任何时候说出来都很贴近文学的口气。之所以有时候听起来非常严重，是因为它恰好说在了严重的时代。它的底层者，只是感觉到的一种人群特点，他们在物质生活上长期贫困、匮乏，在精神上长久地处在失语、喑哑、没有发言权的境地。这样的人群不要说放在贫富差距异常彰显的中国当下，把背景移到世界上任何一个地区，情况也肯定类似，因为世界上总会有这样一些十分落魄的人。比较有说服力的例子可以在《秦腔》的评论文章中看得更清楚。在对《秦腔》的评价中，《秦腔》到底好不好？是不是经典？不是批评家选择的首要条件，夸张一点，《秦腔》能成为理论批评家演练最新理论的演练场，它实际上具备了以下几个"硬条件"。第一，它是贾平凹写的，像有论者作为重要理由反复提到的，贾平凹的创作差不多陪伴了新时期以来整个文学变迁过程，这样有经验有经历的作家，"新作"只能好而不能不好，懒汉批评家实际上是无心从成堆的长篇中再做筛选的。与其把精力消耗在大量的阅读遴选上，还不如就近取"著名作家"来得保险，这是逻辑推理式的评论。第二，《秦腔》事关乡村，农民正在丢失土地、失去家园、处在"路上"状态，另一方面该作正好出版在创作界普遍的精神迷失、价值失范的风口浪尖，《秦腔》顺理成章地成了"终结"理论、心灵叙事的印证物。先不管清风街上的"鸡零狗碎的泼烦日子"贾平凹是真的理不清楚还是就要写这种状态，评论家能从"泼烦""不知道"中梳理出大悲悯大仁慈，或者"中国式的叙事伦理"，这是关键，这是等待式的评论。第三，《秦腔》本身人物的装疯卖傻、情节的段子化、乡村故事的肮脏化，很难说贾平凹就没有迎合理论家一再提倡的"内心""终结""说不清楚"的人性理论。

围绕《秦腔》的林林总总，几乎可当作一面镜子来反观当前的批评界。首先是中国经验的宏观理论建构，一般采取从"名家"作品到"中国经验"的梳理方式；其次是世界文学的运思策略，通常情况下是用世界经典作品的精神框架，给当下中国作品归位对号；再次是中国叙事经验的确立，如果其他异样声音的冲击不是足够强大，中国式经典叙事文本就此算是打造成功了。可以说读当前批评文章什么元素都有，就是没有具体作品的声音。作家面对这样的"指引"，不是满头雾水，就是夜郎自大；"满头雾水""夜郎自大"或可算是中国式的空洞。

着眼于创作界，批量生产的底层文学，大肆盛行的内心叙事，纠缠不清的人性复杂图景，恐怕不能简单地说这里面没有批评家有意无意地蛊惑，批评家就一定是很干净的吗？你缺啥我补啥，或者你喊啥我写啥，批评与创作之间这种堪称亲密的互动其实早已成了某种合理的文学生成规则。

既然是作品论，连起码的阅读都懒得去做，还谈什么是非判断；既然是怀疑精神的张扬，连起码的冲破文学等级的勇气都不具备，一味地依附"著名作家"，还谈什么坚守道义；既然是执掌文学的精神性，精神性就应该是具体的、微观的、唯作品的。如果千人一面的一个口气、一个语调、一种话语方式，那么，这样的批评到头来它的曲高和寡只能是一种形式的高蹈，对具体的作家、具体的作品、具体的读者而言，本质上是虚妄的承诺。

二、也许有学术，不见得有生命力

雷达的四点"最缺少"当然是切中肯綮的，后三点是文学本身的问题，只有第一点谈的是文学的外围问题。如果再要做点"补叙"，当前文学创作的关键性症候恐怕就在第一点上，第一点说穿了谈的就是大众文化土壤中的文学生产。我们没有充分的理由来低估一个作家尤其一个创作趋向于成熟的作家的基本认知能力。成熟的作家，他们对时代的辨别、对现实的体认、对社会的观察、对文学长廊中"人"的理解以及自己将要把握的"人"的基本形象和面貌，在主体判断上应该说是清晰的。也就是说，时代需不需要肯定和弘扬正面价值的能力；文学要不要对现实生存的精神超越和对时代生活的整体性把握；复制对一个作家来说到底意味着什么；创新就一个具体的作家或作品，到底需要推倒重来，还是需要一种"精神探寻的递进性"认知；等等。这一系列可以称之为文学之所以为文学的难题，宽容一点，作品最终成了现在的这样而不是批评家所希望的那样，至少作家们心中都藏着属于自己的哪怕是自圆其说的理由。套用笛卡尔的术语，作家（当然是成熟的作家）都是有着强烈的"我思故我在"的文学知识分子。他们"思"的不是别的，其实就是大众文化这块土壤，是自觉地期待自己的作品能在这样的文化背景上立足并且流传。预期的读者是谁，作品覆盖的面如何，流布可能达到什么程度。一句话，读者多不多或者有没有轰动效应，这是他们考虑的首位问题。既然当下占有主导性的时代风潮、时代文化气息不外乎消费、轻松、游戏、通俗、逗乐，或者梦想、幻想、充满强势的期待。不妨一开始就把写作定位在畅销书的层次，就圈限在大众文化的逻辑角度来得干脆。畅销书化、读物化、"抓痒"化，包括像雷达说的一些"口碑还不错"的作品，我看大体上都是在这样的运思状态下完成的。那些被批评家反复研究，好像略有批评的地方，在作家本人看来也许还是真正的"用心"之处呢。当然也不排除专为学者的研究而写这样的意外，我们也听过作家如此的"呐喊"。不过，一般名头的作家如果执意要这么做，在大众文化一波一波汹涌覆盖的阅读氛围中那无疑等于冒险。我们明知道那些真正有分量、有探索、有生活的厚重作品就散落在"无名头"的作家群落里，可是有谁愿意牺牲自己的"学术"去发现呢？

诸如此类的现象实际上构成了当前批评的又一症候，即批评的职业化或学术化倾向。

邵燕君的考察就很能说明问题，据她考察，"80后"之一的张悦然，从早期消费校园青春"忧伤"（"玉女忧伤"）到被主流文坛接纳时的"生冷怪酷"（闭门编织想象中的成人世界），基本上是一路走红，俨然"超级大腕儿"了，张悦然人还在新加坡，但长篇《水仙已乘鲤鱼去》出版一个月后，同名中篇小说又在《人民文学》2005年第2期发表。"她和出版社扔什么，我们的主流期刊就接受什么"。[1]在这里，大众文化已不再是该批判该警惕的对象，相反它是实现文化增值的绝好的商业契机。作家失掉它就意味着与读者过意不去；出版社失掉它就意味着自砸市场这口铁饭碗；主流期刊失掉它就意味着不平民化；批评家呢？赵勇说得对，当大众文化成为一项研究课题，成为课堂上可以讲授的教案，成为知识分子每天必须面对的日常事务时，他们已没有了震惊，也丧失了批判的冲动。这时候，他们研究大众文化的出发点很可能已不是"糟得很"，而是要论证大众文化如何"好得很"。[2]话题再扩展到"纯文学"批评领域，看起来，呈现的是一个异常丰富和多元的文学空间，根本上其实只不过围绕的是"好得很"逻辑。

凭我的目力和感知水平，笼统地说当前批评怎么样我还没有那个胆量，就我自己的一点亲身体会些许可以窥斑见豹。我既不是

---

① 邵燕君：《由"玉女忧伤"到"生冷怪酷"》，《南方文坛》2005年第3期。

② 赵勇：《"批判话语"的生死问题》，《文艺报》2006年6月6日。

"学院派"也不是"作协派",要算也只能算是"文学爱好派"。近年来也学步于文学批评,被一些好心人抬爱为所谓"批评家"。"话语权"所限,我只能就我十分喜欢和欣赏的文学作品发一点感想。我依次写过《西部文学特点》《石舒清文学观的"转变"》《陈继明:在暧昧的文化环境中出场》等论文。我自认为我是读懂了我评论的对象,也了解他们的文学想法,但这样的东西多数情况下周游一两年还得回到我的案头。理由很简单,就是"太狭窄""地域色彩太浓""被评的作家知名度不够"等等。现在的编辑都比较忙,能说这些话已经不错了。原因到底是什么,我只得从我的批评中认真琢磨。第一,我只谈了作品内部的声音,没有把作品放大到某个"文化"的背景上,因此看不出这些作品的文化归属;第二,我只谈了作品中出现的或可能蕴含着的地方性、民族性,没有在"中国"的大前提下考虑地方性、民族性,于是这样的"特色"就够不着大家都热炒的"中国叙事伦理";第三,我谈及的作家,除了石舒清获过"鲁奖"(第二届短篇小说)外,其余如陈继明、漠月、马步升、张存学、董立勃等,几乎都未曾进入著名学者著名批评家的研究视野(间或有只言片语的点评),他们的"无名"自然不能进入所谓当代文学的规划。后来我又不断地读到有关"外省批评与话语权"的文章,可见,我的问题就是批评的话语权的问题,评论者的名气问题也应该列进去,这样的话,批评者的知名度问题就成了最终是否拥有广泛的批评话语权的普遍性问题。

那么,怎样做才能进入当前批评的合法流程。也还得从我自身说起。首先谈作品的声音必须从中谈出大时代的声音;其次谈地方性、民族性必须得谈到"中国本土经验",或者作品本身的主要特点不见得在中国本土经验上也许就根本没有中国经验,但口气必须在中国经验上;其次选择研究对象必须要能代表当前中国文学的总体特征,或能说明"当代文学"的整体性(谁能代表?不是什么作品,而是谁的作品)。

这样就清楚了,批评的职业化或学术化倾向指的就是那种,虽为作品论,但本质上指向一个时代文学思潮的"宏大叙事";虽为一个阶段的现象评述，动机上却心系学科建构的"建构"思维。客观而论，这类批评的好处是使独立的个体作品之间取得了联系，作品与作品之间的外部空间也容易被打开。但对于想了解作品究竟的读者来说，明显的弊端在于它的整体性是以牺牲"细节"为代价的，它的整合是在遮蔽"个性"的名义下进行的。难怪一些作品只不过是在人性的潜意识里打转转，批评家还要说该作品如何深刻地反映了民族的秘史；本来一些作品虽然显赫地标明是这个庄那个村的事，实际上盖住地名、人名放到世界上哪个地方都不觉得错位，难怪批评家硬要说成什么最具"中国本土经验"之类；本来对于长期生活在底层的读者来说，作品写的是一种常见的人情世故、落魄凋零，难怪批评家总要让它"终结"，或者"开始"。因为只有在类似于"终结""开始"这样决绝的大词中，作品的"独到"才方便被突出，作品在当代文学中"史"的价值才容易被彰显，最终也意味着虽然是具体作品的评论，但它一定是为当代文学的大格局负责的。

不管作品到底怎样，先一个"全球化"的视角；先不研究"人物"与以往文学的区别究竟在哪里，就贸然一个"中国式"；先不弯下腰来悉心比较一下与同类作品的差异，就断然一个文学史的大架构。"以……为例"式的拿文学说事，这样的研究读起来可能很有气势，也有"学术"的宏大视野，更有文学的"整体观"。但批评离开了差异、离开了个性、离开了具体语境，不要说批评的超越意识，就是批评起码的说服力、生命力，它还有吗？

三、"当代文学"这顶大帽子

为"当代文学"负责，为"当代文学"的学科建构焦虑。依我看，是当前批评越来越没有说服力，越来越"纸片化"，越来越"窄化"（表面上很大很宽阔，其实真正的文学话题越来越少）的根本原因。细究起来大概有两点：

其一，批评家队伍的重新洗牌，批评身份优于批评实质。如果说曾经还存在过"作协派",那么现在就只有"学院派"了(只就一些理论刊物的面貌而言)。如果说作协派批评家一般有的妙悟式点评、与作家灵活机敏的互动、对话、跟踪等感性评论让位给学院式的理性、实证、规范,还有一定道理的话,那么,批评流水线上非得认定硕士、博士、教授一定比非学术职称身份的人优越就一点道理也没有了。王彬彬的文章如果没撒谎的话,要求研究生在读期间在所谓"核心期刊"上发表所谓"学术论文",否则不得毕业①,这种情况现在可能更甚。研究生的学术论文有没有价值都得在核心期刊上发表,因为研究生到底要毕业。而且近年来文学硕士和文学博士的泛滥是有目共睹的,叶舒宪就曾在一次公开场合不无嘲讽地说,博士就像小笼包子,一笼一笼地批量生产。数量如此庞大的批评从业者都无条件地要在少得可怜的"核心期刊"上露脸,论文的质量是不言自明的。另一方面投过稿的人大致都有体会,不要说"核心期刊",就是一般性的理论刊物,拒收非学衔人的"成果"也成了不争的事实,看一看作者的署名地址就知道了,这是毋须辩驳的。让批评回归理性、回归学理甚至纳入学术的规范,这无可厚非。我这里讨论的不是谁垄断谁的问题,"垄断"一词的含义本质上表达的是能力问题,能力可以导致竞争中的良性循环。关键是一开始被铺设的平台就是倾斜的,有没有资格和有没有能力,很多时候毕竟还不是一回事,它们之间没有充分的因果关系。

其二,有了如此的队伍整合,批评的职业化或学术化诉诸就不难理解了。

温儒敏在《现当代文学研究中的"空洞化"现象》②一文中,主要担心的是文化研究和思想史研究对艺术审美经验的稀释和剥夺,使文学研究的半径不断扩大,从而使文学学科变成注重调查和量化归类的社会科学,失掉其文学性。於可训在《对现当代文学研

---

① 王彬彬:《还要荒谬多久》,见《一嘘三叹论文学》,山东文艺出版社,2005。

② 温儒敏:《现当代文学研究中的"空洞化"现象》,《文艺研究》2004年第3期。

究中"过度诠释"现象的反思》①中也警惕大量实证性的文化思想材料的引入，可以从作品外围包裹上一种价值和意义，但同时也势必会对"作品的意图"造成部分的甚或整体的遮蔽。温文、於文肯定是属于当前批评以外的反思，他们对现当代文学研究领域里的某些弊端发出警告的状态，应该和洪子诚写当代文学史的状态一样——当前文学纷乱异常，不好界定（洪子诚大意）。这就意味着搞当前文学批评或研究，没多少学术价值，至少当前文学还没有被纳入规范的当代文学学科范畴。前不久，葛红兵总算对当下批评发出了尖锐之声②，认为当下批评的问题实际上是价值追问、价值怀疑、价值重塑和重估之勇气缺失的危机——或者说，我们缺乏自我怀疑的力量，缺乏陀思妥耶夫斯基式灵魂拷问的力量。葛红兵对当下批评的诊断是否准确当是另一回事；他一边力推"追问""怀疑""重估"，一边却质疑其实具备他所说的素质的批评精神，这也暂时不论；关键是葛文到最后又回到了"宽容"——不是批评不要宽容，他的"大灵性、大道德、大信仰、大爱憎"实际上说的并非当前的批评问题。在主要的脉络上，葛文的意思和温文、於文具有某种一致性，仍然是要求批评的职业化或学术化问题。这几个"大"除了空洞以外，表达的恐怕还是整体的、打通的、包容的态度。虽然"研究"和"批评"具有同质性，文学批评也是文学研究的题中应有之义。但通常情况下，批评的优点，研究不见得能做到，比如批评的及时、机敏、就事论事的透辟，对讲究四平八稳、王顾左右、持平中庸和态度的研究来说就很难做到必要的"偏狭"。

如此一来，学院里的学术体制其实已经形成了批评的潜规则，有形无形地构成了对当前批评的一种学术压迫和实际上的"引导"。就像赵勇说的，对当前文学的批评本质上已经变成了批评者吃饭的一种手段，把当前文学不知就里地归纳到"当代文学"的大旗下，使其变得像学术。目的只有一个，那就是不日教案、讲义将成为这

---

① 於可训：《对现当代文学研究中"过度诠释"现象的反思》，《文学评论》2006 年第 2 期。
② 葛红兵：《批评之耻，文学之辱》，《文艺报》2006 年 6 月 29 日。

个学科的前身，能堂而皇之地进入文学史的流程，甚至于违背常规地使"当前"提前进入"历史"。至于评价得过不过头、判断得准确不准确、是不是如此的"指引"反而有损于当前文学的自然成长，那就不是批评家的事了。

这样的批评，它的心平气和是能够理解的，但这种气定神闲能否挠到文学的痒处，是值得经常深思的。最值得反思的便是批评的主体性问题。

第七章　当前批评的主体性问题

英美新批评引入中国，并且被敏锐的中国批评家不厌其烦阐释的时候，我兴趣盎然地追随其后。我在那里很当回事地"解构"了一番后发现，雷纳·韦勒克早就发过警告了，他说新批评派已经变成了文学和艺术遭到普遍攻击之下的牺牲品，文学文本的"解构说"的牺牲品，允许完全任意解释的新的无序状态的牺牲品，甚至是不打自招的"虚无主义"的牺牲品。[①]他说这番话的背景大概是在他读了艾·阿·理查兹的《实用批评》之后，他深刻感受到了新批评发展到行为主义理论，完全忽略了审美情感与其他情感的区别。韦勒克或许有他的局限，至少不能把新批评一棒子打死。然而，像他说的新批评坚持一部艺术作品的组织，它防止作品成为一个简单的交流工具的偏执，新批评的前景的确应该不会太乐观。余华泱泱几十万言的《兄弟》，主要人物李光头不就是个流氓有余的暴发户吗？可是当代中国堪称一流的批评家硬要说他十分不得了，与《巨人传》可比美。贾平凹的《秦腔》，真正有价值的地方肯定在对今天乡村社会现状的呈现上，然而有人却非得兴致勃勃地抓住自己阉割自己生殖器的引生不放，认为贾平凹的独创就是书写了所谓的"阉割美学"。所以在当下中国搞批评，我觉得最困难的事情，倒不是理论资源的贫弱，也不是批评家想象力的匮乏，谁说制造一个个响亮的术语不是凭借超人的想象力呢？

从我个人的经验、体验、感受、情感、良知出发，批评普遍性地缺乏说服力，毫无批评者体温的热量，大概有三个方面原因。一

[①]　[美]雷纳·韦勒克:《近代文学批评史·第六卷》，杨自伍译，上海译文出版社，2005，第 157 页。

是批评主体整体性地失去了作品中和现实中都有的生活底色，这直接导致了批评与生活气息的断裂，批评就不再是另一激情的创作，而仅仅是一批批为理论而理论的阐释。二是批评作为学术之一种，它丧失了起码的学术自律。有人把这种现象解释为当下人们普遍的经典焦虑，也有人认为批评的这种堕落行为，和批评家与作家过密的人际关系有关。除了小圈子式的抱团以外，作家一般担任着各个文学机构的领导，而批评家充其量也只是个自由知识分子，经常看人脸色，就不能把话说得很利索，的确有一定道理。但根本的是，批评家缺乏起码的谨慎态度，作品一到手，禁不住有一种"伯乐"情结，于是滥施话语权，一系列的经典用语便不胫而走。三是读书人气质或者知识分子情怀的严重收缩，我曾在一次大型文学创作会议上目睹了不少以批评家雅号行世的人，他们一脸的投机、满身的市侩，私下里怒目而视，会上雅言勤勤，面对面话不可能说得很直接，但必须的委婉也应该保留吧，然而没有。这样的人格气象，文章的锋芒恐怕也不会好到哪里去。孔子所谓"质胜文则野，文胜质则史，文质彬彬，然后君子"（《论语》）。《左传》所强调的"言之无文，行而不远"，以及柳宗元的"君子行厚而辞深，凡所作，皆恢恢然有古人形貌"[①]。不都是一再地重申为文之人君子品行的重要性吗？并且柳宗元对韦中立的劝勉，其委婉的语调对韦中立文辞的才华还是表扬的，他持保留态度的只是韦氏的人品——意思是辞采已经不错了，那是不是意味着就近道了呢！在柳宗元看来，敷衍之人的大害莫过于自身心情态度、品质性格的骄矜，即"轻心掉之""怠心易之""昏气出之""矜气作之"。

　　而今谈论批评家的人品问题，可能更面临着两重困难。一则对作家要有说服力，一则对自我内心要有说服力。此两点均是今天我们所要的文学意义、人品意义、人文意义之所以严重丢失的地方。

---

　　① 《柳宗元集》卷三十四。

一、一个可以当作主体论的问题

近年来对文学创作不足的批评包括对批评自身欠缺的反思，已经构成了某种显而易见的文学声音。但就是在那些很可能改变文学走向的批评话语中，就一定能说它们的价值观、审美观深关了当代中国的历史处境、现实处境吗？

古远清在他的某部文学批评史①中，把陈思和、王晓明等人二十世纪八十年代由文学批评收缩到高校文学教育和文学史研究的选择，机趣地称为"大逃亡"。现在一大批有成就的青年批评家又像当年的"大逃亡"一样，基本上也都跑到高校做教授或博导去了。再加之某些有名的文学理论刊物，也赫然声言刊物就是要办成"学院派"。批评主体大量流向高校或专门的研究机构造成的一个后果是，他们仍然名义上关注文学的现实品格和当下的人文环境，可是他们念念不忘的这些东西还是原先那个底色吗？读他们的批评文字，一个直觉是他们并不了解他们所关心的"现实"。高校或专门的研究机构有丰厚的理论资源，但不一定提供现成的生命体验。我在一篇小文中表达过类似的意思，认为作家可能有多个"现实"，可是批评家却应该只有一个"现实"，这一个现实就是社会人心、天地良知。生活的镜像可以直接变成作品，批评却要说出真相，必然得多一份对生活的透视。批评的征服性既表现在认识生活与作品上，也表现在判断镜像与作品的关联上。没有"全程性"的眼光，没有足够的现实体验，批评的批评性就无从谈起。之所以读众多有精神持见的批评文字，觉得那种观点完全有必要一说再说，但就是不能从心底里征服人，原因大概就在这里。在本质上批评者和创作者一样，鲜活的生命体验都已经被职业化作业抽干了。

---

① 古远清：《中国当代文学理论批评史》，山东文艺出版社，2005，第471页。

不妨举"底层文学"来说，畸形个体、残疾个体、特殊个体中表达出的人性复杂和人性温暖，只能是温暖的内涵之一，而不是全部。如果把"底层"的范围压缩到社会中某些特殊事象上，不只是对文学走投机取巧之路的奖赏，更是对普遍性的社会问题的麻木和漠视。老一辈的袁伟时、邓晓芒、秦晖，年轻的如余杰、摩罗等人，文学批评在他们的论著中没占多少比例，然而，我读他们的文学批评文章，的确时时有震撼之感。为什么？不就是他们比专业的文学批评者更了解中国人的生存状况和精神现实吗？我说这些并不是给自己找台阶下。我虽生活在基层，可是我并没有写出像样的批评文字来。努力把自己的问题想明白并竭力做到自己的批评是有话要说，这只是批评之所以成其为批评的条件之一。仔细琢磨，这些有碍批评自由的因素，有知识、社会阅历、现实遭遇、文学感受力，甚至可能与精神气质、性格、良知等原因的缺陷有关，但根本上，起决定作用的无疑是批评家的主体性缺失问题。

二、走出绝境化的话语封闭系统

批评的学术自律性和精神性问题，无疑是近年来批评领域最为尴尬的问题之一。尤其当批评本体变得异常复杂的时候，我们之所以有责任进行清理，我认为，首先要质疑的是批评主体的批评系统是否出了毛病。如果对自我没有必要的警觉和反思，妄谈其他则会变得更为可疑。

如果做一下归纳，文本细读式评论和思潮爬梳式探究，应该是近年来文学批评的两套主要文本形态，这两套文本形态各自的优势是不言而喻的，但细细考察，在深层次上它们有共同的困境，我姑且称之为"语词的终极化批评"（或"绝境化批评"）。这是值得我们警惕的。

所谓的"绝境化"指的是漠视文学复杂而丰富的内里，直奔文学的尽头的批评，即意大利符号学家昂贝多·艾柯所谓的不接受"文本的制约"的"过度解释"。表现为靠某种先定的"结果"进行的歪歪扭扭的理论推演的"观点汇集"——文学在这里被简化成几个"观点"或者几种"术语"。我不知道我所说的这种"评论",在文学理论领域是否已经掌控着理论话语权,但它一定是直奔"经典"而去的。一边为"经典"的匮乏喋喋不休;一边大肆制造"经典"。因为是"经典"的缔造者,它的口气就一定很大,甚至大得惊人都是理所当然的——唯其"大",才能说明问题,才便于占领时空。其结果是最终把自己逼上了绝路,剩下的就只能是重复。几乎被这些评论家经手的作品都一个高度,都一样地不可多得,都是"新大陆"。

表面上看,它们似乎是直奔人的终极而去的,文学也似乎是实现了它最纯粹的文学性。但深究下去,这类批评深刻的危机在于:一方面,它们对文学本质的理解,显然是奉行着所谓"新"的逻辑,唯"新"是举——新是革新、创新、全新。在这个"前方思维"的时间观支配下,所圈定的文学标本,就只能是新观念的图解。文学为终极而去,其实是指文学为一个终极的观念而去,这种理论资源的"革命性"特点,直接导致了主体批判力的丧失。也使许多作品处在了误读的不归途(批评的绝境化的理论资源)。另一方面,阐释理论的贫瘠,其实并不仅仅是一个理论资源的问题,更直接的原因是,它表明了批评家与当下活生生的现实的严重隔膜,某种意义上,批评家所操持的批评理论,几乎只是从一本书到另一本书,从一个观念到另一个观念。演绎理论的技能异常发达,但对当下现实的判断却异常麻木,甚至麻木到失去判断力。在这些文字中,可以明显地感受到文学非但没有获得独立,反而变成了被新一轮意识形态所操纵和利用的练兵场。文学批评的结果,可能就真成了海涅曾经说过的"巨大的停尸场"(批评的绝境化的生态处境)。那么,这种理论,由于对当下现实介入力的严重匮乏,所以它所表达的文学理想和呈现的文学生态必然是虚弱和没有生命力的。

因此,要使批评真正坚守它的学术自律性,真正具有建构意义的精神性品质,就必须得先走出这种僵化、陈腐、程式化的封闭系统。

三、立德胜于立言

首先是作家的人格问题，也就是立德先于立言。

最高境界的文学最终是抒写作家的人格精神这一基本概念，其实是创作界和理论批评界讨论了多年的一个老话题，尤其是创作界一流作品反复表现的一个带有本土特征的精神谱系。五四时期，人格集中到对民主、自由、启蒙精神的呼求，它是以外来的眼光打量本土的国民劣根性，出现了鲁、郭、茅、巴、老、曹这样的拥有世界影响力的作家；"左翼"文学时期，在民族歧视、外民族侵扰的大背景中，作家的人格凝聚在一批革命新人形象的塑造上，这一革命浪漫主义传统甚至一直波及新时期文学，"反思""伤痕"中总不忘把民族灵魂的铸造放在首位。重构新时期民族精神的主体人格构成了新时期文学的当然话语，《乔厂长上任记》等一批正面肯定性作品，张贤亮、王蒙、谌容、丛维熙等一批新时期作家的反思性作品都以反观和审视的眼光提出了那个时期尖锐的问题，即人是什么，"我"最终能成为谁的问题，彰显了那个时代最强硬的历史主体性。二十世纪九十年代文学一开始被灌注了强烈的弑父情结。断裂性、颠覆性曾是九十年代一个显赫的文化现象。但到了新世纪，随着人们对现代性理解的越来越成熟、越来越理性、越来越清晰，像俄罗斯文学把"小人物"作为文学的"纲领"一样。不是仅仅为了解决一个棘手的社会问题，而是人们普遍认识到，同情底层者和不幸者将可能是文学献给声光电化世界的一束有效光焰。在泡沫影视剧席卷的地方，在消费主义弥漫的角落，还有大多数人睁着焦急的眼睛，还有大多数人的疼痛被莫名地疏离着。因此，也可以说，新世纪文学的主流是同情弱者和不幸者的文学，这在刚揭晓的鲁奖作品和入围鲁奖的二十二部作品中表现得很清楚。这说明审美意识形态与政治意识形态之间不存在绝对的对抗，和解是双方共同追求的终极目的。不过，文学与"政治"和解是有前提的，那就是双方都得有介入深层现实结构、关注人类普遍性问题的雄心和境界。

鲁奖的评价机制如果能成为一个导向，这个导向并不是把文学写作者导向到都一窝蜂似的去写底层世界，那样的话，底层文学就会马上变得虚假而不真实。真正的导向在于：提醒作家要有真诚的人类意识和问题意识，胸中要有真正的苦难关怀，要有温暖和正义感；并不是要作家为了功利，迷恋于现象的现象性写作和抚慰大众感官刺激来博得市场欢迎的消费性、娱乐性写作。否则，所谓底层世界，就会仅仅变成作家炼制一个个叙事个性的廉价的审美训练场。

其次，作家的人格魅力体现到文学作品中，最终就是读者领会到的作家饱满昂扬的知识分子情怀。

知识分子的情怀说通俗了其实就是作品中通过审美叙述，作家有意识地渗透进去的纠偏、疏导和塑造的品质。面对价值的混乱，作家有义务通过文学形象的矛盾、冲突，出示人类基本的稳定的伦理观；遭遇泡沫文化的泛滥，作家有责任通过创作梳理出中华民族亘古就有的积极文化质素，使迷失自我的人们从成堆的文化垃圾中重返久违的精神家园；置身于相对主义、怎么做都行的语境，作家首先作为知识分子更有自信心通过美妙的人物形象、优美的故事情节、真实亲切的细节，给喜欢奇装异服、追求外表独特，实际上内心极度空茫和脆弱的青少年，提出通向人生正途的方向，塑造他们拥有正确的人生追求和正确的理想愿望，不至于使他们在烦恼中堕落，在迷茫中走进黑夜。

然而，在今天的语境中，当人们不再把作家称为作家，而以"写手"戏谑地取代的时候；当作家自己不再把创作视为生命的延续，而是当作个人获取最大利润的手段的时候，作家写作的神圣性、承担性、精神性就已经遭受到了大面积的流失。文学的真正尊严，文学的巨大魅力，作家人格力量的强劲伸展，都将遭遇前所未有的截流。

这个角度，成为作家的自由，作为作家的自由，甚至创作的自

由，都还有认真讨论的余地。至少，如果把优秀的作家定位为思想
独立的知识分子，把优秀作家的创作行为界定为人类精神文化的承
传和对民族灵魂的重铸。所谓的"自由"就是有限度的，只为"安
妥自己的魂灵"的写作，相对而言就必然要等而下之，某种程度上
为自己的写作甚至还更危险。因为对于读者而言，这样的作品里可
能更容易埋藏价值的陷阱。

批评家要梳理出作家作品中陷落的人格魅力、人格力量，虽不
至于苛求批评家必须在人格建构上优先于作家，起码不能首先输给
作家，否则的话，批评就无从谈起了。

当然，批评作为一种思想活动、思想行为，它最富有生气的
地方并非大白话，而是反大白话的话语及其形式。唯有更新批评话
语，其内蕴的思想张力才能显形。

第八章　当前批评的话语问题

　　当前的中国文学批评问题能引起如此之多的关注和研究，的确是好事。这说明批评家、文学研究者开始意识到批评本身的危机了。尤其把批评作为研究对象，意味着它一直以来的问题可能会被搬到前台。略有遗憾的是，至少目前为止，在我看到的相关研究文章中，包括《文艺报》"倡导优良批评文风"笔谈的多数文章，提问的方式、研究的思路和判断的视野，其实仍然属于在文学批评内部谈文学批评的模式，这就导致结果不可能从根本上看到当前批评之所以乏力的致命之处。

　　我不揣冒昧写下这段文字，提请列位注意的，无非是区分把批评话语方式与批评思想混用的现象。这两者的联系无须多说。但它们之间的微妙区别其实大可展开研究，否则，对于批评的批评就非但不能从质上产生一些令人信服的结论，相反，可能还会把问题的半径越缩越小，除了找到一点类似批评主体应当有担当、理想精神、时代关切之类的老套药方以外，要说真有什么切实的进展，恐怕也难。我的个人鄙见：第一，需要生成这个时代的批评话语系统；第二，新的话语系统才会承载新的批评思想。不然，我们对批评的要求，就会因直奔就事论事的"犀利"，而丧失介入整个人文社科话语环境的锐气。批评就成了真的孤家寡人，你还怎么希望它内在于社会现实，又突出于众多话语网络的前沿位置吗？

　　"话语"这一术语，其实高频率出现在学术刊物的大小版面，国内而言还是近三十年来的事情，再具体一点，是法国哲学家、理论家福柯《知识考古学》译介进来之后。我不事版本学研究，手头的本子印象中是新世纪的哪一年出版的，自然也不知道是翻印了多少次的——我只关心我所读之物，是否从正面或侧面冲击了我已有的知识储备。《知识考古学》大概是冲击我的本子当中的一个，福柯所考之古不是一具具尸体，也不是一处处历史遗迹，就像书名所显示，是知识。径直说，在福柯之前，"文本"是我们研究对象、言说对象、叙述对象的全称，有人先用了，后来者就如此去用，没觉得有什么不当，事情就这么简单。不简单的是，有一天，福柯说把对象视作"文本"不会有错，但问题是，当你开口说话，有一个经过别人反复打量的被称为"文本"的东西横亘在你面前，你本来是有那么点新想法的，可是这时候，你下意识里被告知，文本是唯一的，或者是客观的和真实存在的，"文本之外无他物"。此时，你的那个思想——已经有点冒犯地逃离出文本概念的东西，不是就范于文本，而是被文本束手就擒，还言什么自由表达？

这大概是福柯以话语取代文本的基本构想。

然而，话语如何取代文本，或者文本概念在话语面前为什么就显得蹩脚了、不再那么威风凛凛了，这似乎还需一些基本的语境转换。

比如，詹姆逊这个人，他写过许多理论、思想著作，有人把他的一部分著作命名为西方新马克思主义，也有人把他同样的著述视为后现代理论，由此可见，詹姆逊很复杂。但有一点詹姆逊非但不复杂，还显得有些明白得可爱。他有一个"永远历史化"的概念，被国内学人经常引用。一则用在历史研究，一则用在文化和文学研究。什么意思呢？詹姆逊当然不是专门的历史学家，他只是在他所关心的哲学思想领域涉及历史。就是说，詹姆逊那里，本来没有什么明确历史边界的历史事件，让这些历史事件成为历史的一个直接原因，不是别的，是叙述主体的叙述。是叙述使它成为历史，并不是说它本来就是那个悍然不动的坚固之物、客观之物、真实之物。我未比较过福柯与詹姆逊思想的关联性，不好妄下断语，以致降低詹姆逊的学术辈分。但詹姆逊的"永远历史化"其实就是福柯话语理论的具体实践：文献是历史学得以建立的根本，可是另一堪称根本的源头人们往往忽视了，那就是叙述人及叙述人所借重的语境、立场——这里，谁说话的问题变成了是谁使他这样说，而不是那样说的问题。这个背后的"谁",可以是文化环境,也可以是叙述人的自由选择,但无论怎样,你最终要公布的言说结论,必须是经过某种"授权"的,这就等于在面对同一个文本时,其实不见得就只能得出一个结论。因此,"永远历史化"的关键之处不在"永远",而在"历史化"这个权威性授权。詹姆逊的术语,就成了深刻揭示某种"从来如此"的定法的话语行为。

　　文化和文学领域借重该话语的情况也类似,"十七年文学"或"十七年文化"最能说明问题。为什么二十世纪八十年代以前语境,人们就觉得文学对人生世相的叙述、对文化状态的陈述,是那么得体——至少,不觉得整齐划一没什么不好,你完全相信喝着清汤精神依然抖擞,那是因为我们被社会主义现实主义理论模式"化"了,可是同样的文本,一到二十世纪九十年代完全就不适应了,原因也很简单,九十年代的文化思潮已经开始"历史化"。前后变化的截然不同,不是应然的,如果没有"永远历史化"这样的话语行为,可想而知,我们所做的大多数学术工作恐怕也不见得能摆到台面上来。至于这期间有些研究、有些学者仍然持守,或者坚持认为"历史"就是铁板一块,坚持一种"元话语"式的研究和写作,当是另一回事,只能说这种研究、这个学者还没有自己的学术话语,始终处在常识的翻版层面工作,结论倒无所谓错误,就是没有什么新意。

　　举福柯与詹姆逊,我意在强调,对一个学者来说,话语与思想并不是随意颠倒的,当我们急切地向学术要思想时,先有必要考虑,究竟是先衡量一个学者的学术话语,还是笼统地以创新为名义索要"思想"?我的个人体会是,先有自觉的话语意识,思想才能产生——至少,有条件产生。因为现如今不像过去,现在我们每一个人都生活在信息爆炸的语境,很多时候我们甚至生活在一大堆虚假信息的包围中而不自知,而思想的基本面貌或者基本形式是格言、警句,乃至某种简明的好记的句式,这恰好是对复杂现实的简化。反之,把简单问题复杂化。过去,某个权威人士的一句话可以成为一大群人的信仰,现在简明好记的一句话也许只是一个"传说"。而话语则不同，新的话语方式不单考验学者的敏锐眼光，至关重要的是，它通过语言的使用检验学者对对象世界的解构，或者建构——值得申明的是，我这里的解构或者建构，描述的不是通常我们见到的"戏说""搞笑"，以及被"授权"的抟塑。真正的解构始终指向某种僵化的定势思维和腐化的话语表述方式；真正的建构也是始终面向历史，在历史语境的内部发力的"自反性"（乔纳森·卡勒语）思维。

也不妨举个例子。在国内民族学、人类学、社会学，以及文化文学研究很难推进之时，安德森的"民族想象共同体"、詹姆逊的"民族寓言"、萨义德的"身份认同""他者"等话语问世了，这时候，理论家们突然意识到"想象"的"共同体"，个人消弭于"大我"的巨大诉说框架，以及身份意识的缺失和处于第三世界原来是作为被观看的"他者"的尴尬处境时，一些煞费苦心的研究，基本上属于材料的堆积，并没有从材料中照射出应有的思想光芒来。也就是说，原来的那套方法论实际上已经束缚了自己在本领域的伸展，于是，局部的、小的、细节的、民族的知识成为一时之选，这是表征之一；表征之二是，差异性、女权主义、阶级性等充塞于大小版面。然而，有力量的话语同时也是个不折不扣的双刃剑。显见的例子是，当我们义无反顾践行类似思路，我们其实又面临了主体性破碎的学术遭遇：如果没有人类文化学，或者大的人文视野，那堆小的、局部的、地域的、民族的知识，怎么能够被激活，变成会说话的佐证？换言之，任何的人文科学研究，它的旨归应该指向"我是谁""我最终要往哪里去"的目的。可想而知，一味地小下去，是有些数据乃至证据会被发掘出来，但学术的总体走向难道真如人所愿，如期地实现了学者的社会批评内涵吗？情况可能恰恰相反，只能沉陷于数据、沉陷于证据。在如此普遍性学术氛围中，主体的完整性又一次摆到了理论研究的面前，语境的转向，共同体、身份认同以及始终停留在"他者"处境的思路，所能解决的就只能是其中一部分问题，成堆的现实命题恐怕只有另行启动话语范式了。

这里面，我个人自然不敢妄下评语，说我们的研究正在受惠于西方话语资源，可是，当我们的理论面目无法绕开诸如此类的巨型话语之时，最终能挑战巨型话语的仍然是新生的话语，以及话语之中蕴藉着的思想。因为话语行为指向话语纹理的细处，这个颇有意味的"细处"当然不是前面所说的使人沉陷的"细节"，它实际上是学者首先在语义层面尝试改变学术现状的"语词"。例如，现如今，凡涉及当代人的精神问题、价值问题，几乎没有不研究宏论"焦虑"的，可是，从消费主义时代气候、物欲、跟风、浮躁等心理学、精神学和文化学来研究，眼见的事实是，当代人的焦虑症不是被不明就里的理论武断地打下去，就是反过来言不由衷地蛊惑了、诠释了焦虑症的正当性。为什么会出现这种错位呢？我的答案仍然是，个体的研究因没有发现、拥有属于该领域的特殊话语——动用的那种公共话语，遮蔽、淹没了"焦虑症"的源头，言说因为失效而失去了说服力。法国后结构主义社会学家鲍德里亚的研究为什么打动了我，简单说，就是因为鲍德里亚在《象征交换与死亡》一书中，启用了一种堪称恰当的话语方式，他把当代人的焦虑源头归结到"象征意义"的失去上。接着，他用"馈赠"等一系列人与人、人与经济形式、人与政治学"交换"的方式，论证了人之所以再度焦虑（因为焦虑是人在不同历史时期周期性发作的一种精神现象）的社会的、政治经济的原因，而不单是个体人的物欲观所致。有个极端的例子可以提出来一说，他说现在人死了，没有什么用来保障缅怀者疏导其悲痛的渠道，就是用来馈赠给活者的话语方式、政治经济方式缺席了——哭，是被限制的；祭祀仪式，是现代化的。这是他提出用重启"象征"的思路拯救意义感缺失的文学表述的基本理论。就是指作为人的意义、象征体系的缺失导致了焦虑症，不能及时进行象征交换或交换因未"燃尽"而"剩余"，使得精神焦虑非但未能转换，而且剧烈复发。

　　鲍德里亚在这一领域的研究无疑是社会学的，也毫无含糊是有思想的。然而，假如他没有预先抛出他的话语方式——馈赠／象征、象征交换／死亡仪式，他的思想难道还会那么耀眼吗？我不禁要说，思想固然重要，但话语却更加重要。因为没有自觉的话语意识，或者话语意识不自觉的研究，其思想其实首先缺少了使其依附的"皮"——皮之不存，毛将焉附？人们对文学批评的不满已经有年，但环视一圈所谓"开药方"的文章，"应该怎样"虽未明说，可是明眼人也能看出来，答案都涵盖在"不该怎样"里面了，尖锐程度为近年来所罕有。良久思索发现，文学批评本来已经在所有人文社科学术里了，要让文学批评单枪匹马突出重重制作作坊，只有先从整个人文社科研究话语系统的更新做起，否则，除了没完没了指摘研究者的堕落、电子传媒的诱惑、金钱欲望的骚扰、评价机制的腐朽等外，还有没有别的办法呢？没有了。

所以，粗略来看，先提话语、不提思想，似乎是一个悖论。其实不然。正因为文学批评只面向了文学，少面向或者不面向文学生产的整个人文社科话语语境，我们觉得批评说不到点子上，批评无法令人信服，根本原因不在批评主体的道德承担少了、纯文学信念减弱了，而在于批评所开启的话语视野失去了批评所依附的人文知识结构。人文社科视野的褪色，直接导致了批评只能就事论事、只能做到好处说好、坏处说坏。所以，要从整体上改变批评的柔弱状况，先有必要生成新的批评话语系统，少强调思想的前沿性——这里，如果先强调思想的"抢位战"，批评因没有必要的话语系统支撑，会很快堕落为别一形式的"工具论"。新话语及其相关修辞规则的稀薄，导致凸显所谓"思想"的批评最终会被弹回去，于是，可预见的结果是，脚疼医脚、手疼医手，批评作为一个完整的语言系统，对它整体免疫力的拯救或许被永久性地放逐了。

更新了批评话语，不就等于获得了批评思想。这正如同穿西装打领带读蜡黄线装书，或留小辫着长袍马褂生活方式却极其现代一样。什么是新的话语，取决于是否走出它所受的限制或长期以来被所谓学术规范规定着的规范。

第九章　批评应该走出四个规定性

近期接连又读到几篇批评文艺批评的文章，当然，大前提是说，目前的文艺批评很不好。小前提无非是讲批评要有尊严，批评主体要把批评当作事业来干；批评家嘴里说批评如何不如人意，但会下仍是老一套，才不管他本人刚才还睚眦必报指责的那些不足呢，如此等等。

单独浏览这些好心人的文章，觉得似乎也有道理。你想，没有尊严的批评，那不直接就是看人眼色王顾左右吗？不把批评当事业看待的批评文章，不也是想起一出就是一出的逢场作戏吗？会上咬牙切齿批评别人如何如何不好，会下自己又每每就犯的，细想起来也的确不在少数，能说所言不重要吗？当然重要。可问题是，我们所谓当前不好的文艺批评，是通过什么判断出来的？为什么有会上会下截然有别的话语系统呢？是否可以说，现在的批评，有那么一股力量是被赦免的，因而，他们只负责挤出宝贵的时间教诲别人，自己的批评本来就是范本呢？

如果是，我想要再重拾老话题，恐怕得先弄明白我们所谓不好的文艺批评的基数，也得弄明白是谁在不断地发现批评的问题，然后才是有效的诊断。否则，这种周期性饶舌听着实在让人反感。

在一次主要由青年批评家构成的论坛上，主题发言者多达数十人；涉及面也极广，几乎包括了文艺的所有门类；谈的问题当然也极其集中，差不多都在谈论文艺批评的不如人意。我远道而去全场听完这个论坛，总算悟出了点门道。另外，也是在这个论坛上，首场被邀请来传经送宝、勉励青年人的资深批评家，他们不约而同以东北某省作协办的一份文学批评刊物为例，作为反面证据论列目前青年批评家，其中的核心问题，也的确引起了我的格外注意。

总括起来这两样颇富现场感的东西，我想应该成为我此时再论批评问题的一个支撑，如此，关于批评问题的焦距，仿佛可以稍微拉得近一点了。

我的归纳主要是四点：

第一，批评是否该考虑走出自我经验规定性的问题。无论青年批评家的主题发言，还是资深批评家有针对性的批驳，我强烈感受到，自我经验其实已经变成了制约批评家表达文艺思想的一个首要障碍。不错，个体化，或者个性化表达，是使"70后""80后"整体被批评界注意的一个理论分界，但是也是使青年批评家整体沦陷的一个重要的观念误区。应该说，这个文艺观念，在被集体性提出并书写的年月，的确发现了文艺创作上的某些坚硬问题和现象，比如，文艺不把个体人的处境放在眼里，不把日常生活列入艺术中心来考量，等等。然而，当社会急剧转型、经济迅速发展，甚至当社会内部的阶层断裂早已发生、价值错位已经横亘在人们面前之时，个体或个性化理论视角，实际上已经成了蛊惑阶层断裂、强化价值错位的一个理论武器了。就是说，自我经验的理论能量其实已经被耗尽了。这个时候，如果还是形形色色、各执己见的个人视角、个人经验，毫无含糊，由此构成的批评话语肯定是破碎的和散乱的，也就不可能指向作为群体存在的社会阶层，和作为力求达成共识、取消差异的价值共同体而有效言说现实的整体力量存在。如果不走出自我经验，批评似乎就只能是无效的自我饶舌，其结果是谁也听不懂对方，谁也不愿听懂对方——因为，持己见，曾被理论所豁免。

第二，批评是否该考虑走出学科规定性的问题。我前面提到过，一些资深批评家之所以有底气以某一个刊物及其作者发难整个青年批评，一个重要判断便是，这个刊物及其集结起来的青年作者，他们形成了某种批评的学科化论评模式。就是从题目到行文结构，无不弥漫着"新世纪"，乃至于新世纪之下的"身体写作""女性写作""农民工写作""边缘写作""民间写作""地缘写作"等等。历史意识和社会学视野，基本上被这些无限分解下去的所谓学科内合法性知识阻断在遥远的地方了，公共知识分子情怀也罢，人道主义诉求也罢，仅仅成了学科梳理过程中的一个华丽技术而存在。难怪资深批评家会毫不顾虑地一竿子打死。熟悉当代批评史的人大概不会不知道，正是他们——"40后""50后"乃至"60后"，掀起了二十世纪八十年代至九十年代初文艺批评的热潮，并且所讨论问题也绝不仅限于文艺的事实。至少，他们的批评文字中，目前来看，最大的亮点，或者说还能被人们不断记忆的地方，肯定是对整个社会文化现状的描述和批判，对于具体文艺细节的把玩和涵咏功夫还倒在其次，这也是他们那一代或几代人引以为豪壮的地方——有命名时代的能力，也有把握乃至论述时代的方法论。而这一点，正是今天学科化青年批评所欠缺的致命之处，知识很多，信息量也很大，就是没有切肤的时代感和命运痛感。

第三，批评是否该考虑走出知识规定性的问题。近读一学者的秦汉魏晋南北朝书信研究，我曾表达了自己的切实感受。觉得他实际上是想把古代人文知识分子的日常生活、知识生活、政治生活和心性追求，乃至于主体感知性意义生活五位一体，融会贯通于一身，从书信这个私人生活载体突破，试图超越以文论文、以艺术论艺术、以审美论审美、以日常论日常，甚至于以知识规定性论文的藩篱，进而用翔实的论证、大胆的跨学科知识，走向大文学的可能性。对古人书信的研究之所以能达到如此效果，对照于我所感受到的论坛现场感，重要的区别在于，该学者有穿越具体古代文学理论知识的自觉意识，而今天的青年批评家则没有。非但没有，反而更希望自己的当代文艺批评，能够尽可能具有所属艺术门类的规范知识——更规范，更学术，更术语化。不言而喻，这样的批评，是当前硕博教育的产物。论述一大堆现象、征引若干理论流派知识，其结果就是为了把论文写得更像论文而已。伊格尔顿在《理论之后》中说："……在文化研究学者中，身体成了极其时髦的话题，不过它通常是充满淫欲的身体，而不是食不果腹的身体。让人有强烈兴趣的是交媾的身体，而不是劳作的身体。言语温软的中产阶级学生在图书馆里扎堆用功，研究诸如吸血鬼、剜眼、人形机器人和色情电影这样一些耸人听闻的题目。"信然。

第四，批评是否该考虑走出时下响亮的意识形态规定性的问题。这一点当然很难，但唯其难，才有必要从心底里警觉响亮的意识形态规定性。诚然，"响亮的意识形态规定性"，也许并非某个个体所能走出的，因为"纯文学"本来也是意识形态，"去政治化"也是另一意识形态规定性。不过，当我们对文艺批评的指责，周而复始、循环往复，以至到了指责仅仅是某种周期性表达"良知"的例行作业之时，为着防止把指责变成某种话语消费，制约批评或者说批评的终极危机，恐怕不能不说是人文知识分子本身的话语依附性所致。我发现，当"和谐"逞一时之盛时，大大小小的批评，无不围绕幸福、快乐而展开；当"正能量"首当其冲时，"人民性"话语方式便应运而生了。其实一个简单的辩证法不要忘了，凡文艺作品，肯定都是具有人民性的，只不过看是具有哪种人民性的问题；几乎所有的文艺创作，说到底，也都不可能不是冲着最终的和谐、正能量而去，只不过看过程中反映了哪种不和谐因素，或哪种负能量的问题。如果不和谐因素大到屏蔽和谐因素的程度，负能量强到消解正能量的地步，那么，这时候，批评只能首先针对不和谐因素和负能量信息，并且以严肃的学理态度，表达对这种普遍性人文现状的忧虑和忧患意识。否则，盲目的、跟风式的和谐话语、正能量话语，反而会埋下虚假的种子，严格说，那就不是批评了。

自然，对我而言，今天还要重捡这个旧话题，并且非要归纳出这四个"走出"，是因为，在我读到新近的批评之批评的文章之前，我已经以两部书的容量（《当代批评的众神肖像》和《当代批评的本土话语审视》），还包括几则单篇文章，不厌其烦地论述过这个问题。因较为熟悉这一话语生产流水线的缘故，觉得近来见于报章的这些好心人的文章，实在既不了解目前现状，又没有什么具体的及物性，无聊得很。另外，所谓尊严、独立性和批评家的口是心非（实说批评的跑偏）之类，也实在抽象得很，方法上也并不具有改进目前批评生态的可操作性。

第十章 当前批评的同质化与思想空间问题

普遍同质化稀释、挤压了批评思想应有空间，就我的感知体会来说，突出表现在以下两个方面。

一是倾心于思想归属上的自我确认，以个体内在性经验为本位，以自我欲望或利益得失为权衡标准，大量删减、分化社会分层所造成的集体无意识声音来达到自我确认自我、自我佐证自我的目的。

这里就不细加分析这种自我确认了，但从源头看，这种被接受下来的较普遍的自我确认，一般来源于对西欧福利国家个人主义思潮的变异转换，到我们这里就成了自私自利的个人主义了。再加上经济主义价值的导向，真正反映到日常生活和文学叙述中的自我确认，其实是都市女性主义和都市"宅男"的封闭主义混合物。

因为社会意识的普遍支持，久而久之导致的后果是，世界上、社会上乃至单位、社区、家庭，最好都能围绕"我"转，哪怕"我"是错误的，也都不愿接受任何逆耳之声。否则，就很不舒服、很不爽，紧接着，"烦着呢""他妈的""闹心"一类词就会经常挂在嘴上。就此而言，男性与女性在自我确认上的区别就显而易见了。我无意于表彰男性的自我确认，但相比较来看，男性的自我确认，除了上面提到的最显著的那一种有资格"宅"的外，其他则多少会考虑社会问题对成全自我内在性生活的条件保障，因而也更为社会性一些。这从即使是一个讨要血汗钱的民工身上就能感受到——他们在诅咒黑心老板的同时，一般会逻辑地追究豢养黑心老板的社会温床，就是明证。

这是为什么到目前为止，所谓自我确认，其实不过是自我中心主义的本质之所在。原因很简单，无论家庭，还是日常生活，女性基本"财权在握"乃至于"真理在握"。谁掌握了财政，谁就是大

107

爷，谁也就有话语权。而一些最直接的服务工具——影视剧、文学读物、微信段子、养生美学、身体美学条款等，其市场预期恰好以都市有钱、有闲阶层，或看上去为显得好像有钱、有闲阶层的女性所准备的根本原因，自我确认当然也不例外。

这时候，你就会明白，今天流行于文学叙事、影视剧、微信平台和其他服务行业的自我确认，就其气质而论，为何总显得阴气太重，为何总走不出自我，为何总愿在卧室咖啡杯里折腾自己的原因了。这绝不能说明我们的时代已经进步到像西欧福利国家那样，社会机制完全能够保障个体的个体化发展，并反过来诱导不自觉个体走出既有文化束缚，成为自己且进一步确认自我意义的地步。这一层看，目前我们这里大家所受用的自我确认，单就半径而言，根本连社区都走不出去，更遑论对更重大更尖锐社会现实问题的批判性指涉了。严格说，这样的自我定位，也就只是在制造噪音——至少是和稀泥、扰乱视听，顿时使本来以自我为本位而质疑社会机制缺席的另一有价值声音，也因其不合辙押韵似乎反而是"负能量"了。更严苛一点看，这样的自我确认一旦普遍流行，无论对于正常的家庭伦理基础，还是对于社会文明程度，恐怕都是退步，而不是进步。这也部分地解释了，今天社会公德之所以差到了极点，几乎人人都在喊打，可就是像没头苍蝇一般，不知道症结——错愕地认为我们都没"家"了，都没"根"了，于是，觉得应该回归传统。

其实，我们何曾迷失过"家"，何曾挖掉过"根"？说到底，不还是西欧成熟第二现代性经过本土传统宗法宗族惯性的适应性筛选、处理后的糟粕文化吗？这说明，我们非但有"家"有"根"，而且还坚不可摧，具有异常的吸附能力，能同化几乎一切异质优秀文化为我所用，异质文化的补钙、充血功能因此而消弭、遁隐。最后的结果只能是一点转译进来并异化了的自私自利个人主义，加上一点庸俗化传统"内修""克己"，不闻不问外部世界的自我确认便被树立起来了。在它的覆盖下，各色人等的文学及批评写作，仿佛有了时代的思想依据，也获得了时代合法性。

二是批评旨趣变得格外迷恋琐碎，乃至于唯琐碎马首是瞻，这就不是个体趣味和个体自由选择问题了，毋宁说是文学及其批评思想的整体沦陷。

这一点，单看题目就能明白一二，什么"丰饶的痛苦"，什么"人性的诡异"，什么"人生幽暗地带的寻绎"，以及"未能抵达……""历史漩涡……""悲悯……""民间……""野史……"，还有某某秘籍、某某博物志、某某考古史，等等。绕来绕去，终极目的是绕过问题丛生的现实，从"去政治化"一步跨到"去社会化"，平静安详地消费所谓古文献、古战场、古诗意或古人生。就像前些年"狼""狗"盛行一样，看起来，钩沉过去知识、经验、感觉、观念，是为着曲线救国，目的在折射当下。其实不然，如此运思，写着写着，当下早已被写丢，或者早已被过去所同化，剩下可操控的就是审美了。诸如古人如何浪漫、如何诗意、如何慢生活，痛苦如何接近哲学、孤独如何彰显存在感，文学怎样变得庞杂、博物，如此而已。实际上一与微信对照，这种"神秘"的追求其实没多么神秘，不就是对自我的表彰和对自身存在感的张扬吗？这种知识、经验、观念、态度，难道与百忙中烹饪一碟半碟炒菜的欣慰，焦虑无助中抓拍一张半张鲜花香草的美图，迷茫颓废中划出一句半句格言警句等有什么本质不同吗？不都是个人消费和个人消磨时光吗？文学及其批评，自然不独有现实主义一种，理应多生多元、众声喧哗才是。但是当一个时代文学及其批评的主要关注点在个体趣味与流风遗韵，就像明末清初或清末民初时，抢占头条版面的全是遛狗斗蝈蝈、收藏拍卖、花草虫鱼、脂粉钗环，所有自我搏斗只限于卧室书房的云烟弥漫时，恐怕意味着批评思想的整体沦陷。

李泽厚二十世纪八十年代中期写的《二十世纪中国（大陆）文艺一瞥》[①]就说过这类问题。他说经常见到的文学现象有两种，一些作品是以其艺术性审美性，装修着人类心灵千百年；另一些则是以其思想性鼓动性，在当代及后世起重要的社会作用。但相比较，

---

① 李泽厚：《中国现代思想史论》，生活·读书·新知三联书店，2008，第 279 页。

虽艺术雕琢上略显粗糙，但"容易看，又并不失其深刻"①的具有真正深刻的大作品，总比追求审美流传因而追求创作永垂不朽的"小"作品，更能给人以警醒与启蒙，也就更具有思想的冲击力。批评所用力的地方也正在此，而不是一味黏滞在类似创作的集体趣味中，一路吹吹打打、嘻嘻哈哈。

国外的例子也不胜枚举。尼采写作《不合时宜的观察》一书的时候，正是普法战争后德国忽然兴起的时代，许多德国人以为不只是军事战胜了法国，就是在文化上也占了上风。可是尼采偏偏不这么认为，他反而观察到，这个时候正是德国文化危机开始的时候，于是他通过一系列文章，对德国教育的病态、畸形现象，以及文学艺术领域里慢慢滋生的骄傲与放纵，进行了毫不容情的批评。对于尼采的文化批判，张旭东是这样阐释的，他说尼采批判的不是风格和形式问题，而是一种观念上的随大流，是当时德国形成的文化、口味、价值观上的一体化。"它虽有表象上的丰富多彩，但骨子里却是一种标准化的、机械的大众意识形态，比如都认同进步的概念，都认同那种'空洞的、同质的时间'，都认同生活的意义是寻找安全、幸福和舒适。"当然，尼采本人用词更凶猛，他用"有教养的市侩""风格化的野蛮""政治上的庸人"等来描述那种经济主义价值观导致的文化现象。其中著名的"野蛮的文明人"就是针对当时满嘴幸福，显得无比"优雅"的德国中产阶级市民而说的。至于对内容空虚的文学艺术，特别是德国浪漫主义"无聊的审美"的批判，更是一针见血。他说，一切形式化、程式化、规范化、标准化的修饰，是由唯美的、工匠气的小手段、小技巧掩饰生命的空虚和生活的懦弱、渺小和无意义。"美的形式变成了一种装饰，而装饰则变成了一种文化暴力"②。

就选择上说，尼采可能更注重文化批判，他所谓"不合时宜的观察"，多半是针对当时作为战胜国的德国人文知识分子和由这批

---

① 亦可参见本著第一章内容。

② 张旭东：《全球化时代的文化认同：西方普遍主义话语的历史批判（第二版）》，北京大学出版社，2006，第 174 页。

知识生产者塑造而成的城市市民阶级。就目前我国文学批评论，乐观一点估计，围绕在琐碎周围乃至迷恋琐碎本身的几乎所有文章，就其人口比例看，究竟能占十四亿的几个百分点，这不是多么难的算术题，相信都能测算出来。那么，盯着这么点儿人口的论述，显而易见，其普遍性是应该大打折扣的，更遑论思想针对性了。

现在的问题是，当自我确认、琐碎逼一时之选，批评如果不能超脱于该时风趣味，也就是说当这个东西形成某种话语定势或思维框架，几乎任何的小角度小方法，可能都或多或少是其支配下的生产，这时候，与其穷究文本的细枝末节，还不如多点宏观审视。

我们看到最多的现象是，每一个研究者或作家，穷极经年的研究或写作，在他本人来说，可能有个万变不离其宗的核心，所以他自己总是觉得，他不管研究或写作哪个题材，其思想追求都是在升华、观照的层次上慢慢深入。但悖论的是，和他这样想的人不止一个，可能大家都这么理直气壮。那么，在读者的角度看过去，那些出自不同作者之手的文本，或许只是分布在不同阶段的最强文化价值思潮的反映。比如，提倡"去政治化"，大家会大同小异地根据自己的认知能力，体现远离外部环境、远离社会生活乃至政治生活的旨趣；比如，弘扬传统文化的时候，大家都可能又充满了仪式感、神圣感，笔下的大事小情都变得感恩、温暖、幸福和有秩序了。还比如"反现代性"的思潮异军突起之时，同样的题材又仿佛一夜之间如得神助一般，里面立马蕴含了饱满的个体诉求、个体意志和个体精神自由，等等。相信每一个认真的读者，对现阶段的人文阅读，恐怕都或深或浅有这样一个雷同的感觉。这种大面积同质化选题、同质化价值诉求，可能也已经严重威胁到人文的传布和接受，极端者或许已经造成了人文论述或写作的危机。人们因大同小异、不过如此，而对人文价值本身产生了厌倦，甚至产生排斥的糟糕心理障碍，这是人文知识分子莫大的悲哀。最后文学写作及其伴随而生的文学评论、文学欣赏、文学推介等，完全变成了文学学科规定性中的例行作业，最终"去社会化"便成了合规范的、合逻辑的和符合流行审美趣味的标准产品，起始于个体有限经验，也终止于个体有限经验。

面对这样异常严重的同质化，我想文学批评要焕发其本来的思想能量，就得老老实实向社会学、政治经济学学习，先内在于当前社会学、政治经济学的内在机制，再走出学科话语规定性、走出惯性审美趣味规定性、走出文学批评理论惯例规定性、走出高亢的意识形态声音规定性，重塑新的批评话语体系、寻找新的批评思想立足点，整体书写新型城镇化语境中的文学与人的关系。

以上讨论究其实质，好像仍在批评自身打转，并没有正面涉及批评的终端及批评的市场机制，这好像是哪种批评都无法躲过去的一道坎。

第十一章　批评刊物"主持人化"与当代文学批评

一

批评的终端呈现，无疑要经过批评媒体的再生产。要彻底廓清这一点，话题恐怕得稍微游离得远一点。不妨仍以自己的体会说开去。

我先后有四本小册子较系统分层次讨论过文学批评，自然也触及文学理论与文学知识分子。有时候，范围还会扩展到文化、思想领域，尽管实在是秋鸡娃打鸣——尽腔子撸，那也没办法，因为近几十年来的一般社会文化思潮，恐怕都被批评家作为文学的背景压缩到文学批评里了。这一点，相信不用太多说明，关心的人是不难意会的。在《当代批评的众神肖像》（2012）中，盘查了有代表性的十八位批评家，从老一辈"40后"的刘再复，到"70后"青年学人。重点凝聚了他们的"经验"，也粗略勾勒了他们对二十世纪八十年代以来引进的各种理论、各路主义的消化、处理、转化程度，算是有名有姓甚至能带起土的十八宗批评经验"个案"。"个案"也者，留有余地之谓也。这余地就是与"普遍性"勾连对比后的空白地带，还包括个案自身原因所招致的局限。因此，由"众神"折射出的问题遂成了《当代批评的本土话语审视》（2014）一书的主要研究对象，可简称"本土话语"问题。即是"审视"，必然首先要搭建一个基本的话语语境。这便是主体性话语、民间民俗文化话语、日常生活话语、身体性话语等四种典型而突出的批评话语分化的由来。它们差不多都是"启蒙"或"新启蒙"话语及价值认同被消解以后的类型化批评产物，属于阶层分化乃至趣味被肢解因而价

113

值碎片化的反映。该书为了使问题更清晰，当然也是为了在批评类型化中探讨理论的彻底，一个技术性选择是让批评文体化。文体化程度越高，价值便越深入。反之，越来越笼统、漫漶乃至于肤浅。《当代社会分层与流行文学价值批判》（2017）一书着力解决的问题就是经过前两部书探讨剩下的部分。在事实上已经分层的社会结构内部，分析文学批评价值选择、审美趣味圈子化与阶层化原因，可以防止批评思想的空疏，至少能在"个体"为单元的批评视野中衡量出现如今中国文学批评触及"普遍性"的水平。探讨的结果，一是仍然照搬"五四"价值模式与话语方式，连语气也模仿得很像；二是彻底否定或者有意绕过"启蒙"俩字，主张就事论事、有一说一，从不漫溢边界。看起来这两路现象风马牛不相及，其实它们产生于同一个知识胚胎，即高度认同"传统"。区别只在角度上，前者"照搬"，目的为的是逃避"现实"，后者"心无旁骛"，为的是绕开"现实"。分层社会中的"个体"，一进入批评流程，都成了超脱具体阶层之上的全知全能的上帝，这种"知识"或"理论"本身就是问题的本质所在。我们通常说的脱离现实生活，此之谓也。《文化现代性批评视野》（2015）一书则是对前三者研究结论的再度聚焦，属于批评实践建构。简而言之，文化现代性是对通常隶属于社会现代性、审美现代性批评选择的进一步审视，突出人的现代化程度，因而从总体上批判了文学创作及其理论批评在前两者的规定性中走向事实上投合分层社会的虚无主义倾向，把文学的视角拽回到了新型城镇化这一切实而尖锐的现实。丈量了"审美"的分裂，指出了"传统"的虚伪，通过传统人性与现代人性的对比分析，得出结论认为当前炒得很热的文学叙事和镶嵌在版面重要位置的批评，是现代性个体意识太稀薄了，而不是太过剩以至于像有人说的到了"反现代性"，甚至思考"现代性危机"的阶段。极端一点看，当前文学批评中的现代性思想，恐怕真是太少了，乃至于少到了一个令人吃惊的地步。

　　总而言之，虽然做了些跟踪与研究，应该说也有些心得。但看到有如此之多的人在谈批评问题，且或多或少以"我们""中国当代"作为复数，我自觉渺小，不敢打肿脸充胖子，只能以自己的切身体验与发现的具体问题来说说"我感知"到的现象。我感知到的最突出批评现象，即是批评刊物的"主持人化"。至于是否有普遍性，那就是另一码事了。

二

为避免背诵、复述批评史常识，也为着避免寻章摘句以先贤大哲做垫背，因为那都不能直接等于当下批评，出问题的就在中间环节。我不妨以逆推的方式来整理我的思路。

逆推，就是从批评刊物说起。我从未编过批评刊物，也从未与相关刊物编辑聊过批评的事。所以，我只能从读者读刊物的角度谈，这意味着我所谈也许与实际情况有出入。不过，正像吃鸡蛋，食客无论从路边散摊点或大型超市采购，只要吃的是鸡蛋而不是鸡，蛋是软蛋或是双黄，抑或既不软也不双就是味道不对劲，恐怕从这个质量也可以推知下蛋母鸡口中进的什么食了吧！下蛋母鸡进什么食、被饲养在怎样的环境甚至雏鸡是怎么诞生的，自然不是鸡自己做的主。也如同吃西红柿，甭管标签上写的是否"纯天然"，只要切开，置于油锅，经锅铲那么几番伺候，如果仍坚挺顽强不见溶化，变不变色、天然不天然、有毒没毒，只要眼不盲舌苔不肥厚，也便能知道个大概，何须问菜农与商家进货渠道。

作为批评终端产品的批评刊物，阅读批评刊物的读者是其忠实可靠的消费者，我就是这类消费者。

产品的改造前提，当然是为了更满足消费者需求，这一点人所共知，毋庸置疑。那么，改造后的文学批评现在却给人这样的感觉印象，择其要者而言，是栏目"主持人化"产生的连锁反应与后遗症。

其一，更加主题化。主题化不是简单项目化，但它比项目化更趋私人趣味。通常以兼容多元化栏目，以收编零散自由评论为旨

115

归，已预先定制的"专题"或选定的论评对象为对象。当批评刊物让出宝贵版面后，聘请刊物认可的教授、学者来担纲主持版面。主题化后的批评，看上去形式上更加规范了，论题也更有学理性了。一张一弛几乎遵循无一字无来处和有一说一的规矩，凡毛毛糙糙、旁逸斜出的触角，差不多都在剪裁之列。如此一打扮，奉献于知识市场的就不外乎两种产品：一是最大限度去除作者溢出规范的思想与未经过滤的主体性体验；二是任何流连忘返或心理抵触，都必须建立在"文本细读"的阐释之上，文本外视野被迫退于次要甚至末位。毋宁说，这是批评的终结，因为局外人或普通读者一看就明白，学院课堂教案或文学史经验衍生而来的知识，即文献化经验，不是以直接感知体验的形式参与切实日常疑难的呈现的。非但如此，它还进一步排除了社会一般知识、信仰、思想对文学理论惯例的冲击、冲突。之所以这样，不是编辑与主持人不了解批评背景，相反，是太了解太熟悉的后果。理论推理而论，把散乱批评加以拾掇，直接动机无疑为着打断"接着说"至少是"跟着说"的链条而来。不幸的是，这两种方向，究其实质，始作俑者是学院的量化考核制度，并非零散化批评所致。在量化甚至数字化考核流程中，不"接着说"，不"跟着说"，实际等于学术不规范，也就不是既定学科规定性的"有效"知识生产和"有益"学术增长。无论哪方面都不在"专家主宰"范围，因而不属于"合法化"成果，岂容乱来？更何况可以乱来，前提却是你除非视学位如草芥。事实证明，一个阶段比较活跃的"作协派""自由评论"都已基本"归顺"，学院里哪容随笔化学术话语与"愣头青"观点抬头呢？当然，主题化批评的势力范围倘仅限于学院的四堵墙之内活动，即使鼓荡得尘土飞扬，那也没什么了不起，毕竟不影响墙外继续吆喝、呐喊、嚎叫、苦闷、彷徨、焦虑、困惑。可现在的问题是，这种主题化思维已经排除万难、隔山驾岭，来到了各大批评刊物要冲，俨然一副排兵布阵、起灶搭锅的架势。自由选稿也就到此叫停，自由思想也就宣布寿终正寝了。这也意味着批评的纯味开始上升，杂味骤然下沉；教案与文学史预案正式启动，而类似当年"地下写作"式批评潜流口子被扎死。更极端化的表现是，把学术仓库里陈年积压的学位论文，——翻晒出来作为筹码而交付相关批评栏目去消化，未经阅读市场检验、未经第三方考验的学位论文，不能说全站不住脚，但从定选题到生产制作再到答辩过关，整个流程中起关键作用的仍是三两个执掌文学史旧知识的评委说了算，那就只能说作业及格了，但知识生产线上及格的作业肯定不都等于可以公开发表以至于提供了什么新的研究成果。这正如同拿了硕博毕业证不等于就是个合格的甚至优秀的相关工作人员一样，到达合格乃至优秀还有相当长一段时间的历练，如果不把人才等于文凭的话。

至于主题化批评的积极意义，我想不用去多说人们早已心知肚明。最直观一点便是，增加了处理自家门户内库存的机会。"去库存"自然是在"供给侧"与"互联网＋"的平台完成。这就像一盘普通醋熘白菜，被新概念一武装，营养虽然没增加，但吃起来仿佛概念不一样了。

其二，片面专业化。批评的主题化的一个极端形式或许是专业化，比如研究"弑父"，如果从巴金的"激流三部曲"作为逻辑起点，那么，从觉慧的矛盾与反叛，一路推将下来，直至二十世纪九十年代的"身份危机"；或者研究"游民"，鲁迅笔下的阿 Q 可能就是源头，进而到孙少平（《平凡的世界》），再到今天新型城镇化建设中无数"回不去乡村，进不来城市"的农民工；等等。依次类推，乡土文学、都市文学、女性文学、青春校园文学、网络文学、谍战文学，都将先得上溯至源头，否则，就没有其他经验可支撑。这就像研究"麦子"，先得给麦子分科归类，才方显合法性一样。至于麦子在诗人海子那里，在今天占有一块版面的诗作中究竟意味着什么，则不在考虑范围。如此这般的论述，像铁桶一般密不透风，外面的进不去，里面的出不来。先是一条线，继而一个点，直至"去政治化"乃至"去社会化"为止，专业化正是如此。盖因批评的期待读者并不在民间社会，而在准庙堂的某个学术委员会，或某个"核刊"的相关栏目主持人。如果专业化还有点意思的话，便在其主张及执行该主张时事无巨细的细节阐释、图解上。放若干年后再读，或许真有"历史化"意味，然而就像今天读民国张爱玲、胡兰成小说与评论的感觉那样，那些提笼驾鸟的烦恼、喝下午茶品咖啡的感觉与亭子间里你来我去的风波，的确不是多数人的体验，那意思也就在一层一层接近原子化赋形中，越来越走向了无聊。技术主义是专业化批评的极端化呈现形式，批评中几乎不再追问"写什么""为什么这样写"，直扑"怎么写"而去。研究诗歌不问小说，研究小说不问散文随笔，甚至研究审美不问社会文化现实，研究文化不问艺术这个特殊意识形态，属于典型的"鬼打墙"式低层次循环写作，连只见树木不见森林都算不上。因为见树，总会牵扯到树周围的杂草、土壤，也就能推知一片树林生长的大概环境。急作家之所急，想作家之所想，这种旨在挖作家"腹笥"的批评，之所以十分讨好相关栏目，是因为它正符合"专业主义"胃口，而"专业主义"正是当代文学"经典化"的一个充分必要条件。作家花很大篇幅写"自我阉割"，写古人轶事，写一条河流的前世今生，写一群流氓的为非作歹，写某个山头的草虫物种，甚至写一泡尿的来龙去脉，都能给其赋予一种美学形式或隐喻意义，因为封闭的"专业主义"做得比作家的描写还精细，也就理应笼罩某种神秘兮兮的色彩。有"神秘性"等于说不明道不清但符合感觉眷顾的"文学性"，而发现所谓独特"文学性"，基本就能坐实作品的"经典"品质。

其三，急切经典化。经典化本是一个历史沉淀过程，五年是历史，十年是，二十年五十年乃至一百年更是。可是今天要给当下作品，甚至期刊刚发单行本还未出的作品就来一通"经典化"赋形与预告，再怎么同情之理解，恐怕难以说是批评与研究，只能是贴广告或发海报。这其中可能有"秘密"，但无论如何猜测，"秘密"不会是如此批评家不懂艺术而胡乱瞎诌，最大的可能性只怕是市场的需要。学区楼盘飙价，不是房子一定用了什么特殊建材；日本海啸，吾国内地碘盐一时紧缺，不是吾国碘盐制造原材料与资金断链；"流浪大师"沈巍用脏兮兮的双手捡垃圾几十年，好读书，颇有口才，能信手拈来一二句典故、文词，千里迢迢赶来的"粉丝"肯定不是为了现场聆听讲座增长知识。即使当前墨迹未干的文学，真是了不得的杰作，那也不是一两个手抓话筒不放的所谓评论家能一锤定音的，最起码还得等到过上三几年后看有没有读者重读与评说来定。这道理很简单，自己不能揪着自己的头发离开地面，同样，今天的人难道一眼能看穿今天的文学并断定几年几十年后是当然的文学史教材？

不幸的是，现在这些常识都被弄反了，这不是人们不知道常识，而是反常识、拧巴常识才能引起关注与点赞。那些不惜自家羽毛，乃至于胡乱堆砌高大上形容词的，心里很明白，名家新作不会差破底线。即便话说得过了头，只表明是语言能力问题，而不是鉴赏力问题，更不是立场问题。

忽忽悠悠，飘飘忽忽，久而久之，旁征博引的指鹿为马，反而成了恪守学术规范、建立在文本细读基础上的扎实学风，到此为止，当前文学就这样被一拨一拨的新晋学人提前送入"经典"的殿堂了。

另一"经典化"批评，旨在打捞历史。常以"某年某月某日"一类时间副词营造论文的论述真实性氛围，或以对象的日记、私人记述等据说是"新发现"的材料支撑论文框架，可谓真正做到了"思想淡出，学术凸显"。可是通读完，整个论文就一关系网络，复杂是够复杂，有趣也够有趣，但究竟表达什么价值判断呢？反正我大脑迟钝，不能从中悟到什么。

其四，批评界开始门阀化。门阀制度开始形成于东汉，东汉建立之初大封功臣，这就造就了第一批豪门贵族。东汉末年和三国时期门阀制度进一步发展，九品中正人才选拔制度导致统治阶级完全被大地主、大豪强所控制。南北朝时期门阀制度发展到顶峰，大地主、大豪强控制了国家大部分资源，有时候皇帝也不得不受控于大地主、大豪强，上品无寒门、下品无世族的森严等级制意识形态被筑牢。由此可见，门阀制加固了士族在政治上高官厚禄，垄断政权；经济上封锢山泽，占有大片土地和劳动力；文化上崇尚清谈，远离现实、逍遥享乐。为维护这种制度，东晋南朝时，士族非常重视编撰家谱，讲究士族世系源流，作为自己享有特权的凭证。于是谱学勃兴，谱学专著成为吏部选官、维持士族特权地位的工具。从门阀到学阀，再从学阀到门阀，上下阶层的流通渠道彻底被堵死，"寡头化"学术话语体系遂控制一切。单是重要批评刊物栏目主持人化，也许还不能代表什么，充其量算是"同仁办刊"，但当这一现象与"核刊"标准、学院考核机制结合，事情恐怕就没那么单纯了。说得好听点，周围集结的是一批"价值共同体"；不好听点说，"价值共同体"还有个优先权的问题，其中不可能没有学术身份、学术师承的考虑。有所考虑或者有一定影响，也还不是什么大不了的事情。问题的关键还在于，有了以上三种事实，的确看不到学术生产的制约机制。换句话说，即使有，如此个人趣味，不过是道德伦理问题，仍然享有学术豁免权，刊物仍在免除"风险"中被"专家"所主宰。毋宁说，这是经济利益集团化在学术上的一个次贷反映，其特点是表面上几乎拥有"民主"程序的所有可见形式，而实际上分蛋糕与切蛋糕的是同一个人。

更悲哀的还在于，从选稿的主题化、专业化、经典化一路走来，在各层相互补充、相互推动、遥相呼应中，美学原则实现了深度转化，由"庸人主义"而为"集体失联"。如果转换一下齐格蒙特·鲍曼关于"上层"与"下层"的论述，文学批评的"集体失联"则表现为，目光盯住当下社会文化现实，并以强烈的文化现代性感受、体验，表达批评的批判性意见的群体，他们的视角、言说方式、话语与价值发现连同他们的人，在地域上受到限制，只有在正统地形学的、世俗而"脚踏实地"的概念织成的网中才可觅得。长期寄居在这一生活空间的人，按鲍曼的说法属于"下层"。他们的批评可能欠规整，但因感受现实的直接，无疑更多质疑、解构、反叛、反讽意味，文化现代性诉求也就更加强烈。然而处江湖之远，只能"冒泡"于被监管的公众号，至多散兵游勇式出现在并不出名的理论刊物或索性充当文学期刊的边角料。"上层"生活空间的人们可能只是肉体上"处于这个地方"，却并不"属于这个地方"。精神上当然如此，而且一旦他们有此希望，肉体也可以在任何时候离开这里。"'上层'的人们并不属于他们居住的地方，因为他们的关注焦点（或者应该说漂浮）于其他地方。只要不受打扰，自由自在，可以全心投入自己的消遣之中。"①受困于脚下现实，因而笔下常常流露出深沉、凝重、焦虑、迷茫；精神自由、志得意满，因而情驻于个体精神世界的精妙感受、微微悸动与小小风波，研究路子变得微小、精致、琐碎、利己。凭借互联网乃至自媒体，生活于这两种空间的批评本来可以交流、互通得更加频繁、密切，但当栏目"主持人化"把隐而不发、蛰伏伺机的门阀、学阀猛力一推，"集体失联"便堂而皇之成了压制批评的武器，自由批评的消息被封锁，自由批评的渠道被堵死。不消说，强塞个读者的，好像只能是如此批评，人们也正是在此基础上抱怨批评的。岂不知，这是多么的天真！多么的错位！

当然，栏目"主持人化"以来，批评刊物的确不是没有收获。一是不再为在海量自由投稿中选稿煞费苦心、头疼脑热；二是不再纠缠于飘飘忽忽的人情而周旋平衡、痛苦煎熬；三是不再为某些不具体、莫须有的敏感思想、言论而举棋不定、左右为难。一句话，围绕在批评刊物周围的批评界，主题明确，层次清晰，目标专一。再引申一下便是，冲和淡定，周正平稳，安详喜庆。

不过，这样一来，"批评"可能就真的与其名没有多少关系了，毋宁说是对批评的背叛，对批评的亵渎。

三

"专家主宰的世界"是很"安全"的，可以最大限度避免"风险"。在流动社会，在不确定性现实，尤其如此。坐飞机，你怀疑飞机腾空而起后不知去向，那你最好别坐飞机；颅骨开刀，你担心那片柳叶小刀会剑走偏锋，那你只能选择坐以待毙。即便是系上

121

---

① ［英］齐格蒙特·鲍曼：《流动的时代：生活于充满不确定性的年代》，谷蕾、武媛媛译，江苏人民出版社，2012，第89页。

安全带，一脚下去，你疑心刹车总会失灵；一篇小稿初成，你忐忑保存小图标不听光标的点击；一串数字被绑定到手机，你惊怕不会如心所愿支付一斤牛肉款。如果是这样，你怀疑的不是自己的记忆力和勇气，你无疑在怀疑专家钦定的科学。但是文学批评不是可以精确化的科学技术，更不是实验室里通过千百次试验屡试不爽的一粒速效救心丸。几个白发苍苍的资深专家说就该如此主题化、就该如此专业化、就该如此经典化，才是文学批评该走的正途，于是正途就出现了？就算"专家"没有康德所讲的自身原因所招致的局限，事情也没那么简单；更何况没有局限只指语言文字的运用，根本不可能管理到不同甚至完全相左的思想、经验、价值取向。在这一层面，相对未定型思维，既定思维模式也许正好是僵化的。作为思想表达题中应有之义的批评，它的生命力就在于不断击溃凝固的主题，不断解构程式化的专业，不断更新习以为常的经典。唯其如此，批评也许才有理由清理沉渣泛起的现象，甄别良莠混杂的价值，发掘偏僻边缘的经验，论证蛰伏潜隐的思想。也就是说，它强调在过程中工作，在过程中执行理性的制衡作用。而不是把精力预支给一个完全未知的文学史，并为之奔走相告，修订备选项目；批评家更不是占卜先生，用抽签卜卦和口气坚定来预测文学的命运。

邓晓芒致力于哲学研究，但他的《批判与启蒙》《新批判主义》等著作，却有相当篇幅的当代文学批评。不是冲着他的文学批评去读他的著作，最后反而被他的批评所吸引，可谓"自否定"体批评，其"中西双重标准参照"令人醍醐灌顶；金雁的《倒转"红轮"：俄国知识分子的心路回溯》，并不是文学研究著作，但读进去后吸引我的恰好是文学批评中没有的非文学性文学话语与眼光，"去魅"而不虚无，"结构"而不溢美；李建军的《重估俄苏文学》（上下册），当然是文学批评，但令人击节的又反而是使俄苏文学之所以是这样不是那样的刨根问底，在整个俄苏历史文化语境折射中国当代文学及理论批评来龙去脉的本质主义气质，引人入胜、别开生面；李洁非、杨劼的《解读延安：文学、知识分子和文化》，同样是研究二十世纪三十至四十年代文学，然而它超越左右的视野，格外让人眼前一亮，倍感吸引；毕飞宇的《小说课》，不过是小说家言，也不过是"解读"经典，可是他贯通文学知识、政治经济学知识与个人感知性体验的表述，实在胜过多数深文周纳的文学学术论文与专著。

以上所列，不过是我近日来所读近期出版的与文学批评有关的书之一部分，它们的确给我已经多少有些麻木的文学批评阅读神经一莫大刺激，也形成了一个基本参照。倘若换位思考，仅我订阅的近十份均由栏目"主持人"打点的"核心"批评刊物来看，这几年相关论文如装订成册摆上书架，能不能成为我的枕边书呢？回答是否定的。

的确不排除批评刊物"主持人化"产生过一些主题凝聚、归类清晰、论述精确的好论文，但学术刊物乃天下公器，不是自家后花园。它的社会影响力，只能以对整个批评界乃至知识分子群体养成的价值导向而论。那么，栏目"主持人化"无疑是有意窄化批评的路子，有意纯化批评的思想，有意制造批评界的板结格局。

这一点阅读印象，是否确当，诚待方家批评指正。但我如是说，并非冲某一刊物，更并非冲具体编辑。只是把这普遍性现象视为批评界一种新动向来看待，作为批评刊物的忠实消费者的感受，自然与栏目"主持人"、在岗编辑的体会不一样。尽管如此，我本人十分感激批评刊物，因为它们过去是将来仍然是我格外热爱的纸质读本之一。非为别的，只因为我把它们始终看作是我们这个自媒体而自恋、而自闭、而互为陌生人的时代，最重要最直接的审美、思想窗口。

既然这样，那么，一些重要批评刊物竟然如此整齐地走向栏目"主持人化"，无疑是为着革新批评的格局、拯救批评的低迷，效果究竟怎样、将会怎样，我表示怀疑。

说了这么多，最后还得回到原点，即回到现实关怀上来。

第十二章　现实关怀是文学永恒的生命

　　观察当下的文化、文学思潮，有许多的时代大词是值得认真琢磨的。比如颠覆、反叛，比如道德、现实主义。当然离开了具体的语境是阐释不清楚的，把它们归到特定的坐标中去看，前者恰好可以概括二十世纪九十年代初至新世纪前夜这一时段的文学思潮状态，即人们的"所想"和"所做"。后者也完全能够描述 2000 年以来特别是 2003 年延至当下的文学中人和文化中人的智力拼搏，只是还需另外加上伴随它们的修饰语"道德底线"与"重提现实主义"。这真是有些蹊跷，从逻辑运思看，颠覆、反叛是为了"立人"，道德、现实主义是为了巩固"立人"，本质上不应该不一致。但事实上从"颠覆"到"底线"，从"反叛"到"重提"这一过程在内容性质上往往不是单纯的线性前进。相反，它有时在翻跟头，包括最终不免翻回出发点。这个中间地带的实质，即可从人们操练的命名中得知一二——"新写实""新历史""日常性""私人化"，外加"欲望化""下半身"，最后才是"底线""重提"。因此陈晓明用"历史终结""虚空""自在"来描述九十年代，九十年代冲突（社会和个人）缓解、充满怀疑（没有人相信规则、相信命定的现实）、自在而虚空（人活得个人，但乌托邦的信仰、理想主义的热情被人们可以看得见和摸得着的世俗利益所取代），即历史、意识形态的终结——以现代性建构"民族—国家"为核心内容的历史叙事，这种意识形态既努力向西方的现代性规划（如"民主"和"科学"）靠拢，又顽强地把西方文化叙述成帝国主义文化，从而以激进的革命方式创建"民族—国家"的特殊道路。[①]这里面隐含了三个前提：第一，

---

　　① 　陈晓明：《自在的 90 年代：历史终结之后的虚空》，见何锐主编：《前沿学人：批评的趋势》，北京图书馆出版社，2001。

立人要面对历史，历史有两个，一个是"我们的"历史，一个是"西方的"历史。肯定要终结掉一个，因为实践证明它是与我们将要去的地方是不利的，那么要割断与谁的血脉联系？第二，根据所描述的意识形态现状，文学叙事文本选择的是向我们的传统开刀，那么福音降临我们的头颅了吗？除了暴露了一些内部隐私（这是问题的一个方面）、除了把"个体"变成"自我"以外，立人的大厦非但没有建成反而似乎离我们越来越远，西方的那一套与我们的语境一对照，好像更显示出了隔膜，但本土传统已经变得七零八落，无法捡拾。第三，革命的方式就成了最佳选择，不管怎么样，首先是个人的活着。但个人的活着面对的直接障碍是"他者"，虽然不至于删除"他者"，但他者的存在给自我通道无疑构成了或显或隐的麻烦，于是偷窥、揭秘、亵渎、消解甚至弑父几乎一夜之间蜂拥而至。总之，一切为了"个人"或"个人的活着"，还留他者的席位干什么呢？

所以，要彻底地廓清二十世纪九十年代以来文化、文学思潮中的一些关键问题，以及另一种声音中经常出现的底线、重提等理念，一般认为文学的"边缘化"，恰好是文学应该的处境，是文学的回归、是文学的福祉；文学形象中"个人"的泛滥成灾，被理解为文学主体的确立的论断要分别对待，不能一概而论。尤其要看到它的另一面，它对"他者"的影响。否则，文学将会在放纵中一味滑行，直至伤害到个人以外的其他结构，这是文学的反面。

一、两种"边缘化"

"边缘化"一词在媒体上出现的频率之高是惊人的。这里必须澄清与之相关的两个概念：一是文学意义的边缘化，二是文化意义的边缘化。要谈论前者，必得先提"后现代主义"。"后现代主义"文化哲学思潮作为对以"五四"为时间界限发轫的"现代主义"的反叛和怀疑，它的确结束了思想界或意识形态那些争端的精力消代、古典与现代、世纪末的现代和后现代、现代化与心理价值）。
毫无疑问，无论何种"论争"，也无论其动机如何，"论争"的过程
就是使后现代主义思潮不断清晰不断切中九十年代人文心理的过
程。后现代主义精神以多元化、边缘化、不确定性、悖论性、差异
性为标志，一扫传统文化的同一性、整体性、中心性、稳定性，也
就是它——反以"民族—国家"为核心的公众话语，建立了以个体
为本位的个人话语言说空间；反以"非此即彼"为标准的僵化、呆
滞的二元论，确认了隐藏于元历史叙事背面的充满差异性的"众声
喧哗"。所谓"后现代派小说""新写实主义""新潮小说""后新潮
小说""先锋小说""新生代诗群""70 后诗群""中间代诗人"等
等。命名者和践行者就是在这样的理论概括中来表明各自的价值立
场与美学追求的，"想通过小说这种形式表达对世界的认识"，而这
种认识又是建立在"作为一个作家他所有的作品都是他的自传"（吴
晨骏），"文学在我的理想中，或者说在我的想象当中，就是追求真
理，它应该是追求真理"（韩东），"有时我认为文学除了是个人的
之外同时它还应该给社会一点什么。而文学对于苦难的表现对社会
的震撼是比较大的"（鬼子），"诗歌是我们用语言追忆到的人类的
自我之歌"（臧棣），"对于我自己来说，我觉得我还没有完全得到
使用直接性的资格，我其他的个人经验就特简单了，就是从学校到
学校"（西川），"民间，既不是一般性地指称社会下层生活，也不
是赵树理式的业已意识形态化的'群众生活'，它指的是我国文化
传统中源远流长而又受到遮蔽，居于'小传统'位置又具有强大生
命力的观念、风俗和生活方式"（杨言、张新泉观点）。还有一种对
"民间诗歌"的立场表达更为直接，他说"民间的意思就是一种
独立的品质，民间诗歌的精神在于，它从不依附于任何的庞然大
物，它仅仅为诗歌本身的目的而存在"（于坚）。① "说到底，在一

---

① 上引作家言论均出自张钧：《小说的立场——新生代作家访谈录》，
广西师范大学出版社，2002。

个时代的天空下，个人写作的气质和风度将更为突出，而不是被消解掉。我们相信，'中间代'的诞生将引发一场更新的定位和认识，引起更为广泛的关联，形成一个更富杀伤力、冲击力的诗歌新格局，造成诗界异质混成的天然气势"（"中间代诗人"的提出者安琪、黄礼孩的理由）。自然，"立场"总还是悬浮着较纯粹的理性思考在上面的。在我看来，这些观点在对意义世界的阐释上至少存在着三点的暧昧状况：一是证明性。倘说"先锋派小说"之前，新的意识还处在探索和实验阶段的话，那么，九十年代开始以先锋派的消失和内部的转型为标识，作家们则表现出了对时局突变的忧患和恐惧感，笔下的人物烦恼缠身而又无所事事，作家企图以情感的零度处理再现对价值的再一次抉择，来证明对世界判断的准确性。二是追寻性。文本开放，或者赋予人物以符号的多义隐语，表现出对现实的灰暗和冷漠，充满解构，文本背面总是潜藏着西方新思潮影子的投射，但在消费主义兴起的时下一时还找不着北。九十年代文学叙事的压倒性趋势是："革命"把人变成了非人，"反革命"把非人变成了人（旷新年）。一方面助长了"日常性"的泛滥；另一方面又由于这时候的"日常性"难脱二元对立的思维窠臼，因此真正的以"日常性"为主要特征的民间话语重新处在了二度遮蔽状态。三是定位性。争个说法，表现出对甘于寂寞的极其反感，行走号呼、争夺地盘，很大程度上倒像是社会性的运动，有关文学的信息在大幅度增多、有关文学的事件正在以繁星乱眼之势覆盖人们的眼球，而文学本身的意义却徘徊不前甚至于倒退。

也许是理论的分外自觉和清晰所致，文本显然走得更远更决绝。

为了进一步观察的需要，我姑且把九十年代数量异常庞大、内容异常纷杂的小说就创作主体表达对世界理解的角度划分为以下几类：

一类是日常小说。以"新写实主义"为代表，一方面，他们成功地瓦解了长期以来代神代政代集团立言的公众话语的僵化统摄，实现了个人话语的言说自由；另一方面，他们不谈世界、历史、他者、社会、真理，他们不相信信仰、神话，甚至抛弃任何升华净化之类的浪漫色彩，用"纯客观""零度写作"的姿态，置身琐屑的小我、小感受、小乐趣，或使主人公索性是平民、小人物、左右为难的窘迫者，仿佛一下子王纲崩摧，英雄、史诗告退，沉浸在无奈和烦冗世俗的生活流当中不能自拔，"生活在别处"理直气壮地承受起"生命中不可承受之轻"的生命逻辑。与之相联系的是无价值判定、无理想归宿，道义被消解、信仰被取消。

　　二类是欲望小说。穿插在不同代际、不同流派、不同作家的不同时期作品中，尤以所谓"美女作家""下半身写作"（诗歌）为名目的作品为最甚。尽管有些评论家极尽理论炒作之能事，说什么人物只是一个符号、玩世不恭自我糟践的行为可能是对某种秩序和规范的突破的隐语等等。但我想说的是，评判这些作品时所持见的"多元化""不确定性"甚至"模糊性"也许只提供了他们放纵的理论合法性屏障，他们"暗度陈仓"的只是市场的需求、迎合的是消费主义的世俗心理。这类小说（诗歌）解释得好听些是确立了自我概念、缓解了个人与社会的冲突。换一个立场分析，这些文本其实只是在搬演西方语境中早已甚嚣尘上的一些一般性观念——让文本停留在现象层面并尊重它、百般地爱惜它，"存在的就是合理的"，奉"此在"为"现场感"，因此企图抒写出肉身生活着的现世世界就成为了创作主体一再追索的至高信条。在哈贝马斯看来，生活世界就是"创造性活动的可能场所"。如果说生活指的是生命的存在状态，那么，生活世界指的便是生活实有与应有的畛域。人生活在世界中，世界是人的根基。人与世界的关系是生活关系，人在世界中展开人的思想与言行，展开人的生命与人生历程，与个人实际生活发生真实"牵涉"的世界的总和构成人的"生活世界"。由此观之，个人的发展、个人的幸福和个人的自由都有着"独立的善"的价值，是从根本上趋向心灵的纯化、到达"彼岸"的精神期许。而这些作品始终絮絮叨叨于对私人内部隐秘的无休止揭发，或热衷于三角乃至多角的无限缠绵，除了透露出现世的不合理以外，最有说服力的解释恐怕只能是作家缺乏拨开市场化迷雾的哲学慧眼、缺乏超越的笔调和恣肆的想象力。然而最为根本的还在于作家主体内里道德律的严重缺失。

三类是官场小说。其实这类小说的得以生成，它的前身功归于九十年代前期即出现的"现实主义冲击波"（雷达）小说，是"后现代主义"思潮在中国开始形成气候并有效地解构中心独尊的直接产物。就其解构的意义，叫作"反腐小说""反贪小说"或"新谴责小说"也许最为恰当，在扩大民众关注的程度、作品切中生活中确实存在的严峻性而言都无疑地体现了创作主体的人文关怀和社会责任感。然而，继续追究文本呈现的镜像，正如有人归纳的那样，不外乎两种：一种是《抉择》《苍天在上》等揭露腐败，警惕世人的"良"作；一种是只展示、描摹腐败，不揭本质、不引导读者思考腐败的内在原因的"莠"作。[①]至于小说具体审美向度上如何地走向"低俗化""模式化"则并非本文讨论的重点，本文只着意于作家在文学形式上所赋予的价值判断——也许《只好当官》[②]将会作为一个个案，下面将谈到。

这样漏洞百出的归纳，我的本意只是想澄清一个问题，那就是上面提出的文学意义的边缘化问题以及由此派生的文学对承担的道德责任的放弃。如果可能，我想"边缘化"所涵盖的内容可以作如是描述：许多与文学还保持着密切联系的人（包括作家和读者）总习惯于说九十年代的文学在大众的阅读视野中越来越边缘化，所谓的"大众阅读视野"阐述的是文学得以流行的范围，它更是一个中界或表明这个中界已经发生转型的暗示："大众"是大多数，是构成这个"生活世界"双向关系中的一个坚实对抗物。也是社会经过市场化筛选，剩下的不包括仍然在孤注一掷默默前行的少数"精英""精神"者在内的大多数。那么，"边缘化"就首先表现为一种担忧。像鲁迅一样"铁肩扛道义"的精神大者，虽时时切中时代的脉搏，甚至用他们的良知企图维持"纷乱"下面应有的"有序"，扣问着"彼岸"的光明，但却被新的中心主义者——消费主义、休

[①] 记者陆梅文章观点，载《文学报》2002 年 5 月 10 日。

[②] 南台：《只好当官》，花城出版社，2002。

闲主义、实利主义过早地占据人们的灵魂市场,他们在"怎么样都行""现实的就是存在的"的拒绝重负的"大多数"物质主义者面前确乎处了精神的"边缘化"位置,是其一。自由、尊严、人格是"后现代主义"解构"现代主义"中"政治中心""群体话语""二元论"的思想哲学武器,这无疑是一场革命性的成功,然而,这种思潮到后来却自觉不自觉地滑向了"反传统""反文化""反文明"的不归途,他们的初衷也许是针对专制性的权威而来,但无意中这种行为导致的结果却使一切趋向于虚无,为"怎么都行"的泛滥找到了理论的注脚,最终不是建立了个人与世界对话的可能,而是使这种可能最大限度的在对人的生命本能、生命解放的建构期待中逃遁——近年来持续的"韩寒热"就是例证。正像陈晓明担忧的那样:"不能不说王朔的写作没有挑战性意义,至少他的存在使人们重新检讨文学的位置和文学的多重性和可能性。当然,王朔的副作用也是显而易见的,他把文学的价值和功能取向拉到一个较低的层次上,他推翻了文学的种种清规戒律之后,文学写作不再有必要的自律,这使中国文学处在一个从未有的轻松自如的境地,也容易使文学不再承受艰难的探索,不再保持超越性的乌托邦冲动。"[①]所幸的是一个时代的新思想秩序的建立总得益于这个时代的另一声音的启发(如崔健、王朔、韩寒),更甚的是我们得以反思并清理"韩寒现象"背后所隐含的社会无意识。"韩寒热"成为一种能独占鳌头的文化现象,当然它不是单纯的文学概念能解释得了的——它属于文化意义的"边缘化"。具体地说,韩寒所书写的文学形象是以中学生的身份对教育体制——多年来形成的僵化单一的"应试教育"的出击,但他的文学文本如《零下一度》《三重门》所涵盖的反叛内容却不止教育,已经构成了对权威的广义批判(也许反抗更确切),至于"反叛"的积极意义,已有不少人谈论过,包括文化大腕为其书作序、策划出版等等。可贵的是这里我们没有目睹到

---

① 陈晓明:《自在的 90 年代:历史终结之后的虚空》,何锐主编:《前沿学人:批评的趋势》,北京图书馆出版社,2001。

某种文化霸权对一个文化新生儿的肆意摧残，相反，充满了温情和呵护，或许这一行为本身已经蕴藏了"抛砖引玉"的目的（并非本文要探讨的）。但我关注的是"热"的背面，即大快人心的颠覆性以外，更重要的是当它成为一种流行病，伴随而来的是遗忘，它所"反"的"传统"，由于缺乏建构的理论，"反"只是为了"取代"，"反"掉的是政治中心、公众话语、权威独尊，取而代之的却是迎合市场化的消费主义、极利主义、及时行乐观、如释重负感，社会运行社会的，个人操作个人的，确是一片"众声喧哗"，但它并不是西方文化意义上的差异性。西方是"人在基本的欲望满足的情况下又生出各种奇怪的欲望而导致的死亡"，而中国则是"人在追求自己的基本欲望而不得中导致的死亡"。所以，在人们趋同于一种"热"的行为当中拥有的只是一个"类"意义上的"共同性"差异，轻松、狡智、隐蔽；更是一种本能对另一种本能的反叛，被遮蔽的本能和遮蔽的本能。这里，个人的自由和个体的独立，在趋之若鹜的追逐路上，被毫无保留地注销掉了。那么，这个看起来被实现了的"个人"，就很难推动社会进一步完善了。诸如石舒清的《清水里的刀子》、史铁生的《我与地坛》这样的对于人性缺陷的关注、揭示人对苦难的承受能力、对世界乐观的态度、对一切事物理解之后的超然、展示高尚的"道义"关怀的作品，就只能被狭隘的个人主义排斥在了"大多数强势小市民"文化心理的边缘地带。这个时候，文学世界中的"个人"貌似林立丛生，其实只不过是了无活力的一类人，是从被压抑的泥淖里翻身成为压抑本该代言的真正的"大多数"罢了，所以两种"边缘化"（文学和文化），深刻地预示着道德底线的大面积崩溃，而不是蕴含有什么价值意义的象征性的建构理论。

131

二、泛滥的"个人"

谈论"个人"，我们仍然无法回避九十年代数量惊人的文学文本，尤其小说文本。有人做过统计，仅长篇小说的出版，1991 年一百五十多部、1993 年二百七十八部、1994 年四百部、1995 年和 1996 年平均在五百五十部左右。2000 年以来每年长篇出版的数量已逾一千部。陈思和就有过这样的感慨，他说，过去文学是"向外转"，现在是"向内转"，向内转即"个人化"，不管"个人化"还是"私人化"，含混的理解无疑是与中心性、秩序性、权威独尊性相对立的一个概念。泛化的相对主义，是问题的实质所在。被标榜的"个人"在建构主义的立场上是否就表明了真正的对于"人本"的关注？我们这个时代是否就只能通过"个人"的获得才能体现出社会转型的出路？"个人"在多大意义上才能标志"反叛"才是"独立的善"的根本完善或者它就是人的丰富的生命欲求的不被侵犯？继续的追问，我们会困惑于文学"向内转"并且警惕于形形色色乔装打扮的"个人"。

当然，有关"个人"的概念要分别对待，这并不是说"个人"本身意义的暧昧不清，相反，当"个人"作为一种开放的被阐释的文化哲学理念，它的涵盖内容永远是清晰而明确的。追根溯源，"个人"虽然经历了中国"五四"这个中转站的本土化语境转述，但它仍然是西方的东西。在西方，有以法国的福柯、德里达、拉康为代表的"解构性后现代主义"和以美国的大卫·格里芬、大卫·伯姆倡导的"建设性后现代主义"。现代中国"五四"以来所弘扬的人文精神、八十年代末期（文学上以先锋派写作发起）一直延续到九十年代的意识形态的个体和个人体验的转型。"个人"的强大威力和历史超越性都毫不含糊地表现为对政治中心性、公众话语、权威独尊、价值评判的二元论的怀疑和解构，企图确立自我概念，建立个人与世界的对话关系，创造"众声喧哗"的多彩现实。

"个人"的有效内涵是"个人的独立"。"个人的独立"包括争取对束缚个体丰富生命内涵的解放和对有价值的生命欲求或潜在生命意识的不被侵犯和剥夺的捍卫。这种意义的"个人"是熔铸了人类可实现的世俗生活在内的包括向人性"独立的善"的挺进和迈向人类理想的对"彼岸"精神的探求，以及对"明天"乃至"光明"

的乌托邦境界的由衷召唤。在这层意义上，"个人"的完善及其"个人"所标识的可能的伦理、道德、价值、观念、现实，便是承认人"内部关系"的复杂性。正像列夫·托尔斯泰阐述的那样："任何人活着只是为了能够称心如意，为了追求自己的幸福。人若感觉不到追求自己幸福的愿望，他也就感觉不到自己是活着的。人不可能想象没有追求个人幸福愿望的生活。对于每一个人，活着就是希望并达到幸福。希望并争取幸福就等于活着——如果他希望别人幸福，那也完全不像希望自己幸福一样，即不是他希望他幸福的那个人称心如意，而只不过是要别人的幸福扩大他自己的幸福。"更重要的是这种幸福的被剥夺并不是自己，托翁接着说，"而明白了这一点以后，人不由自主地会形成这样的想法，即如果这是真的（而他知道这无疑是真的），那么不是一个，也不是十个，而是世上一切数不清的生物，为了达到自己的目的，每分钟都准备消灭他这个认为生命仅仅为他一人存在的人。而且，明白了这一点以后，人就会发现，他视为生命意义所在的他个人的幸福不仅不可能被他轻易获得，而且大概会被夺去"①。由此展开来说，人生命的"内部关系"中最紧张的冲突集中在对自由、幸福、尊严的自觉索取和不自觉的丢失上。那么，回顾当下文学作品中所塑造的那些泛滥的"个人"，比如以池莉为代表的新写实主义小说家，他们笔下的印家厚、庄建非等人的"冷也好热也好活着就好"的人生理念，混杂在后现代主义解构名义下的以伊沙为代表的"下半身"诗歌，也许他们的立足点在于关注"沉默的大多数"，但实际上他们通过"个人"无奈地活着、"怎么样都行""存在的就是合理的"的日常生活、世俗生活的书写和对赤裸裸肉欲的顶礼膜拜，消解了"大多数"民众经历"苦难"的真正勇气，取而代之以卑微、下流。仿佛我们所置身的语境已经赶上以至于超过了西方，我们已经不需要对外部世界负责，外部世界似乎很完美，它不需要在批判中继续完善了，个体的独立所

---

① 列夫·托尔斯泰:《托尔斯泰论生命》，李正荣译，团结出版社出版，2004，第3—4页。

必需的一切因素似乎早已具备，"东风"也不欠了，现在剩下的就只有享受、消费，再消费、再享受。其实他们解构的并非僵化的"政治中心"，而是基层民众对于苦难的承担勇气和对崇高的向往。这种"唯我独尊""躲避崇高""有钱便是大爷"，面对丑恶无动于衷，以及听任富贵消蚀应有的人性和道义良知，在这里，"个人"其实奉行的是极端利己主义、小市民主义的人生信条，所谓"追求的是一种肉体的在场感，意味着将我们的体验返回到本质的、原初的、动物性的肉体体验中去"。九十年代以来文学叙事奉为圭臬的"零度感情""终止判断"就是放弃对社会大众精神品格和审美情趣的提升。之所以这些"个人"为了幸福跑来跑去、麻烦缠身甚至痛苦不堪以至于为了只求"活着"，或者只求凸现个体地位不啻"弑父"、任意安排人死、亵渎崇高情感、蔑视人伦、践踏他人尊严，是因为他们忽视了个人赖以存在的强大的"外部关系"。"人看到，他，他自身（他只在其中感觉到生命）所做的不过是和他根本无法与之搏斗的东西搏斗——和整个世界搏斗，他寻欢作乐，而实际得到的是幸福的类似物，并且总是以痛苦告终。而他想要的幸福和生命只有别的生物才具有，这些生物他觉察不到，也不可能觉察到，而且他不能够也不愿意知道这些生物的存在"①。由此观之，不光"新写实主义""下半身"所标榜的"个人"，近年来大量的文学作品中所塑造的飘忽不定的"个人"，作家们絮絮叨叨的情绪，渲染的只是一个固定的、死去的环境，甚至复制着远离本土气候的西方新意识形态一再重复的老论调，忽略的恰恰是那个可能使"幸福"得以获得并不断维持的不为他所爱也不为他所感受和理解但却是唯一真正生命的整个世界。再一步追究下去，上文提到的《只好当官》，虽被列入了"官场小说"的行列，但就社会意义层面所暗示的"个人"问题的信息，确有着不容忽视的启迪性。充塞于荧屏和书市的数不胜数的反腐作品，无论是"良"作还是"莠"作，它们的基本思路

---

① 列夫·托尔斯泰：《托尔斯泰论生命》，李正荣译，团结出版社出版，2004，第3—4页。

是通过"个人"的腐朽变质到最终的被正义力量（正义力量总是被排斥到权力的边缘或纯粹推至"地下"）的反驳或者暗示性的胜利告终，是一路；通过集权者个人对权谋文化的经营而后挫败黑暗势力终于达到扭转乾坤伸张正气，又是一路。不可否认"权谋文化"在中国确有着根深蒂固的传统，这样的作品无疑也有效地批判了集权政治的痼疾，也揭示了权力杀戮的极度残酷及其对人性的可怕扭曲和异化。但终因落入封建文化的窠臼和仅仅停留在改造"个人"上而缺乏哲学的诗意超越，并不能对"官场"秩序提供建构的理性价值。《只好当官》中的高举，有人评价是"'兼阿Q行、阿斗福、西门能、八戒德'的草包混混儿，也是个能'从村升乡、乡升县、县升地、地升省'的权力场中人"[1]。但高举就其本性，却并不具备贪官品质，只是个没有恶吏事迹的草包混混儿。作家以喜剧的笔法，通过高举这个草包混混儿发迹的成功，拨云见日，让我们更加看清了体制本身的毛病，是体制孕育了高举这样的"混混"。举这样一个例子，我的意思只是说，我们过分纠缠于"个人"而无视于个人外部那个无限生成的空间，铁肩所担的道义反而显得灰溜溜，"个人"的踉跄登场只能在我们的布道席上多添一份由衷的担忧。

三、可能性及其意义

本文的重点在于讨论文学价值与道德建设的问题。从九十年代文学边缘化位置和文学作品中诸多人物在"类"意义的"个人化"不难得出这样的结论：以文艺思潮为普遍基础的意识形态正在经历着"解构"的锻造，因此出现了前所未有的判断裂痕，在市场化大背景下，消费主义和形象文化（影视、网络）严重地消解着旷世经

---

[1] 紫薇琴心:《不写贪官，能不能反腐败？——简析〈只好当官〉中高举的形象》,《黄河文学》2002年第6期。

典文本的生成，甚至出现了对后现代主义思潮的相当的曲解，虽然默默前行的大者不会因为在大众阅读视野上的消失而停止思想，但人们对"崇高"的漠视、对"承担"的放弃、对"彼岸精神"的不屑和对实利、物质、世俗的膜拜却呈上升趋势。一个民族应有的正义、责任、理性遭到空前的破坏，个人与社会的紧张关系一夜之间变得虚空而平凡，不再信仰"神话""英雄"，理想就是活着或者成为金钱的俘虏。自然，我们每个人都会理直气壮地凭借"转型需要一个过程"的逍遥理论逃避"在场"的责任，但我们无法回避个人主义的困境和人类中心主义的尴尬——烦恼、失败、狡智、隐蔽、恶性循环。为了解决这些问题，中外有识之士几乎于同一时期作出了他们有价值的理性判断（二十世纪八十年代末，作为生态美学应用形态的生态批评在美国文学界悄然兴起，九十年代初我国学者开始设题并讨论）。新世纪初徐恒醇、鲁枢元提出了"生态美学"的崭新的生态存在论美学观。[1]在文艺美学领域它首先丰富并拓宽了"存在"的范围和视野，生态美学在"此在"（人的当下状态）基础上，它的关注范围不仅限于"个人"而是延伸到人得以存在的整体世界，即"人—自然—社会"。视野从"个人"的内部关系的孤独焦虑状态到消除个人与他人、个人与社会、个人与世界的紧张乃至敌我关系，变为平等对话的无限阐释性——"主体间性"。其次，"生态美学"强调"个人"与自然、社会之间的圆形审美思维状态，打破了泛滥的个人主义的屏蔽，向社会责任回归，鞭挞大量描写暴力、黑暗、丑陋与污秽的写实主义对自然、社会的扭曲，"标志着与写实主义的重新修好"（菲利普），反对唯我主义倾向所导致的对人类利益和主体欲望无限膨胀的趋势。承认世俗生活的不损害他者的合理规划，更坚信"彼岸"的存在性。

虽然，生态美学作为一种建构的理论形态，它的完善以至最终进入日常生活尚且需要时间，但"它自身固有的感性的、现实的、

---

① 徐恒醇:《生态美学》，陕西人民教育出版社，2000；鲁枢元:《生态文艺学》，陕西人民教育出版社，2000。

整体的、批判的，同时又是富有责任感的、理想化的特质"（鲁枢元）相信定会给新的文学创作理念注入鲜活的血液。所以，有理由说，现实关怀要比人文关怀更加富有生气，也更加具有强烈的现实针对性。至少，通过现实关怀，可以甄别个人、个体、个人主义的真假，也可以判断这些概念得以生成的社会机制和文化土壤的有无。

下面的三章，是对大众文化及其流行价值趋向的分析。之所以如此，是因为通过以上诸章的分析可知，所指出的批评局限、毛病，深受当前流行文化价值，特别是影视剧价值模式的改写。严重者，突出问题几乎全能在大众流行文化中找到根据。不探讨这一环节内容，实在不足以了解其寄生土壤。大众文化及流行影视剧与批评分享着同一文化资源，这毋庸置疑；批评有时可能有意从大众文化及流行影视剧中偷取一点谈资，以示"接地气"，这也无可厚非。问题的关键在于，批评是否应该全仰赖于这些东西而运行？

第十三章 当前典型影视与流行文化价值趋向

2012 年前后，在中国大众流行文化中，被热议最多的是电影《钢的琴》和《小时代》。前者因叙事指向老工业及其工人阶级，而一度被认为是表达个体精神意义与集体生活关系问题的典型；后者因导演团队的青春偶像身份，又因突出表达了经济主义价值主导下的年轻人人生观问题，也曾突破票房纪录，成为此时的一个流行符号，即在"小时代"里大家只有追求物质享受和自我身体消费。时间到了 2014 年，回过头再看看《钢的琴》，那种寄托在集体生活中的个人精神意义的获得，似乎不再怎么奏效了，取而代之的是由个人精神意义追求不得退而求其次的家庭伦理，不能不说这是《钢的琴》对意义世界与集体生活关系判断的致命局限；同样地，《小时代》中的拜物主义、偶像主义，在 2014 年也似乎有点过气了，不再时髦了，转而变成了对年轻人的个体自审之问。"去哪儿了"式追问铺排而来，究竟想要讲述什么呢？这都需要分类来探讨。

一、"韩流"内外与狭隘的文化传统主义

任何意识形态事物，只要构成"流"，就已经不止是该事物本身了，它便变异成了某种突出的形象符号，或者流行风。

韩剧大量充斥于中国荧屏，正可以如是观。无论 2003 年的《大长今》、2012 年的《拥抱太阳的月亮》、2013 年的《隐秘者的伟大》，还是 2014 年的《来自星星的你》，等等，当它们构成某种强劲的叙事力量之时，已经不是哪个具体的故事、人物、情节乃至细节的问

题了；讨论某部具体韩剧的构成元素和市场定制，也变得不那么重要了。重要的是在当前中国，为什么是韩剧及其携带着的"韩流"充斥中国荧屏？

首先，朝鲜半岛的文化从我们中国人的角度来看，特别有亲和力，这个文化上的亲和力，是韩剧成为"韩流"的主要市场原因。因为朝鲜半岛文化本身受中国影响非常大，包括朝鲜的国名都是朱元璋起的，韩国的传统服装基本上是明朝的样式。所以相似的文化基因沉浸在我们血液里，天生会有一个亲和力。在"五四"反传统文化运动中，我们的语言、人际关系、家庭观念都遭到了非常大的冲击，但那时朝鲜因已经变成了日本的殖民地，"五四"的影响反而很少；中国大陆如火如荼进行"文化大革命"的时候，韩朝特别是朝鲜虽然也建立了社会主义制度，但没有介入到那场空前大运动中来，所以朝鲜半岛传统文化的东西还相对完整地保留着。当朝鲜半岛传统文化生成的文化产品进入中国后，中国观众自然会有一种久违之感，这样一种很亲切的感觉，尤其在跟中国特殊历史阶段相重合的时候，就容易形成互补性。最能说明问题的是，当时中国的革命电影里面都强调斗争，强调政治，表演上也确实有很多生硬的东西，对家庭、对人与人之间的感情表现不多。朝鲜却不同，朝鲜电影比中国"软"得多，像《卖花姑娘》不用说了，电影《鲜花盛开的村庄》也有兄弟之间的关系、恋人之间的关系等，里面很多很细腻的情感处理，正是中国当时所忽视或者所有意回避的。影视是现实大众文化心理的突出表征，也是一个时代普遍社会意识观念的反映，未曾断裂的朝鲜半岛传统文化虽然也建立了社会主义制度，然而，具体的文化生活方式与中国大陆却完全不同。在朝鲜半岛的家庭里，儿女不但自然而然听从父亲的话，而且也非常含蓄。比如一个姑娘要结婚，别人跟她开玩笑，她就会深深地低下头一副非常害羞的样子，这跟中国女孩子没羞没臊仰天大笑的形象的确很不一样。虽然无法做到但心却向往之，这是中国观众觉得比较亲切的文化根源。

其次，韩流进入中国的时候，中国正好开始提中华民族伟大复兴，学界传统文化开始兴起，这样一个潮流跟承载了传统文化的韩剧形成合拍、产生了共振，这是韩剧在中国受欢迎的另一重要原因。只不过，不巧的是国学热和传统文化热中被反复强化的东西，恰好在现实中无法兑现，而这个错位感在年轻人中却尤为突出，拥抱韩剧，其实是拥戴一种价值观。对中国年轻人来说，外部世界的意义在塌陷，我们只能到家庭当中去寻找人生的价值，现在家庭的价值被提高到了无与伦比的程度，在这方面韩剧比中国影视剧表现得更加充分，这大概是韩剧在中国受欢迎的心理原因。不仅如此，韩剧里的年轻人是非常时尚的。无论是穿着，还是使用的各种电子产品，他们的消费方式、生活方式都是非常时尚的，关键是这些非常时尚的人和传统价值观居然结合得水乳交融，这本身就构成了一种审美冲击，中国观众不追捧都难。可是在中国影视作品里，秉承传统价值观的都是一些老朽，或者多数是大叔级人物，年轻人，男的要么就特别屌、特别痞、特别江湖，女的呢，又特别风尘、特别异想天开、特别不靠谱。为内心世界里一块纯净之地预留空间，或者用理想的境界来释解心里的不堪，韩剧暂时成了那个替代物，备受热捧自然有了坚实土壤基础。

由此可见，在韩剧的这个市场预期中，经过中国观众尤其是城市中国人的转化处理和消化吸收后，从汹涌的"韩流"中生成的其实是一种既不同于中国传统文化，又绝非原汁原味朝鲜半岛文化的怪异观念，不妨暂时称之为"狭隘的文化传统主义"。

第一，逃避现实的极端个人主义甚嚣尘上。一会儿"纯亲情""去政治化"，一会儿又一窝蜂扑向"传统文化"这个安全港湾。看起来好像是个文化趣味问题，实际上是文化背后的人的主体性的飘忽不定在作祟。逃避现实艰难问题，是其之所以如此的根本原因；主张极端的个人主义人生观，因而对外部环境漠视、对他人命运木然，只在乎自我心灵遭遇，构成了该人生观指导下几乎所有大众流行价值的核心。正因为我们很少谈论社会文化潮汐的涌动、文化现代性的具体状况，即人的现代化的问题，总习惯性地把宅在卧室里、自己家里的那么一丁点儿暂时的安乐，误当作整个社会的安乐时代已经到来，审美实质上变成了审美幻觉。既无批判精神又乏力于建立真正强悍的审美乌托邦世界。耽于对整体社会机制的探讨，耽于对社会阶层处境的探讨，我们这里一般把身体残疾者、贫病者视为是当然的社会底层，然后说谁谁施舍了，你应该感恩，谁谁被道德感化了，于是人性的美好多于人性的丑恶，社会还是好人多呀，诸如此类，差不多就是我们的大众文化的所有内容和商业影视剧的所有题材。如此极端个人主义的人生观最致命的一个认知是，眼里没有别人，没有共同体，没有整体意识，故而，经过他们的眼光看过去，我们这里根本没有不诗意的，根本没有不幸福的，根本没有不快乐的，或者，根本没有社会疑难杂症，没有尖锐的民生问题，根本没有不公正公平的问题，等等。

发掘并有效转化我们的传统文化资源，这是我们需要花精力做的，但如果我们并不知道我们今天社会只能进一步完善现代性质，进而在完善的基础上警惕封建迷信，甚至警觉宗法模式的那一套东西巧妙地、安全地镶嵌进我们的日常生活方式、思想言说方式后的严重后果，如果只把传统文化中次一等的可以用来消费的元素，比如个人道德伦理话语、道德感恩话语和被无限放大的亲情话语等一系列生产于并生成于封闭的小家庭的"文化"，当作我们的瑰宝，那么，社会公共事务、公共空间，就真的只成了政治经济思维施展勇力的地盘了。极端者，如此打造成功的政治经济话语、形象，就会自圆其说地反过来灌输类似于"成功""幸福""快乐"的神话，并通过该神话加固、凝固"感恩"的等级制——弱对强要感恩，小对大要感恩，下对上要感恩，等等。在这个"感恩"文化运行中，中间夹杂了无以计数的"泥腿子""知识分子"及其他普通民众，他们或自愿，或不自觉，或被裹挟，情况不等，但他们都被告知，如此做便是"不忘本"，便是"中国本土经验"，这才是既得利益集团最可怕的"成功"秘诀，而所谓"回到传统""回到传统文化"，希望回去的实则是有利于能确保并维持赢家通吃的现代法秩序缺位的"文化氛围"。应该说，影视剧中的这一普遍性价值构造，是与当前反腐败力度极其不匹配的。

第二，狭隘文化传统主义实际上是宗法文化模式的变种，它排斥了对现代社会的文化完善。无论以物质丰裕、物质成功为整个幸福叙事的价值观，还是把大众文艺的旨归仅仅规定为对自我内心遭遇、得意、亏欠等个人事件为表达对象的人生观，实际上都是对"传统文化"的借用，其实质是十足的市侩主义、流行主义。反映到影视剧中，极端者，是封建礼教的复燃；次一级是宣扬人的动物性和物质性，成为马克思意义的"拜物教"；再理想一点看也至少是对于自己则无限自恋自大，对于他人却变成一个无处不在的道德审判者而已。当然，出于对既得利益阶层的回护和周全考虑，也处于对自我小恩小惠的保全与维持，这种东西反映到为人处世上和社会关系上，是抱团、拉关系、行人事，甚至是哥们儿义气、江湖做派、帮派主义、宗派主义的直接温床，可谓庸俗、低俗、媚俗文化意识形态的生产者和巩固者。反过来看，这种观念和趣味，之所以是那么地厌倦现实疑难，是那么地害怕文化现代性理念，是那么不遗余力地诋毁现代社会及其理论概念，是因为后者一旦形成一种主流价值观、文化品位，会削减前者的地盘、威胁前者的文化地位，乃至于从根本上颠覆前者的身份。

一句话，狭隘的文化传统主义及其影视剧，究其根本，并不是真的热爱传统文化，而是觉得传统文化安全，进而消费传统文化也适逢其时罢了。

二、"×××去哪儿了"与当前尖锐社会问题

当"×××去哪儿了"这个反思式问句，成为近年来许多大众文艺标题、电视节目和影视剧名称，甚至作为高考材料作文出现之时，或许表明了一个严肃问题的降临，即今天时代是否已经进入了全面重视理性反思的阶段？或者人们已经自觉意识到了所缺之物？

2017 年，一档"爸爸去哪儿"的电视节目异常火爆，一个重

要原因就是它探讨的是爸爸在家庭中的角色归位。它也让人反思，东奔西走、奔波忙碌的爸爸，什么时候才能停下脚步，陪伴子女，关爱家庭？在我们的价值谱系中，亲情、家庭应该放在什么位置？近期，一首《时间都去哪儿了》的歌曲，让无数人感怀、感动。歌曲让人动容的不仅仅是父母之爱，也是一种对青春的反思、对生活的追问。它让人深思：过去的日子，你是否留下痕迹、留下记忆、留下价值、留下亮点，又抑或是蹉跎复蹉跎，白白走一遭？2018年春晚《扶不扶》与其说是一个小品，不如说是对"道德去哪儿了"的一种追问。正是由于一些人道德的丢失，才会有"毒胶囊事件""小悦悦事件""扶老人反被讹"等一系列道德问题的发生。还是《扶不扶》中的一句台词说得好："人倒了咱不扶，这人心不就倒了吗？人心要是倒了，咱想扶都扶不起来了。"扶起人心，才能扶起传统美德、扶起善良国人、扶起大道中国。

　　"×××去哪儿了"之所以走红一时，是因为它成为人们对自身、对家庭、对社会的一种反思。这种反思是对现代文明的呼唤，是对美好精神生活的追求，是对不健康生活方式的警醒，更是对心灵能够诗意栖居的企盼。古人提醒"吾日三省吾身"，为的是净化自我，利己达人；今人同样应有"去哪儿了"的反思，从而让灵魂纯净、让文明归位、让社会和谐。

　　作为一般社会文化思潮，以上反思和追问，的确勾起了经济社会人们的诸多自审，我们是不是唯物质是追了？是不是把人生的成功目标定得太功利太世俗了？如此等等，都不乏价值之问，但是结合大众热捧的韩剧《爸爸我们去哪儿》和中国电影《致青春》，以及系列电视节目《爸爸去哪儿了？》，深一层追究，一些带有本质性的尖锐社会问题，似乎也就浮出了水面。它们并不像前面所提局部的或偶发性社会文化现象，而是改革开放进入到深水区恶性社会机制运行后果的必然表征。突发的、偶然的、个别的精神文化现象背后是否潜藏着某些本质的、必然的和普遍性的社会问题呢？

　　被大众文化艺术表现的社会现象，多数论者归结为个体的道德伦理问题，而个体道德伦理的现状，又被自然而然追索到了个体的可选择性上，即个体仿佛通过"有所为"完全可以避免个体因"有所不为"而为所造成的后果。与其说这是对个体的尊重，因而首先向个体索解，不如说是相对主义对本质问题的有意抹平。电影《致青春》中最接地气的情节是少女堕胎、学生人流、未婚生子等"重口味"现实元素；韩国电影《爸爸我们去哪儿》和系列电视节目《爸爸去哪儿了？》，共同暴露的是家庭中父亲教育的不健全或缺席。对于女学生身体的失守和明星二代、官二代教育的不健全问题，从网上网下热议来看，一般被归罪于家长个体或学生个体的不负责任，至多也就追究到围绕个体而展开的道德伦理及个人修为境界层面，然后，大家在一片唏嘘声中继续消费感伤的过去，并且把怀旧主题视为今天时代的一个通病，意思是人们生活中的诸多缺失，其原因盖在于没有好好珍惜过去，"去哪儿了"就是为着从感情上唤醒人们，以后的日子不要盲目奔跑，要慢下来，珍惜亲情、友情和爱情。这样的一个集体无意识，其实存在着过多误区。影视作品或娱乐节目是否只在传送如此价值观，当见仁见智；重要的是大众只停留在情感层面，这才是问题的症结所在。

　　若结合现实事件，这个问题就会看得很清楚。2014 年 11 月 26 日，银川市某中学初一年级十二岁学生唐某跳楼身亡，一时间微信议论纷纷，直到 28 日该"坠亡事件"调查组公布结果，观点终因转向有利于教育有利于教师一方才停止。紧接着《人民日报》发表《教育改革从家长教育开始》一文，虽未谈及银川中学生坠亡事件，但文章观点与调查组调查结果的高度一致，肯定不是一个简单的巧合。千回百转的调查、曲里拐弯的逻辑结构，结论竟然如此之简单——家长终于成了整个教育问题的制造者和肇事者。微信上压倒性的声音当然也多是对教师的议论，教师"不是保姆""不是演员""不是医生""不是保安""不是一切责任的机器"等的确也是教师的真实处境。即便如此，教师无力负全责并不等于学生的真实处境就必然自外于教师、自外于教育机制，或者自外于大的社会环境吧！

　　引进这一实例，想说明的是，无论大众意识形态，还是具体现实事件的处理结果，悲剧的承受者不大可能是话语的发布者和意识形态的制造者，也不可能是具有话语领导权和价值认定资质的机构或部门。吊诡的是，它们却往往以代言执行阶层为能事，以"同情者"姿态发布最终的裁定。经过层层转移和假借，公共道德伦理的破坏者摇身一变竟成了道德话语同情的对象，悲剧的真正承受者反而以闹剧身份被迫收场。《致青春》中伤感青春的承受者本不该承受的悲伤，被导演巧妙编织的台词"你不要怪他。因为他的善良才伤害了我们俩。这是我的第一次"轻轻转移到情感的受害者身上来了；电影《爸爸我们去哪儿》和电视节目《爸爸去哪儿了？》，在缺席的父亲教育前提下，一切问题逻辑地推向了封闭的小家庭。如此等等，这进一步表明，家庭伦理、亲情、感情，高一点再加上传统文化中源自宗法文化模式的具体伦理道德方式方法，均成了包治百病的良药。

情况真是这样吗？一个十二岁的孩子在纵身一跃之前，所谓"不能说出口"的遗言，教师自然不能负全责，但教育的等级化、功利化是不是也不能追究呢？这是不是也是导致教师做事极端的一个直接原因呢？影视剧或电视节目中的青春伤怀、官二代富二代生活中普遍的无能现状，究竟多大程度能代表一般家庭的无助和困境呢？

无论什么时候，个体都需要买道德伦理后果的单，但是一个常识我们也有必要明白，即具体的情感危机、道德伦理危机，其根源必然与经济主义、发展主义价值机制导向有着不可分割的联系。也就是说，文化价值观念上暴露出来的一系列突出的偏差，其实无不与宏观的社会机制错位有关。至于季风般兴起的集体无意识思潮，比如从传统文化变异来的家庭伦理，从家庭伦理又变异来的"有所不为"而为的个体后果——个体问题只能由个体负责的结论，则更为可怕，因为它们都忽略了建设和完善现代社会秩序这样一个前提条件。法治社会的建立，文化现代性价值机制的确立，不但可以解决责任推诿的混乱局面，也可以在传统文化与消费主义之间铺路搭桥，释解所谓外部世界的意义在坍塌，只能到家庭当中去寻找人生价值的非此即彼的精神彷徨问题。

　　在这个意义上，"×××去哪儿了"式反思或追问，才能转换成一个有效的命题。否则，类似的句式，比如信任去哪儿了、公平正义去哪儿了、原则去哪儿了、底线去哪儿了……即便像藤蔓上繁殖的葡萄一样多，其结果也很可能变成"葡萄胎"，免不了流产的命运。

　　仔细思量，文学创作与文学批评中暴露出的主要问题，与其说与大众流行文化趣味相关，不如直接说，其实是被结构进流行大众文化价值趣味而存在的。

剜烂苹果·锐批评文丛　第二辑

第十四章　文化现代性与《人民的名义》
剧热背后的理论观念问题

　　2014 年以"韩剧热"为视点，从中可以透视的便是当前在中国都市人群中首先掀起的"文化传统主义"价值现象。那种现象之所以在一段时间内形成了某种文化价值趣味的集体无意识，是因为人们对于剧烈变化着的社会生活，失去了把握的信心。这势必产生莫名的焦虑、无助和茫然感，而最好的疗救措施自然是回到自己及小家庭内部，这也是当下人们把小家庭的美满和小孩子的前途看得重于一切的根本原因。紧接着，传统文化中具体的道德伦理方式方法，便成了人们自觉不自觉的价值选择，人们对此的信奉大多带有暂以聊表自慰的性质。

　　2015 年以文学界出版或发表的几部"热书"为例，特别是宁夏作家季栋梁出版的长篇小说《上庄记》、河南籍作家梁鸿之前和是年出版的《中国在梁庄》《出梁庄记》等，不难看出人们在阅读追逐中所反映出的精神诉求。这诉求简而言之，大概可以用关注民生来总结。这意味着在这一年，人们的意识开始走出自我、走出小家庭了。这对于公共文化意识的形成的确是个积极的信号。

　　2016 年，长篇电视连续剧《琅琊榜》《芈月传》以及有着同类价值追求的电影《港囧》《夏洛特烦恼》的流行，前面好不容易初见端倪的公共意识显而易见被拦腰斩断了，人们的观念重新被牵回玄幻的、虚无的历史时空坐以待命。似乎大家还是觉得经营好自己的小天地才是上策，又或者如何在阴险、恶劣的人性较量中撤出，删繁就简，活得尽可能快乐、幸福才是明智之选。如此等等，正是广场大妈舞的旋律和其中输出的价值取向。类似影视剧就与中国式广场大妈舞旋律更接近了，而不是与底层社会普遍的艰难困顿发生

147

联系，积极的思想诉求于是被迫中断。

2017 年 3 至 4 月，茶余饭后、微信转载、见面寒暄，话题差不多都是看没看《人民的名义》，甚至"凤凰男祁同伟"、达康书记、育良书记、季检察长等等，早已成了人们价值判断的依据，甚至被当作另一个自己的化身。最搞笑的一个例子，即是网上热传的一醉酒男子闹事被当地派出所控制之后，竟自称是反贪局局长侯亮平，振振有词地大声喊叫，让派出所民警通知季检察长、沙书记来"捞人"，派出所没资格处理他。人们入戏如此之深，倘若把这些现象仅仅当作所谓的"正能量"，恐怕未免太简单了。角色的置换之外，更引人注意的是现实中人对戏中世俗价值的信奉与移植。

电视连续剧《人民的名义》的"热"自不待言，关键是在其"热"的整个过程中，特别是当剧中人物被日常生活化和径直被价值神经所提炼的时候，这部电视剧所携带着的几乎所有信息恐怕就是被模仿和效颦的过程。那么，不要说人们会在反腐中得到什么教训了，就连一般的生活方寸也许都将被打乱，面临调整和洗牌。从这一层面看，这部连续剧的负面作用不可谓不大。而此中问题的根源就在于，当反腐或腐败本身成为一种普通群众消费对象时，反腐过程中所借用的价值武器与腐败本身便转而成为"成功"的秘诀，以"好生活"的面目进入人们的脑神经，此时政治腐败就与普通群众经过购买潜规则维持最低限度运转的日常生活无关了，剩下的只不过是隔岸观火式的喟叹和袖手旁观式的好奇。思考这种悖论，有利于思考按摩式的大众文化影视剧的怕与爱，也更有利于重新思考我们的国民性。

一

观众一般只是在反腐的层面来观看这部长剧的，我同时也相信，这部长剧能播映，广电总局恐怕也是在推进"廉政文化"建设的层面给予授权的，这一点很重要。它关系到这部长剧最初的内容定性和审美界定。

　　不妨先来看看剧中的几组人物及其赖以生存的文化土壤。大的方面划分，只有两类，一类是正义力量及其代表人物，包括反贪局局长侯亮平、省检察院院长季昌明、省委书记沙瑞金、市公安局局长赵东来等；另一类是邪恶势力及其代表人物，比如省公安厅厅长祁同伟、商人赵瑞龙、省政法委书记高育良等。细划分就没这么非此即彼了。导演、编剧在塑造他们的时候，基本是按照平均人性论的公式来编写和展示的。正义力量一边，在观众充分肯定或报以热烈掌声的人物中，经常会聆听到"霸道""专权""强势"一类词语。言外之意，虽然作风强悍、霸道，虽然用权专断、独裁，虽然为人强势、果断，但结果却是良好的，效果却是明显的。沙瑞金可以不经过任何程序，召见处级干部的反贪局局长，私自授权办案；处级干部侯亮平也可以随意晤见省委书记，而无需逐层报告。这样的安排，自然是针对当前反腐现实中的"好人主义"和"形式主义"。由此，正义力量还可以细分为以下两类。其一是为了提高效率而避免冗繁程序的"铁腕人物"，比如沙瑞金、侯亮平；其二是本质不坏、恪守程序却又因程序繁杂而多少耽误大事，自己反而一脸委屈的"消极正面人物"，其中孙连城最为典型。前者孕育于中国传统文化中的英雄主义土壤，后者则是中国古典哲学中"中庸"思想的当代翻版。邪恶势力也可以用此方法进一步分解。比如，高育良属于不贪不占，但有政治野心并有意打造帮派团伙力量的人物，同时也是个本本主义者和地道的纸上理论家，能按传统文化削足适履，改变法学理论以适应本土惯习，因此他一边维持着"老师"的纯洁颜面，一边享受着"绅士"的权威待遇，显得运筹帷幄，决胜千里，是颇为典型的玩"道"的人物。他所有为政之道有其渊源可循，他最崇信的座右铭恐怕并不是其张口闭口必谈的《万历十五年》及其史观，而是二十世纪五六十年代刘世吾①的口头禅："就那么回事。"邪恶势力的二号人物是祁同伟，深得乃师高育良衣钵，兼具高育良

----

① 王蒙小说《组织部来了个青年人》中的人物。

精髓的同时，还有其创新之处，那就是把中国传统文化中的英雄主义和中国传统社会男性文化中的"侠气"发挥到了极致，两边都讨好。一边讨弱势女性的青睐，一边则博得帮派文化和江湖文化中"义"的美名。所以，邪恶人物也是两类：一类是将中西文化嫁接的准现代文化代表，如高育良；一类是嫁接后看起来水土完全顺服的极端化传统文化代表，如祁同伟。

如果暂时不管该剧中顺从官场规则的"检察帮"和"秘书帮""师生帮"，而只取其文化资源，这部剧所显示的当前中国文化集体无意识，其实就是两种突出的文化：一种是中庸，长于打太极；一种是人格楷模，善于道德表演。这两种文化也深得两方面的青睐。对于观众，因为是自身行为方式的集中体现，故而容易引发共鸣；对于现实官场，正因现代法治机制的缺席，故而孤胆英雄及所谓良知楷模，却又格外容易转变为所谓有利力量，这也正应了以人事为突破口的体制改革的当前现实。翻一翻"八项规定""四风建设""从严治党""自我净化"等文本，不都是围绕个体人在做文章吗？这样的戏，不消说，肯定会得到现行"廉政文化"建设的首肯。

二

有了如此麻袋，所绣出来的花就可想而知了。

第一，道德人品感叹的段子，太脆弱，以至于成为长剧的"僵尸"，这说明传统文化的确已死。省检察院退休的原副院长陈岩石就是个典型例子，在这个人物身上，编剧和导演下了些功夫，但依我看效果正好相反。为什么这么说呢？首先，他身上倾注了中国共产党前三十八年流血牺牲的历史，有了这个前历史，他与晚生代领导之间的衔接就有了某种合法性。所以，在剧中，上至省部级领导，下到黎民百姓，他老人家的威望仿佛最高，显得最忙，操的心也最多，好像效果也最明显。其实不然。从陈岩石这个角色的安排上，暴露了周梅森创作此类题材影视作品的终结。在叙事学上，这样的角色算是"不可靠叙事者"，因为他是当前官场体制的不知情者。在底层社会一边来说，他也是一个不合格的见证者。企图以这样一个极弱功能的人物来打通高层与底层之间隔着千山万水的鸿沟，唯一的现实依凭大概是现阶段退休人员的"返聘"这样一个普遍存在的事实了。因此，"余热"与"绅士"的双重筹码，都崩溃于不可靠叙事。更何况，前三十八年与后六十八年没有必然联系，单凭陈岩石这个"传统"，是无法有效焊接革命与资本逻辑的，它充其量是个镜子，不可能内在于资本运行逻辑机制中，所以这个角色正好表明了周梅森的终结和周梅森这样理解传统文化的终结。

第二，制度掌声的情节，太江湖，以至于成为私人约定，这说明现有的维系类似题材的价值纽带已老化。在李达康书记身上，编剧下的功夫也不少。当然，单作为一个艺术人物，达康书记也算有棱有角了。问题在于，到五十五集结束，省纪检委书记田富国忧虑的一句话才勉勉强强、半遮半掩说出来。什么话呢？就是"平级监督"这句话。再倒着往前推，达康书记的铁面无情、冷血、敢作敢为等等，其实一直是在个性推动下的黑暗中运行。评估达康书记的政绩，肯定不能"有功推断"，否则，那真就成了一笔糊涂账。劳民伤财，是一种政绩；悉心解决民生问题，是一种政绩；提升现代性、建立现代社会机制，更是一种政绩。达康书记是哪一种呢？至少不是最后一种。之所以说涉及制度的情节太江湖，价值观也太老化，是因为把达康书记视为该剧制度与政绩之间的纽带的话，在他身上好像只有燃烧正旺的个性之火，除了田富国那句顾虑重重的话外，看不见有什么灭火器设备。

第三，新生事物必胜的细节，太残暴，以至于动用丛林法则取而代之，这说明新旧过渡之间的文化机制确已缺席。网名为"爱哭的毛毛虫"的郑胜利，观众肯定记忆犹新，他是大风厂工会主席郑西坡的儿子。戏中可不是老子英雄儿好汉的搭戏模式，周梅森来了个彻底反转，让普通职工家庭的孩子迷恋最时髦的电子技术。这不是不可以，但是让儿子以"赚钱"名义革老子的命，置老子于完全呆傻的地步，的确有些玩性太大。剧中直线时间观非常明显，很有"新的就一定是好的、有价值的"和唯成功马首是瞻的味道在里面。这充分表明周梅森及其剧作，对现代文化、现代社会机制及其意义价值太陌生。

第四，正义力量的故事，太超人，以至于到了把吃五谷杂粮的人神化的程度，这说明孕育正义力量的土壤已经严重沙化。剧中师生、同学口口声声称作"猴子"的反贪局局长侯亮平，就具有非人乃至超人的意志和力量。诚如微信中传得很疯的那句总结：《人民的名义》的原型其实是《西游记》，主要讲了一个老师和他的三个学生的故事。那个老师一脸深沉喜欢装蒜，一个学生是猴子且充满正义，另一个学生被高小姐迷住了，还有一个学生整部戏都没多少台词……侯亮平的所谓正义、敢于面对祁同伟的枪口、深陷被诬告而不惧，等等，大有未卜先知之嫌。这些都一再表明，他只不过是沙盘上一个虚构的超人化身罢了。背后支撑他的，除了几个为数不多的个体以外，别无得力的现代法治机制。也因此，这样的反腐，一言以蔽之，实际是脚疼医脚的"维稳"思维，不会也无力给现代法治建设提供任何有益的价值借鉴。如果说尼采笔下的超人，矛头指向古希腊神话的"酒神精神"，那是为了矫枉过正；那么侯亮平的超人形象，其实是针对乃师高育良的"中庸"，取高育良的另一极端，唯独与现代性无关。

最为世俗化的大众文艺尚且如此，由此可见，现代文化的不完善已到了何种程度。在满篇×××危机的诉求中，其实最大的危机是现代文化危机，可是许多人好像还在为所谓传统文化招魂呢！

三

可以说，是文化现代性才使这部剧暴露出了它主要以娱乐、收视率为圭臬的面目。倘若在别的角度看，情况正如热议的那样，非但没有问题，而且还是近年来主流影视剧的标本和政治意识形态的象征信号呢！那么，什么是文化现代性呢？

主体性是文化现代性哲学内涵中的基础概念，强调现代人作为主体所显现出来的力度与向度，是现代人对现代理性和价值的规定。现代人解放了个体，以工具的、立法的理性提升了改造自然和社会的力量，同时提出以财富、民主、公正、自由等为主体的价值理想。但是主体性的力度与向度并未得到和谐发展，随着现代性的进一步发展，现代性的主体性观念受到了严厉批判，其所带来的意义失落、自由丧失的种种事实表明，人类需要再度为自身立法。时空维度是文化现代性的存在形式，包括文化时间和文化空间两种形式。时间意识在文化现代性中徘徊在自由与理性之间。现代人的时间体验表明，现代文化在时间上既具有断裂性，也具有承续性。在文化空间上，现代性与全球性相互形塑，形成了文化现代性的全球性面貌，当今的数字化生存即是其典型图景。在现实领域，文化现代性业已构成被多数人认同的实质内容，由于理性的分化，现代性在社会实践的各个领域取得了相应的独立性和自主性，涉及经济、政治、道德、文学艺术、科学技术乃至宗教等主要领域。

文化现代性在各领域的体现具有相同之处，即从神性世界走向人性世界，凸现了现代人的主体性、理性和价值。现代人在经济上通过经济人假设，以商品体系和工业主义为手段，把财富作为价值追求的主要目标；在政治上，沟通其与自然法的关联，确立了天赋人权、社会契约的观念；在科技上，通过自然的祛魅，建立了数理逻辑和经验理性的方法论基础，并使自然科学方法向整个社会实行全面的人文移植；在道德上，德行追求风光不再，以"凡人的幸福"为论据的功利主义成为道德的基本范式；在审美趣味上，古典主义为浪漫主义所取代，并发展到了后现代主义。各领域之间在文化上既相互贯通、相互渗透又呈现出深刻的矛盾逻辑。

就我所知，自从"现代性"进入文学及文艺理论批评话语生产流程以来，人们言说"现代性"时，就已经涉及"文化现代性"了。需进一步强调的只是"文化现代性"比通常的审美现代性、社会现代性、哲学现代性更世俗，眼光也就更微观，内涵也就更贴身。以该思想为尺度论述问题的学者，比如英国文化理论家阿兰·斯威伍德（《文化理论与现代性问题》2013）和吉尔·布兰斯顿（《电影与文化的现代性》2012）等，往往不会以具体学科为界限小心谨慎地封锁其边界，而是把人作为目的，认为无论大众流行文化、文学艺术，还是相关人类社会学、政治经济学等，它们本来塑造并培养着处在观念意识深位的个体的价值走向。如果不以如此意识土壤为总底盘，那么，分解后隶属于各种不同学科的"现代性"诉求，就很有可能只是一种不痛不痒的话语繁殖，或者彻底堕落成扛着专业主义大旗的"室内游戏"，久而久之，一定会丧失其思想能量。只要不把各学科的知识生产仅看作是例行作业式的寻找"增长点"，而是视为人文知识者的"以言行事"，现代文化秩序的完善就不会成为某种轻描淡写的装饰。紧接着，把"传统"仪式化也好，给"传统"封加一些包治百病的徽号也罢，其本质上与文化现代性之间的机制错位，就不可能不显在。

就当前语境而言，中国的文化现代性完全处在不同于西方现代社会的一种思潮中，特别是处在不同于西欧民主福利社会的一种集体无意识中，并以此为存在形式。混杂着宗法宗族为其特点的传统文化程式，讲究具体的传统道德伦理方式方法，《弟子规》《了凡四训》、黄老哲学、庄子的《逍遥游》、只求"得"不问"舍"的"舍得"观等到处弥漫，人异化成了自私自利的物化符号，外加谁也惹不得的一点自恋，正是钱理群所说的"精致的利己主义"；掺和着个性灵异学说与怪异人性修炼术，并以此为特点大行于市井、网络的神秘主义文化色彩，教导人们敬畏根本不可见的"博大精深"和无法证伪的"权术谋略"。翟鸿燊、刘一秒、王林等江湖骗子之所以横行于精英阶层，实质还是飘飘忽忽、似是而非但又深刻揣摩人们普遍性焦虑、迷茫之心理渊薮的所谓"道""国学"在起作用，人因此彻底变成了抽象精神符号的奴隶，只敬抽象之物而不敬人本身。仅以上两点突出表现来说，当前中国个体的现代性程度，可见何其之低了。

与前现代甚至传统社会相比，文化现代性要求自觉地把人作为目的而不是手段，这就意味着它必须更加彻底的世俗化。如此，才能祛除一切遮蔽人、神化人、圣化人的神秘主义文化。从这一层面来看，《人民的名义》其实是以前现代甚至传统社会文化处理方式来反腐。这里有些内容必须进一步强调。诚如前文所述，如果不打群众所痛恨的"师生帮""秘书帮""家族帮"这张牌，看点可能会受到严重威胁，也不太符合当前官场腐败的一般暗箱逻辑。但是打好了这张宗族宗法社会文化培植的牌，"安全消费"之后，如何以既有情节冲突、人物关系、故事节点，来拆解这个层层叠叠的网状东西呢？由剧中的几乎所有一切情节机制无力地终结于第五十五集便可推知，这部剧实在是没有找到突破口。一切的一切只能在观众喟叹一声、唏嘘一声之后，疲疲沓沓又回到原来的起点。没有足够情节支持循环，单凭个人魅力推动剧情，恐怕只能是另一形式的循环。剧中的主要信息强有力地暗示着，个体人及其人格魅力仍然也必定是建立健全现代法治社会的关键因素。毫无疑问，这是即将走到现代法治社会门槛时的一种胆怯回撤，撤回到道德伦理为核心的传统社会文化秩序中去了。因为只有在那个世界，才有支持道德伦理的审美条件，才有支撑人格魅力的经济生活方式，更有迎接"王者荣耀"的文化氛围。

总之，如果把《人民的名义》视为一个测试大众文化的 pH 试纸，编剧、导演之所以那么用心于其背面的庞杂文化资源，观众之所以也如此受用，正表明当前我们的大众、政治、精英对文化现代性的惊悸，而不是拥抱。这一点，其实也早已暴露于几年前了，只不过没想到，它来得如此之不约而同，来得如此之防不胜防。

第十五章 《灵与肉》影视改编中的流行元素与张贤亮文学思想遗产

张贤亮的小说创作并不多，但其思想分量着实不低，这已是被中国当代文学史甚至思想史所证实了的。无论《灵与肉》《男人的一半是女人》《习惯死亡》，还是《早安！朋友》《我的菩提树》等等，一经发表，总是会产生或大或小的轰动，这部分地表明张贤亮的思考一直处在社会文化思潮的前沿，这一点也是他自己常常引以为豪壮的地方。比如在《张贤亮小说自选集·前言》中他曾说，在中国大陆，我是第一个写城市改革的（《男人的风格》，1983）；第一个写性的（《男人的一半是女人》，1985）；第一个写中学生早恋的（《早安！朋友》，1986）；第一个写知识分子没落感的（《习惯死亡》，1989）；第一个揭示被很多人遗忘的"低标准，瓜菜代"对整个民族尤其是对知识分子的心理和生理造成损伤的（《我的菩提树》，1994）；等等。不管他的自我评价对不对，起码说明他有他的文化自信和思想自觉，这也是大多数中国作家所缺乏的品质。之所以如此，是因为：一方面缘于他坎坷而丰富的阅历，这是别人所没有的一种资源；另一方面缘于他对文学的独特看法，到去世他也不是以文学为生，自然也不是把文学的功名看得高于一切，他也曾扬言，文学只是他的一种休闲和娱乐方式——这种自由精神与超脱姿态，决定了他的文学总是他自由表达的载体，很少有跟风献媚的痕迹，在他而言，也是没必要的。

当然这里不是全面论评张贤亮及其文学创作，是想从电视剧《灵与肉》揣摩观众趣味而突出的价值现象中，试着探讨一下《灵与肉》这个中国当代文学史上以其勇敢的反思力著称的短篇小说，在进一步传播中是怎样走向变形的。这包括今天该怎样理解1980

年的"反思"主题和怎样理解今天的所谓大众文化趣味，特别是由此牵扯而来的情爱主题以及个人与社会、政治的关系问题，等等。

万把字的短篇小说《灵与肉》，被抻成四十二集电视连续剧，这得益于编剧对现实生活的"创造性"想象和对历史的基于当今观念的发挥。对历史和现实的理解，取决于当今的价值观；但当今影视剧的价值观，却又似乎不能不是编剧及其影视制作者对其预想观众的定位，因为无论小说《灵与肉》，还是改编自该小说的电影《牧马人》，在主题、价值趣味、情爱观、个人与社会的关系处理上，都与今天的电视连续剧有很大的出入。

一、小说《灵与肉》与电影《牧马人》的反思主题

短篇小说《灵与肉》，发表于 1980 年第 9 期《朔方》，获同年全国优秀短篇小说奖，1982 年由上海电影制片厂改编拍摄成电影《牧马人》，谢晋任导演，牛犇饰郭谝子、朱时茂饰许灵均、丛珊饰李秀芝等，小说中有几个主要人物，电影里就有几个主要人物。

鉴于电视连续剧《灵与肉》出场人物众多，添的内容繁杂，时间也拉得太长，因而小说《灵与肉》几乎被完全改写、重组。对于没读过该小说的年轻读者，首先有必要先介绍一下这小说基本故事情节。

其实该小说故事情节比较单纯，写法也基本采用传统现实主义叙述手法。归纳来看，小说由两条线索构成：一条线索是以主人公许灵均的现实遭遇和心灵震动为主，属于作者正面着墨的内容；另一条线索以"反右"前就去美国做生意后来成为所谓资本家的许灵均的父亲回国探亲，并想带走儿子全家的心理活动为副线。两条线索在小说中不时以插叙写法来呈现，大跨度勾勒了许灵均自小成长于离异家庭，二十岁左右因诗被打成"右派"下放到西北某农场，最后在好心的左邻右舍帮助下结婚、生子、当教师，一直到"平反"、摘掉"右派"帽子，再去北京见探亲父亲、父子俩微妙而激

烈的心理活动过程。主线叙述详细，相对而言，属于通过客观描述表现许灵均在农场接受改造的生活场面，倾向于再现那段社会生活和政治生活轮廓。二十岁左右的许灵均戴着"右派"的帽子，来到农场被安排在畜牧队放马，邻居郭谝子是个看起来有口无心、爱说段子逗笑的大老粗文盲，但对于大是大非他都明白。这个人是许灵均邻居的重要代表，在他的带动下，众邻居虽然把许灵均叫"老右"，然而心里其实也不怎么明白"老右"究竟是怎样一个政治内涵，许灵均也就权当是像农场人一样的绰号，一笑了之，不以为是歧视，本来也不是歧视。因此他们在日常生活中，其实一直抱着原始朴素的善良心理对待这样一位据说犯了错误的人，该帮就帮点，帮不了也决不恶意诬陷。从四川逃荒来的李秀芝竟然成了许灵均的妻子，其内在原因正是起于邻居们的好意。郭谝子最先发现了投亲无门饿得有些昏迷的李秀芝，三言两语，便替许灵均做了主。结婚当天，邻居们还背着一对寒碜的新人，周济了米、面、油、钱等，这些重要细节，都充分表明农场人的厚道与善良，也是导致许灵均爱这片土地的最直接最真诚的原因，为他最终选择留下来打下了基础。婚后，许灵均继续放马，李秀芝在家操持家务，农场的日常生活的确主要还是柴米油盐酱醋茶和日出而作日落而息的流程。靠着李秀芝的吃苦耐劳、勤俭持家本领，许灵均不但有了儿子清清，也营造起了农家小院，原来的马产房窝棚也被收拾得像那么回事了，家里养上了鸡鸭鹅等家禽，"海陆空司令"的外号，即是邻居妇女们对李秀芝的肯定，也是许灵均一家日常生活的主要框架。

许灵均的政治生活和社会生活，小说中当然也做了一定的铺垫，但主要是以暗示、折射、衬托的方式表现的。那时候的政治生活主要是以"阶级斗争"为纲的"三反""五反""四清"及后来的"文化大革命"，社会生活就是以生产队为单位的集体劳动，记工分打考勤，一应有队长说了算，许灵均一个人挣工分，物质生活自然相当清贫。正因为有原始朴素情怀的邻居，许灵均在农场其实并没有经常被拉出拉进地斗，他本来劳动老老实实，再加上邻居们下意识的同情，许多演化成宗派斗争的政治运动和许多上纲上线被扩大化了的夺权斗争，在最基层的农场生产队，并没有电视连续剧里表现得那么剧烈，就算是"文化大革命"开始，他所谓的"历史反革命"罪名老账又被翻出，在农场生产队冲击其实并不大。对他冲击最大最致命的是政治体制对他的不认可乃至敌视，这就使得他的灵魂一直处在深度恐惧和飘零状态，而不得有归属感。这种有家不能回、无以为凭的生命体验，可不是如电视连续剧里那般听邻里邻外嘻嘻哈哈几句笑话就能超脱的，也不是几个远道而来的女知青莫名其妙的一点崇拜就能化解得了的。国家政治前途及他自己的未来命运，不是处在漩涡深层的他能理直气壮地判断得了，他能做好的，只能而且必须是更加努力地按要求去"改造"自己，等待早日被认可。因此，极度压抑和极度无助，才是许灵均真实的内心世界。所以，作为知识分子，许灵均"灵与肉"的煎熬折磨和纠结痛苦，在小说里，主要表现在他精神深处对那个漫长历史时期知识分子整体命运的思考，这思考从"反右"一直持续到十一届三中全会召开之后社会逐渐走向正常化为止，其中充满着彻骨的饥饿痛感、非人的体力劳动折磨和异化了的政治生活对正常人伦关系的摧残，人被分成三六九等的屈辱，以及漠视人正常情爱需求等致使人格尊严丧失的命题。个体人在遭遇诸如此类重要问题时，毫无含糊，根源并不全在某个个体的道德素质与文化水平，而在不正常的政治气候和失序的社会，某些个体人性恶的泛滥，究其实质，还是如此政治气候和失序社会纵容的后果。这一点，小说的叙事倾向和价值判断是十分清楚的。

当然小说的正线索在表现这些精神拷问和社会反思主题时，副线索往往是以文化时差的对比来帮助完成叙事的完整性的，即通过回国父亲的所见所闻所感，具体而微地让读者感受到了这么多年的劳改生活，给许灵均的人格、理想、人生追求的再塑造和再定形。"改造"后的许灵均执意不随父亲去美国要留在农场厮守他的妻儿，便多了许多思想意味。一方面，二十多年的"改造"，许灵均已经被此生活及环境所同化，不觉得现在的生活及环境有什么不好。这看起来像是许灵均被李秀芝及邻居们身上散发出的原始本能的真善美所感化，其实是作为知识分子探索真理求解真知的心灵，途径深度异化的一种麻木和不觉醒。这倒不是说知识分子一定要高于普通老百姓，而是许灵均这个典型人物在"劳改"这个典型环境，只能如此，这才是张贤亮深刻理解恩格斯"典型论"后所表达的深层思想。另一方面，许灵均所表现出的性格上的坚定、信念上的笃定和意志上的顽强，的确拜广袤的西北大自然和生活所赐，他在长期的磨炼中，对自然、对辽阔、对本真人性的理解，有了更深切的体悟，这是高于具体政治信念的人生大境界，也从侧面批判了畸形社会的丑恶本质，此二者有机统一于该小说明确的反思主题。

仔细对照，电影《牧马人》的确是完完全全忠实于小说主题而制作的，包括人物对白、人物关系等，基本无任何添油加醋之处，这也正是谢晋与张贤亮的合作并未止步于《灵与肉》的根本原因，"嘤其鸣矣，求其友声"，最大的理解莫过于交心。同样发表于1980年第3期《朔方》的张贤亮短篇小说《邢老汉和狗的故事》，仍是由谢晋任导演改编成电影《老人与狗》的，这在谢晋执导并不多的电影中，不能不说是个例外，也进一步表明谢晋对张贤亮小说反思性主题的深刻共鸣。

到此为止，我们也就知道了无论小说《灵与肉》，还是电影《牧马人》；无论张贤亮的创作，还是谢晋的编导，他们无疑共同完成的是对一个时代的整体性反思，而非其他。

至于张贤亮的小说是否"自传体"，以及由此生发开去的诸多风流韵事，是不是以另一形式支撑了其小说的其他主题一类问题，的确更符合张贤亮本人的经历，特别是江湖上对他的传言，也符合今天人们"窥私""窥阴"以及纠缠于个人情感小趣味的流行价值追逐。但是，不管选择什么，只要小说的叙事性、虚构性、审美性、形象大于思想的基本特征还在，小说《灵与肉》的主题就不会变，即它义无反顾对知识分子命运反思、政治反思、社会反思、人性反思……就不会变。但是事实证明，它们统统都变了，这就有必要深入研究其内在原因了。

二、电视剧《灵与肉》"乡村爱情"式情爱观对
原作的消解

把一万字的内容扩展到四十二集的容量，可以想见，被改造、拉长、重写的不单是原小说的细节，而是整个原小说，自然包括原小说的重要故事框架和思想叙事机制。有怎样的细节，就有怎样的思想。细节一旦变化，思想也将另立门户，这是文艺作品之所以成立或不成立的核心条件。

四十二集的电视连续剧《灵与肉》故事情节当然已经变得非常繁杂、纷乱并且拖沓冗长，这里没必要再详细转述了。但是为着讨论问题的方便，连续剧中有两个突出而重要的"节点"还是需要有所交代，因为它们直接导致了原小说主题的消解。

第一，主人公许灵均性格的分裂问题。诚如前面的分析所提到的那样，小说《灵与肉》中的许灵均在精神、气质、性格、思维方式诸方面有被同化的现象，但不存在人格分裂问题，这从他面对父亲的笃定信念和他父亲体会到的其坚强意志就能看出。可是，电视连续剧为了表现许灵均内心世界的丰富和复杂，让他戴上了多重面具变成了多面人格。2018 年 6 月 27 日《文艺报》发表了题为《把人性光辉镌刻在历史的巨石上——访电视剧〈灵与肉〉编剧杨真鉴》的文章，编剧杨真鉴是这么解释表现许灵均"缺少"的东西的，他说，"许灵均作为知识分子，他缺少肌肉力量，于是我们设计了惯于武力解决问题的谢狗来；许灵均心地柔软不工于计算，于是我们设计了善于钻营的孙见利；许灵均理智独立，于是我们设计了有些许迂腐、情绪化的姜文明"。言外之意，许灵均、谢狗来、孙见利、姜文明这几个人成为一个命运共同体，"是因为我们设计的本初就是将一个人身上的隐性人格显性化处理"。想象一个主要人物在同一环境不同条件下的各种反应，在心理学和精神分析学上的确成立，也方便于发掘人性的复杂性。但这必须具备一个基本前提，

即作品只注重叙写封闭状态下的人性现象，否则，就是创作者个人经验的过度阐释，是对人的潜意识所做的肆意放大，非但简化了人的社会生活，而且会把人推上欲望的深渊。小说《灵与肉》显然并不是仅仅反映许灵均内心欲望或潜意识，而是着力于许灵均所经历的特殊年代的特殊遭遇，并通过遭遇呈现他作为知识分子对时代的整体思考，被抛弃与寻找归属、信仰一度崩溃与重获信念的主线是明确的，他也不是一个分裂的人——精神或性格的分裂与迷茫、压抑、绝望、无助状态下的孤独感受，是两个截然不同的概念。前者倾向非理性选择，导向病态的行为，属于个体自己的混乱；后者沉淀为理性思维，导向积极的思考，与从众心理划清了界限。毫无含糊，无论小说《灵与肉》，还是电影《牧马人》，主人公许灵均的气质都是后者。

在被原著小说规定了的社会生活环境中，电视剧给许灵均想象出这么几副不同面孔，产生的实际效果是对原小说主题的消解。径直说是把社会化主题分化分解成了不同人性侧面，特殊年代特殊的社会化生活，反而成了个体人可以任意打扮、改写乃至颠覆的非实体性存在。谢狗来性格粗鲁、一身蛮力、好动手脚，结果凡是七队队委老白干执行的任何不利于许灵均的政治任务，他都敢当面挥舞硬邦邦的拳头；孙见利圆滑聪敏、工于心计，为了保护许灵均，几乎任何有损于许灵均的公事和私事，他都能巧妙化险为夷，队委及其决定在他那里反而显得滑稽可笑；诗人姜文明好理性思维，也有些迂腐和情绪化，虽然每每闯祸，但因有谢、孙二人的平衡，整个七队的政治气候和社会风向反而好像在他的掌握之中，大有未卜先知的智慧。总之，经过这么几个想象中的人物的特异力量制衡，如火如荼的政治运动在七队便真真实实只是虚张声势了，许灵均也就不但被演绎成了七队的中心人物，而且还成了有先见之明的贤者、圣者，因为谢、孙、姜，包括其他如梁大嗓、郭谝子等的后台支撑其实是许灵均的大脑。所以，观后的感觉是，许灵均本人的遭遇，包括七队其他人的遭遇，都是暂时的，混乱只是少数一些人所制造，他们被绳之以法是迟早的事。只要早晚解决了这些捣乱分子，阴霾马上会过去。作为历史的后见之明，今天看起来似乎是这样。但回到当时以"阶级斗争"为纲的社会语境，不要说本来戴着"右派"帽子的许灵均对七队队委的政策明里暗里对抗了，就是根正苗红的贫下中农和积极分子，那也不是说想对抗就能对抗的，甚至不是自己认为正确就正确的。政治上是否正确，取决于是否符合掌权派的意志，否则，驻队的民兵就完全成了闲置的摆设，"反右"及后来的"文化大革命"也就不会酿成数量如此巨大的个人悲剧了。

遗憾的是，在电视剧中，当许灵均被分化成好几重面孔时，历史遭遇被戏谑的同时，也严重被简化和曲解了。初衷是要把许灵均塑造成一个全知全能的英雄，可事实是把他变成了一个盲目热情却处处逢迎讨好，似乎很有主见可是懂得的却不过是些鸡毛蒜皮的"老好人"和"好心肠"。这不只是远离了张贤亮笔下沉思、忧虑、痛苦、沉默的知识分子形象，还漫画化了许灵均所置身的组织和纪律，电视剧中政治生活被搞成了一群具有江湖义气的哥们儿与一级组织之间的撒气斗狠，这恐怕与行之未多远的"极左"气候是极其不相符的吧！

另外，一旦电视连续剧的主题聚焦在许灵均的几个想象角色身上，剧作所表现的所谓人性，说到底，不过是几个许灵均的不同欲望、潜意识，与小说中他对整体时代命运的思考就毫无关系了。反过来，因为人性只是这些个人恩怨、私利和心计，电视剧《灵与肉》也就只是许灵均一个人在那个年代如何释放自己、满足自己欲望的问题。这与把重大的政治事件和社会运动的制造者收缩到国民党特务朱殷怀一个人的破坏上，是一脉相承的，都表明编剧的人性观其实是以最大限度删除社会生活和政治生活来实现的。

由此可见，虽然从人格分裂角度分化分解主人公精神世界，是受艺术原理支持的，但对1980年张贤亮的小说《灵与肉》来说，正好是张冠李戴，收到的效果自然是歪曲甚至误导那段历史。

第二，孤独及情爱观问题。在同一则访谈中，编剧杨真鉴也意识到了许灵均的孤独问题。他说，原著小说和电影《牧马人》是通过人与马的厮守、人与马的对话来表现孤独主题的，而电视剧则把

163

马陪伴的一部分任务交给一大帮许灵均的替身了。"由于电视剧中加入了谢狗来、孙见利、姜文明、梁大嗓等人,事实上他们的出现也在一定程度上消解了许灵均的孤独。"这样的处理的确有效消耗了独处而思考的许灵均和属于他的时间,他一下子变得很忙,俨然成了七队的一个人物,谁有什么疑难都会跑去讨教,他也好像什么都懂,有问必有答,不但热心,还很有能耐。剧情还不止于此,最扎眼的情节是,许灵均竟然变成了情种。从上海来的知青女学生何琳,就是在李秀芝怀孕回四川娘家的时候爱上许灵均的。据剧情所示,他们两个只是能谈得来,但从事情的结果看,既然两人的事闹得满城风雨,邻居们都前来给男女双方做工作帮助解决,恐怕也就不是一般的"能谈得来"那么简单了。更为玄乎的是,这事起因于许灵均的能干和有文化,是何琳的崇拜与追求惹的祸。有了这样的插曲,剧情顺势而下,展开了许灵均、何琳与钱有为(另一个与何琳同来的男知青)三者之间的争风吃醋,再加上众友帮忙策划谢狗来如何向知青女医生赵静展开攻势,等等。到这里,电视剧《灵与肉》几乎演绎成赵本山导演的《乡村爱情》了。其间充满着缘情而起的误解、猜疑、挖墙脚和明争暗斗,给人感觉,当时七队的日常生活主体,反而不是如何挣工分、如何搞运动、如何劳动改造和如何应付上级检查,而是一切很幸福,唯有情爱没着落。

就这样,小说原著和电影《牧马人》中沉默、深沉、忧郁的知识分子许灵均,便成了到处表现、善言说、多情和积极参与队委政治生活的"老油条"。这哪里是"右派"、接受劳动改造和遭人歧视的许灵均,简直是左右逢源、能说会道、真理在握的王大拿(电视剧《乡村爱情》中的主要人物)。剧中突出的两个女知青何琳与赵静不也如此吗?大老远跑到这里来,工作、锻炼事小,心心念念的不过是爱谁的问题和怎样忘掉爱的前史的问题。只不过与《乡村爱情》稍有不同之处在于,电视剧《灵与肉》好像刻意以"痛苦"来表现爱的不易,而《乡村爱情》则是以"热闹"来传达爱只是生活中的一味调剂品,没什么真不真的。然而背后的文艺观、人性观却惊人地相似,即都受历史虚无主义的支配,并且奉自私自利的个人主义经验为圭臬，并把人性归结为情、爱、欲的得与失，个人的痛苦、迷茫甚至绝望也就无条件构成了人性的核心内容，基本消灭了个人对社会及其机制的积极思考与反思。

电视剧有了如许这般的"桥段"和"叙事机制"，不言而喻，剧情只能被推向"成功"这个大团圆的死扣，一切可能的开放性思考就此寿终正寝。政治生活上，除了朱殷怀是潜伏进农场党组织的国民党特务之外，其他人等皆是被利用或一时头脑发热，实现了没有一个本质上是坏人的政治主题审美化结果，达到了民间消解官方的历史虚无主义目的；社会生活上，无论前提条件成熟不成熟，只要大伙儿有干劲有勇气、敢想敢尝试，美好生活一定能实现，完成了"苦难"向"小康"的飞跃；个人生活上，不管前身多么阴差阳错或莫名其妙，仿佛都是为着论证后来寻找爱埋下的注脚，兑现了个体本位的"内在性生活"这一所谓审美期待。

总而言之，张贤亮笔下真正的许灵均，就是如此消失的；许灵均幽长而沉闷的反思意识，也是如此被接踵而来的儿女情长或者古道热肠有意无意瓦解殆尽的。

三、张贤亮文学思想是份艰难遗产

小说因改编而思想得到进一步传播的不在少数，但因改编而思想方向从此改变了的则更多。

通过对电影《牧马人》、小说《灵与肉》和电视剧《灵与肉》等的对比可知，电视剧《灵与肉》虽然对了解二十世纪七八十年代的宁夏，以及唤起年轻读者了解张贤亮小说作品很有宣传作用，制作方的确下了很大功夫，也可以说达到了预期目标，特别是按照制作方所揣摩的当今观众的一般价值趣味来评价，综上所分析，该剧甚至收获了极大的成功。张贤亮曾声称，自发表作品以来，他从未满足于只做一个为艺术而艺术的小说家，而是把文学当成参与社会变革的一项活动。英雄所见略同，李泽厚曾在《中国现代思想史论》①中也表达过类似文学观点。他说，从文艺史看，经常有这样一种现象：一些作品是以其艺术性审美性，装修着人类心灵千百年；另一些则以其思想性鼓动性，在当代及后世起重要的社会作用。于是他提出了一个问题，"追求审美流传因而追求创作永垂不朽的'小'作品呢？还是面对现实写些尽管粗拙却当下能震撼人心的现实作品呢？"他最后的结论是，他更喜欢现实主义，"容易看，又并不失其深刻"。诚如李泽厚所说，小说《灵与肉》并不是装修人类心灵千百年中的一个"小"作品，如果我们的心灵需要那样的装修，我想，恐怕没多少人愿意让其装修。它的价值与意义在重要的社会作用，尽管现在的重读的确显得"粗拙"。这一点也必须说清楚，首先，小说叙事还比较拘谨，甚至有几分藏着掖着，纹理粗糙而简单；其次，同样是围绕人性的视角，但叙事触角并未伸向已经打开领域的深处；最后，限于1980年"思想解放"的特有氛围，作者对已经异化了的传统文化估计太过乐观，因而小说结尾弥漫着肤浅的浪漫主义情感基调。

尽管如此，小说《灵与肉》绝不是一篇"小"作品，那么，改编得如何，实际涉及张贤亮文学思想遗产的继承问题。事实证明，至少从电视剧《灵与肉》来看，制作者对其思想与视野，包括人性思考的把握，还是很欠火候的。这说明，继承张贤亮文学思想遗产是一项艰难的工作。

如果不限于小说《灵与肉》，就张贤亮文学作品的整体来衡量，这个艰难，简而言之是：一、他熟知他身处的社会现实和时代性质，无论《绿化树》《土牢情话》，还是《我的菩提树》《小说中国》《一亿六》，那种扎根在地域，却不止地域经验的文学形象，我们有他的大视野吗？二、他有恒定的价值尺度，并用这个来自《资本论》的价值尺度来叙事，一直把思想触角伸向现实结构内部财产制度的敏锐，我们有这个学理性依据吗？三、他能把一个时代个人悲剧叙

---

① 李泽厚：《中国现代思想史论》，生活·读书·新知三联书店，2017，第279页。

事成彼时代国家民族的悲剧，并且能把视角返回到文化政治、人性本身和文学性规律，我们有这个文学能力吗？四、他也是一个成功的商人，但他经商很少有暴发户的自恋、土豪们的狂妄自大，做生意似乎也具有民族的大义——这不只是指他所经营的影视城解决了三百多口人的吃饭问题，类似一般的慈善活动、对文学新人的奖掖和扶持，以及重要关头的敢说敢为，我们身边的富人很多，他们有这个气度吗？

我们自然需要贴近今天大众趣味的影视剧，然而我们同样需要更加尊重历史、更加具有启蒙大众的影视剧，这既是时代的呼唤，也是人的现代化进行到这个阶段的题中应有之义。

总而言之，通过以上影视剧及其携带着的大众流行文化的分析，笔者意在更大的文化半径反观并审视当前中国文学及其批评，特别是文学批评惯用价值模式、话语方式和理论概念的来源与出处。也希望把视角放得更深一点，从普遍社会趣味中透视当前中国文学批评的思想成色。事实证明，当前中国文学批评的主要理论概念、术语和审美趣味，非但来源于大众流行文化，反而更进了一步，是对如此大众世俗文化的推波助澜，而不是反观、审视与批判，这是十分令人遗憾的。也表明近些年来中国文学批评，包括文学创作，在文化现代性的理解上，的确非常之肤浅，也非常之粗糙。相反，倒是像大众流行文化那样，已经义无反顾选择了回到传统，回到宗法宗族的文化程式里去了。也就再一次证明，当前文学批评包括大多数文学创作，在原创性，在适应新型城镇化社会治理上，是极其不称职，也极其没有思想建树的。

下面的章节，将转入对当前中国文学叙事惯性的批判上去。

第二辑:

叙事惯性批判
（2007—2019）

本辑所批判的主要是当前叙事惯性现象，由十四章组成，第十六章至第二十章希望以点带面，从宏观层面实证分析当前长篇小说、中短篇小说叙事中所普遍借助的传统文化模式、价值程式，指出其与现代性叙事之间的距离。第二十一至第二十六章，微观辨析当前小说创作中突出的几种符号化现象，包括少数民族知识经验化、西部地域化，以及更极端的"温情叙事""普遍人性论""底层叙事"。分析可知，这几种类型化叙事，其实都不同程度打的是传统伦理道德方式方法的王牌，剥掉这一层文化皮，能勉强构成小说叙事的，也许只剩下小说故事本身了，基本没有自觉深入到现代社会机制并进行叙事的个例。本辑致力于剖析其中原委，希望能窥斑见豹。第二十七至第二十九章是诗歌批评。诗歌话语一旦趋向于同质化，也就容易形成某种共性特征，也就成了某种叙事。其所以如此，是因为所探讨诗歌写作已经在流行文化模式中，程式化是其共同局限，自然属于当前的叙事惯性之一。

第十六章　当前长篇小说与现代性叙事的距离

　　长篇小说叙事在文学中的权重地位，似乎不用太多解释人们即能心领神会。如此，著名或知名作家的长篇小说，不管它们获不获大奖，自然而然会成为文学消费市场的热点，关于它们的传播、论评与阅读也就会形成一种风气。得风气者得天下，这是谁也改变不了的市场规律，文学也不会例外。然而，与专业文学读者、研究者、教学者的选择不同，普通读者读长篇小说，风气虽然能左右阅读方向，但不太会从根本上改变阅读体验，尤其不会改变由情感强度感染力引发的对文学生命力的延续和再创造，这恐怕也是一种难以否定的文学事实。否则，今天的普通文学读者对二十世纪二三十年代文学生活的记忆就不一定是鲁迅及其启蒙现代性了；对二十世纪八十年代文学生活的记忆也就不见得是《平凡的世界》及其底层青年的挫败经验了。因为，无论从当时主要文学思潮、主要文学价值选择、文学理论批评关注的重点，还是突出的时代风气来说，张恨水及"鸳鸯蝴蝶派"所占的版面远比鲁迅多得多，"伤痕""反思""改革""先锋""现代派"所制造的声音亦远比路遥的分贝高得多。但是，文学的生命之绳并没有从最细处被扯断，鲁迅笔下颤颤巍巍的祥林嫂、疯疯癫癫的阿Q、之乎者也的孔乙己、爱情不明就里失败的子君，以及路遥笔下木讷厚道的孙玉厚、屡败屡战伤痕累累的孙少安、心气不低但总是遭遇命运错位感的孙少平，等等，他们却拥有异常顽强的生命力，连同他们身上自带的挥之不去的人何以不觉醒或怎样觉醒的追问，一直延伸到了当下，也一直被争论到了当下。这足以说明普通文学读者的选择仍然是理性的。这理性不是文学院教授们皓首穷经、旁征博引所安排的文学史座次，而是

171

普通读者历经社会巨变、跨过千山万水所感应到的与自己人生遭际密切相关的那种心灵诉求和价值期待。更要紧的是，细想这诉求与期待，的确不单是个人人性的修炼问题，是影响人性产生深度变异的社会机制和价值惯性问题。

一

　　既然如此，我想，无论今天的长篇小说作者把叙事拉扯得多么长，表现多么复杂的"文化"内容，囊括多少不为人知的人性状态，亦或者无论把我们日常生活的源头追索到多么久远的时空，鲁迅或者路遥们所遗留的问题非但不应该中断，而且还更应该通过叙事来加强、突出，才足以表明叙事文学不会轻易被其他文本话语所代替乃至于淹没的特质。可实际情况好像不是这样，至少就我细读过的几部可谓影响卓著的长篇来看，结果似乎相反。《敦煌本纪》《北上》《山本》一经某大奖一搅动或名人效应一鼓荡，浏览网上网下如潮追随，大有逞一时长篇小说标杆之势。单凭这三部长篇小说，一定要说代表了不可逆转的什么，那或许太小看中国长篇小说作家的智商了，但如果硬要说中国长篇小说作家一定多么有主见，仿佛又有点高估他们的判断力。基于这个问题的矛盾性、复杂性，就必须深入去分析。至于为什么非得是这三部？这的确不是我随意选择的结果，是有着较深层次的文化原因在里面的，这正是本书不吐不快的缘由。当然，这里着重探讨的局限或不足，不是说这些长篇小说一无是处，相反，这些长篇小说无论对描写对象的把握、讲故事的技巧、对社会趣味的捕捉，以及塑造人物形象彰显作者思想主旨上，都肯定在近年来中国长篇小说平均水平线以上，甚至单从"文学性""故事性""趣味性"来看，很可能还在前沿位置。记得刚读完《敦煌本纪》之时，恰好是第十届"茅奖"入围前十部作品的公布之日，心里还为该作未能得奖而暗自叫屈，盖因从打头第一句话起到最后一个句号，该长篇的确有着异常吸引人的语感魔力，句子简短雅致而内涵丰富，话语本身就已经蕴藉饱满叙事，也便偏激地认为，《敦煌本纪》也许是我读过的入围前十部作品中最会讲故事因而最富文学感染力的一部长篇小说。正因如此，包括《敦煌本纪》在内，当前相当一部分长篇小说远离当前社会现实的态度，非现代性的思想取向，就更值得慎重审视。

《敦煌本纪》分上下卷，共计一百零九万字，书中人物活动、故事情节开始于 1910 年，终止于 1938 年，叙事被封闭在宣统二年（1910 年）至军阀混战约三十年时间里。作者有意建构了古丝绸之路河西走廊沿线的沙州城生态文化圈，并在这个沙州城下设了天水坊、陇西坊、平凉坊等二十三个坊。它们绵延千里，横穿新疆哈密、祁连山、乌鞘岭等，上场人物近百余，官吏乡绅、贩夫走卒、妇孺老幼，应有尽有，可谓场面宏大、故事错综复杂。里面的日常生活也相当西部化，过浴佛节、吃胡锅子、讲敦煌话、唱秦腔戏等等，基本营造了一种久违了的完整的自在性西部民间世界。由此物质元素所生长出来的意义世界，可以用这么几个词来概括：野性、活力、朝气、义气。人物虽有百余个，但主要人物如苏食、梵义、孔执臣等，却无一不是血气方刚、意气风发、开疆拓土、义气喧天的青年人。也因此，在这小说枝枝蔓蔓、盘盘绕绕、起起伏伏、跌跌宕宕的话语血肉中，被作者作为叙事重点突出的线索便是寻路、开路、拓路，结尾呈故事的开放式，即故事终结，体验却才开始。如此价值大厦一经构建，无论毫无来由的"义举"，还是莫名其妙的"豪壮"；或者匪夷所思的"缠绵"，还是义正言辞的"错误"。无不被灌注上震撼人心的"意义"，也无不被赋予令人眷恋的"价值"。总之，江湖险恶也罢，舍生取义也罢，都得到了叙事上的正当性和合理性处理。这个时候，掩卷沉思这部阅读"怪兽"，由不得人不去联想渺远的历史面影，他们只能是同样年轻同样胆识过人的另一组历史精英，是与这一组底层小人物构成互文甚至同质化气质的刘彻、班超、卫青和霍去病。这也就意味着在作者的内心，古丝绸之路河西走廊并没有从精神上走远，它其实就是今天我们所给予了超负荷价值符码的"一带一路"。到此为止，走出该长篇密不透风然而又的确让人有点热血沸腾的话语世界，久矣复被淡化淡忘得所剩无几的"西部风"，便扑面而来了。当然，这一次到来，不是电影《双旗镇刀客》中黄沙骤起、飞蓬翻卷的土镇；不是嘴炮男沙里飞无边无沿的吹牛；更不是沉默寡言、瘦小腼腆却关键时候能一刀毙命的江湖奇侠孩哥；亦不是歌手杭天琪嘹亮彪悍的《黄土高坡》；或者随处可听到的细腻真率中掩不住悲切凄凉的陕北信天游《叫声哥哥快回来》的旋律。《敦煌本纪》之所为"纪"，作者还原的是近现代西部人身上据说该有的原始朴素硬气与豪气，所祛之魅正是以上文本、旋律中的妖气、怪气与媚气。无疑，《敦煌本纪》是作者在日常生活的逻辑中再度赋予俗世西部以精神贵族的叙事。

"敦煌"本纪的原因就在这里，小说叙事行文中虽未把千年石窟、千年壁画、千年传说作为显在背景，但它们却是以高于血肉的形式和形象，充当小说故事神经枢纽而存在的。也可以说，"敦煌本纪"是"敦煌神话""敦煌传说"乃至"敦煌文献"，即通过对神话话语及形象、传奇话语及形象与古典历史（经过文人抽象提纯处理）话语及形象的日常化转化之后的结果。小说世界里的人和事，带有现如今浓厚的社会气息，但精神本质却归属于想象中的古西部，这从人际关系、生活方式的传统性、古刹气上能真切地感受体验到。

读完该长篇，合上书页的同时，也即是故事的终结之日，你不会与你当下破碎而无奈的生活取得什么必然联系。非但如此，有时候也许还会产生逃避或者用超时空的方式解决繁复错杂生活的冲动，因为沙州城生态既不是你的过去，也不可能更不允许是你的将来。在今天的生活面前，沙州城无疑只配"农家乐"那种休闲时间来支撑，它是一个早已远逝的想象的话语世界，也是一个虽因"自由""硬气""豪气"被读者所向往但到底只配人们放纵内心的乌有之乡。纸上烟霞、心灵满足，的确是文学叙事的本质之一，也是审美流程的重要驱动。尽管如此，已经被各类武侠小说和缤纷斑斓的自媒体多次修理过的神经，在麻木的同时，似乎更加挑剔了，要焕发他们的阅读热情，拯救他们思想的疲软，显然不是考虑如何通过虚构文本"回去"的问题。

二

　　《北上》叙写的是发生在 1901 年中国东部地区京杭大运河一带的故事，义和团与八国联军两支武装的交织、冲撞是支撑该小说如期进行下去的历史、政治、军事背景。有了这个国际背景，外国人小波罗兄弟也得以合理登场，他们与中国人谢平遥之间的情结，包括风花雪月、爱恨情仇也便得以顺利展开。为了寻找在八国联军侵华战争时期失踪的弟弟马福德，意大利旅行冒险家保罗·迪马克以文化考察的名义来到了中国。这位意大利人崇敬他的前辈马可·波罗，并对中国及运河有着特殊的情感，故自名"小波罗"。小说另一主人公之一谢平遥作为翻译陪同小波罗走访，并先后召集起挑夫邵常来、船老大夏氏师徒、义和拳民孙氏兄弟等中国社会的各种底层人士一路相随。他们从杭州、无锡出发，沿着京杭大运河一路北上。这一路，既是他们的学术考察之旅，也是他们对于知识分子身份和命运的反思之旅，同时，更是他们的寻根之旅。当他们最终抵达大运河的最北端——通州时，小波罗意外离世。这时候，清政府也下令停止了漕运，运河的实质性衰落由此开始。一百年后的 2014 年左右，中国各界重新展开了对运河功能与价值的文化讨论。当谢平遥的后人谢望和与当年先辈们的后代阴差阳错重新相聚时，各个运河人之间原来孤立的故事片段，最终拼接成了一部完整的叙事长卷。这一年，大运河申遗成功。

　　故事框架大体如此，但里面的血肉却远不这么简单。有几对突出矛盾也就把小说叙事雄心死死锁在了当下之外。一是残酷与纯真的错位，小波罗兄弟考察，谢平遥陪同翻译，这没有问题。有问题的是，他们近乎圣徒般的超脱何以见容于狼烟四起的残酷现实？这样的学术考察还有多少现实性？二是历史与当下的错位，小说几乎多半篇幅留恋于途中的浪漫纠缠，可是一旦笔涉当下京杭大运河，好像只有孙宴临镜头下的那么几个破碎片段，更不要说当下现实了，历史与当下的逻辑连接显然是突兀的。三是宏大主题与中国民间宗法宗族文化的错位，有外国元素加入，想阔大小说视野，叙写人类命运共同体，但小波罗的死，或者说怎样残害小波罗以至于死，比如各地有各地的残忍手段，等等，作者的叙事态度显然是不自觉的，表明作者完全是深陷在如此"小传统"文化而不自知的，民间文化小传统好像不能支撑如此大的主题，因而本不想放到重要位置的小传统反而消解了意欲表现的宏大。当然，如若浏览网上网下的无数评论，这样的矛盾、二元对立，还有情义与欲望、希望与毁灭、现实与浪漫，等等。这导致今天的大运河及其世界，也就只能停留在谢望和的电视片、邵秉义和邵星池的无奈坚守中了，所谓"希望"便是申遗成功这么简单。

若问《北上》中当下在哪里，正确的回答应该是在电视片里、在胶卷中、在几个人的叹息中，或者说在某种微妙而奇特的国家认同中。"河"的叙事，便成了真正的"河床"叙事，"北上"要"上"哪里呢？仔细分析文本中的信息，要么因选材不慎，导致作者的真正叙事用意分叉、自我消解了；要么作者本来就是想有意钩沉沿河几个历史阶段的民俗文化和宗法宗族礼俗仪式。不是二者兼备，就是二者必居其一。无论是哪种情况，在当下读《北上》，叙事内部的确暴露出了十分罕见的乏力感、分裂感。与其他同类叙事失衡小说相比，这部长篇小说还不仅是前紧后松或前松后紧的问题，而是到最后直接推至叙事消散的样本。原因或许有很多，但在这里所论而言，恐怕与作者从开始就轻视乃至有意逃避现实社会，特别是回避审视当下现代社会机制有直接关系。

《山本》的叙事时间发生在二十世纪二三十年代秦岭腹地的涡镇，并以涡镇为中心，像个投影仪一样投射涡镇世界的山野法则和整体生态，那里面人人都相信强力能实现抱负和欲望，并且事实上那里面的人们也是按照这样的不二法门来行动的。这也就生发出了一系列堪称惊世骇俗的"文学思想"。割据涡镇的枭雄井宗秀从平凡到卓越、从雄心到野心、从扩张到膨胀、从欲望到丧命，得益于他眼中的"地母""地藏王菩萨"陆菊人的塑造和滋养，所以他们之间既不肉欲，也不全精神爱恋，是一种不好理解的吸引、凝视、相互成全的关系。这种微妙关系的生长，只有秦岭的涡镇才是其理想土壤，也因此《山本》以"山"为本位的本意在于，人作为山之奴仆、物之奴仆、原始自然力之奴仆才能成立，否则，涡镇社会将一团糟。顺理成章，除过飘飘忽忽、缠缠绕绕的枝蔓，该小说的叙事重心不是人，更不是人何以如此以及人该往何处的问题，而是给秦岭写"志"、给涡镇人生抟塑"人情世故"、给涡镇社会创造"法自然"。

　　毫无含糊，《山本》也没有写到当下。如果不说反当下，起码也是怀疑当下人们的强烈诉求和突出的压抑、焦虑的。在作者看来，当下人们之所以被焦虑、压抑所缠绕，原因在于生活世界不是涡镇所致，如果是涡镇，那么，问题就不会这么严重。更要命的是把危机的根源，解释成当下人们丢掉了类似井宗秀与陆菊人那样的关系，或者缺失了涡镇那样的秩序①，这恐怕只有贾平凹的文学叙事及其思想才能支持。

　　当下比较热，甚至大有引领时潮的长篇小说可能还有许多，肯定没法在这里全部细说。在时潮的意义上，我想，以上所举三部已经足够能说明问题了。总结来看，三部的故事可概括为：一幢古刹、一条河和一座山。相应地，三部长篇所借重的主要文化资源不外乎三类：地方历史与民俗文化、地方地理风物和地方地域人情世故。三部长篇小说所用结构和叙事时间也就不难理解了，是古老知识、经验、传说构成的封闭结构和一般过去式。那么，它们跟的是什么风，明眼人一望而可知了。

　　这里，我必须再三申明强调一点，以古代地方历史与民俗文化、以古近代地方地域风物、以古近代地方地理动植物为写作对

---

①　关于这一点，青年批评家鲁太光分析得很深刻，也看出了贾平凹在《山本》中分裂乃至陈腐的价值观，"作者虽然指出英雄意识和封建意识的危害，但却意图用佛老思想来'对冲'封建意识，因而在目的与手段之间出现了矛盾"。详见鲁太光：《价值观的虚无与形式的缺憾：论贾平凹的长篇小说〈山本〉》，《文艺研究》2018 年第 12 期。

象，这本身并不是问题，卷帙浩繁的文学史、文化史、民俗人类学史随便就可以举出很多这方面成为经典的例子来。成为问题的是，今天我们的文学读者特别是普通文学读者，是不是真缺这方面的虚构知识和想象？是不是真欠这方面的精神滋养？是不是现如今普遍社会诉求需要回到浑蒙的、主客不分的、原始自然力控制人思维的时代？答案是否定的。那么，问题来了。其一，我们究竟该怎样在新型城镇化（文化城镇化）所产生的剧烈阶层分化中自处与他处，也即阶层分化中有无可能生成打通层化壁垒的故事？其二，我们究竟需不需要现代社会机制及现代社会机制对塑造个体现代化有何具体功能，也即在走向完善的现代文化过程中有无可能培养出一种情感模式和价值机制来修复断裂社会断裂人生？其三，在现代个体的成长过程中，有无可能生成触及读者心灵的细节，即以文化现代性个体替换经济主义个体？

三

现在看来，至少以上所举长篇小说叙事并没有自觉意识到这些问题。非但如此，这些被炒得相当热的叙事，一定程度上实际在反写、反理解以上诸问题。

《敦煌本纪》理解的人"内在性"的"丰富与复杂"，不但有年龄上的讲究，都需青少年，有方刚血气，而且也是被深度地域标签化的。符合如此充分必要条件，"义举""义死"才具合理性。暂不去展开论述"义"字当头的一系列伦理道德规范标准，是不是拯救不正义不公正现代社会所迫切需要的稀缺资源，单就"义"的狭隘性，邓晓芒早在二十多年前就深入批判过，那是完全反法文化、反现代性的一种绿林产物。邓晓芒《文学与文化三论》一书由《灵之舞》《人之镜》《灵魂之旅》三部独立内容构成，《人之镜》部分是比较分析中西文化区别的，其中《品格与性格：关云长与阿喀琉斯的比较》一节批判的就是中国传统文化的"义"。他说，"义"是中国人在忠、孝之外的第三种美德，在日常生活中，"义"可以把忠、孝作为自己的实际内容，但多数时候"义"却是游离于并凌驾于前两者之上的，显得更加抽象，所谓"大义灭亲"即是。所以，"义"发展到后来，干脆变成了"侠"，"义士"便是"侠义之士"。他们的"行侠仗义"往往因为其超越的形式而不受法律乃至于不受传统道德礼法观念的束缚，是一批在社会秩序之外、绿林江湖之中独来独往的勇者。由于"义"具有不管内容的特点，又具有不顾及后果的极大能量，因此总是为只讲内容（政治目的）而不择形式（手段）的政治家、阴谋家所利用。关云长从桃园三结义到曹营中的过五关斩六将，他身上贯穿着的即是"义"，是由"不杀之恩"或"救命之恩"演变而来的中国式"身体学"。谁给了我身体，我就该报答谁，谁关心我的身体，我就该感谢谁，否则就是不忠、不孝、不仁、不义。[1]相比较，在荷马史诗中，阿喀琉斯是人间的国王珀琉斯和海中女神忒提斯的儿子，无论在与敌人的战争中，在与朋友的友情处理中，阿喀琉斯的情感流露都不是受什么外力摆布下的表露，而是纯粹的自然性、自发性，他的"恻隐之心""不忍之心"也就都是为着人类的悲悯而发。所以，阿喀琉斯之死，不是为国家为他人的义务，而是为自己的荣耀和尊严、幸福。[2]如此不同的文化传统，哪种个体更容易构建现代性，便一目了然了。至于"义"文化的另一局限，或当代变异形式，刘再复论述得更加直接。在《双典批判：对〈水浒传〉和〈三国演义〉的文化批判》一书中，他指出，"义"而"结义"，其实是一种中国社会特殊的团伙文化。"义"在团伙之内是真，但在团伙之外为假，这便是"义"的变质。[3]比如关羽，他一生只对小团伙之外的曹操尽过义务，除此之外，他再没对社会、历史尽过义务。所以他又说，只要小团伙文化越兴盛，一定是社会公德心越缺失的时候。与马克斯·韦伯的"责

---

① 邓晓芒：《文学与文化三论》，湖北人民出版社，2005，第237页。
② 邓晓芒：《文学与文化三论》，湖北人民出版社，2005，第239页。
③ 刘再复：《双典批判：对〈水浒传〉和〈三国演义〉的文化批判》，生活·读书·新知三联书店，2010，第135页。

任伦理"一对照，小团伙所示为兄弟伦理，而讲求人在社会中行为规范的社会性伦理，则是责任伦理。结合《三国演义》中的"桃园结义"便可知其局限性了。兄弟之盟在于只讲对团伙负责，不讲对社会负责，或者说，只对团伙内的"小兄弟""小哥们儿"负责，并不对全社会的"大兄弟""大哥们儿"负责。借用马克斯·韦伯的语言来表述，桃园伦理（以义为核心的伦理）只是兄弟伦理（小兄弟伦理）、意图伦理（也有人译为心志伦理），而不是责任伦理。前者强调的只是加盟主体的异姓兄弟的情与志，把这种情与志即兄弟之间的义务看成高于一切的义务，包括高于社会义务。韦伯所批判的这种伦理也叫"人伦关系的优先性"，推而广之，作为典型代表的桃园结义现象，所讲究的其实就是兄弟关系的优先性，即把加盟的兄弟利益绝对优先的地位放在一切利益包括社会整体利益的前头。桃园伦理的"兄弟优先"巨大的改变乃至导致儒家伦理"人伦优先"的变形，深刻地影响了中国的民族性，也造成中国在重视个人情谊纽带时产生排他性，并造成社会义务感的薄弱。①因此，他强调指出，要清醒认识潜意识中根深蒂固的诸如"义"等文化基因面目，只有结束对关羽的崇拜，结束对桃园结义的追捧，拥抱"兄弟"之外的社会，现代社会的文化起点才能回到正常轨道。

限于特定文本的缘故，刘再复的有些观点也许表达得不甚完善，但他对古典名著中"小传统"的批判仍然有借鉴价值，是文化现代性（人的现代化）思想的核心部分，涉及如何通过现代性个体透视社会，进而怎样理解现代社会机制、叙事现代社会机制的问题。走向"兄弟"之外的社会，也就是走出维系宗法宗族社会的等级文化秩序及其派生的江湖行规囿限，在世俗市民社会中理解个体与群体、个体与社会、个体与民族的关系。由此观之，所谓"侠义""壮举"乃至"义死"，其实都是个体化停滞的表现，也导致人

---

① 刘再复：《双典批判：对〈水浒传〉和〈三国演义〉的文化批判》，生活·读书·新知三联书店，2010，第136-137页。

性的不成熟或人性徘徊在一个较低层次，这种人物不可能积极作用于文化现代化和社会现代化。这里有必要插一句，当前文学理论批评界某些所谓"现代性危机"的论调，在一定立场看，的确有一定道理。因为按人的本性，彻底释放"消极自由"的确会遭遇现代法文化的限制。但现代法文化所保障的"积极自由"又的确是建立在充分理解"他者"命运基础之上的，这就为衡量特殊个体"个性"中的复杂与丰富预留了足够空间，二者并不矛盾。有矛盾的是我们常常把古典文学中士人通过诗词歌赋表达的文人性情的"个性"，视为文化现代性所要求的成熟"个体化"了。还有一种是把西欧福利国家早已批判唾弃的自私自利个人主义，当作现代文化所要求的个人主体性了。总而言之，我们文学中的"个体""个性""主体性"，其实是一种古典主义、颓废主义和后现代主义杂糅拼贴的混合概念，并不是思想轮廓清晰、有明确现实针对性的现代性或文化现代性诉求。之所以《敦煌本纪》中几个主要青年的几乎所有"义举"，无不带有浓厚古典主义的个性色彩，我们体验到的每一件"痛快淋漓"，也就无不染上"小团伙""哥们儿义气"和江湖习气，如此构建作者心目中性情恣肆、混沌天然的"西部"，实在给人一种丈二和尚——摸不着头脑之感。

今天我们的长篇叙事还在"义"与"不义"上下功夫，这着实与题材的古不古，以及空间环境在哪里没有多大关系，根本在用什么思想理解人、打量人、讲人的故事里。

《敦煌本纪》这样，《北上》《山本》也大同小异。从作者的叙事纹理中，的确很难体会到现代性知识、现代性思想、现代性经验的痕迹，有的是"繁"和"杂"。是改造大自然原生态自在存在物为人的日常生活主要状态却不免手忙脚乱的"繁"，和编码、组装古文献话语进入现实人生流程却总显得张冠李戴的"杂"。具体说，《北上》可以概括为"民俗叙事"，《山本》是"物志叙事"。毫无含糊，要追究两者共享的叙事知识资源，那就是《山海经》。可是，作为一种叙事，《山海经》真正的精神价值在哪里呢？刘再复说，如果说《论语》是儒家文化的原形，那么《山海经》则是整个中华文化的形象性原形原典。①当《论语》所属的儒家原形文化，途经汉代帝王的"独尊"、宋明理学的进一步制度化，并发展出许多严酷的行为规范模式，如三纲五常、三从四德等等，后来原形实则已经变成"伪形"了。②这个文化大背景下，我理解以上诸作者借重《山海经》的本初构想，然而，《山海经》那样的原形毕竟太久远了。在当下叙事故事，中华民族草创时期天生不知功利、不知算计、不知功名利禄，只知探险、只知开天辟地、只知造福人类，进而无私、孤独、建设性却又无不是失败的英雄，在社会分层剧烈的当今社会，能有多少思想含量呢？这不单是个人主义与个人主义文学的问题，实际更是个体英雄形象如何融入现代社会机制并通过法文化的制衡，如何有效言说他人命运的问题。无疑地，在普遍性社会诉求的角度看，以上诸种叙事至少在知识的调用上和价值理念的选择上肯定是失效的。更令人匪夷所思的还在于，浏览成堆研究这些长篇小说的成果，竟无不指向"中国经验""中国故事"以及中国长篇小说"新"的"叙事方向"。总之，许多研究表明，在可预见的将来，类似《山海经》及"博物志"一类叙事模式，将是支撑长篇小说叙事的主要知识来源和思想骨架，据说这样才能让长篇打开视野，打开对人完整性理解的渠道，也就才能直逼《红楼梦》那样的丰赡与博识。

情况果真是这样吗？我表示深深的怀疑。不为别的，单就今天时代的快节奏、高密度信息而论，拼"博"、拼"杂"、拼"无所不知"的叙事趋向，就是不成立的。试想有哪个普通文学读者愿意在小说中汲取根本与当下社会性质无半点关系的"知识"以增长进入社会的经验、减少混迹于社会的风险呢？更别说价值选择了，普通文学读者放下手里的要紧事情，冲着一本大部头的关于古刹关于古河关于古山的描绘而去，不知是什么理论证明是可能的？

① 刘再复：《双典批判：对〈水浒传〉和〈三国演义〉的文化批判》，生活·读书·新知三联书店，2010，第13页。
② 刘再复：《双典批判：对〈水浒传〉和〈三国演义〉的文化批判》，生活·读书·新知三联书店，2010，第13页。

四

不过，话还得说回来。在长篇小说叙事中，写什么、怎么写，皆可因人而异，没什么可讨论的。但是，仍然有讨论价值的是，在表现效果上用什么思想看待人、人的处境以及理解人的问题。这恐怕是衡量小说高不高于生活的朴素的致命标准，叙事的生命力全系于此。这一意义来说，民国作者鲁迅、二十世纪八十年代作者路遥，他们的小说之所以能常销，不是把多少他们时代的知识、经验、传闻、神话、秘籍打点得有声有色，而是他们以小说的形式、小说的情感模式和小说人物的形象特点，发现了不同阶段中国个体在发展中的困难，且这困难又不是单靠个体道德修养、获"道"程度，以及对自然环境的融入深度能解决得了的，这即是政治经济学、社会学等无法完成又恰是文学得以施展本领的本质性问题。

遗憾的是，以上长篇小说虽然在修辞上、叙述手段上和捕捉社会流行趣味的能力上，绝对处于前沿位置。甚至浏览无数研究成果可知，以上长篇小说所贡献出的叙事经验和审美趣味，似乎已经达到了"引领"长篇叙事潮流的资质。这就让我这个读者很是纳闷，也非常怀疑自己的理解能力。也许真是我个人孤陋寡闻，因而误读了这些长篇小说，这真该自我检讨。然而，痛定思痛之后，我依然认为这些长篇小说的确不是一般水平的创作，只不过，按照现代性思想已经描述过的人的现代性状况来对照，它们的局限或不足，不在技术，也不在艺术和审美，而在对待人的现代化态度上。就是说，如果以上分析不错——或许有人会认为我还在借助二十世纪八十年代成名的刘再复有关"义"的批判观点来读今天文学的"义"，太陈旧，了无新意。那么，我只能再啰唆几句，其一，就我所知，今天的文学批评，大多数只在乎知识梳理的规范不规范的问题，而不太讲究思想有无具体针对性的问题，也因此就极少有人愿意追索今天文学趣味到底来自前文本还是原创，极少从中国传统文化找问题而一味跨过中间地带全盘借重未见得水土均服的西方理论资源，导致之前争议比较激烈的基本问题，反而成了今天值得继承的"中国经验"；其二，今天的文学趣味使然，总把人不能自已或不由个体努力决定而产生的迷茫、焦虑等精神性问题，一揽子归罪于个体自身的道德修养和无"道"可依上，也把当今人功利、势利乃至自私自利、自我缺失、道德水准下滑的狭窄精神世界，归罪于"现代性危机"，因而很容易拥抱古典农耕时期所谓"无法无天""无忧无虑""天人合一"以及"侠义"氛围，却疏于思考人的现代化问题。就此而言，这些"重要"长篇小说，在别的地方可能有进一步研究挖掘的资源，但就它们对人的态度论，它们贡献的却是无"人"文本，更遑论现代人，可想而知，它们与现代性叙事处在什么距离了，这的确是个值得好好研究的课题。

第十七章　当前短篇小说与鲁迅启蒙思想的距离

　　长篇小说是这样，短篇小说也大体如此。不同只在于这两种文体的区别而导致体量大小的问题。

　　文学中意义最多元的是小说这种文体，而小说文体中人生或人性的截面即文化建构最完整的要数短篇小说，这是由其精短的篇幅规模所规定的。因为要让读者在极短时间内全面而充分地投入心灵体验，全面而充分地搅动读者既有观念及价值定势，进而产生积极的冲突，必然要有高度浓缩的人生感悟和人性容量，否则，短篇就不会是好的短篇。评价短篇小说的生命力与价值品位，本来有多种选择。比如以道德伦理为标准，突出的可能就是传统道德伦理魅力，并给社会现实中的道德伦理危机以救治，因此这种价值倾向的小说就其时态来说，属于"一般过去时"；比如以审美为标准，突出的主要文学符号便是情感并强调情感感染力，这是一种偏向"中性"的以"安妥"受伤的心灵为旨归的文学诉求，体验人类永恒感情是其叙述终极目的，符合时间上的"历时性"和空间上的"超时空"特点；再比如以人的现代化程度为叙述目标，叙述指向人的醒悟或不醒悟，属于价值建构，是"一般将来时"，叙事质疑和反讽一切守旧、落后、愚昧，发现人并建构人的现代性是其一般特点。

　　现在我要谈的三篇"鲁奖"短篇小说，分别是《清水里的刀子》（石舒清）、《吉祥如意》（郭文斌）和《1987年的浆水和酸菜》（马金莲）。《清水里的刀子》始发于《人民文学》1998年第5期，获第二届鲁迅文学奖（1997—2000）；《吉祥如意》始发于《人民文学》2006年第10期，获第四届鲁迅文学奖（2004—2006）；《1987年的

185

浆水和酸菜》始发于《长江文艺》2014 年第 8 期，获第七届鲁迅文学奖（2014—2017）。

在全国短篇小说文化价值普遍同质化的层面看，获奖的这三篇短篇小说或许是独特的，因为它们出示了完全不同于众多"焦虑""迷茫""无助"的"安静""诗意""温暖"；在各种地域文化泛滥，甚至为山山河河、沟沟峁峁树碑立传的竞写潮中，这三篇短篇小说也许表达了某种不那么地域化、不那么葵花宝典式的生活。也就是说，当苍凉的、野性的和空旷的、宏大的逞一时之盛时，这三篇小说却显得异常"柔软"、异常"温婉"、异常"充实"、异常"精致"，属于耐心十足地经营自我小心思、小感受、小获得的风格。然而，正如刚才所说，"鲁奖"所自带的无穷诱惑力，似乎能在极短时间内集结并生产有利于获奖，有利于"被看""被需要"的趣味。如果不从"一般将来时"的角度进行内部结构分析，而只停留在图解既有道德伦理和叙述"永恒人类感情"层面，那么，将来的短篇小说创作能开拓的新空间恐怕就很有限了。

一、鲁奖小说讲了什么故事

现在我们看看这三篇短篇小说分别讲了什么故事。

《清水里的刀子》主人公是一个叫马子善的老汉，他生活在贫瘠而偏僻的西北某农村，家里主要成员除了他，还有一个成年儿子、去世不久的老伴和一头拴在牛槽上待宰的老牛。为什么非得宰牛不可？因为老伴活着的时候，不但人老实厚道，而且还是个极其善良的人，在村里的口碑非常好，可是活着的时候却为了操持家里，没享过什么福，按条件，这样的家庭的确宰不起一头牛。但是儿子心里实在过意不去，好像不宰一头牛，这祭日就没法进行。有了这样一个充足由头，唯一的老牛就只能献祭了。小说写到这里，算是进入到了核心位置，另一组物件出场了，它们是似乎相当懂儿子与老汉心思的牛，宰牛用的刀子和一盆清水。小说的主要物质元素就这么几件，但这几件东西要架构成一个完整的故事并不容易，需要有机地组合。因为以儿子对逝去母亲的哀思来看待牛，牛就被拟人化了，那反而不是牛的心理活动而是儿子的；同样，倘若以痛失老伴的老汉去揣度牛，牛也就很快被象征化了，此牛非彼牛。牛之所以还是那个牛，这故事就得从一盆清水和清水里放着的刀子讲起。这两样东西虽然放在距离牛及牛槽不远的地方，牛完全也能看得清楚，但看得见不见得认得出。所以牛显得反而与平时没什么两样，唯一不同的只是，这一天主人不再给它草吃了，它的落泪，一则为着肚子饿，一则为着惊讶——不给草吃却仿佛比平时更受关照。总之，作者从一盆清水中，以牛写逝去的老伴的清洁和清贫以及默默无闻，以逝去老伴再反衬牛的"视死如归""颜面如生"，两相对照，弱小生命的尊严得到了应有地放大，乃至于成为小说的主要形象。小说成功讲述了无法体验的死对于活着的意义，增加了尊严这一项内容，使得小说人性内涵提升了不少，构成了一篇关于如何理解弱小如何善待弱小的故事。当然因着"清水"二字的双重含义，不管作者对牛、对老汉的心理意识怎么挖掘，就其核心而言，小说讲述的是清清白白面对人生、清心寡欲对待生死的故事。缅怀、清白、坦然、虔诚、内敛、隐忍、沉默，是该小说由物质元素牛、老汉、逝者、清水、刀子引申而出并生长起来的另一组精神关键词。而不论物质元素还是精神关键词，小说故事都因"清水"而起，读者体验也终结于"清水"。

《吉祥如意》的物质元素是艾草、五月、六月、传说中的蛇或其他害虫，由它们产生的意义关联是端午节、辟邪、安详和成人世界的不可信。这两组关键词是怎样勾连起来的，这便是该小说要讲述的故事了。五月与六月是该小说中两个童言无忌、两小无猜的异性小孩，可以当作姐弟来看待，也可以当作异性朋友，当作什么关系小说情节仿佛都是支持的。在端午节这一天，民俗是采带露珠的艾草插到门楣窗框上，用来避邪，一年中一家人就会吉祥如意、福祉多多。这一点似乎与其他民俗说的插杨柳略微不同。当然小说不是为了争辩艾草与杨柳的不同。插艾草是为了讲艾草特有的香，特

187

别是在轻雾笼罩的清晨，两小孩争相采艾草，又争相发挥、转述大人关于端午采艾草的传说、文化、为人之道。他们之间因艾草的香、露珠的晶莹剔透以及端午节特有的节日气氛，再配以孩子天真、烂漫的发问与回答，把整个人生和人性都锁定在这样的氛围，堵住成人世界的芜杂、邪念和欲望。如此一打扮，小说的故事就成型了。小说叙述还强调，人生和人性只要如端午节的艾草一般，什么都赶在合适的时间合适的地点，那么，人生就如同节日的仪式，人性也如同被赋予意义的艾草一样自觉地拒绝浮躁、堕落、迷茫，确信、说出并实践简单与单纯，就能焕发出饱满、丰赡、诗意，可谓"吉祥如意"。

《1987 年的浆水和酸菜》的故事比前两者还要简单一点，虽然时间跨度好像比较大，但讲的毕竟是一家人，特别是从奶奶到妈妈两代女性如何制作一缸浆水和酸菜的事情。爷爷及其他家庭成员怎么吃浆水和酸菜上瘾，乃至没有浆水和酸菜，日子"就甜死了"（甜，西海固方言，即寡淡的意思），是该小说的叙事部分，即故事里和讲述故事的倾向部分。该小说的主要物质元素是浆水与酸菜，而生发出来的精神关键词则是安静、平和、安贫乐道。

所以，我把这三篇小说故事概括为一盆清水、一把艾草以及一缸浆水和酸菜。

二、鲁奖小说共用的文化资源及价值模式

小说是一种叙事文体，叙事之谓者，按照经典叙事学原理，是作者把自己濡染其中的文化价值、伦理习惯、人生识见统统融会在文学话语、叙述方式、情节结构、细节内涵等几乎所有可分析要素中，并整体表达成为可读取故事的文学意味。那么，小说里的文化资源与价值模式，实际就等于读者对小说故事情节、人物关系及描绘该情节、叙述该关系的语感、语气的判断和提炼结果。《清水里的刀子》的语感和语气偏向于心灵的拷问，属于信仰层面的叙述。

因此，无论儿子与马子善、儿子与牛、儿子与已逝母亲，事实关系极其简单，就是母亲祭日需要献祭一头老牛，复杂的是所展开的双方对自我心灵的救赎感与忏悔意识。所以，该小说借重的文化资源是西北民间朴素而原始的信仰文化，它从一般的社会伦理道德规范中抽象而出，最终凝聚为亲情、友情、爱情中最重要的一种人伦纽带，即感恩。牛面对死本来无知无畏，但牛的死是为着给母亲的亡灵救赎，牛的生命便与母亲的死画上了等号；老伴生前其实并未受马子善多少虐待，但清苦一生而猝然离世，马子善老汉无以弥补生活的缺憾，宰杀后"颜面如生"的牛头，在马老汉看来真是心如刀割。感恩文化不至于廉价，就当如此，它应该是生命与生命之间的挽留与尊重，读该小说，体验到的便是被尊重被挽留的珍贵。

当然，该小说叙事的这种文化，又的确是封闭的和自我内在性的，读者没办法看到体验到内在性之外的世界。也就是说当语境发生变化，如果个体的命运不是由内在性所造成，而是受外部力量的冲击，并且这外部力量更是另一种人为灾难，显而易见，拥抱《清水里的刀子》中突出的文化价值，非但无济于事，反而可能会误导——至少不能提请人们正视困难，也就意味着不能有效地启蒙局限的个体认知。总之，感恩文化所产生的价值模式，只适合于在相对稳定的农耕文化框架下生存，当环境、条件一旦突变，比如遭遇流动性极强的现代都市社会，或者面向普遍来临的风险社会，向内的、保守的甚至守旧的感恩文化价值程式，显然无法应对全面陌生的现代社会。在这一过程中，最容易被误导的便是由感恩模式塑造的个体，因为该个体没有冲破既有文化束缚的自觉意识。感恩文化包裹的个体，学会的只是接纳和拥抱"自己人"及给"自己人"输送利益的个体或团体，不会在一般意义上同样尊严地看待陌生个体或陌生团体。因此，感恩文化的结果，是造就下对上、弱对强、小对大、晚生对长老的等级制宗法社会结构，而不是平等看待一切的现代社会及人际关系。更为极端者，感恩个体长期以来形成的人身依附性特点，非但不具备质疑、追问的气质，反而会对这些品质产生怀疑、否定态度。

另外，顺着无数论评该小说的文章看过去，所谓宗教情怀、所谓灵魂拷问一类词语，的确也适合该小说气质。问题是，经过宗教过滤后的故事，究其本质实在未必是给小说开辟意义空间，只能使小说叙事的文化越来越走向排外和自闭，这与宗教越是极端便越排斥异己是一个道理。

《清水里的刀子》如此，其他两篇也大同小异，甚至有些地方可能还更加保守。

《吉祥如意》直接取材于中国民间民俗文化中传统节日端午仪式，或者说是对传统节日端午仪式的一种诗意般的想象，再加上儿童的限定视角，该小说所传达出的一种价值诉求，即是说只要满足三种条件，人生则无忧，人性则自动提高。一是必须满足每天是传统节日般的仪式化生活流程；二是必须满足每个人的心智只停留在儿童般的童蒙状态；三是必须满足时时刻刻生活在优美传说并被优美传说构建的完备话语体系所包裹。这不是从思想上否定该小说，而是该小说在弥漫着的浓浓诗意浪漫氛围背后剩下的，就是这种人生规划。诚然，作为虚构小说，自现代小说发生的那一天起就有浪漫主义，甚至就有荒诞主义，但我这里重点谈的是小说这种文体它本来也有参与社会建设、人性建设、文化建设，并反过来进化既有社会结构、启蒙既有人性局限、重建既有文化体系的功能。从这一层面看，该小说所借重的文化资源和所采用的价值模式，比之《清水里的刀子》更加保守、条件更加局限。因为无论内在性诉求纯粹是为着自我内修，还是由内修进而对不健全现代社会机制有所批判，有内在性诉求意识，总归是现代个体的一种显著标志。而逃避成年人世界，在童蒙状态和特殊的仪式化狂欢中，借助游谈无根的传说来解释个体成长过程中必然遭遇的麻烦，则只能属于回归既有文化模式，并在静止时间中想象人类前景。

相比较，《1987年的浆水和酸菜》好像并没有被外在文化改造的明显痕迹，正像题目"1987年"所示，它只是对过去某些年月西北偏僻农村一种贫穷生活方式的记录，动用的是自然主义写法和个人化经验的呈现方式。诚如前文对叙事的解释那样，该小说中的文化价值模式，的确又反过来破坏了自然主义写法与个人化经验应该到达的叙述目标。一家人迫于无奈把全部精力和心思都放在制作浆水和酸菜上，这本身是一段令人为之心酸乃至落泪的历史记忆，不该那么甜蜜、幸福和安详，可是该小说作者的叙述指向，无不在显明那种生活是值得一辈子回味的——这种体验的潜在对比，便是当今的人心浮躁和当今人们普遍的心态不好。这真是一个奇妙的想象。如果那样，路遥皇皇百万言的长河小说《平凡的世界》就没必要写那么长，只万把字就能把孙氏父子的焦虑、奋斗、失败，再焦虑、再奋斗、再失败说清楚。这样想，《平凡的世界》中孙玉厚一家人盼星星盼月亮终于盼到土地联产承包责任制下来，当已步入老年的孙玉厚第一口啃上白面馒头时，一家人都默默流下眼泪的细节，《1987 年的浆水和酸菜》的作者恐怕是无法理解的。由此可推知，该小说作者也并非纯粹的记录，在文化资源及价值选择上，她更接近《吉祥如意》的作者，即都对人们的好心态能包治百病抱有极度乐观的态度。

通过以上分析不难看出，三位"鲁奖"作者，无论在讲故事层面，还是在叙事中所植入的文化资源和价值层面，都未能把人的现代化程度放在首要位置来审视，都未能把社会生活作为人物关系的必然依据来处理，导致的后果是故事只限于相对封闭而稳定的农耕文化模式，价值选择倾向于展示相对静止而封闭的个体单纯心理波动。

按照思想家李泽厚在《中国现代思想史论》（2008）中《二十世纪中国（大陆）文艺一瞥》一章中的看法，这类小说是以其艺术性、审美性装修着人类心灵千百年的"小"作品，而不是以其思想性、鼓动性发现现实生活不为人知的另一面的，虽有时写法上略嫌粗糙但震撼人心的"大"作品。

那么，什么是大作品，以及大作品眼里的故事什么样、发现了什么价值等问题，就需要进一步探讨。

三、鲁迅短篇小说的故事与价值启示

　　既然是"鲁奖"作品，与鲁迅作品对比该是最合适的。我不妨选择人所尽知的《祝福》《伤逝》《故乡》等小说，谈点看法。

　　1998年石舒清发表了短篇小说《清水里的刀子》，并获得了中国短篇小说最高奖第二届鲁迅文学奖。在那一年围绕《清水里的刀子》的评论文章非常多，据不完全统计仅在专门的文学批评刊物如《名作欣赏》等发表的大概在二十至三十篇，关键词是"终极关怀"。那么，何为"终极关怀"？据张岱年《中国哲学关于终极关怀的思考》①一文讲，"终极关怀"有三种类型：1.皈依上帝的终极关怀；2.返归本原的终极关怀；3.发扬人生之道的终极关怀。皈依上帝的终极关怀就是把宗教信仰作为基础，以上帝为最后的精神寄托。宗教用臆想的彼岸世界来吞没现实世界以消弭生（有）死（无）的矛盾，宗教徒蜷缩于上帝、神的阴影下希冀于彼岸世界的灵光，生死完全委付给神，生命完全屈从于神，有限的卑微的个体以与神同在、以成为上帝的仆从的方式获得无限和永生。返归本原的终极关怀就是追溯世界本原，以抽象的道来代替虚拟的上帝作为人类精神生活的最高寄托，如哲学通过建构理性世界以观照现实世界的方式来消除有限与无限的矛盾。发扬人生之道的终极关怀把道德看得比生命更高贵更重要，追求天人合一、内圣外王乃至为万世开太平成为精神世界的真正依托。这三种类型的终极关怀对生死矛盾提供的解决方式在某种程度上都是有效的，都在追索人生最高价值的过程中以不同的方式实现了生死的超越，但无疑都是抽象的。

　　鲁迅的《祝福》是关于第一类的"终极关怀"，然而作者并没有把讨饭而不得的农村妇女祥林嫂操心死后要不要捐门槛以免受阴

---

　　①　张岱年：《中国哲学关于终极关怀的思考》，《社会科学战线》1993年第3期。

曹地府罪的担忧，交给上帝或知识分子来代为处理，而是有效转移了读者的阅读视线，小说中"我"的不愿回答，其实就是鲁迅本人的声音。在鲁迅看来，人死后有没有魂灵、捐不捐门槛到底影响不影响魂灵安宁，实则是长期以来宗法宗族话语对人们的打造，当这样的意识形态上升而为人的一种终极寄托，那么，生的苦痛、生的艰难，以及生而为什么的问题便反而成了子虚乌有之物。祥林嫂已然无法现代化了，这已是历史遗留问题了。但写祥林嫂的作者鲁迅，却看到了祥林嫂的本质问题所在。《清水里的刀子》里有一盆清水及清水映照之下的生与死，但写下这些的作者石舒清却只是到缅怀为止，并未走出缅怀氛围来审视那一切。虽然马子善面对的和祥林嫂面对的不完全相同，可是小说前半部分花大量篇幅叙述的马子善老伴的生，不就是为了追究农村妇女为之独立的人的本质吗？相信那绝不是要不要献祭一头牛那么简单，也不是从牛的死看到了人的生就能释然得了的事情。遗憾的是，诸如此类的追问，基本都是被小说叙述语气有意屏蔽的。说到底，小说故事要进行到这一层面，单凭作者的宗教信仰体验和道德情怀是难以达到的，那需要文化现代性思想来介入。

《故乡》信息显示的是鲁迅第二次到故乡后的见闻，依着今天的思潮推动，要么《故乡》乡愁满满，要么重返"农家乐"的闲情逸致才是。可是，鲁迅所叙述的，是孩提时候月亮地里"项带银圈，手捏一柄钢叉，向一匹猹尽力地刺去"的"强者"少年闰土，一变而为见"我"就怯怯懦懦脱口叫"老爷"的神情木然、目光呆滞的"弱者"的老年闰土。机灵、英勇的小孩何以变得如此麻木，甚至何以分明地以等级来看待儿时玩伴的事情，始终是鲁迅心头挥之不去的困惑。《吉祥如意》正好也写故乡，也写儿时玩伴，也好像隐含着作者第二次到故乡的见闻。不同的是五月与六月完全沉浸在传说所构筑的话语体系和节日仪式化狂欢中，更有甚者，作者其实是进一步把孩提的认知终极化了，并用它来矫正成人社会的种种精神疑难。

《伤逝》与《1987年的浆水和酸菜》在主题上看起来仿佛互不

搭界，其实思想深处有着深层关联性。前者属于恋爱故事，后者讲述"安贫乐道"的人生；前者反思自由恋爱中两相在物质上独立后，却因人格的不成长导致的精神不满足乃至厌倦，后者却对较低层次的物质要求无保留拥抱，进而以这种类似列维－布留尔《原始思维》或爱德华·泰勒《原始文化》反复批判的人与物主客不分化状态，来彰显"诗意和谐"。

　　鲁迅生活的时代当然与现如今时代不可同日而语，然而倘若忽略那时候复杂的政治背景，就人的状况而言，祥林嫂纠结的难题，涓生与子君之间的隔阂，闰土与"我"之间的奇怪关系问题，等等，不见得今天的时代就不存在了、彻底解决了。真实情况或许是今天的文学已经不再愿意悉心研究这些问题了，或者仍然叙述这些问题，只是更加倾向于通过故事论证那些一度统统被启蒙现代性划归到历史档案里的"文化"的"有用"罢了。猎奇的"文化"占上风，人的处境必然屈居其次，这也是今天见于大小版面的大多数"文化叙事""心态叙事"在思想上很是逊色的主要原因。真正的思想其实产生于焦虑与困惑，正像祥林嫂们并不安详、涓生们并不满足、闰土们并不坦然一样。深入叙述这些同胞们深处的忧惧，现在来看，即使情况变得不同于鲁迅时代了，也未必还用鲁迅的姿态去叙述，但用一盆清水、一把艾草、一缸浆水和酸菜来接着鲁迅发现的问题往下讲，怕也多少有点文不对题、头重脚轻了。

四、结语

　　讲好故事当然是小说的首要能力，既然是读好故事，也就不可能排除小说的娱乐功能，亦不可能排除小说阅读体验中读者有意对抚慰、安妥、麻痹的选择，有的时候难免出现击掌称快的道德共鸣和似曾相识的生活共振，这都实属正常的读者效应，没什么大惊小怪的。不过，恐怕谁也不会否认，小说还是文化及价值生产之一部分，特别是在当今自媒体时代，小说的文化功能和思想价值，在一定程度上还是确保自己不被同化不被网络泡沫信息覆盖、毁灭的唯一自保手段。即如此，研究人在今天时代所面临的新的疑难问题，以及社会所固有的结构性沉疴痼疾，就依然是小说的重要书写对象。至于出手的东西获了重要奖项，自然应该感到荣耀，但因"大奖"而被人被己反复复制、效仿，以图一劳永逸，则务须谨慎。

如果本文分析不虚，看看鲁迅百年前所关注的和所讲述的故事，就会明白，实际上我们在文学叙述里并没有沿着鲁迅的方向解决好人的问题，非但如此，我们可能还因这样那样的原因，主动中止了研究人的现代化难题，这确实需要引起足够反思。

第十八章　当前小说流行叙事批判

　　上面两章对长篇和短篇小说叙事情况的具体分析，即便所选研究对象不见得能代表"中国流行叙事"，起码也是当前中国小说叙事中最突出最典型的价值取向和审美趣味，因为此"流行"中被植入了某种看起来最接近生产"意义"的经验和理念。那么，在此基础上，再谈当前"中国小说"的流行叙事，应该可以避免向壁虚构。

　　当前中国小说创作，一定程度深陷在至少两个文化误区之中。一是独尊个人私密化经验，并以个人主义叙事为荣耀，反复撰写关于"内在性"的童话故事；另一个是无限放大身份危机，乃至于不断分解分化宏观视野，在"民族""地方""偏僻""仪式"等话语范围内讲述关于文化自觉自信的"中国经验"。前者的思想诉求直接指向"去政治化"的个体意识和潜意识深渊，后者的审美期待则经常受文化产业思维的蛊惑，因而多数也就慢慢走向了消费民族、消费地方、消费偏僻、消费仪式，甚至消费苦难的文化趣味主义的窄路。无论哪一种，在更高的思想水平来看，当前中国小说创作，都相当严重地缺乏对普遍现实和普遍意识的书写努力，小说这个自古以来的"无用之学"，也就轻而易举地卸下了"启蒙"重担。在圈子化、小市民趣味和个人私密意识的交织中，似乎正在经历着彻底的堕落。

　　具体说，如此"创作理念"，产生了至少两个突出后果，都将严重制约文学思想的伸张。

　　首先，经济发展的相对滞后，似乎是一件不刻意为之的荣光，倒成了一些打着"反抗现代性""现代性危机""过剩的现代性"论者的现实依据，于是便顺理成章推导出了一些奇奇怪怪的逻辑结果。认为在中国的西部，在西部的西北，在西北的少数民族，在少数民族的宗教群体，是"道"的寄存者，这是近年来我看到和感知到的可谓最振奋人心的说法。有了这样一个前提，西北这个地理概念一下子变成了精神文化概念。在众多精神文化概念中，"现代性危机"或"过剩的现代化"等变成了作家文人们争相书写和梳理的突出命题。他们认为，正因为经济的相对欠发达，西北才出人意料地成为了人类意义生活的所在；也正因为现代化工业发展的迟滞，西北才侥幸变成了现代化的后花园。言外之意，我们应该反思发达地区已经出现的"现代性危机"。更有甚者，由西北历史的特殊性推而广之，一批关于"现代性"的词汇不胫而走，大有改变现代哲学方向的雄心。说什么宗法秩序本来就是理想的中国式现代化，说什么中国古人早就发现了现代性，道法自然、天人合一、物我两忘、安贫乐道等等，远高于西方现代哲学中的现代性，我们没有必要舍近求远。总之，一句话，有了经济全球化和文化全球化，我们发现了西北；有了这个被发现的西北，我们才找到了自己的文化自觉和自信。显而易见，这其中的逻辑充满了悖谬和混乱，只能导致投鼠忌器的后果。且不说泰勒的《原始文化》和列维－布留尔的《原始思维》早就提出过"主客互渗律"不是人真正的自觉，而是人对自身的麻醉的说法。单就我们的现实而言，经济主义价值观有问题，该在这个价值导向中寻找答案，总不能自外于这个价值导向，把人打回原始原形吧！不消说，不加反思，一味求证，一味图解西北现世人生的小说，占有绝大多数版面，而致力于反思和批判的普遍性叙事，则少之又少。

其次，女性作家及其研究者，好像格外喜欢"安放灵魂"（这个词当然不是女性作家和研究者首先所用）一词的文学性。我未曾深度追究，但直觉告诉我，"安放"而"灵魂"，好像有使活动之物、激情之物处于寂静乃至死寂的意思。与世无争还是轻的，与世隔绝或者自绝于世界，才是目的。当然，"灵魂"云者，不是空穴来风，属于宗教类灵异之学。通过个人修持，达至寂静主义的程度。据考证，寂静主义是指十七世纪的一种神秘灵修运动，其主要倡导者为西班牙神父米盖尔·莫利诺斯和法国修女盖恩夫人。寂静主义者试图通过从日常世界隐退而创造一种与上帝直接交流的关系，因而自身的思维和意志则完全被动。他们拒绝传统的祷告和其他的教会礼拜活动，而将时间用于默想。1687 年，罗马天主教会宣布寂静主义为异端，原因是这种东西首先是对生命本身的虐待，其次也不符合任何以真善美为终极目的的宗教诉求。现在寂静主义仿佛又回潮了，表达的究竟是逃避现实还是想皈依宗教？文学与当下活人世界无半毛钱的关系，这不知道是时代的悲哀还是人的悲哀！不过，从现有的论述不难把握，寂静主义至少与"国学热"和"传统文化热"密切相关，它限制并约束思维向现代社会蔓延，因而它不主张人有主体性，它鼓励的是民粹主义，即关起门来大谈理想主义，打开门便是世俗主义和功利主义，唯独没有主体性的余地。我想，文学特别是叙事类文学之所以在自媒体时代还有价值，这个价值不止在自持和自修，更重要的在于它能通过它的手段，打破已经或即将形成的圈子化趣味、圈子化经验和圈子化思维等观念，迎着一切的躲避，勾连事象背后的普遍性，并形成叙事逻辑，让其所包蕴的思想力量被绝大多数读者所感知到。也就是说，文学应该成为另一种思想言说，这是今天时代规定性推到文学面前的一个义务，唯其如此，文学的棱角才有理由突破到处弥漫着的自媒体封锁线。否则，如果把文学及其创作视为一桩无关紧要的生活装点，或道德情操的自我写照以及消费自我的另一种形式，那么，不用宣判，文学的死期也就快了。

为什么呢？当文学编辑、文学刊物、文学机关、文学奖项、文学项目和文学教学等庞大复杂的生产程序，最后所生产之物仅仅是自我消费品、自我陶醉品，部分事实已经证明，影视叙事和娱乐公司，其实早已有了其独立创意的制作法人，而且他们的商业逻辑和资本运行法则，也早已是这个时代的领跑者了。与之相比，文学如果还是那个向内的自持和自我指认的状态，虽然看上去仿佛还比较蒙人，但毕竟无法改变其本身笨手笨脚的总体面貌。更重要的在于，作为少数民族身份的文学写作和研究，按照美国人类学家克利福德·格尔茨《地方知识：阐释人类学论文集》中强调的用地方知识"深描"普遍共识和法国哲学家米歇尔·福柯广为人知的"地方"与"话语权力"理论，如果文学紧贴着文献学和宗教原典意义的宗旨循环往复，那么，少数民族文学及其研究就仍不属于"原创性"，更遑论在"文学边缘化"总体语境，提炼并适当放大少数民族经验了。

如此写作或研究，一旦构成新一代、更新一代从业者当然的意识形态，可想而知，我们即将面对的文学或研究，只能是而且必然是由"去政治化"而导致的"去社会化"，由"传统仪式化"导致的"反现代性"局面。原因很简单，"去政治化"虽然很安全，但一味"去"下去，其后果只有两个：要么不断折腾自我乃至于把文学变成不同版本的意识或潜意识模具；要么索性成为社会内容的对立面，因为"去政治化"超过最低限度，只能是"去社会化"。这是时至今天，某个具体个体内在世界的所谓疼呀痛呀、荒诞呀莫名其妙呀的东西，再加上人性恶与人性善的平均值，构成基本写作模式的根本原因。人生的感伤情调、绝望主题，服务于"反现代性"；人生的无根状态、丧家状态，是"传统仪式化"失落的证据。

从这一层面看，表面上，目前我们好像深陷在代际焦虑之中，其实不然，思维的同质化才是症结的根本所在。

那么，如何走出同质化思维窠臼呢？显然，这是一个见仁见智的议题。但个人固执地认为，恐怕还得深入叙事现代性问题。只有情节、细节、故事、语言结构等深入到现代社会、现代社会机制和现代文化逻辑深处，才能发现个体乃至群体不同层次但可能多少带有牵一发而动全局的价值诉求。原本唯个体而独有的疑难，也就才会以个体的名义向现实、时代发言。否则，文化传统主义麾下所生成的看起来个个个性张扬的期许，当一个读者同时面对时，也许只会产生大同小异的感觉，就因为此叙事虽有千回百折之迂回，然究其实质则还是脱节于时代、现实的抽象人性或人生。其致命之处在于，个体故事、遭际、命运未能有机地内在于现代社会、现代社会机制和现代文化逻辑，那些龇牙咧嘴的喊叫与狼奔豕突的逃逸，就更不会赢得更多共同体的同情了。

一种连起码的同情都难以捞到的文学及其研究，要奢谈意义，就难了，更不会说拥抱与共鸣以及流布。二十世纪八十年代臻为时代新声的"朦胧诗"和"寻根文学"等，之所以在那个语境规定下轰动一时，就已经明白无误地说明了一切——它们不单是在谈论唯有个体才能明白的话题。

第十九章　当前小型叙事及其批评理念问题

　　从当前长篇小说、短篇小说与现代性叙事或鲁迅思想之间的距离，到"中国流行叙事"的聚焦，大约可以看出中国小说走到今天的心路历程。其所以如此，有着各方面力量的交织合力推动，也就是说有着现实和理论思潮的必然性。那么，现在到了对产生此类叙事现象和文化土壤进行一次创作与批评的双重"深描"的时候了。

　　长篇小说和诗歌，因有相对独立自洽的文体建制，云集在这两个文体的理论研讨也必然汗牛充栋。根据我本人对这两个文体文学批评的阅览和思索，特别是晚近些年来批评家、研究学者在长篇叙事上所倾注的心血和精力，的确成十数倍地超过了对短篇乃至诗歌的关注热情。然而，热情毕竟不必然决定整体论评水平，依我专文论述显示，批评家对长篇小说的论评，就其价值论而言，普遍停留在"五四"启蒙话语的转译、原版使用层面，叙事学、诗学方面的探讨，也因文本对象的非经典性而往往显得勉强而乏力。这就意味着，确立长篇批评的基础话语机制可能比其他方面的延伸更为攸关。[①]至于诗歌批评，自"日常生活诗歌"成为诗界主导性写作潮流以来，诗歌批评话语似乎完全消融在了长篇小说批评的价值框架里去了，很少有把需要倡扬的人文价值观理想地植入诗歌文体的范例出现。因此，在我的视野里，诗学社会学批评话语，因其有着自觉的文化选择意识，遂成了"后朦胧"时代诗歌批评的最佳个案。[②]

201

[①]　参见拙著《当代批评的本土话语审视》第十二章，北岳文艺出版社，2014。

[②]　参见拙著《当代批评的本土话语审视》第十三章，北岳文艺出版社，2014。

现在，要凝聚中国当代小型叙事①的批评经验，情况或许没有以上两种文体那么简单了。如果从新世纪第一个十年左右的小型叙事逆着往回看，最切近的一个感受是，有叙事而无话语，或者说是有故事而无思想、有社会现象关注而无时代根本性问题的消化转化。于是，一个显赫的中短篇写作及批评状况是，人人都可以拿中短篇来言说现实，可是大家的话语却又很难在基本问题上达成共识。看起来似乎是文化多元化时代的一般情况，其实不然。叙事者集中到中短篇小说中心位置的议题不可谓不宏大、不可谓不人性、不可谓不文学性，但就是缺乏现实语境的有力支持，也即缺乏把时代宏大思想问题、人性状况和文学性程度，聚焦到中短篇内视点、构成强度感染力符号的自觉。同理，批评如果没有在此基础之上进行一番理论凝视，那么，也就很难说批评在艺术性上是成立的。

为了梳理出一个切实的论评语境，这里先以几个批评家、学者对晚近几年小型叙事基本情况的总结说起。

一、"圆满"的自我经验与裂变的现实结构

小型叙事在文化产业化、商业化的市场链条上，的确不具备充分必要条件，在当前文化语境中竞争的优势也就不如长篇叙事那么直接。其一，缺乏足够饱满的欲望燃点，不能达到"安全消费"所需要的完整的刺激周期效果；耽于横切面、耽于细节，失掉了横切面的支撑后盾和细节上升到情节，乃至故事的消费能量。其二，基于小型叙事的如此天然局限，反求其次也许才是它的真正优势，比如直觉时代大变动中的"阵痛"，感知社会肌理中隐而不露的利益关系，谛听物质底层世界和精神底层世界人群被"屏蔽"了的声音，体验挫败者、无奈者的主体性，等等。反正不会是消费主义的首选，就索性自觉成为某种不卑不亢的意识形态力量，或人文思想叙述的

---

① 叙事学理论通常把长篇小说叙事称为"巨型叙事"，故这里用的"小型叙事"，包括短篇小说和中篇小说两种叙事，是与长篇小说叙事概念相对而言的一个称谓。

最前沿文本。然而，情况并非如此，小型叙事者普遍倾向于关注时代社会的文化热点，一窝蜂向着写实扎过去，除了写实不再有其他的艺术志向和思想愿望。这一点似乎成了小型叙事者唯一可落实的文学追求。至于在即时性叙述中，呈现、记录"当日"[①]的意义生活，或当日的无意义感，并且拓展观照维面，最终达到以艺术的眼光追索无意义感（或意义感）背后的社会机制，就更是难得一见了。

为确立起一个切实的小型叙事问题域，摸清到目前为止达到的水准、思想程度，这里借着批评家的眼光[②]，以下方面大体是晚近一个时期小型叙事最为突出的特征。

首先是对"内在性"的敏识与叙事呈现。叙事者对这一主题的直觉与把握，突出于晚近时代文化语境，却萌生于较早时候。这可以用两个相关概念来解释清楚，一个是"文化全球化"，一个是"身份危机"。在文化全球化的具体论述规定性中，强化"我们的经验"是什么和何以成为我们的经验的追究。毋庸置疑，这样一个认知，最先恰好流行于整个人文学科，比如社会学、政治经济学、民族学和哲学文化学等。新世纪以来的国家社科基金课题就很能说明这一点。从"指南"的发布、申报收集到立项、结项、出版，已经形成了一个系统的中国特色的人文社科言说规定性。在这个规定性中，实际最受用的核心元素是"偏""小""冷"和"绝"。"偏"是偏僻、偏远以及曾经偏废了的知识、习俗；"小"是小社会、小传统、小社区、小民族、小人群、小习惯，以及任何大的、宏观的研究之外的小领域；"冷"是冷门、冷学问、冷手段、冷学科、冷问题，和

---

① "当日的批评，给每日以生命"，语出蒂博代《六说文学批评》，蒂博代是以褒义的情感色彩使用"当日"这一概念的。用"当日"视角，他批判了那些"规范"的学院派批评，也批判了那些四平八稳的文学书写。见［美］蒂博代：《六说文学批评》，赵坚译，生活·读书·新知三联书店，2002，第83-85页。

② 这些文章包括：胡平：《不摇香已乱，无风花自飞：2010年短篇小说综述》，《文艺报》2012年2月25日；李敬泽：《内在性的难局：〈2011年短篇小说〉序》，《小说评论》2012年第2期；南帆：《视野的结构："新锐小说家专号"阅读综述》，《中篇小说选刊》2012年第6期；吴丽燕：《大变动的时代与短篇小说的面孔：2012年短篇小说现场》，《文艺争鸣》2013年第2期。

一切热点之外的"冷经验";"绝"是决绝、绝对，要求方法论和本体论的唯一性、独一性。①很清楚，如此导向，的确能发现一些创新的东西，理论上也能鼓励出产一批在以前意识形态控制比较严的情况下无法搬上台面的人文社科成果。但更重要的是如此蛊惑，我们的整个人文学科话语，恐怕只能为"中国经验"而中国经验。也就是说，只能化整为零、化一般性为个别性、化普遍性为特殊性，现代性思想的连续性只能被迫打断，现代性话语的言说机制只好让位于原始的、元话语的考订和求索。最终也就意味着，如此琐碎的、片状的、民间民俗视角的、偏僻的、少数的人文视野，只能在主动放弃文化全球化诉求，尤其放弃全球化以来时代迫切要求完善并推进现代性这一思想工作，退而求其次地去塑造相对而言的自洽学术话语。这一整个人文观念影响到文学，势必不是把人对现实世界的完整性要求视为首位的任务，而是在"断裂"的现时秩序中，叙述个体或群体的文化现象，并把它上升到民族的、国家的经验层面。因此，"我们的经验"的追问，一度自然而然地转化成了何以成为我们的经验的具体工作。人文学科的大论述到了文学叙事者这里，最直接的一个叙事现象集体性地呈现出来了，这就是关于民间民俗文化仪式的叙述。

民间民俗文化仪式，或者民间民俗文化预期——如果有的话，其核心是对个体，乃至"亲密关系"的群体的心灵安妥作用。心灵与心灵的抚慰、精神与精神的沟通，本来缘起于个体与外部现实的遭遇程度，但是，"我们的经验"的话语机制一经启用，它就一变而成了使个体得以稳定下来的人文关系学。这个过程中，个体遭遇外部力量时的挫败感、无助感，悄然被转换成了挫败感、无助感之所以产生的文化谱系追究。总之一句话，什么也别说了，有今天这个好时代，你得感恩社会、报答社会才是，如此等等。这些可能来源于老庄哲学，但一定是被时人根据具体情况具体对待成文化问题的演讲、论述，正是今天时代中国民间民俗文化焕发生机的语境和话语场。

在这个无处不在的气场里，小型叙事者巧妙地利用了生活的

---

① 牛学智:《我们的"文学研究"将被引向何处？》,《天津师范大学学报（人文社科版）》2011年第6期。

横截面和细节，并把它讲述成了故事。叙事者叙述的信念也许在其他方面，但叙述的实际是只能落脚到"文化"上。即关于文化全球化以来，个体如何找到归属的问题。文化全球化及其必然后果——身份危机，在文学的故事层面得到了最大化彰显。衣冠可以是借来的，语言也可以是借来的，甚至信仰也可以是借来的，然而，所讨论的问题一定是在当下中国能感受到的。李敬泽所谓"内在性的难度"，其实也就是叙事者在观念空转中，故事化了的这么一种中国文化问题。"困难之一，可能就在他们没有一个足够强大的、可供凭依的传统。关于我们的内在性，关于我们对于超越价值的体认，关于我们在无可遁逃之时的精神与道德生活，我们过去很少言及，我们并无成熟的自我倾诉与自我交谈的语言，然后，当一个人或一个写作者决定这样做时，他不仅要借一套语言：概念、范畴、感受力，他同时还要借另一副面目、衣冠和姓名，后一种借用是为了掩饰前一种借用的窘迫、不自然，化装舞会上，化装者在消弭了自身的特定身份后获得了自由：重新指称自身、自我想象和自我探索的自由"①。在这里，补充一点，真正的困难是，我们把一般性社会学、政治经济学问题，当作了文化问题来看待，尤其当作精神问题来看待，结果导致我们把文化政治的危机，顺理成章地视作我们表达自己时的语言问题和概念问题。张旭东对中国文化危机就是文化政治危机的解释是，在世界市场的经济规律支配的今天，无论精神文化还是大众文化，都是以法的形式——有时作为法的替代品活动着，而对于中国，文化翻译成法律语言，只能是文化主义者与另一个文化主义者交流，"就像一个教徒只能同另一个教徒谈论共同信仰的神"②。即是说，我们内在性的断裂，表现在文学上，或许是每一个人所知道的文化全球化塞给你的文化差异性及其冲突，和这冲突自然而然牵连出来的亘古的不同文明体系。其实不然，根本在于支撑我们言说我们的内在性的社会机制已经不能支持如此言说。当作

① 李敬泽：《内在性的难局：〈2011年短篇小说〉序》，《小说评论》2012年第2期。
② 张旭东：《全球化时代的文化认同：西方普遍主义话语的历史批判（第二版）》，北京大学出版社，2009，第6页。

为理论批评的我们在谈论底层者的内在性时，我们所看到的与置身其中的、作为体验者的他们的基础呼求是不在同一个层面的：他们只有解决了生活方式、民主和法律秩序，才能认同由此而产生的文化；我们只是在文化的认同上探讨他们为什么没有我们想要的信仰问题。

自说自话，或者从观看的角度、旅游的角度，叙述民间民俗文化的仪式及其"寂静主义"经验，是"故事"与现实之间内聚力开始分离的第一个原因。到 2011 年为止，李敬泽所谓内在性的难局的问题如果指的是，现实体验者不能跨越浪漫主义和犬儒主义的路径依赖，把颓废的情绪、情调和绚烂感伤的都市情调，转换成"依然贫瘠着"的所指的话。这话说得直白一点，其实就是能否通过叙事洞见到我们这个当下时代利益表达的障碍的问题。当社会学的认识已经发现我们的利益表达渠道早已有问题之时[①]，我们的叙事者

---

① 孙立平在其"断裂三部曲"之三的《博弈：断裂社会的利益冲突与和谐》一书的"首要的问题是利益表达"一节谈到，中国政府因为没有在超越的、超脱的位置，以监督者的身份介入社会中的利益表达和博弈过程，甚至最终以裁判者的身份对其中的分歧进行裁决。导致在一些利益关系上，比如互相矛盾而又都是合理的利益关系，其实不能简单地加以代表，但实际上却行使代表和表达职权，这就产生了政府行为的普遍性走样变形。这些方面几乎包括所有民生问题，如股市、医疗、房地产、拆迁和企业劳资等。而在政府行为的走样变形中，属于进一步从"合法化"角度使中国社会结构定型化的例子，比如燃油费改税中，农业部门成为农民的代表；两税合一争论中，商业部门成为外商的代表；房地产热及其争论中，建设部门成为房地产商的代表。如此，利益集团与弱势群体（包括某种"强势群体"——比如私营企业家的无奈："如果能用正当的方式做事情，谁愿意冒风险去行贿？"）之间的断裂只能不断拉开距离，利益表达和代表便在一种体制合法化下，自说自话而不自知。小型叙事作为一种轻灵得便的叙述文体，理应能理想地深入到现实结构的内层，发掘许多被遮蔽着的"内在性"，可是，情况恰好相反，目前的内在性探讨仅仅停留在以文化为纽带的传统与现代的穿梭层面，可能意识到了内在性延续的难度，但是不能在故事的叙事和话语的自觉中透视出内在性之所以不能的现实根源。当然，在文学理论惯例内部似乎无法说清的问题，在文学理论惯例之外来解释，不见得不合理，只不过，我们不能超越"去政治化"这样一种流行而据说是确保文学"纯性"的观念罢了。孙立平：《博弈：断裂社会的利益冲突与和谐》，社会科学文献出版社，2006，第 16—18 页。

还停留在"语言成就"的满足上。这种"隔",就不只是精神问题上的"隔",根本是"故事"与"机会机制"(孙立平用来解释当代中国社会结构中利益集团定型化所用的一个术语,注释同上)的"隔",这是深一层的内在性难局。

其次是"视野结构"的问题。请允许我转引南帆综述 2012 年中篇小说"上乘之作"时的一段文字:

> 复述这一期"新锐小说家专号"的阅读经验,我想首先提到的是一个惊讶的发现:所有的小说均把男女之间的情爱关系设立为人物关系的轴心。这些小说出现了师生、朋友、邻居、长辈与晚辈以及上司与下属,然而,他们之间的诸多故事无不环绕情爱关系逐步展开。这并非偶然。相反,某种集体无意识仿佛显现了众多年轻作家的基本视野。情爱关系似乎是他们开启生活的钥匙;同时,他们不约而同地把视线从另一些区域转开,或者浅尝辄止。考虑到这一批小说是筛选之后的上乘之作,我相信上述的特征具有一定的代表意义。与这个结论距离最远的大约是《舅舅的取景框》。尽管如此,患有"感统失调"症的舅舅也是与舅妈关系失败之后彻底关闭了社会交流的大门,他的知音只能是一只同病相怜的流浪狗。[1]

当然,南帆还把他的判断追溯到了既有文学史。在文学史的循环往复中,单独看可能是"经验",其实是逃避现实之后的文学惯例重复。他说,熟悉文学史的人肯定会迅速联想到,大约一个世纪之前,一批"革命加恋爱"的作品风靡一时。当时,"革命"与"恋爱"具有相近的时髦性质:二者共同具有浪漫的动人风姿,二者共同意味了进步的召唤。爱情与革命相辅相成,个性解放的意义投射

207

---

[1] 南帆:《视野的结构:"新锐小说家专号"阅读综述》,《中篇小说选刊》2012 年第 6 期。

于大众解放，继而成为历史的有机组成部分。然而，这一批年轻小说家的情爱故事多半与历史无关。他们要么从历史的漩涡之中甩出来，仓皇躲入一个狭小的天地，例如《衣柜里来的人》《海口七页》；要么迟迟踌躇于外围而无法进入快车道，例如《夜无眠》或者《我们都是穷人》。这些人的爱情遭遇背后不存在历史大事件。历史仿佛在某一个高度铿锵运行，无足轻重的凡夫俗子没有资格参与——他们只能瑟缩于边缘地带，咀嚼一己的小小悲欢。

这就不能不使人产生诸多疑惑：所谓"时代风云"震荡下的"边缘经验"，仅仅是无论世事怎样变来变去，"尊严"就是坚持把错误烂在心里，哪怕说声"对不起"都觉得轻佻吗？或者反复胪列细节证明，现代性生活其实不是所有人都适用这个浅显的道理吗？所谓乡村中国的"剩余的故事"，就是诗意地继承上辈活法，死心塌地把自己变成"农二代"？或者索性以主角的无尽絮叨、伤残、野蛮，所呈现的中国农村式母爱话语、家庭辛酸模式和用暴力手段彰显正义的伦理形象吗？所谓"知识阶层"的众生相，既无知识可循，又没有持守美的诚意，因为他们其实是杀人犯？抑或不过是能雇得起保姆，并从此在"三个人的战争"中消费余生的情场老手？也许，还可能是终其一生流连于某个街边"失意者酒吧"，精神却留在海边等待某本书的戈多式人物？[①]如此不一而足的边缘经验、乡村故事和知识分子众生相，其实从不同岔路奔向了一个中心概念：尊严和幸福，或者二者整合加工后的被称之为要重构的"中国小说的叙事伦理"。

总结一下这个所谓小说叙事伦理，其实就是如下三点：1. 在写什么上，就是要拒绝或者尽量拒绝走"种族的，国家的，乡土及家族的"路子，这样，才能超越具体的道德伦理局限，成就小说精神，即"以生命为素材，以性情为笔墨，目的是要在自己笔下开出一个人心世界来"。2. 在价值立场上，主张价值中立，张扬"无差别的善意"，能对坏人坏事亦"不失好玩之心"（胡兰成语），因为

---

① 吴丽燕：《大变动的时代与短篇小说的面孔：2012 年短篇小说现场》，《文艺争鸣》2013 年第 2 期。

中国文学"最为致命的局限"在于，"总脱不了革命和反抗，总难以进入那种超越是非、善恶、真假、因果的艺术大自在"。3. 在精神观照上，能饶恕那些扭曲的灵魂，能有无所不包的同情心——强调的是，只有有意淡化现实政治色彩的处理方式，才能在探索个人命运的痛苦、孤独和荒谬上写出"灵魂的深"①。

当然，这样的"重构"，自"去政治化"和提倡"纯文学"以来，都不是陌生的理论。

"故事"与"机会机制"的分裂之外，此处所表现出来的另一分裂，概而言之，就是想办法淡化人物生存的具体背景。具体生存背景一旦被隐去，"边缘经验"才能在不受任何外力干预的前提下，心安理得地讲述抽象的尊严和幸福；乡村的剩余故事，也只有披上小品化、小丑化的美学外衣，安然、宁静、恬适的叙事内容才能如期推进；知识分子只有在自家卧室，才方便暴露内心的莫名其妙。

到此为止，你不得不说，整个小型叙事其实是"活雷锋郭明义"和"向幸福出发"②故事母题的重述，历史视野的缺席倒在其次，对近八亿人口③感知体验的缺席才是最为攸关的文学事件。

---

① 谢有顺：《重构中国小说的叙事伦理》，《文艺争鸣》2013年第2期。

② "向幸福出发"，系中央电视台3套节目之一，2013年前其主持人是李咏和王冠。晚饭时分，全国人民打开电视，嘻嘻哈哈地或泪眼婆娑地为所谓来自底层的"幸福故事"仰脖长笑、抹泪感叹，在导演和主持人的策划圈套中、话语蛊惑中，晃晃悠悠地收回本来伸向外部世界还在质疑着的目光，拷问自己是否足够善良，是否已经漠视了身边的善事，是否没有勇气把自己的幸福故事大声唱出来。如此，围绕打捞自己身边幸福故事的意识形态就算搭建起来了，那是一个虽然形式千姿百态，但内容必定是使尖锐的社会问题滑向暧昧的亲情、友情、爱情、世情的"人性论"——如何通过发扬光大此人性论最终达到化解社会矛盾的美丽传说。

③ 对今天社会语境下文学有效阅读人口，其中主要是有阅读能力的"新生代"农民工、城镇弱势群体，以及与这些文学人口相牵连的庞大群体、阶层的统计，详见拙文《到底该怎样言说我们当下的文学？——从"莫言获诺奖"说开去》，《中国文化报》2013年3月25日。

二、变成趣味故事与认知批判功能的丧失

叙事不能内在于现实，直接导致了叙事内聚力的瓦解。当然，这时候的叙事及它的共同体——文学批评，也同样在追求另一种东西，即趣味。

要探讨晚近小型叙事及其批评所共同沉陷其中的趣味，先必须弄清这样几个问题的来龙去脉：1. 曾经盛极一时的解构主义为什么后来偃旗息鼓了？ 2. "中国经验"的讨论留下了什么？ 3. 类似于张大春《小说稗类》这样的著作在当前批评中实际起到了什么作用？

讨论解构主义从兴起到式微过程，是一个庞大的命题，无法在这里充分展开。我在这里更关切的是，解构主义批评方式为什么在晚近小型叙事语境派不上用场了。可以通过批评家陈晓明的例子略作阐释。关于批评家陈晓明，我曾以《从"后现代性"到"现代性"》为题做过一些研究，发现他的批评选择，差不多表征了一时段中国文学批评话语的基本表情：先"现代性"，后"后现代性"，最后索性又变成先"后现代性"，后"现代性"。[①]

那么，他为什么最后要回到他本来有所质疑的"现代性"呢？或者说，转了一大圈之后，是什么促使他放下了解构主义这个武器的呢？凭我对他文学理论批评的阅读了解，直接的一个原因，是他花很大精力论评的先锋派小说转向了，当年被读作若干寓言的语境消失了。也就是说，想以先锋派小说话语自觉不自觉的革命性特点，放大作为一代人的历史感觉和价值雄心没有了，这就导致至少两个方面的理论建构不好持续下去了。哪两方面呢？一方面，陈晓明格外注重先锋派小说的社会功能，至少是阅读功能，寄望于通过先锋派小说宽阔的阅读面和深入的理解机制，在最基础的社会层面建立全新的主体意识、历史认知态度，从而实现他所预期的解构目

---

① 参见拙著《当代批评的众神肖像》第八章，文化艺术出版社，2012。

标;另一方面,他是想在更高的层面来阐释启蒙的意义。因为,当陈晓明给先锋派小说围绕"无主体性"展开的一系列叙事赋予新的意味的时候,实际上就是给先锋派小说的文学史意义赋予了一定的理论含量。使先锋派小说从"实验性""模仿性"或者"依附性"这些通常的定位中解脱出来,获得相对独立的文本价值,让先锋派小说在"艺术变革的期待视野中加以阐释"①,而不再是通行文学史叙述夹杂在伤痕、反思、改革、新写实等潮流中的偶然事件。这样一来,先锋派小说被"历史化"的同时,跟进而来的理论批评也就能被历史化。从此后,至少小说理论批评机制可以建立在先锋派小说创作的逻辑起点上了。

可是问题的确没有陈晓明构想的那么简单,过了没多久,随着格非、余华等先锋派作家转向写实主义,乃至自然主义,也随着陈晓明论评范围的扩大,不知不觉,批评界已经开始了"后革命的转移"②。什么意思呢?结合南帆在《文化的尴尬》一文中对《白鹿原》的重新解读,还有《双刃之剑》一文中对王蒙《活动变人形》之后创作转向的批评,以及《文学批评的转移》等文章。所谓"后革命的转移",其实就是给当时还不断遭人诟病的"文化批评"张目,意思是文学批评只有进入当下文化,才有资格参与文学生态的改善,"使作家不知不觉中调整自己的思路","最终实现对当下文化环境的改写"③。如同《白鹿原》中儒者朱先生的那一套秩序,无法跨进现代社会的门槛一样;民族国家的宏大历史视角,也同样无力体察到无数个体的命运流转。革命叙事的失效,经典现实主义方法的无力感,反映到陈晓明等人的解构主义批评,必然给他们以巨大冲击。文学语境不同,过去沿用的那套批评话语方式就很难奏效。

① 陈晓明:《无边的挑战·自序》,广西师范大学出版社,2004,第4页;另外,关于陈晓明文学批评的论述,参见拙著《当代批评的众神肖像》第八章,文化艺术出版社,2012。
② "后革命的转移",或者"革命之后"一类表述,最早见于南帆的论述,代表性著作是他的《后革命的转移》一书,北京大学出版社,2005。
③ 南帆:《文学批评的转移》,《理论的紧张》,上海三联书店,2003,第16页。

黄子平可以游刃有余地运用解构主义拆解"十七年"文学，陈晓明也可以用这个武器洞悉处理夹杂在"伤痕""反思""改革"之间的先锋派小说。但同样的方法放到新世纪初年经典匮乏的文学现实来考量，的确马上面临着"文学之死"之中首先是否"批评之死"的考验。再加之经济全球化、文化全球化对国内文化生态环境的改写，陈晓明当初给先锋派小说的理论承诺，即通过创作对"双重主体性"的批判性重建，必然先得经受当下消费主义的检验。当务之急显然是建构更重要，而不是解构，解构主义于是只能暂时被悬置起来。

这个时候，如何走出文论话语的"失语"境况，如何输出自己的理论经验，也就是如何建构"中国经验"，成了包括作家在内的多数批评家隐隐之中的一个心病。解构主义在当前当代文学批评界的旅行也就告一段落了。"中国经验"就这样以覆盖解构主义的仪式化形式，晃晃悠悠地走上了文学批评的前台。泥沙俱下的文学叙述，和鱼龙混杂的批评话语一起，把所谓"中国经验"指向了偏远的、少数民族的和民间民俗文化的方向。这个方向对于文学批评来说，其实是中国传统文化惯性对具有现代性思想锋芒的解构主义的胜利。而文学批评直接受用的中国"精神"，便是从"国学热"与"传统文化热"中转化出来的"寂静主义"和"理想主义"。这个时候，解构主义和"中国经验"的较量，看起来是人们对域外理论思想家如早期的福柯，后来的德里达、巴特、利奥塔等在接受上的水土不服，实际上是更强大的意识形态话语适时进驻所致。

在"中国经验"取代"解构主义"的语境，"文化批评"这个借自英国伯明翰学派、途经中国式解构主义化用的方法，本来雄心在政治批判的认知论视野，因对"文化环境的改写"而被无处不在的"建构"推向了民间智慧的层面。似乎既放弃了"现代性"诉求，也改变了文化批评开始阶段所制定的方向，它们在"人心世界"的打磨中迷失了自我，"文学是人学"的那个"人性"探讨，褪色成了文化学意义的人性趣味叙事。这一点说明，"自在地"存在着的快乐的、幸福的和安静的内在性生活，既是晚近小型叙事的着力点，也当然地构成了批评的基本话语来源。到此为止，文化批评把当初的解构主义，连同两个"热"中汲取过来的中国"精神"，一起带进了中国民间智慧的书写模式。

按照批评家对晚近小型叙事"经验"的概括，无论动物性折射人性，还是宗教信仰名下的"内在性"，所谓"有才华的""有探索性的"，无非是对个体在超时空背景上"有意思生活""有趣味生活"的凸显，是对中国传统文论话语方式"模糊含蓄""散点游目"①的借用，都很难说是对当下社会学视野中人性处境的发现和叙述，批评价值取向也就只能是外在于当下时代的对主流政治意识形态话语的模仿，而不是内在于该时代对深层社会结构的有力揭示。

正是在这个理解层面，我个人认为台湾学者、作家张大春的《小说稗类》对中国民间智慧富于系统性的论述，在"潜在阅读""潜在影响"的角度，不可谓不大。它使中国民间智慧有了文学叙事的依据，并给文学批评以理论支撑。辨析张大春的系统论述，也就变得尤为重要。

其一，虽然我并未看到大陆批评家或作家著文谈论这部书，但这部书自 2004 年出版以来，的确赶上了文坛有关"大师缺席"，继而"呼唤经典"、建构"中国经验"的语境。这也是继二十世纪九十年代以来，呼声仅次于"失语症"的一次文论转折。"失语"期间，文论调整是一次谨慎却又不乏自卑的向外打开；而"中国经验"，无疑是一次恣肆且充满自信的向内回收。其二，该书中的

---

① 对此概念的详细论述，参见李江梅《中西方文论话语比较研究》"第四章：中西方文论话语的空间"，另外，李江梅对中西方文论话语思维方式的比较，比如"整体思维与分析思维""关联思维与实体思维""直觉思维与逻辑思维"，有精准剖析，对中西方文论话语的空间，如"虚空与密实""模糊含蓄与精准确定""散点游目与焦点透视"的比较分析，都十分接近于当前文学批评对"寂静主义""民粹主义理想主义"文学叙事的观照态度。《中西方文论话语比较研究》，人民出版社，2011。

二十七个单元项本身便是小说写作，特别是小型叙事者从不同横截面、切面反映"中国经验"的知识资源、审美资源。直接说，相比于用自己的直觉故事化当前现实的智力难度，化用这本书已经提供出来的现成经验，显然省事得多。

程光炜在《文学讲稿："八十年代"作为方法》（2009）一书中，有个贯穿性的视角或方法，就是通过一些主要人物（主流批评家）的论评话语，观照"争议"文学现象在文学史上的命运，事半功倍。以他这个方法来审视，《小说稗类》的眼光的确不是通过阐释、研究来影响当前的主流批评家的，而是经过对它的阅读体验消化进批评家的批评理念中去的，比如李敬泽。[①] 为了拎清他的批评经验，我几乎阅读了他所有文学批评论著和散文随笔集，我发现，李敬泽有一个坚定的信念，就是认为"小说是野孩子"，而他自己也经常自称是"野狐禅"。当然不是有个"野"字就一定与张大春有关，而是他的论评往往会提到"偏僻的知识"，或者以所谓偏僻的知识经验来观照作品。所以在他最好的批评文章中，"发现""勘探""丰富性""复杂性""辩难""整全感知"等差不多是他批评价值的轴心。

把李敬泽的"妙悟式"论评方式和基于"整全人感知"的总体论，与张大春《小说稗类》中"稗类"话语放在同一个层面来对比，能否构成相互影响的佐证，以及在多大程度上可以看作是对中国民间智慧仪式化的理论呈现，这是不好贸然比较的。这里，之所以把这两者都放在"中国经验"的氛围中考察，主要是基于两者都对中国民间智慧不约而同的认同的考虑。一个在北京的主流大刊感受着泛价值论对小说的剪裁，一个在台北的某个高校现场体悟着大陆政治意识形态之外的一点小说"野性"；一个因感悟式随笔话语而接通了古代文论的"妙悟"传统，一个因系统论述则整体呼应了当今

---

① 对李敬泽文学批评的详细论述，参见拙著《当代批评的众神肖像》第十四章，文化艺术出版社，2012。

读者心中人性趣味的期待。①在他们笔下不可复制的个体性文化体味，一经置于所谓"中国经验"，实际上就是谁也说不清楚但谁也都想模仿的批评知识资源和审美价值观。至于其他在小型叙事中表现出来的中国民间智慧话语方式，因为太凌乱，不好归纳。总体印象是，要么在以上所说的学院派批评框架中，要么在作协派、自由撰稿人的新闻式写作程式中。而对于影响而言，《小说稗类》的力度显然为更大，因此，清理《小说稗类》的"稗类"话语，不是排斥它的"野性自由"，而是要警惕它对完全不同的语境的移植。正是因为有着不完全相同的社会语境，我们的小说叙事才会出现借用别人的衣冠、信仰、概念和感受力的情况。②

二十七个小说叙事元素，当它们以单章分布排列时，每一"元"

---

① 这一点很像于丹、李银河等女性学者在大众，特别是城市富裕阶层女性心中的巨大影响力一样，那种把玩小情调、小趣味乃至于钩沉人性中小意思、小波动、小阴谋、小手腕、小伎俩的细节，和致力于人心叙事、关系学叙事、恬静安逸叙事、内心秩序叙事、机灵狡黠的眼色叙事、遁世逃避的寂静主义叙事、自恋自大的自在主义叙事等民间智慧，的确正中哈维尔所批判的"内在性的消费主义"的逻辑陷阱(《哈维尔文集》，崔卫平编译，第13—14页)。于丹《论语》心得""庄子物语"以及连带而来的"心态美学"；李银河打着女权主义名号的所谓"情妇反腐"也要保护腐败者的"隐私权"，和其博客连篇累牍所发文章，都不出钻法律空子、名义上捍卫女性隐私实则鼓吹极端利己主义的圈子。当然，这一路有话语权的女性，还包括凤凰卫视的杨澜，都是既得利益者的代表，在讲述既得利益者的权利时，很重要的一点是屏蔽了庞大的底层社会中个体的生存状况和精神处境。对于这些人的批判，虽然有钱理群的《为政治服务的"于丹现象"》、李木生的《往哪里去？》、吴迪的《笑谈于丹》等深刻文章，但整体而言，知识界现在还缺乏基本的共识，正因此，她们的话语方式、价值观、生存哲学等，反而成了喧嚣一时的时髦理论而得到了大众的广泛认同。其中，"反求诸己"就是"被认同"的一个突出形式；"学会克制""该放下时且放下"；"切切不可抱怨""不是苛责外在世界"，而要"苛责内心"，"平静应对"现实一切社会不公和处世艰难，正是于丹为中国老百姓设计的"个人坐标"，即为"被幸福"的普遍性特征。钱理群等文章见2012年11月20日：http：//www.21ccom.net/articles/dlpl/whpl/2012/1120/71369.html。

② 李敬泽：《内在性的难局：〈2011年短篇小说〉序》，《小说评论》2012年第2期。

不能不说是小型叙事对社会现实横截面的处理方式，而且作者差不多都是以符号学原理意义的"强度感染力符号"分量来论述的，这就为"中国经验"——民间智慧的具象化、形象化，提供了一张完整的程式蓝本，也就意味着《小说稗类》是众多民间智慧论述话语中，最有理论自觉意识并且把民间文化信息理论化、主题化进小说叙事诸方面的一个综合性读物。它把二十世纪九十年代初所谓文论"失语"以来，"古今转换""中西转换"因浮在理论层面而未能微观处理的"在野"本土化小说理念——一种中国读者彼此心照不宣却又很难系统化观照的元素深植于老庄哲学，生长于无意识，成型于宗法秩序，体现在民间人伦关系，围绕"内心世界"，以及如何经营内心世界的"心学"（或"心术"），做了叙事化的提升。在美学话语无法到达的地方，张大春用轻灵的随笔话语和创作者的体验感受性话语，亦庄亦谐、或雅或俗、随议随叙、半史半论、一正一反、正史野史、杂说谬见、小说文论混合的方法，非常省事地勾勒出了中国文学读者心所向往的"文学理论"。他们不再为阅读理论而"头疼"，不再为读不懂理论而"从来不读批评文章"。这一点，从网上书店购得该书的专业的非专业的无数跟帖中，一望可知。自然，这本书的另一高明之处在于，一方面，张大春把解构主义、结构主义、古典主义、现实主义、现代主义、后现代主义，中古经典、西欧经典、时人杰作、边缘草根悉数一网打尽，并且统统来了个"反着读""总结性发言"，信息量异常之大，堪称学识渊博，当然令人折服；另一方面，在盘查这些"流派""主义"、作品之时，也几乎毫不挂碍现代性思想资源，所有资料、心得，无不在超时空的背景中完成。按照我前面对"中国经验"的论述，总结来说，这部书在今天大陆文学读者这里，它的语境性作用，实际上是从"好的中国故事"（写什么）到"讲好中国故事"（怎么写），再到"会讲好故事的人"（写得怎么样）的一个"中国经验"的小说版"原理"著作。

　　既然如此，对于《小说稗类》中的"精彩部分"，只能放回到经典叙事学、诗学这样一个属于不顾及或少顾及特定语境规定性，并且一般只面向经典杰作的学科范畴来谈，恐怕很难内在于当前社会结构异常复杂、精神文化问题往往直接产生于尖锐现实矛盾的晚近中国文学环境。换言之，在最不适合谈人性趣味的时候大面积叙事倾向于"暧昧"的情爱关系，是对真正的中国问题的误判。故而倒向民间智慧的本质，实际是认知论消弭于趣味论的标志。那么，如此形成的趣味论，就变成了小型叙事的新的语境。概括说，这个新语境就是以第一人称为主要叙述视角，以"个体"为经验来源的叙事。这一意义，清理第一人称叙事的一些惯例，也就成为了小型叙事批评的根本问题。

三、批评的"新模型"与卡佛的启示

先举一个例子，这个例子是前不久一批青年文艺评论家对王祥夫短篇小说《归来》的集中讨论，其中暴露的批评选择颇有代表性。[①] 该短篇小说有两个生活细节引起了大家的争议：其一是翻出钱的地方。按照一般的阅读经验，这里肯定又是那套在利益面前卑微、纠缠的所谓"真实性、复杂性"的人性评价软件要来了。结果不是，钱的问题被无波无澜地处理了，而且处理得非常温暖。因此，一些批评家认为，短篇小说不是长篇，它不可能追求表现生活的全面性，它只能截取生活的一个层面。并且质疑道，长期以来，文学似乎形成了一个定势，只有截取人性中恶的层面，才是真实的，尤其是处在生活最底层的人，一定要写生活的艰难逼得人性扭曲才叫深刻，否则都是虚伪、浅薄。而事实上，这种所谓的"真实性、复杂性"同样是对生活的省略和简化。所以，卑微的生活中，利益面前，把人性写得美好，或者把人性写得扭曲，都是艺术对生活的提炼，而作者提炼什么，决定于作者自己对人的理解和对

217

---

① 详细讨论参见《〈归来〉：美学批评与历史批评》，中国艺术研究院马克思主义文艺理论研究所编：《青年文艺论坛》第 22 期，2013年 3 月。

世界的判断。这个小说至少让人觉得，即使在最卑微、最底层的生活中，人也是可以选择的，所以这小说在这里的提炼在艺术的层面上是成立的。

其二是，王伯对着羊——也是大家想象的吴婆婆的"在天之灵说"：你安心吧，三小在那边生活得很好，吃得好、住得好，马上就要买房子了。另一些批评家认为，其实这个地方是整个小说里表现得比较沉痛的地方，因为细节通过王伯跟吴婆婆在天之灵的这段脉脉温情的对话，把隐含在小说背后的尖锐现实还原出来了。于是，文字的温情叙事了现实的惨烈，"真实性"在经验现实层面是能站得住脚的。

类似于王祥夫这种风格的小型叙事，其实是今天中国作家普遍性的写作趋向，不求全貌、不求深挖，但求片段、细节描写有今天时代所要求的人性内涵：那种向内拷问的善，和向外参照的淡定，当然也是晚近些年来中国中短篇小说作者在"返乡运动"中最拿手的表现手段——本土故事与现代性眼光结合，现代性细节与地域性价值交错杂陈，最后都汇合于人性的暧昧地带。①如果是个别现象，当然是经验，需进一步强化和突出；但现在这非但不是个别，还可能是一种由效仿而产生的写作集体无意识。既然如此，理论批评恐怕不能仅仅满足于重述同一水平线的审美诉求吧？

首要的问题便是如何拓展第一人称"我"的叙述空间问题。把朋友圈、家庭圈，以及由此形成的熟人圈中的情感危机叙事，如果将其置于意义生产的主导性社会机制来考量，那么，走不出以上所说的狭小空间，并在那种狭小空间中追究情感危机的批评理路，恐怕才是这个时代理论批评的最大思维障碍。换言之，批

218

---

① 文学理论批评家的诸多综述焦点，都不约而同指出了这一点。这些具有代表性的综述或年评文章是，胡平：《不摇香已乱，无风花自飞：2010 年短篇小说综述》，《文艺报》2012 年 2 月 25 日；李敬泽：《内在性的难局：〈2011 年短篇小说〉序》，《小说评论》2012 年第 2 期；南帆：《视野的结构："新锐小说家专号"阅读综述》，《中篇小说选刊》2012 年第 6 期；吴丽燕：《大变动的时代与短篇小说的面孔：2012 年短篇小说现场》，《文艺争鸣》2013 年第 2 期。

评只有正面迎击这个挑战，书写这个功能，才会使批评变得切实而有效。这里，有必要借鉴一种新的分析"模型"。一方面可以避免批评话语在道德伦理维度越走越小反而丢失社会学视野的偏狭；另一方面可以建立切中问题来研究叙事内涵的批评机制，避免因挪用经典批评话语，反而不注重凝视小说面临的多种挑战、游离于眼前的动态坐标，以至于超时空的经典标准遮蔽了具体叙事的现实针对性。

所谓"新模型"，是指艾米娅·利布里奇等人合著的《叙事研究：阅读、分析和诠释》一书中提到的整体—内容、整体—形式、类别—内容和类别—形式。①

"整体—内容"和"整体—形式"策略模式，都着眼于整部生活故事，但前者重点关注故事的内容，后者的聚焦点在故事的形式特点而非故事的内容上。关注内容，叙事者的价值信息方便于突显；注重形式，叙事作为一个喜剧还是一个悲剧发展的？故事是朝向叙述者目前生活状况的上升态势，还是从一个较为积极时期和境况的下降态势？研究者可能会搜寻故事的一个高潮或转折点，从而反过来给故事的整体发展脉络带来帮助。批评者分开研究时，对象的弱点更易于体现，整合时，对象的整体面貌到底处于什么位置的追问，因这种分析法优于泛价值论而使其薄弱环节首先彰显，避免了因动用同一个尺度而产生的含混结论，进而使得文体与叙事各自承担各自的责任变得更加明确。这就把不同叙事"圈"所形成的第一人称经验型体验向前推进了一步，经验半径因扩充而自然进入其他框架，比如"行动框架"（历史叙事）、"目击框架"（摄像式叙事）和"思考评价框架"（后现代和散文型作品）。这时候，"我"唯一经验的世界变成了被"我"讲述的世界，可讲述性与"圈"中"我"

---

① ［巴勒斯坦］艾米娅·利布里奇、里弗卡·图沃－玛沙奇、塔玛·奇尔波：《叙事研究：阅读、分析和诠释》，王红艳主译，重庆大学出版社，2008，第10-15页。

的经验之间便形成了一种可理解的语境，与"'反常'的叙事"①取得了艺术上真实性支持，而不仅是经验经历层面的真实性联系。第一人称"我"的叙事才会走向更广阔的矛盾界面，并在广阔的矛盾界面言说复杂的现实问题，"圈"中构成的情感危机诸根源才有可能得到更有效解释，进而被叙事彰显。

"类别—内容"和"类别—形式"，是在前两个整体框架下的细分。在类型化写作日益凸显的今天语境，在主题类别、题材类别、价值类别、语态类别等的概念和定义下，量化单元叙事的微言大义、聚焦单元的体例或语言学特征，无疑可以微观"叙事"与"话语"的关系。最终达到"指瑕"但不失整体价值支点，量化细节、细化语态修辞却不撕裂主体藏在故事背后的完整感知体系。②

当然，这样一种批评分析层次，与"后经典叙事学"，即"认知叙事学"③相比，仅仅是一个初级阶段。因为这种"新模型"，虽然以生活故事为叙事分析对象，但生活故事被叙事化之后还可能需

---

① 后经典叙事学家阿尔贝所谓的反常叙事，指有违现实世界可能性的叙事，包括存在层面的，比如会说话的螺丝锥；也有可能是逻辑层面的，比如对互不相容的事件的投射。因此，他所谓把"反常"虚构作品加以叙事化或自然化，如用"把事件看成内心活动""突出主题""寓言性的解读""合成草案"和"丰富框架"等几种解读法对后现代叙事作品的批评，实际上就是如何把第一人称"我"的叙述空间拓展开来的问题，因为没有建基于第一人称"我"的经验，任何叙事，包括后现代叙事作品，会因"真实性"首先遭到质疑而宣告体验结束。阿尔贝观点参见申丹、王丽亚：《西方叙事学：经典与后经典》，北京大学出版社，2010，第 230 页。

② 关于这一点，上海的《文学报·新批评》的确意要改善批评的某种泛化生态，比如，自创办"新批评版"以来，特别是所刊作品论（包括小型叙事批评），明显感到报方编辑在整体化、类别化、内容化、形式化上的处理痕迹，也的确引导批评部分地改变了以往"不及物"现象，"新批评"的"新"概念当然也就逐渐明晰了。然而，跟踪阅读《文学报·新批评》，使人感觉它似乎在走向另一极端。要么专注于文体语态却缺失叙事化眼光；要么追新逐异、新价值论轮番上演，但微观层面却少有对叙事主体藏在故事背后的完整生命体验的感知，因此，批评在话语上的淋漓有余而在思想和审美凝视上的深度不足。详细论述参见拙文《关于文学批评的尺度》，《文艺报》2013 年 5 月 24 日。

③ "认知叙事学"的概念及内涵，见申丹、王丽亚：《西方叙事学：经典与后经典》，北京大学出版社，2010，第 222-245 页。

要进一步的提升。否则，各人称视角的叙事就仍无法超越传统批评方式惯用的超语境、超读者（关注文本的自洽，不太关注语境的变化）交流预期，那就与"规约性语境"限定的、基于"某一类型的叙事"的读者的共性无缘了。换言之，如果批评不在"规约性语境"中观照人称视角问题，那么，实际上就等于对批判精神的取消。

晚近中国小型叙事，之所以基本是第一人称叙事视角的亲情纠缠和第三人称（以第一人称体验代替人物内心世界）的"内在性生活"[1]，就批评自身来说，与创作同步跟进的批评没有剥离预设性的第一人称体验有关。比如说，在亲情纠缠的叙事中，我们看得最多的是批评者屈身下去体验作者的第一人称价值观，而不是远距离审视这一类叙事之所以蜂拥而起的跨文类话语的互文性影响。如果说"规约性语境"中的"规约性叙事认知者"，指的是"无论读者属于什么性别、阶级、种族、时代，只要同样熟悉某一文类的叙事规约，就会具有同样的叙事认知能力（智力低下者除外），就会对文本进行同样的叙事化"[2]。那么，跨文类认知影响，便是社会学、政治经济学以及人文论述话语对批评者的收编和打造——在"国学热""传统文化热"中训练的那种宗法文化期许，很容易在亲情叙事所营造的"我"的世界中找到认同和归属感，批评主体消失于小说的第一人称就在所难免了。弗卢德尼克意义上的"五'视角'框架"，尤其是其中的"讲述框架"（第一人称叙述和全知叙述），完全被批评主体的替代性第一人称体验所瓦解，作品的叙事空间只能越走越窄、叙事信息也只能越减越少（当然作家是否有此认识，作品是否有此意图，当是另一回事）。同样的理论看"内在性"，那种"体验框架"（第三人称叙述中采用人物的意识来聚焦，如意识流小说），人物应完成的体验，在批评主体这里只是得到了部分的回

---

① 参见南帆《视野的结构："新锐小说家专号"阅读综述》，《中篇小说选刊》2012 年第 6 期；李敬泽《内在性的难局：〈2011 年短篇小说〉序》，《小说评论》2012 年第 2 期。

② 申丹、王丽亚：《西方叙事学：经典与后经典》，北京大学出版社，2010，第 225 页。

应，就是说，多数致力于"内在性"的批评，不是在相反的视野追究内在性断裂的语境原因，而是在同一方向求证内在性，而致结果反把内在性这个命题推向了内在性的假象的边缘。①

纳入"新模型"和"认知叙事学"分析视野，批评中一些常见的问题和现象，的确显得不那么神秘和复杂了。然而，再深入下去，认知叙事学已经做出的，还不就等于批评的完成。对于批评而言，怎样在动态坐标中提炼叙事的问题意识？怎样机制化问题意识的动态叙事？在弗卢德尼克理论的基础上（将注意力转向了日常口头叙事，将注意力从文本结构转向了读者认知），我们还需深入一步，才能有效建立小型叙事批评机制。

第一，在故事终结，话语开放的小型叙事文本中，关注话语，并把话语引向社会学视野。

第二，在话语终结，故事开放的小型叙事文本中，更多关注细节和语言修辞，并把故事的消费性元素转换成话语的有意味声音。这里的"消费性元素"，其实特指最敏感最容易被消费利用的叙事元素，如亲情、友情、爱情和幸福、快乐、安逸一类天然地躲避、逃避社会公共问题的故事和情节构建。

第三，在故事和话语都终结的文本中，关注文化现代性书写，并把价值论引向人文思想言说的层面。

第四，在故事和话语都开放的文本中，选择"新模型"或"视角框架"方法，因为这一类叙事将会有较复杂的人称视角，并且可能并不满足于通常的小型叙事结局模式②，需要分层、细化对待。

---

① 所谓"内在性"，其实指的是"内在性的消费主义"，哈维尔所说的只有自由消费自己的"自由"。见《哈维尔文集》，崔卫平编译，详细论述，亦可参阅拙著《当代批评的本土话语审视》第十一章，北岳文艺出版社，2014。

② 唐伟胜在研究雷蒙·卡佛短篇小说结尾时有个总结，他说，从读者体验的角度衡量，短篇小说的结尾规约大概有七类：精神获救、成长故事、醒悟故事、顿悟故事、忏悔故事、道德成熟故事和启示故事。另外，"故事"与"话语"的关系模式，也借鉴于唐伟胜的说法，特此说明。唐伟胜：《体验终结：雷蒙·卡佛短篇小说结尾研究》，世界图书出版公司，2011。

雷蒙·卡佛等人小型叙事的"极简主义"，也许很不具有写作的普遍意义，难能成为中国作家的经验镜像。但学者们在理论层面的提炼，的确给了批评以莫大启示：1. 它专注于小人物在危急关头，平静地度过了危机，而不是以冲突的方式、戏剧化的技术处理切换了整个命运的方向，这一令人信赖的思想突围，并不依赖于简单、单纯的故事，全仰仗话语的力量。2. 它专注于个体情感世界的起伏变化，并不是以明确的结论和铿锵的答案而告终，而是以同等于人物的体验方式、纠结处境，提出该提出的问题，生活故事的叙事化或自然化，也就随着文本结构的读者化而获得了"文类叙事认知者"的青睐，消除了叙事与叙事认知者之间的障碍。3. 它专注于"威胁""恐惧"的主题，但这个主题叙事却又不限于某个人称视角，即是说，表达这个主题叙事时，已经超越了"谁说"与"谁看（听）"的传统接受模式，人们是在领悟"威胁""恐惧"的语境，而非故事、人物的具体事项，这表明，只有好的叙事才能接近真相，而非好的故事。

总之，小型叙事发展到了今天这个地步，如果叙事者变得自觉，既不想成为影视脚本的炮制者，又不愿做安全消费人性的写手，我以为，唯有在叙事和话语上下功夫，才有资格担当人生疑难的发现者和人性幽微的探险者，以及成为文化政治的言说者；同理，小型叙事批评，如果想变得成熟，我也以为，不但要更新知识，还需更新批评武器，在生命投注的前提下，只有警惕"大白话讲大道理"（以第一人称批评体验衡度第一人称叙事）的自恋与武断，才能进入并运用后经典叙事学、文体学，走进小型叙事的横截面和切入点。否则，泛价值论和个人经验型眼光，只能使本来就局促的第一人称叙述变得越来越没意思、越来越无聊，而不是相反。

第二十章　当前小型叙事文化价值趋向及其问题

　　故事性，甚至"讲好的故事"是人们不约而同给小说"钦定"的特质，久而久之，小说读者也就不把小说的文化预期、文化价值特别放在心上了。但实际上，当小说失去应有的文化预期，丧失应有的文化价值理念之时，无论"讲好"故事，还是讲"好的"故事，都将从根本上掐断思想的神经，因为正是故事背后的文化预期、文化理念，使故事具有思想针对性。在这个意义上，重视小说的文化价值，一定程度也是对小说生命的拯救。当然，关注小说的文化价值和文化叙事小说并非同一个命题。前者强调小说对人观念的改善和冲击，因而突出特定社会语境；后者只是某种类型小说，重在对文化传统的铭记。下面从文化现代性的角度分析一下当前小说较普遍的文化状况。

　　作为一种价值期许，文化现代性自然产生自高度完善的现代社会和高度成熟的现代文化秩序，并且由精英知识分子所率先感知到。艰难诉说、顽强植入、毁誉参半，是它的生存常态。任何状态的现代社会，人们都不可能认同文化现代性一种价值，通常情况是古典主义、传统主义、现代主义、现代性以及后现代性你中有我、我中有你。这也正是文化现代性价值传播、接受、认同过程中最为艰难的地方，特别是社会分层加剧的时下，更加如此。因为文化现代性价值的根本诉求在于，强调个体的普遍性共识，而不是阶层或更小的共同体共识。如此，这种价值理念，其终极关怀只能是而且必定是现代社会机制的建立。在此背景下，呈现人的内在性也罢，叙述不发展个体化也罢，才具有现代性审美张力。否则，无论修辞多么讲究、话语多么圆润、故事多么新奇、细节多么乖巧，其价值理念都不能说是自觉的和自信的，也就不是富有现代性文化含量的。

既然如此，就不能只就小说谈论小说问题，全国的文化思潮状态及文学评论的生产流程，首先值得关注。

如果把短篇小说评论视为一种当然的文化现象来窥斑见豹的话，你看到的情况往往是，以短篇小说的命名、内涵打头，张三怎么说，李四怎么解释，王二又怎么延伸，刘五还怎么扩充，最后被评的该小说在哪个具体环节践行了什么因此有新意，等等。经过这样一番用心打点，接下来轮到"中国新经验"的发布了。进入你视野的也仍然是中国作家集体式的"转型"，不约而同的"转向"，甚至似乎蓄谋已久的"集体发声"，这样"预测"的目的不过是为着推出惊人的判断。从"我们村里的事""底层温情""日常生活审美化"或"审美化的日常生活"，一直到"重返先锋""自我历史化"乃至"自我经典化"的文学史归位。非但如此，诸如这般的断语后面，还通常蛰伏着如许不刊之论，李健吾、张爱玲、胡兰成、汪曾祺、萨义德、曹乃谦、莫言、木心、郭敬明……其实，是哪批作家、理论家给批评垫底、引领潮流，完全取决于文学对此时意识形态的揣摩、曲里拐弯的迎合。被这一批取代下去的另一批可能是鲁迅、博尔赫斯、卡夫卡、余华，或者路遥、陈忠实、贾平凹、王安忆、阎连科、刘震云……因此，当下颇为流行的"坏人亦有怜悯之心""伦理叙事""人性柔软的地方"、文白夹杂的"雅致"一类用以对抗"过剩的现代性""现代性危机"的概念，便逐渐浮出水面了。那是慢条斯理的"慢"和四平八稳婆婆妈妈琐碎不堪的"碎"。当"慢"字打头的一系列生活方式和写作理论逞一时之选时，所谓自我危机、身份危机、道德危机、文化危机、民族危机仿佛得到了妥善解决。不消说，"文化自觉""文化自信"只有在这个角度理解，才是成立的。因为转了一大圈，突然发现，还是"我们"这个复数称谓最管用——原来，一切问题、危机，都源于被"我们"所代表的十四亿人民失去了根。那么，挖出我们曾经的"乡绅"文化，铭记我们曾经的宗法文化，重述我们曾经的"孝悌"文化，自我迷失、道德失范、价值错乱不就迎刃而解了？更或者，干脆把鲁迅那句一直被误解的话——"越是民族的，就越是世界的"搬出来，再调制点福柯那惊世骇俗的理论概念——以地方的民族的甚至社区的弱势知识、经验，解构中心的、强势的话语、秩序，到此为止，在特殊个体或特殊群体身上终于找到了想要的叙事和想要的理论。于是教导人们说，只要修炼好道德自律的内功，筑造好人性的堤坝，养成一个好心态，舍得而又放下，与世无争，幸福、快乐、安静，定会如期而至。

在如此之繁复，但实在又无比简陋的流行文化蛊惑下，我们的文学越来越显得苍白、简单，我们的小说文化因奉技术装点为圭臬而越来越变得轻浮飘忽。

要打破此种生活归生活、现实归现实、修辞归修辞、叙事归叙事的格局，就得把短篇小说当作本然的文化反映来看待。否则，科层化社会管理与个人主义文艺理论衍生而来的主题论、人物论、审美论、情感论、人性论乃至语言论，虽然看起来充满专业主义向往，实则是经济社会活脱脱自私自利人生观的表征，免不了旁落在安全而讨好、平庸而实用的窠臼。鲍曼所说的"庸人主义"①，指的就是此种文化现象，是不确定性时代所打造的一种特殊的人生趣味和价值成色。虽然眼神可能充满忧郁与感伤，但内心节奏、人性尺度却是经济主义的和患得患失的。

因此，既然短篇小说是人重要节点的写照，就不能只留恋它的技术并讨巧于它的修辞层面，而应该重视短篇小说创作的文化价值，或者把短篇小说创作当作一种文化价值来看待。如此，恐怕才能了解今天时代人们对短篇小说的根本期待，也就能够要回短篇小说本应给人们日常生活注入的审美与思想元素。

当然要仔细说明其来由，还得有坚实例证来支撑。下面我就《朔方》2017年第8期刊出的二十多篇二十多万字主要来自全国

226

---

① ［英］齐格蒙特·鲍曼：《流动的时代：生活于充满不确定性的年代》，谷蕾、武媛媛译，江苏人民出版社，2012，第4页。

各地的"非知名"作者的短篇小说作为分析对象，希望能从如此之密集、如此之不约而同的同质化追求中，看看在一般小说创作者那里所受到的非如此不可的流行文化趣味究竟是什么这一问题。

一、欠点追究意识的自然主义写法

根据左拉《戏剧中的自然主义》[①]的论述，自然主义有至少五个基本特征。它们是自然流露、科学性、实验性、决定论和反映自然。

自然主义与现实主义一样偏重于描绘客观现实生活的精确的图画，但不同的是，现实主义认为倾向应当从场面和情节中自然而然地流露出来，不应当特别把它指点出来，而自然主义则根本否定文学应当服从于一定的政治的和道德的目的，认为文学应当保持绝对的中立和客观。自然主义作家拒绝做一个政治家或哲学家，而要做一个"科学家"，对所描写的人和事采取无动于衷的态度。自然主义不仅要求作家有科学家的态度，而且要求作家使用科学家的方法，即实验的方法。"假如实验的方法可以引导人们去认识物质生活，那么，实验方法也可以引导人们去认识感情和精神的生活。"[②]所谓使用实验的方法，就是作家通过对现实生活的观察搜集到大量关于人的资料后，把人物放到各种环境中去，以便试验出他的情感在自然法则决定下的活动规律，也因此自然主义的小说也叫"实验小说"。左拉还指出"人类世界同自然界的其余部分一样，都服从于同一种决定论"，他宣称人是"空气和土壤的产物，像植物一样"，从而把生物学的决定论加于人类，认为是生物学规律决定人的心理、性格、情欲和行为，作品中着重探索人物生理上的奥秘，阐明

---

① ［法］左拉：《戏剧中的自然主义》，引自 http://vdisk.weibo.com/s/uxH4frHABdDHe。

② ［法］左拉：《实验小说论》，《西方文艺理论名著选编》，伍蠡甫、胡经之主编，北京大学出版社，1987，第 224 页。

它对人物的影响就行了。自然主义和现实主义都强调反映自然，但现实主义通过典型化手法所反映的是具有内在必然性的真实的自然，而自然主义所反映的则是随便观察到的庸俗的自然，"故事愈是平常而普通，愈是具有典型性"。而为了达到"生活的正确的重现"①，自然主义者主张排除一切小说性的成分，只写平凡的、偶然的、琐碎的事件和细节。

左拉自己是这么主张的，也是这么创作实践的，为了"研究一个家族中的血统和环境问题"，他在其长篇小说《鲁贡玛卡一家人的自然史和社会史》中描写各种病态的人物，有意渲染生理因素对他们的影响，使这部作品带上了浓厚的自然主义色彩，但总的看来，却是生物学的决定论让位给了社会环境的决定论，这意味着现实主义对自然主义的绝对胜利。十九世纪下半叶至二十世纪初尚且如此，更遑论今天这个微信时代了。不过，既然有如此之多的作者对自然主义小说写作方法青睐有加，那就有必要进一步分析了，看到底有什么建树。

大致归纳一下，《城市之下》《我想一个人去割芦苇》《枸杞花开》《海表叔的心事》《亲属证明》《救济》等，从写作方法上看，都属于自然主义小说。

《城市之下》写了几个来自全国各地的打工者，他们都寄身在北京某地下室，天天锅碗瓢盆、油盐酱醋茶，天天酸酸麻麻、磕磕碰碰。善于憧憬者，不妨在天桥摆摊之余，偷着构想如梦的外来生活，虽然在内心里把自己折腾得江海翻波浪，但在别人看来也就一乐子；苦于经营者，口无遮拦的空隙，也不乏热情直率，过分地替他人着想，难舍难分之余在别人眼里也就变得十分不讨好了；工于心计者，抠抠搜搜耍弄手腕，然背后却对女人十分上心，也称得上开疆拓土，硕果累累了。以地下室这个特殊环境场景的描绘为轴心，小说成功地展示了打工一族的艰辛与无奈，也通过不同人物透

---

① 以上诸观点均出自［法］左拉：《实验小说论》，《文学中的自然主义》，朱雯等编，上海文艺出版社，1992，第131—136页。

视了不同家庭的生活生存问题，是一篇场景呈现得很不错的小说。然而，可惜的是，整个小说叙事也就只是场景再现，叙事中并没有其他可发掘的思想信息。《我想一个人去割芦苇》《枸杞花开》《海表叔的心事》《救济》等，在自然主义写作方法上也是比较成功的。《我想一个人去割芦苇》叙事的是成长故事，视点人物是孙子，通过孙子独自去完成一项劳动任务，来反映孙子的成长，怎么理解大人世界，怎么理解劳动，怎么理解独自担当，作者用了白描和对话、反衬等手法。仔细读来，甚至觉得写得太笨拙，几乎达到了一五一十模拟生活的程度。《枸杞花开》写一些琐碎的家务事，丈夫、妻子、母亲等围绕看护枸杞、侍弄枸杞等琐屑家务勾连起邻里之间的矛盾，最后化解于村长担保的帮扶脱贫款而解决，重心是琐琐碎碎的家务过程。《海表叔的心事》顾名思义，海表叔是中心人物，他的憨厚、老实，与他几个女儿及其家庭之间发生的几乎每一生活事件，皆因自然主义写法而酷似平淡而无趣的流水日子。《救济》有意突出农村"老赖""等、靠、要"的真相，动用的亦是照相式、忠实记录式写法。侧重点一旦选定，作为六亲不认、秉公办事、大有作为的"老赖"侄子的乡长，也就与"老赖"六叔构成了一对力量上的对峙关系。当然，情节并没有因此而宕开，而是转而模拟农村项目化建设流程，作者让没有任何铺垫的偏僻村落，毫无悬念地成为旅游目的地，"老赖"们也就有了事干，问题也就解决了。《东二楼》一板一眼描摹的也是一个叫老蔫的基层机关公务员的日常生活和内心活动，作者有意识塑造那么一个基层机关公务员在家庭与单位、社会三个空间，言语行为均显得不合时宜的形象。聚焦人物当然是短篇小说的一种自觉，然写法上的自然主义，形象内涵的思想能量反而被取消了，最后停留在读者脑海中的也就只是老蔫这样一个即便离开具体背景也不影响其存在的抽象符号了。

229

　　在自然主义写作方法一类小说中，单独可以提出来一说的是《亲属证明》。因为大体属于自然主义写法，这小说也就严防死守找证据证明自己是父亲儿子，是已故父亲房产合法继承人这一线索展开。语言散文化，情节简单，颇具纪实文学之特点。但不同之处是，这小说的思想触角却没那么老实，它所谓"亲属证明"，实际上揭开的是社会科层化管理中，令人触目的推诿、扯皮问题。看起来哪个职能部门的推脱都合情也都符合法律程序，然细究却知，不作为的猫腻、不担当的根源，实际就在一个个看似合情合理的夹缝中。这是既有体制机制不改变的情况下，经济社会发展到现在这个地步，基层社会管理必然会出现的一个痼疾。它的特点是管理者借着流动社会的不确定性，以法律的名义来填充制度的漏洞，法律反过来成了不作为的庇护伞，造成了人们普遍的政治疏离感的发生。当然，这一类"身份迷失"小说也不是孤例。1999 年广西作家鬼子的中篇小说《瓦城上空的麦田》，叙事的就是身份迷失的故事，算是最早涉及流动时代人的不确定性的小说，充满了荒诞和巧合，写法非常现代。《亲属证明》则不同，不但用第一人称亲历者来叙述，而且故事产生的背景都有现实依据，价值选择上与鬼子大异其趣。作者王玉玺的意图，其实就是忠实地记录在基层社会，生前，个人是怎么靠证件活着；死后，个人又是怎么先于证件而消失的这么一个既是现实又同时是人文关怀缺失的现象。人冰冷地活在科层化管理中，法律也堂而皇之逍遥在法律本身之外。因此，也可以说，这篇小说揭示的乃是基层政治是怎么在表面健全的制度遮蔽下，一步步走向瘫痪的过程。

　　上述小说叙事表明，自然主义写法，它的天然局限性不在方法，亦不在选题，而在作者是否有自觉的追究意识上。《亲属证明》在叙事上的相对成立，说明的就是这一点。寻找亲属证明的过程，模拟了现实生活，因此显得很真实；但当亲属证明这个情节反复出现的时候，小说就已经脱离了单纯的自然主义写法，变成了思想叙事。叙事是作者主体性充分发挥的结果，因此，模拟现实里就包含了突出的批判性思想。这时候，文学思想就变得高于生活，也高于拟真现实了，它成了一种文学符号，即"证明"。传统社会或计划经济时代，不存在个人证明个人、亲属证明亲属这个说法，个人证明个人、亲属证明亲属的历史语境，只能是流动时代和不确定人生的今天。小说的结局，又是证明的无效。这才是对今天时代名义上个人为个人买单、负责，实际上根本无法买单无法负责的反映，因为导致个人规划失灵的不单是个人失误，是现代社会机制的缺失。如此，《亲属证明》的叙事，也就构成了对弥漫于文学圈的个人主义个体化思潮的尖锐讽刺，也又一次用叙事的自然战胜了自然主义。

起于自然主义，而终又超越自然主义，《亲属证明》所证明的正是自然主义写法在今天时代的失败。

现在不妨逆着检索一下以上所提其他几篇小说的问题所在。

阅读这样一批小说，首先跳出来的一个问题是，生活在不同空间的作者，生活阅历、受教育背景、家庭状况、个人禀赋等或许都不同，可是他们为什么偏偏就那么厌恶社会现实，乃至于有意"去政治化"呢？思来想去，不能简单用社会阅历单纯和阅读单一化来解释。之所以不约而同采用自然主义写法，究其实质，这个写法非常适合当下普遍流行的某些文学思潮与价值期许。稍作留意，我们会发现，每一个研究者或作家，穷极经年的研究或写作，在他本人来说，可能有个万变不离其宗的核心，所以他自己总是觉得，他不管研究或写作哪个题材，其思想追求都是在慢慢升华，观照的层次都是在慢慢深入。但悖论的是，和他这样想的人不止一个，可能大家都这么理直气壮。那么，在读者的角度看过去，那些出自不同作者之手的文本，或许只是分布在不同阶段的最强文化价值思潮的反映，并没有真正独立的思考。比如，提倡"去政治化"，大家会大同小异根据自己的认知能力，体现远离外部环境、远离社会生活乃至政治生活的旨趣；比如，弘扬传统文化的时候，大家对叵烦日子都可能又充满了仪式感、神圣感，笔下的大事小情都变得感恩、温暖、幸福和有秩序了；还比如"反现代性"的思潮异军突起之时，同样的题材又仿佛一夜之间如得神助一般，立马蕴含了饱满的个体诉求、个体意志和个体精神自由。相信每一个认真的读者，对现阶段的人文阅读，恐怕都或深或浅有这样一个相似的感觉。这种大面积同质化选题、同质化价值诉求，可能已经严重威胁到人文的传布和接受，极端者或许已经造成了人文论述或写作的危机。人们因大同小异、不过如此，而对人文价值本身产生了厌倦，甚至产生排斥的糟糕心理障碍，这是人文知识分子莫大的悲哀。

看得出，这批自然主义写法的小说，作者并非有意步这些思潮或流行价值的后尘，他们是无意但心里却一定认为小说就该这样去写，才配叫文学。这种认识，在他们开始写短篇小说时，是作为一种思维惯性起作用的。因此，自然主义写法在他们那里，实际成了某种短篇小说文化价值追求。从这个角度来说，自然主义实际又是自觉的，好像非如此不可的。

一群打工者拥挤在地下室，折射他们作为弱势者在既有社会机制中的处境，从而从社会机制的角度反观底层社会，应该是顺理成章的事，可是，《城市之下》最后却把视角锁定在单独几个打工者的各种生活兴趣上。《我想一个人去割芦苇》《枸杞花开》《海表叔的心事》《救济》《东二楼》等，虽然题材、语言、故事等各不相同，但作者创作这些短篇小说的文化价值视野却是一样的，就是为着在个人范围、个人生活半径，甚至在家庭内部"记录"事件、"纪实"故事。或者干脆通过删减、过滤、排斥个人或家庭所在的社会网络和政治干预，来完成脱离社会、政治内容之后自然自在状态下的个人、家庭运行情况。如此一来，在自然主义写法笼罩下，这批小说给读者的感受，就是"去政治化"乃至"去社会化"等于个体意义的真实性，真实性又等于文学感染力。这哪里有质疑、追究意识呢？

有一半短篇小说如此拟现实现象，在印证性、对应性层面唤醒读者共鸣，进而产生喟叹、唏嘘、伤感等情感体验，可能有意义。但如此之多的小说普遍如此想问题、如此估计短篇小说的文化作用、如此叙述价值，这就是大问题，无异于取消短篇小说乃至使短篇小说自我边缘化。特别是在社会分层日益剧烈，人口流动如此频繁的当下，小说为了"慢"而刻意把注意力集中在臆想的、沉醉的、自在的自然生活状态，而有意回避现实的、焦虑的、动荡的和被动的社会性内容。仅就历史语境、现实语境来说，已经不能与当年的左拉及其自然主义同日而语了，更遑论输出新经验新思想。如果是一两个功成名就的"著名作家"的偶然之作，也就权当是"练笔"，可是当这种现象发生在无以计数的"非著名作家"脑中，他们还得靠写很多类似作品才能浪得"浮名"，这就急需引起反思了。

　　由此可见，在自然主义写法、个人经验的真实性、个体内在性生活呈现等的背后，真正起作用的是自私自利的个人主义这样一种文化蛊惑。无论切入点在潜意识心理分析，还是在拟现实的个人行动本身，所谓得意与失意、彷徨与受挫、圆满与不得圆满，甚至疼痛与痛苦等等，都超不出个人私利欲望这一核心范畴，所欲求的"慢"时代也罢、"慢"生活也罢，与假想的"快"时代、"快"生活，其实是一个东西，都是"去社会化"后不发展个体化的表征，并未撑破该文化惯性的任何思想信息。可想而知，如果大家都这样看待小说，都这样对待短篇小说这个重要的人生剖面，那么，被编辑所欣赏却异常同质化的小说文化迟早会断送小说的性命的。

二、"个人主义"与"文化传统"调制的价值元素

　　这批"非著名""非知名"小说家小说的另一突出价值资源是"文化传统"，不过是经过"个人主义"着力掩盖下的"个人主义"与"文化传统"搭配而成的混合物。《简明不列颠百科全书》关于"个人主义"的解释是这样的："一种政治和社会哲学，高度重视个人自由，广泛强调自我支配、自我控制、不受外来约束的个人或自我。……作为一种哲学，个人主义包含一种价值体系，一种人性理论，一种对于某些政治、经济、社会和宗教行为的总的态度。"依据这种理解，个人主义作为个性参与社会生活的态度、倾向和信念，有其历史表现的必然性。总言之，在西方社会的文明进程中，个人主义作为一种生活方式、人生观和世界观，具有整体性和普遍性意义，它构成了西方人赖以把握人和世界关系的基本方式和存在状态。具体而言，个人主义在西方社会生活各方面的渗透可以粗线条地归纳为表现在哲学上的人本主义、政治上的民主主义、经济上的自由主义以及文化上的要求个性独立的自我意识等层面的内容。

　　这样的一个权威定义，诚然来自于成熟现代社会、成熟现代文

化和相对成熟的现代主义文学，但移植过来的时候，的确首先考验的是水土服不服的问题。自二十世纪八十年代中期开始，个人主义即伴随卡夫卡、布鲁斯特、福克纳等人的文学，一同进入了中国精英知识分子头脑，"先锋文学"及其个体化历史、"新历史主义"及其解构历史、"新写实主义"及其个人日常生活的历史，直到二十世纪九十年代至今长盛不衰的"日常生活审美化"或"审美化日常生活"，包括再后来的"底层转向""文化自觉"，等等。个人主义作为文学意识形态差不多已经被建构，至少在成批被讥之为"精致的利己主义者"进入文坛以来，文学是写自我、文学是个体名义上的真理、文学只能是个体化产物等等，庶几成了文学立论的前提和基础，大有我自岿然之意。即便个人主义推动的文学实在到了配合经济社会自私自利价值观的程度，秉持个人主义文学观的人也仍然底气十足。如此等等，一再表明，当"一体化"转为"向内转"后，再"向外转"是多么的困难，尽管这时候需要的"向外转"已经完全不是也不可能是对二十世纪八十年代之前"一体化"的复制与模仿。

物质的个人主义最为深远的支持者还不是文学艺术本身。联产承包责任制第一次有力地填充了无数个人的物质世界，在优裕自足的个体作业区，个人找到了个人主义，也尝到了个人主义的甜头。可是，当市场经济有一天终于未如人愿地变异成市场主义，当随之而来的几乎所有不确定性不由分说由个人买单时，人们才恍然大悟，个人主义原来是把双刃剑。这把锋利的双刃剑，一面深插在个人物质欲望的深槽里，不停地锯往深处和痛处，直到耗干生命为止；一面毅然决然伸向无限匮乏下去的精神空间，致使个体能量无力解决精神疑难，直至永久性赤字。在这里，个人主义成了看起来美观自由、承诺多多的思想保障，实际用起来却相当困难。对于一些诗人作家来说，长期训练的个人主义文艺观教导他们，好像盯住一个具体个体追问才绝对正当而深入。否则，就很不人性、很不文艺，也就意味着文艺不是在发现真相。个体为个体买单，个体为个体负责，个体确认个体，就是这样被深深镂刻在我们文艺神经的结构中去的。

　　然而，任何事物都有两面性，文学意识形态更复如此。如果不悉心辨别个人主义所存身的文化土壤，如果不审视个人主义生长的社会机制，个人主义再好，恐怕都要变质乃至变味、异化。简而言之，首先，当今现实造就了经济主义个体；其次，"个人主义"是时代推出的责任陷阱。

　　与以往相比，今天的个人主义似乎要比先前任何主义更有拥戴者，也就似乎更加符合艺术规律。正是这个很文艺也很审美的声音，支持着我们所见的大多数文学艺术骨架，我们也多数时候在该骨架的起承转合中，貌似主动地、积极地安排着我们的卑微人生。经济学把这样的一个下放分包，叫增加绝对利润；社会学把这样的一个分解，叫社会分层；文化上，这样的一个逐级最小化过程，叫自我确认。当前的中国个体，之所以不同于古代中国社会宗法宗族秩序下的集体主义个体，也不同于现代中国特别是"五四"时期的个性主义个体，而是二十世纪九十年代以来尤其是新世纪至当今的经济主义个体，是因为我们所期许的内在性个体，并非建立在精神自足的基础上，而是被市场所重新打扮。

　　正是分包、分层和自我的普遍化，在实际社会运行中吞噬了"国学"或"传统文化"中本有的道德理想主义，留下了权谋和人事，包括阴阳八卦、奇门遁甲一类具有麻醉性和欺骗性的"心学"与"心术"；瓦解了现代文化特别是鲁迅思想传统中的怀疑精神和求真意志，留下了"鸳蝴派"或金庸等新武侠小说极力张扬的小市民趣味。本质上说，这样的文艺作品及其文艺批评只是事实描述，绝非文化价值叙事与批判。所以，这种个人主义麾下的小说创作，背后深层的文化基因不是现代性，而是文化传统。那么，什么是文化传统？什么又是传统文化呢？两者区别在哪里？宏观而论，文化传统是形而上的道，传统文化是形而下的器，道在器中，器不离道。但毕竟太抽象，不好理解，不妨打个比方。《周礼》中的许多规矩、制度，在它产生的时代及以后相当长的时间段，的确富有生命力，可是在今天却由传统文化变成了已死的"文化遗迹"，它虽然消失了，但仍是中国传统文化；西服、芭蕾舞、德克士、情人节等等，纯属进口的东西，然而今天的人们却非常欢迎乃至早已进入了人们的日常生活，若干年后再看，这些外来的事物也就属于中国传统文化了。所以，传统文化就是中国自古以来形形色色的文化现象之总和，其中任何一种，不论从今人看来是好是坏，是优是劣，只要没有消失，或者基本上没有受到强势的外来文化的彻底改造的都算。文化传统则不然，它是传统文化的核心，它的影响几乎贯穿于一切传统文化之中，它支配着中国人的行为、思想以至灵魂。它是不变的，或者是极难变的，因此文化传统只能是传统文化中的一种最顽固惰性力量，犹如基因一般存在、延续、生长。表现在小说叙事中，因其惰性或惯性力量而使个人主义成为自私自利的私利主义，使女权主义成为女性主义甚至用来膨胀其欲望的性别主义。不管私利主义还是性别主义，共同特点是屏蔽他人来满足自我，如果没有现代社会机制的强力干预，这种东西或明或暗存在，但不会自动消失。

《黄金海岸的郁金香》《吼叫》《英子》《不问》和《波浪涌起》就属于这类文化价值倾向的小说，不妨捆绑在一起来分析。

从题旨上说，它们的共性都是为着探讨个体的精神困境，然而细究，这共性却又不尽相同。《黄金海岸的郁金香》由一帮依恋广场舞的中年妇女各自内心的不平衡，反衬更加孤独更加不平衡的两个老年观众及其内心世界。《郁金香》这首压轴舞曲起到了隐喻作用，是中年妇女与两个老者之间沟通、照应的桥梁，也成了把两个老者内心波动定位成浪漫情怀的体验按钮。《吼叫》中，场景变成了养老院，瞎子进养老院后，无意间碰到了曾经青梅竹马的卫生员，如此，故事便如期展开了。情节的跌宕开始于卫生员的不慎怀孕，于是瞎子只能背这口黑锅，小说体验结束于瞎子一声愤怒的大吼。《英子》写的是一对母女各自寻找依靠却又不断自我怀疑的故事。当故事重心落到母亲英子身上时，面对刘总的关照，她又莫名其妙想起去世了的丈夫，不过，这样想的时候，她已经坐在刘总派给她的专车上了，也不妨说，是另一版本的"宁可坐在宝马车里哭，也不愿坐在自行车上笑"的现实。到此为止，道德谴责成了英子装点门面的借口。《不问》讲述的是一对夫妻之间同床异梦的生活，"不问"，正是妻子知道丈夫借着去三亚培训为由带情人幽会而选择的特殊话语方式，小说意在透视妻子英子压抑的内心世界。《波浪涌起》借着收破烂人的追星举动把莫言戏谑了一把，师傅对莫言获诺奖感兴趣，也就多了一层意思，七百五十万元人民币的奖金，既是物质引擎，也是精神动力，叙述人"我"反而消失在这两者之间了，看起来将要以莫言为榜样而奋起写作，然实在是讽刺文学被消费的世相，文学能赚钱因而作家反而更像这个时代的一个励志故事。

以上概括是诸小说的大体故事情节，远不是其隐含的文化价值。隐含其中的文化价值弥漫在整个小说的叙述倾向中，需要进一步剥离、辨析。

《黄金海岸的郁金香》中的舞曲《郁金香》反复出现，于是，广场舞的真正主角便成了一对老年观众。老头儿坐轮椅，不言不语，但只对《郁金香》有强烈的反应，那反应又是激动的、愉快的、回忆的和幸福的；老太太推轮椅，不离不弃侍候老头儿，也不言不语，但同样经受不住《郁金香》旋律的刺激，直到彻底送走坐轮椅的老头儿，她终于成了压轴舞曲《郁金香》的领舞者，博得众妇女的羡慕与喝彩。《吼叫》的前半部分，似乎也在渲染瞎子的忠厚老实，他虽命运多舛但后天造化却有余，进养老院碰到年少时的青梅竹马，一路关照有加，也可谓心满意足了，然而，不幸的是，这只是当年青梅竹马的女子有意无意下的一个套。表面看起来这两个故事几乎没什么交集，其实不然。他们共享的一个价值资源是"错位"。老头儿之于老太太，是错位；老太太之于老头儿，也是错位。青梅竹马的女子与瞎子、青梅竹马的女子与有背景而进养老院蹭便宜的瘸子之间，亦是错位。前者最后爆发于敏感的《郁金香》，其内心痛苦被读者体验到；后者最终被一声大吼引爆，其精神崩溃被读者所感知。到此为止，支持这两篇小说得以运转的价值支点，终于浮出水面了，也汇合到一起了。它不是道德坚守而产生的悲壮，也不是忠于情感而碰撞出的凄美，是道德失效时候的抉择，是情感转向时候的警醒。也即是说，这两个故事的结局皆终止于自私自利的个人主义取向。《黄金海岸的郁金香》费那么多的篇幅进行铺垫，

237

无非是告诉读者，之于老太太，个人主义的获得，只能以适时掐断家庭道德伦理的绳索为契机。为了内在性生活，老太太便能马上于浪漫舞曲中赢得人们的喝彩和惊叫。由此推而广之，那些嘴里不断自嘲不断把自我的缺陷转嫁给他人的中年妇女所倾心的，难道与老太太有什么不同吗？这充分表明，在这篇小说中，同情个体内在性诉求的问题，最终实际以让位给自私自利的个人主义而告终了。传统文化中有效的具体道德伦理方式方法，比如必要的体恤、必要的理解、必要的同情和必要的牺牲，在喧闹而无限彰显自我的集体无意识包裹中，显得局促、固执、好笑、不值得、不可思议，最终还是输给了个人主义没能化育的文化传统惰性。反过来说，看上去老太太是解放了、放松了、轻松了，其实不然，是广场舞大妈所铸造的价值观使老太太那样而已，这也是小说文化价值倾向的一个突出之处。一言以蔽之，是"女权主义"蜕变为"女性主义"乃至"性别主义"的一般流程。广场舞大妈充当了民意，众女性在假想的优美生活旋律中，最后选择了为自己而活着，因为她而不是他推轮椅，这在中国文化传统中已经是一个被颠倒过来的备受同情的文化符号。

我曾在《自觉的批评与明显的局限》①一文中，因有感于当下中国"女权主义"的没落而说的一段话，表达的其实正是这个意思。我说，当一些女权主义者很难平衡感性与理性的时候，不但无法稳定地辨析理性，而且自产自销的感性也会变得极其不可靠，以至于成为无处不在的道德审判者和无时无刻不在絮叨的恋己狂。这也曲折地反映了中国女权主义尽管左冲右突，似乎处处为敌，只要是男性都必然要警惕、只要利益分配不以自我为中心，就必然有问题，进而必须给以无情解构的泛批判和反理性倾向。然而，究其实质，当"男权为中心"的社会结构到了"经济为中心"乃至"消费为中心"时，女权主义如果不能内在于经济社会乃至消费社会，其实已经不再是这个社会的批判性思想了，而是经济主义和消费主义的宠

238

---

① 牛学智：《自觉的批评与明显的局限》，《文学自由谈》2016 年第 1 期。

儿，不大可能是现代社会机制的促进者和建构者。中国遍地开花、如火如荼的"广场大妈"及其"广场舞"，就是这种主义的一个变种。看起来好像很幸福，其幸福中却没有多少男性的现实生活内容；看起来好像很有主体性，主体性中却很少有其他人群的精神感受；看起来好像很无畏，表面的无畏下却包裹着无限的脆弱和不自信。当这些生活意识形态被广场旋律借用时，被无数瑜伽会馆、健身房和洗浴中心、美容院转化成"身体美学"时，它们成功地粉碎了作为思想之一种的女权主义。导致女权主义变成了敏感的性别主义者和亢奋的个人主义者，到这个地步，不得不说，女权主义已经终结。既然如此，女权主义作为价值标准，其实已经蜕变成了女性本能加一点自我意识再加一点"文化传统"的混杂物，庶几可以叫作城市中产女性的文化传统主义。

　　很难说《黄金海岸的郁金香》就是如此流行价值中的产物，但从小说叙事规定性的角度看过去，其中的个人主义与此处指出的女权主义的变异，的确有着千丝万缕的联系。她们不计后果彰显自我中心，而不是眼里有他人的悲悯意识和内在于他人命运、他人情感世界的积极的个人作为，尽管许多时候的确以个体的精神困境为名义。以这个角度，《吼叫》也同样受惠于如此流行的文化价值，稍有不同的只是，作者用一般人性善稀释了一般人性恶，转移了小说的主要诉求。但由于人性恶的承受者瞎子，具有先天性话语缺陷的缘故，整体上小说仍然徘徊在迷恋传统道德伦理，甚至有把人性的天平倾斜于传统道德伦理必胜的嫌疑，也就与刚才说的个人的积极作为没有多少瓜葛了，暴露了现代文化价值观的不成熟，变相地支持了早已失灵但一直被某些主流文化所鼓励的文化等级制。弱者总是失败，强势者总是得胜，要彻底清除其之所以如此的悲剧根源，只能求助于成熟的现代社会机制，而不是经常进行传统道德伦理的意淫式哭喊。

　　这一意义上，《英子》《不问》一类小说，的确在无意识中体现了现代社会家庭之间、个人与个人之间亲密关系的变化。但这种变化并非从传统眼光看过去的"道德危机"，毋宁说是"个体危机"。

239

半遮半掩的道德外衣终究抵抗不过直通通的物质馈赠，筹码再怎么押在小孩子身上——以孩子为中心的护子主义、夫妻为中心的恩爱主义也终究无法打败甜言蜜语酥胸荡漾的肉身诱惑。性、金钱，自古以来就是道德的劲敌，它能持续成为小说关注的母题，自然有其不得不的理由。然而，在更高的层面看，这样的批判又是相当乏力的，甚至于是相当错位的。因此，此类小说，也就属于任何时候都正确，但确实无新意的创作。非但如此，还可能很陈旧，不过是通过精心调制"个人主义"与"文化传统"元素，结构成遍布在大江南北的"中国故事"而已。搁在当前剧烈的社会分层语境来看，只是自古以来就有的老故事，毫无进入分层人群的诚意可言，更遑论通过人生片段或人性侧面，撰写出在既有现代社会机制中个体的觉醒或者不觉醒了。以这个角度，快刀斩乱麻的文化传统救赎故事，与尽管过程千回百转但结论直扑向自私自利的个人主义故事，其文化价值本质是一回事。前者其实吸收的是西方社会早已被抛弃了的东西，比如把西欧国家"脱嵌"于现代社会控制欲进入个人控制个人、个人为个人买单的后现代个人主义，语境错位地误用到我们的转型社会，遂变成了自私自利、唯我独尊的自我主义者；后者通过层层转化，把产生自不健全现代社会机制的精神疑难，比如持久的困惑、经久不息的焦虑和永无止境的堕落等，简化成了传统文化中具体道德伦理方式方法的缺席，相差何止以道里计。

普通小说作者代表的是普遍社会文化水平，这才是应该引起深思的地方。

同样的选题，如果深植于人的现代化的视野之中，情况可能很不一样。

毕飞宇有个短篇小说叫《相爱的日子》[①]，差不多是从具体个体的角度体现"文化自觉"程度的典型文本。他写了一对同乡青年男女大学毕业后，留城打工、"恋爱"、同居乃至不得不分手、各找各的归属、各寻各的阶层依附的事。先指出这对青年男女相同而普遍的

---

① 毕飞宇：《相爱的日子》，《人民文学》2007 年第 5 期。

底层遭遇。一是他们是老乡，可谓地域共同体、语言共同体、生活共同体和信仰共同体。这样的一个共同经历和共同文化习惯，他们之间理应有的财富差距就被抹平了，即是说，他们之间没有了通常人们认为的那些道德鸿沟和身份危机。他们之间的和平相处乃至发展成为爱情，是受到我们的传统文化支持的。二是他们毕业于同一所大学，可谓知识共同体和价值共同体。虽然他们并非同一专业，但在校期间的确经常走动，是"说话""聊天"的伙伴，这意味着他们在相互深一层次的交流沟通中，得到了对既有身份的确认和双方对未来不确定身份的预想。三是他们居然也留在了同一城市，双方打工的场所估计也不太远，这就为相互照料创造了条件。当然，根据小说的叙事，这对青年打工者，尽管在各自的人生历程中有过不完全相同的勾勒和描画，信息表明，他们在求学途中、寒暑假返乡过程中，乃至平时一般性交往中，更多的是作为老乡身份出现在众人面前。正是这一老早就被社会化了的身份，加速了他们之间关系的升温质变。特别是走向社会的时候，有点像有些社会经济学家所说的"内卷化"趋向，即交往圈内卷化、就业内卷化、职业取向内卷化，如此等等，都为他们提前准备好了成为一家人的前设条件。

小说写到这一层，当然仍是常识中的常识，至少这类普遍社会现象已经过多出现在社会学调研报告中了，没什么奇怪的。小说真正让人惊悚的发现在于以下几个方面。其一，这对青年没有什么意外和悬念，终于完成了"恋爱"、同居的过程。不过，这个一般男女关系的发生与发展，准确说，应该叫姘居。两个人干的都不是什么体面活，特别是男的，在菜市场装卸菜，这活儿似乎要比装卸肉类看上去干净，但总的来说，是起早贪黑却又朝不保夕的营生。作为大学毕业生，男的倒是没有有碍于面子的尊严感，也差不多是深知自己的阶层处境的缘故，无怨无悔。然而，正是如此境况，本来两人可以搬一起住的，他心里的小算盘提醒他，还是留点退路为好。于是，就这么着，几乎从开始，男的就不怎么奢求女的对自己产生真爱，仅是同居，又因为良知告诉他，女的更需要照顾，这仿佛也成了两人之间心照不宣的"约定"。其二，从这个"约定"成立的那一天算起，女孩也就不再把男的当外人，他们在行床笫之事时甚至都可以谋划未来。这未来主要是女孩将来该嫁一个什么样的人的策划。其结果是，经过量化考量，两人一拍即合终于决定与某个年收入在十万，离异且带有一小孩的已婚中年人建立家庭。小说中说，之所以这个决定如此之简单，原因就在于这个郝姓男的收入还比较稳定而已。其三，也就是最揪心的一点，这两人看上去仿佛真是"同床异梦"，其实不然，长期的切肤厮磨，他们原是有着深爱的。只不过，因为现实生存的考虑，这种爱不得不转化成性而存在。他们在严酷的现实面前，回收了爱应有的恣肆与放浪，也消化处理了爱应有的自私与排他性，他们几乎用他们坚强的克制力窒息了爱情，并维持着使爱只停留在性、情，只停留在关照层面的异常痛苦、异常压抑、异常尴尬的关系。不啻说，这对准恋人，正是极具普遍性地表征了我们这个时代，城市物质生活基数普遍升高后，年轻人出让爱寻租爱，进而生活在精神极度荒芜的世界真相。在这个世界里，他们不是通常所说的道德伦理文化的堕落，也不是信念理想的坍塌，更不是自我的分裂，他们所经历和将经历的只是深一层的自我瓦解。眼下和未来的新型城镇，对于他们来说，也将是无真爱可言的冰凉的城堡。

到此为止小说也就结束了。读这个小说发现，在整个过程中，打断青年男女的根本不是文化差异，他们之间没有人们经常说的文化危机；也根本没有观念差异，他们之间也没有来自价值的冲突。非但如此，他们其实是如此的理解和包容。

那么，是什么呢？不言而喻，是生活的稳定性。

文化传统主义者或许会认为，小说中的女孩欲望太多；简单的现代主义者也许会认为，女孩不够有尊严；后现代主义者大概还会理直气壮地支持女孩，乃至于把女孩的这种行为认定是"自己为自己负责"。如此等等，几乎有多少主义，就会有多少答案。可是，对于具体的女孩和具体的男孩，稍微稳定的吃住行，的确是他们生命中的第一要务；而从社会力量发出的确保具体女孩和具体男孩成为真正恋人的稳定的机制，的确才是他们放飞理想和梦想的切实条件。在这个基础上，你才能坐下来体味"文化自觉"之于《相爱的日子》，究竟意味着什么。

至少，我们所赖以存在的文化秩序，并没有消散，这对男女青年之间，并不存在相互嫌弃的因素；我们的信念世界也并没有因为经济指数的猛烈上调而坍塌，在同一阶层内部，话语也有着强度感染力或强度黏合作用，男女青年虽不能最终走到一起，但他们却经常是"说说话"的伙伴，手机弥补了他们被两个不同空间隔离的缺憾；我们的道德伦理世界，亦没有人们所想象的那样堕落得彻底，这一对青年心里持守什么也是确定的，只不过，逼迫他们放弃的是既有经济主义价值导向——是底层者、弱势者、外来者在经济社会求得生存的一般成本所规定的，这个成本里面显然还不包含奢侈品以及与奢侈消费相匹配的硬件设施。

因此，在我们的社会机制框架里，现在我们必须考虑使我们的"文化自觉"转换成"自主能力"的首要前提是什么的问题了。

不是说凡是能立马解释当下具体问题的小说就一定好，而是说，短篇小说作为一种能"走向片面的深刻"的文学品种，它真正的魅力和新意，只能是、永远是对常识的不断深化，对母题从偏僻处的不断掘进。如果不解决这个理论问题，我们的短篇小说当然也还会按部就班地一批批被生产出来被发表出来，但生产之日发表之日，或许便是它生命的终结之日。

所以，个人危机的事，个人主义有无着落的问题，只有放到此时此刻社会现实来看，叙事也许才因相对接近真相而迷人，一旦封锁在个体经验本位，一味回溯文化传统，就无法自觉成为文化现代性个体，也无法摆脱文化传统的惰性。那么，写多少年，创作都是不会有大出息的。除了似曾相识的那么一点"真实性"感觉，我实在想不起来还有什么特别的启发。

"真实性"这一飘飘忽忽的评价概念，本来自于经典现实主义理论，是经典现实主义理论话语，即恩格斯"典型论"中的一个常用词。但是当普遍进入消费主义时代，当流动性、不确定性成为分层社会绕不过去的一个分析术语时，"真实性"就变得十分可疑了。瑜伽会所里的个体，可能关心的是某个旋律不够抒情不够慢；疯疯癫癫横闯红灯的外卖小伙，最上心的或许是如何争分夺秒趁着饭盒没有凉透就拿到买家的签字；私家小轿车车主伤透脑筋的事儿是自驾游因车位紧张而导致的麻烦；拥挤在合租房里的小姑娘提心吊胆的则是晚上加班太晚明天不能准时到位被老板炒鱿鱼。如此等等，"典型论"逻辑中的"真实性"显然已经不能像当年衡量巴尔扎克等人的小说是否反映了"腐朽""没落"资本主义社会对人的奴役、榨取那样，来评价社会巨变期谁腐蚀谁、谁剥夺谁一类泾渭分明的问题了。毋宁说，我们今天更需要了解的是，文学在多大程度上呈现了经济不平衡后面的社会机制，以及该机制中群体合理欲望如何被支持的问题。这与文化观念息息相关，而不是与纯艺术感受的言人人殊的"真实性"产生直接联系。这个意义，"真实性"实际是"个人主义"与"文化传统"长期灌输而形成的一种心理惰性，只向已知的、既有的过去求证，不愿也不习惯把眼光投向未来。于是，面向未经体验的文化现代性，拟现实的"真实性"其实是对守旧文化的再度筑牢，它本来反映的就是文学文化观与现代文化、现代社会机制的隔膜。

总而言之，当"个人主义"与"文化传统"不约而同成为小说故事的强大支持后盾之时，不只是取消了文学的差异性，还打断了自"五四"以来中国现代文学就形成的文化现代性血脉。这种异常隐蔽却十分扎眼的文化同质化现象，比之虽无质疑意识却到底"忠实"现实的自然主义写法来说，实在走得更远了。进一步表明，现代法文化还远未进入到文学形象与情感组织系统。非但如此，还可能有意蛊惑了某种文化糟粕的泛滥，这是与新型城镇化大势很不匹配的。也由此可推知，宁夏文学在文化现代性的探索上，整体的分量是很不够的。

三、第三类短篇小说或一点结论

阅读之初，本来还想对《药》《男孩与猫》《巴厘虎》《豆蔻羞人》《杂耍》《望樟》《狗东西》《秘密》《拒绝》和《明月前溪后溪》，谈些个人想法，然而篇幅已经不允许了，现在只能草草结尾。读这些集中发表在《朔方》的以"非著名"作者为主的短篇小说，我曾反复拿发表在相近时间段的西北片的《飞天》《青海湖》、东南片的《福建文学》、西南片的《广西文学》《滇池》，以及《天津文学》《上海文学》《北京文学》《雨花》《花城》等刊物"陌生作者"的几十篇短篇小说相比较。对比的结果显示，这些不知名但已经写作多年且均有若干短篇小说集、散文、诗歌著作行世的作者，除了以上两种明显的同质化外，即便挖空心思勉强阐释意义，实在想不出来还有什么新意。暂且不论当下知名的、著名的、杰出的小说家都怎么思考、怎么营造短篇小说，单就不知名的、不著名的、不杰出小说家的这些作品看，都是一种相当趋同的文化口味，问题的确不是一般的严重了。

前文归纳分析的两条而外，对于无法归类不好置评的这第三类短篇小说，最后只啰唆一句，它们或语言简洁干净，或故事紧凑集中，或隐喻巧妙有味，或立意独特志存高远。可是，从文化价值的整体水平来看，恐怕还得解决一个基本问题。就是围绕一点的密，绝不能构成叙事；放大一点平常事件乃至于成为小说结构，也绝不是小说空间的阔大；滤除社会性的个人人性描摹，亦绝不是真正意义上的人性拷问。

要成为读者心甘情愿关注的小说，大可不必担心微信，只需考虑个人的写作是否内在于多数人浸淫其中的文化价值场域，并突出于该场域，然后俯瞰式，而不是平行于、低于一般常识或恒久母题，对于短篇小说创作，我认为就够了。而要达到这一目的，首先只能调整既有文化观念，向前展望，而不是一味回忆；有必要怀疑地看待既成习惯的"文化规范"，而不是照单全收地拥抱经济主义塞给的任何糖果。

245

第二十一章 当前少数民族文学
批评现状与前景

本来少数民族文学批评现状与批评思想审视的内容可以放到"批评问题审视"中去，思来想去，这两章内容虽为批评研究，但它们实质上是对第十八章"中国小说流行叙事"的逻辑性衔接，是从理论批评的角度对人们集体无意识中那种最能生成普遍意义的文化积淀和知识经验的深入反思，属于对典型性叙事惯性和代表性中国式信仰文化传统的批判，本身在叙事惯性结构中。

当前少数民族文学批评主要集中在古文化论述、"灵魂"叙事价值模式和宗教原典与宗法文化程式几个方面。无论哪方面，都不是直接地、正面地观照现实生活特别是新型城镇化过程中少数民族社会变动的，也就脱离了文化现代性而存在，这导致了少数民族文学批评自我确认，甚至自说自话的狭隘与局限，很难有思想言说的深度，也很难达到真正引领少数民族文学创作的作用。

中国少数民族文学批评，是与中国少数民族文学相伴而生的一门学问，两者的历史差不多一样久远，几乎贯穿于古代文学、现代文学与当代文学几个完整的阶段。然而，"少数民族"与"文学"所构成的这一独立概念及其相对独立自洽的话语体系，恐怕才在新世纪以来慢慢清晰。新世纪之前，少数民族文学及其批评，多数时候一般作为文学的"特色"而存在，主要依附于民族人类学、民族社会学、神话学以及相关传说和文献，其文学及其批评话语方式、价值诉求等，也就不可能像今天这么丰富而过剩。特别是近年来，随着民族学学科的热闹和各级各类民族学课题项目数量的增多，少数民族文学及其批评研究，自然也成了中国当代文学及其批评研究中的一个热门话题。当前少数民族文学及其批评，特别是批评的突出问题也就出在"热闹"与"热门"上。下面基于具体的感知体会，谈谈少数民族文学批评中存在的主要问题，也试着提出自己不成熟的对策建议。

一、少数民族文学批评中的"理论认同" 与现实错位

2017 年中国少数民族文学学会年会在湖南大学举办，会后参会论文装订成厚厚三大本，两百篇论文约一百五十万字，我认真阅读了的有三分之二左右。这些论文的研究思路可以大体归纳为这样几大类：

一是立足于少数民族的古文化论述，努力从古文化知识与经验中挖掘出当代的意义，企图建立少数民族的文学原型，可以称之为"少数民族文学的古典主义"。这一类研究的主要批评话语方式是浪漫主义的和古典主义的。其中最突出的文化信息及其价值诉求主要是传统农耕文明、游牧文明的模式与秩序，形象符号主要是特殊个体神秘主义的体验状态，情感模式也主要是绝尘而去的内心涵咏与静默方式，批评研究的结果只能是反城镇化与反现代性的，至少是内心拒绝现代性的，所产生的张力只能是二元对立，显然，这是一种比较陈腐的思路，但数量却相当可观。

二是从大的审美文化分解而来的"灵魂叙事"及其批评话语方式，借重的主要是民间宗教信仰知识与仪式，"心灵""灵魂""救赎"是其关键词。这一类批评研究的结果当然是要推出"人性"，但这类文章读得稍微多一点，就感觉作为理论论述的"人性"其实并不是成长的，几乎认定凡"内在性生活"都是人性的内容，极端者甚至把"去社会化"人生流程，看作是人性叙事，就不免神神秘秘、神神道道，理论批评除了大面积同质化外，并没有多少人性论建树。

三是对宗教原典和宗法文化模式的诉求越来越多了，思潮趋势

上可能是传统乡土文化的自然延伸，但具体语境无疑又是"乡愁"这一社会文化现象在文学上的反映，大量引入少数民族民间宗教信仰原典话语及其形象原型，基本消解了文学在当前社会结构中的主动性功能，文学的世俗化水平，即少数民族文学叙事的文化现代性程度比较低。

除了这三种主要而突出的批评话语方式与价值模式之外，仔细分析当然还有"神话模式""村寨模式""英雄人物模式""人类学模式""民俗文化模式"等等。然而，作为世俗化极深的文学及其批评来说，恐怕不是与实际现实社会更切近了，而是更隔膜了，距离更远了。

2009 年和 2015 年的纪实片《西藏一年》《喜马拉雅·天梯》，许多文学研究者可能都有印象。《西藏一年》中有一个细节是讲"冰雹喇嘛"这一职业的。藏传佛教的语境下，"冰雹喇嘛"不可能失业，但当江孜县政府购置了防雹高射炮，宗教意义上的咒语就失灵了，喇嘛于是面临着"下岗"。他该怎样转型呢？像建藏那样开饭馆，像仁青那样承包工程，或者继续为婚嫁葬娶祈福做法事？可能都不是。他需要再在活生生的现实中苦练一门生存的技能，这技能还得是濒临破产、无业可就的传统手艺之外的，方可勉为其难维持他以后的生活来源。而不是他以前信以为真的什么咒语、符帖和祈祷仪式，这才是他面对的困难，说穿了，下岗后的"冰雹喇嘛"，真正遭遇了现代性困境。已经有了不错开头的建藏，他饭馆的设施不也跟不上形势需要，还需再度现代化吗？仁青无力承包大工程，类似问题也同样存在。即便转型为专事法事，年轻夫妻其实根本不知道他们的日子背后还会存在什么祈祷，这说明宗教已经无力解决现代生活疑难。

在《喜马拉雅·天梯》中，当我们体验珠峰绒布德吉寺的僧人父亲阿古桑吉，通过高倍望远镜关注靠登山谋生的儿子次培和汉族客户们的时候，宗教的神秘性已经被消解了，纪录片中一个不经意的细节很耐人寻味。阿古桑吉的儿子曾通过摄影师雷建军捎给父亲劣质的纸质经书，由于长时间揣在怀里，再加上纸质差，经文早已变得斑驳，几近看不清。雷建军拿着这样一件东西，心里很复杂。首先勾起他记忆的是西藏作为信仰之地的神奇和神圣，可是，当承载所有神奇与神圣的经卷以及持经人就在眼前时，那种字里行间的神秘似乎瞬间消失了、隐藏了，呈现于眼前涌动于胸的反而是对这一对别无生计可图的父子的莫名同情与怜悯。经卷的神力显然太有限了，非但如此，连同它的虔诚者的命运，也都变得太现实了。谁都清楚，经书能起的作用，他和这对父子都心照不宣。这时候谈信仰，只能把它当作自我的一种修持来看待，万万不可变成一家人的生活保障。即是说，一家人的生活能否持续维持下去，全系于登山向导儿子一身。而儿子登山的安全系数，则完全仰仗平时的现代化训练，也必须信赖这训练，方可顺利登上珠峰。过程中虽然有时会有偶然因素，但主要还得相信现代登山技能、现代登山技术保障。除此之外，别无他法。同理，乡村医生拉姆对于暂时没有起到作用的现代医药也有着清醒的认知，她之所以携家人前去朝圣，也仅仅为着寻求一点心灵慰藉，得到精神上的释解，并不指望朝圣能根治其胃病。

　　把以上少数民族文学批评话语、价值诉求与这两部纪实片中的生活细节稍微一对照，其中致命的错位就显现出来了。虽然文学及其批评向来以叙述、研究超越自我、超越现实乃至超越世俗功利的东西而著称，但当一种文学及其批评的纹理之中，完全捕捉不到尖锐的现实疑难的时候，证明其生命力肯定是太有限了。

二、少数民族文学批评的价值长项与思想前景

　　法国哲学家米歇尔·福柯著名的"解构主义"及其"话语权力理论"，大家肯定熟知，他所谓社区的、地方的、民族的知识，其实是冲着僵化、等级化中心话语与权力而去的，从来没有就民族谈民族、就地方谈地方、就社区谈社区；台湾学者王明珂《华夏边缘：历史记忆与族群认同》（增订本）一书第十四章《一个华夏边缘的

延续与变迁》①也讲了类似的意思，他说他经过十多年时间对四川北川羌族村落的蹲点调查研究认为，羌族其实是被建构的结果，其结论认为，当代社会基于某种目的，建构一个民族远比建构一个公民意识简单得多得多。在《反思史学与史学反思：文本与表征分析》一书中，王明珂也强调指出，在当代国族主义下，传统文化或本土文化又有其特殊意义。近代西方殖民帝国主义国家挟其进步之科技，挟其社会达尔文主义下国族领域拓殖主张，进入亚非等地竞夺工商业资源。在此刺激下，亚非等地国家知识精英之本土国族主义常有二元吁求——求团结（以凝聚国族）、求进步（以图存于全球国族竞争之中）。在这样的国族主义潮流中，"传统文化"扮演了十分重要的角色，但也因此产生相互矛盾的二元性质。"一方面，它代表一民族（国族）共同的'过去'，可借以团结国族同胞；另一方面，传统文化代表落伍、守旧，而与国族之'进步'冀求相抵触。因此一个普遍现象便是，国族中的男性、知识分子、主要族群、都市居民等社会核心人群虽自豪于'我们的传统文化'，但他们却不实践'传统文化'，而是鼓励国族中的边缘人群，如女性、乡民、原住民、少数民族等等，来背负与展演'传统文化'"②。这里的"传统文化""本土文化"，其实指的是特色更加鲜明的少数民族文化，而不是通常所说的广义的"中国传统文化"。

所以，归根结底，无论批评给少数民族文学赋予多么超重的古文化功能，还是给予再多的神秘面纱，抑或索性把它等同于宗教，其实都暴露的是批评本身的苍白与平庸。

基于前面提出的几种问题，我不妨试着回应一下。

第一类问题实际涉及怎样转化古文化思想的问题。以目前葛

---

① 此观点系王明珂在 2015 年 9 月 15 日宁夏银川市北方民族大学所作题为《一个反思性建构：长城成长史》的演讲，详细内容还可参见王明珂：《华夏边缘：历史记忆与族群认同》（增订本），浙江人民出版社，2013，第 280 页。

② 王明珂：《反思史学与史学反思：文本与表征分析》，上海人民出版社，2016，第 42—43 页。

兆光《中国思想史》研究所到达的水平而言，古文化思想或者说古代民间文化传统中的价值诉求，启发最大的应该说是中国少数民族文学及其批评。葛兆光有个观点认为，有意义的普遍性话语有两条生成线索：一条是自下而上的生成线索，先是从民间观念到'巫祝史宗'书写，再到彻底官方化，并通过官化形成社会主导性礼仪秩序；另一条是自上而下的政治认同线索，从介于庙堂与江湖之间的'巫祝史宗'话语，生产而成为制衡'皇权'的'天道'话语系统，再到民间社会的普遍性。[①]与汉文学相比较，少数民族文学及其批评，其实有得天独厚的感知体验，可以通过对少数民族经验的叙事，最终撑开目前新一体化的经验模式，这便是少数民族文学叙述及其批评实践的张力所在。如果纳入当前社会学视野，根植于少数民族内心深处的意义生活，按文化现代性的终极目标来说，正好是差异性对同质化、个别性对新一体化、意义机制对庸人主义的一种反抗。

第二类问题之所以如此，是因为核心资源来自民俗人类学和神话原型。倒有个相反的思想追问可资构成少数民族文学及其批评的用武之地。这便是，倘若"复魅"其他少数民族宗教文化及本土化佛教文化的"神秘主义"和原住民的生活形态不可能，那么，追问"复魅"所需的别的价值支点即支持使个体经验中的神秘主义转化成普遍意义的社会机制，是否成为可能？也是否正是少数民族文学叙事以及批评论述的重点？因为按照福柯的解构主义或话语权力理论，"复魅"或"重获象征"所需的具体语境，正好是社会的现代化机制——在现代性的角度看，支持神秘主义体验转化为普遍性社会意义系统，与成熟现代社会机制是等值的，都是尊重并保障个体与社会的良好互动并最终使个体获得饱满意义感。只有建立现代社会机制，才能确保个体的价值生活拥有自己的空间并得到最大限度的确认。解决诸多错位的叙事，就有了切实的思想依据。

---

①　详细论述参见本著第二十二章《当前少数民族文学批评思想审视》。

　　第三类问题的根源在文化传统主义身上，这就需要直接引进文化现代性思想并作为评价尺度。只有自觉引进文化现代性，才能丈量出基于宗教信仰文化或宗法文化程式的叙事的静态化状态，人觉醒的程度或不觉醒的程度，才会被转化成文学的叙事流程，其中的情感模式、人性形象，就不再是乡村对城镇、传统对现代、少数民族对汉文化的非此即彼模式，也就可能才是现代社会的、现代文化的和现代文学的应有诉求，少数民族文学及其批评话语方式与价值体系，也就才能发挥出恩格斯意义的"这一个"的价值功能。

第二十二章　当前少数民族文学批评思想审视

　　中国少数民族文学及其批评，从创作及研究框架看本来应该属于中国当代文学之大的范畴，但当"中国当代文学"及其批评走到今天这个地步，人们似乎觉得它的创作和理论批评，都有走向瓶颈之嫌，故而至少有意无意地驱赶体验经验，使之回归少数民族或多民族本位，也就似乎成了一种集体无意识潮流。大量的创作及其批评事实已经证明，"中国当代文学"及其批评需要来一次视角的下移，这包括创作、批评者主体性的调整和文学与批评本体性的变革。否则，越来越多的创作和批评实践，都将会遭遇无处不在的身份危机、文化危机和意义危机的挑战。更为攸关的还在于，遭遇挑战而四平八稳、温温吞吞、油腔滑调，不能不说，这是迄今为止最为严厉的精神难题。其中自然包含社会学、政治经济学问题，但主要的仍在人们观察时代的思维观念惯性上。即是说，当我们自然而然启用"中国少数民族"这样一个辨识概念时，我们的主体性感知体验、身份定位和知识来源，应该"跳出……再审视……"，而不是就事论事、就文学谈文学、就批评论批评。如此，差异性视角才会有效作用于我们的惯性思维，"他者"也才能有效成为我们进行自我辨识时的镜子。然而，事实并非如此。当我们跟踪浏览了众多相关创作和批评文本后发现，自我仍然作为自我的镜子、自我仍然作为自我的辨识依据，基本是中国少数民族文学及其批评最为常见的方法论。这样一来，普遍性人文价值诉求便差不多缺席了。紧接着诸如全球化与中国经验，新型城镇化与地方的、少数民族的遭遇，优秀传统文化与普遍性意义感，现代社会机制建立与文化产业化，等等。当再度凝聚到少数民族文学及其批评上来的时候，的确

253

需要一番清理。不然，要么我们谈论最多的"自觉""认同"就是个彻头彻尾的伪命题；要么我们下移视角而来的文学及其批评经验压根儿就没多大必要。当然，这个清理，需要具体的参照，而不是抽象的乃至笼统的指责。

因为不是自然科学，也不是可以通过一组组调研数据量化出来的社会学问题，所以文学及其批评的参照说穿了，其实是某种人文价值表征。就近几年来最突出的精神疑难为语境来衡量，我们为什么要反复进行细致入微的民族的、身份的和文化的辨识呢？我们又为什么会比往常任何时候都有身份危机、民族危机和文化危机的感受呢？中国少数民族文学创作及其理论批评亦为什么非得要通过重述民俗人类学、神话学乃至史诗性、经典性、传统性，来突出甚至放大其中所蕴含着的精神信息和文化信息呢？就其价值诉求而论，中国少数民族文学及其理论批评的终极价值追求，其异质性、差异性不就是为了最终改善中国当代文学已经形成的惯性乃至新的一体化，从精神深处建构有机的意义体系吗？既然如此，它本有的人文触角，就只能而且必须内在于当前正在运行的社会机制，来检验当前最新的思想发现、民俗人类学发现和西方现代性话语所指出的方向，最后生成新的文学话语体系。否则，自我经验规定性、学科规定性、知识规定性和响亮的意识形态规定性内[1]的任何诉求，因其不具有普遍化条件，或者因其始终处于个案的、标本的层面而不具有理论合法性，也就仅只个案而已。这正是当前最新思想研究成果、最新民俗人类学研究启示和西方现代性观念形态首先成为参照的重要原因。它避免了好像只能向传统文化寻求支援的思维定势，也避免了好像只有史诗的甚至神话学的才是唯一资源的误区。

值得进一步强调的是，涉及少数民族，特别是涉及少数宗教信仰民族，许多话题变得十分敏感，比如类似"愚昧"与"文明"、"落后"与"进步"等等。现在的确不能简单以这样明显具有文明歧视的眼光来看待问题，问题也的确不再是那么回事。但是，警惕任何

---

① 详细论述参见本著第九章内容。

的歧视不等于堕入虚无主义或相对主义深渊。只有差异性、异质性能最终超越个别性和个案性——即是说，走出仅仅是个人的和仅仅是个别的，也就才能被共同体以外的人群所感受和接纳，进而成为有意义的他者。而这个有意义的"他者"，正是共同体之外人群的意义机制镜鉴，也是其全部价值参照之所在。

当前的人文研究最新成果或许可以分为如下三种价值取向。

首先是思想史研究所得来的启示。一个时代的思想史研究，往往表征着该时代最迫切的价值期许。卡尔·雅斯贝尔斯的《大哲学家》之所以以"思想范式的创造者""思辨的集大成者"和"原创性形而上学家"来建构他的"轴心时代"，原因之一是他相信"统摄"和"交流"具有很大可能性，东方和西方只要建立起码的开放性个人交流机制，那么，不同读者在阅读的行为之中与传统的以及与"他者"建立起交流来，从而进入一个"世界时代"，一个不再依据"自己"和"异己"来区分人类的时代。即是说，当"轴心时代"的观念被带入现代，用民族甚至种族区分来定夺命运的时代就会慢慢远去，随之而来的是"由人而非民族来决定人类的命运"[1]。这一观点不仅是哲学精神诉诸，在历史人类学者艰辛的田野调查中，其实也得到了证明。比如台湾学者王明珂《华夏边缘：历史记忆与族群认同》（增订本）一书第十四章《一个华夏边缘的延续与变迁》就讲到了这一层意思。他经过十多年时间对四川北川羌族村落的蹲点调查研究得出结论认为，羌族其实是被建构的结果。推而广之，他的研究表明，在当代社会基于某种目的，建构一个民族远比建构一个公民意识简单得多得多。[2]既如此，如果不跳出特定民族知识、民族意识和民族标记符号看民族，人文表述很可能会误入歧途。

---

① ［德］顾彬：《"紧随你自己"——卡尔·雅斯贝尔斯对中国可能具有的意义》，见［德］卡尔·雅斯贝尔斯：《大哲学家》，李雪涛主译，社会科学文献出版社，2005，第2页。

② 该观点系王明珂在2015年9月15日宁夏银川市北方民族大学所作题为《一个反思性建构：长城成长史》的演讲，详细内容还可参见王明珂：《华夏边缘：历史记忆与族群认同》（增订本），浙江人民出版社，2013，第280页。

　　镜头再推得近一些，焦点再凝聚一些，接过第二十一章提到的葛兆光 1997 年初版 2013 年再版的《中国思想史》^①话题来说，他不再以思想家个案来结构中国思想史的经纬，而是改为以一般的知识、思想与信仰状态为重点，这是为什么？抛开他如何深受法国解构主义哲学家福柯的"权力结构理论"影响不说，单就当前"意义缺失"这一普遍性语境而论，我们以为最重要的现实针对性在于：一方面，他本人实际上想在普通民众、一般读书人甚至基本知识接受层面，反过来求证主流意识形态思想成果的能动作用。这样的一个视角选择，一些被专门著述突出过的思想家、精英知识分子观念，反而被日常生活的洪流湮没了；而并不被思想撰述在乎的集体无意识，有时候倒显出了思想的生命活力。另一方面，他在建构有生命活力的那部分思想资源时，总是带着深沉的当下观照来写，因此，读后的体会是，他一直在通过思想史梳理出突出最高认同的条件问题。政治、传媒、经济水平、日常生活方式、文学艺术、精英知识分子和大众，便构成了这部思想史实质性的结构线索。这部一百二十多万字的思想史收尾于 1895 年的中日"甲午战争"，在文化和价值观的一次次冲突、一次次认同、一次次重构的过程中，表明葛兆光着重体现的是中国文化传统内部价值观念的认同方法论，最终把认同的最高标识指向了对政治秩序体系的思考。在官方与半官方、官方与民间的消极的或积极的互动中，给今天再认识"古今转化"提供了莫大的想象空间。近代以前中国社会最高价值的良性循环、互动生成机制，在今天并不理想地存在，这给今天的"古今转化"出示了难题。当然，同时也启示我们得从另外角度切入和观察。天真的"古今转化"之所以甚嚣尘上，其实是在"回不去"的语境，安全地消费乌托邦般的古代社会，古代社会连续性"道统"的当下批评功能，反而被推到了价值断裂的现实外围，"古今转化"最为自圆其说的部分，恰好成了最没有介入力量的话语赘余。

　　其次是民俗人类学和神话研究所显明的方向，或者不如说，从

---

　　① 　葛兆光：《中国思想史》，复旦大学出版社，2013。

相关学者对民俗人类学和神话学所给予的当代希望中，逆向而推，正好让我们看到了这些学说、思想、知识资源与当代社会衔接时出现的不可弥合裂缝，进而启示我们的眼光该往前看了，而不是一味迷醉于过去。如果以叶舒宪 2009 年出版的《现代性危机与文化寻根》[1]一书为例的话，这样的意思便体现得更为突出，堪称代表性观点。这本书实际上可以看作是作者对英国社会学家安东尼·吉登斯反思现代性后果的著作《现代性的后果》[2]的本土化表述。从二十一世纪初美国"9·11"、伊拉克战争、"非典"风暴，一直到朝戈、巴荒、丁方等的绘画"复魅"，文化寻根和找寻原始神话的情结贯穿始终。该著犀利地批评了全球化的现代性、发展主义、科技主义后果，同时也把自己的坐标建立在了中国道教文化、本土化佛教文化的"神秘主义"和原住民的生活形态之上。显而易见，叶舒宪不是教导人们回到原始时期，而是希望在经济主义价值观已经成为主导的当下，要格外重视民间的寻根浪潮。在文化认同的层面看，这本书的启示在于，"复魅"中国传统文化中的神秘主义，或许是解决今天认同焦虑的中国化路子。由此反观，今天的发展主义才是导致一切社会秩序失衡的源头，"复魅"便是更高层次的"退回去"。这样的一个民俗人类学视角表明，建立真正的文化认同机制，在今天特殊语境下，我们不能仅在文化、精神领域做文章，长期以来被文化研究重视不够的经济话语、政治话语，其实是决定文化认同程度的关键环节，至少是影响文化认同乃至造成文化危机的重要渊薮。

再次是在对西方普遍主义话语批判中所给出的经验。目前为止，阅读成批西方学者关于现代性、后现代性、反思现代性著作，都没有读张旭东《全球化时代的文化认同：西方普遍主义话语的

---

① 叶舒宪:《现代性危机与文化寻根》，山东教育出版社，2009。
② ［英］安东尼·吉登斯:《现代性的后果》，田禾译，译林出版社，2000。

历史批判》①亲切（该书目前已有三次印刷，分别有 2005、2006 和
2009 年三个版本）。究其原因，恐怕就在于这部书的镜头是近焦距
的。在现代社会，而且还是现代社会机制运行深处，反思西方现代
性话语，这直接关系到我们经常挂在嘴上的"中西转化"问题。所
以，这部书所谓的文化认同，其实是不限于文化领域的。总结说，
它是在哲学、政治、社会、教育、经济、文学艺术等综合话语网络
中，来谈文化认同的条件问题。西方现代性的焦虑或者后果，能
否成为中国当代的一个借鉴，这关系到当代中国如何处理日常生活
方式与经济主义价值观之间的错位感的迫切问题，也深刻关涉到个
人发展的意义感与国家民族的象征符号之间的契合点怎样建立的问
题。文化认同的重要性、有效性，被推到了时代的最前沿。它既是
每个人将来的事，也是我们民族将来的事。按照张旭东所谓文化认
同的最有效形式是文化的政治认同来打量，当前把文化根基建立在
地方的、少数民族边缘知识、宗教信仰和独特生活经验基础上，旨
在发掘"个别性"从而在普遍意义上论证"内在性"的价值诉求，
因前提仅仅是个别的甚至有时候或许只是"孤例"，既没有充分的
社会内容又没有成熟现代社会机制为价值杠杆，因支持不了普遍性
问题，致使起于个人经验的批评话语和价值期许，最后也不得不又
止于封闭的"内在性"个人经验诉求，这进一步表明，如此普遍性
真的已经走到了思想言说的死胡同。

　　参照这一研究成果，当前凡涉及文化认同的小说创作及其批
评，确乎还很难谈得上是对近二十年来中国经济社会的真正叙述进
入，也或许能折射出那些把全部结构寄托在反腐和官场上的用心，
一定程度可能是对"法"叙述和财产制度叙事的根本陌生。②

　　当然人文社科话语的总体情况和发展水平，还可以有另一条线
索。在社会学话语的角度，也可以看出目前为止人文学话语用力的

258

---

① 张旭东：《全球化时代的文化认同：西方普遍主义话语的历史批判》，
北京大学出版社，2009。
② 牛学智：《人文话语发现与当前长篇小说批评问题》，《文艺评论》
2014 年第 7 期。

空间。比如从麦克卢汉的《理解媒介——论人的延伸》、波兹曼的《娱乐至死——童年的消逝》、吉登斯的《现代性的后果》到鲍德里亚的《消费社会》和孙立平的"社会断裂三部曲"等等。这一线索在这里就不再赘述，因为从大的方向而言，他们的论述其实都在提醒我们，要解释清楚现代性焦虑，视野不能限于某一行业、某一学科内部，尤其视线不能被具体的个人经验、学科惯例、既有知识惯性所规定。

有了以上大致的人文话语背景，对于当前的小说创作及其批评理论，特别是宗教色彩和身份标记比较明显的少数民族文学及其批评，就有必要进行一些反思和清理。大致而言，这些问题给人有这样的感觉：总感觉许多地方还显得不深不透，有时候觉得批评家的用语很凶猛，但话语内涵与历史语境、现实语境其实又显得很"隔"；有时候理论话语似乎非常安逸，但读被评对象，又好像并非那么回事。总之吧，从宏观上说，我们认为目前少数民族文学批评话语急需一些必要的整合，评价尺度也急需一些必要的调整。具体说，我们以为以下的现象值得引起注意。

首先，急于转移认同危机的迫切心情，导致文化认同似乎被仪式化了。特别是少数民族文学中仿佛有一种重构的偏颇"愿景"在慢慢抬头，那就是对宗教原典和宗法化乡土模式的诉求越来越多了。

实际上自莫言小说经验被世俗化以来，藏污纳垢的乡村世界，连同它宗法、迷信、鬼魅的乡土文化在农村题材小说中的应运而生，一定意义上可以说是这种世俗化的一个次贷反应。突出表现在这样两个方面：一是对少数宗教信仰民族原教旨主义仪式文化的倾心。这一点，在边远地区的小说中尤其明显，比如以回族等其他一些民族民间文化为依托的写作，"换水"和"要口唤"就经常出现、甚至于不得不出现。其实，换水是方言，就是沐浴洗大净，意思接近洗澡，但从内容到形式都与洗澡有很大不同。洗澡要随意些，可以是泡，也可以是淋，先洗头还是先洗脚都无所谓，洗净为目的。换水就严肃得多了，须是活水，先洗哪后洗哪，哪个部位洗几次，

259

用哪只手，都是有严格规定的。任何程序，遵从到一定程度都会有了神圣性或宗教意味。因此，"换水"可以说是一种生活习惯，也可以看作一种信仰仪式。按规矩，七天须换一次水，上寺礼拜、过乜贴要换水，出远门也须换水。而"口唤"，有许可和命令之意，自己一生的吉凶祸福，系由超个人的"口唤"所决定。这样的一个严格规约，"要口唤"，表明了生者对死、对死之意义的神圣感。二是对传统文化拯救人的焦虑、矫正人的价值取向、给人提供意义感太过自信。这一点从作家们对中国传统节日、边远地区神秘文化的反复叙事中就可看出端倪。

文化经典如此讲当然无可非议，问题是，即便小说故事的预期读者只是特定读者，小说毕竟不等于信仰仪式，有时候在审美上甚至还可能要求高于信仰仪式，小说叙事才能完成对人的整体性观照。不过，这一类现象之所以近年来高频率出现在标志少数民族文化的小说叙事中，和一些汉族作家对传统文化的过于自信，以及对黄老秘籍的信赖，究其本质是一个性质。即小说的终极叙事目标，都指向元典的或"元文化"的魅力。"复魅"元典文化和神秘主义，意图都大同小异地指向当今人的焦虑、迷茫和无助感、无意义感。而关注这一方面的批评，据我们的粗略浏览，除了使用个体、圆满、本土经验、文化认同等概念之外，还有个重构目的，那就是通过以上概念解释人们的精神困境，从而达到以"回去"的方式获得安静、清醒，并找到意义感，进而证明因"得道"而"多助"，外部问题自此被成功转移到个人的私人世界里。那么，这一类批评，相对于目前哲学社会学，特别是现代性反思已经达到的水平还差得很远。因对现代性话语的疏离，对启蒙视野的摒弃，这一类批评的审美话语诉求，也就显得与现代社会秩序格格不入，更遑论内在于消费主义对时下的消费社会进行有效言说了，批评因与现实隔膜，与前沿现代性话语反思隔膜，而无法实现与西方话语的对抗。相比较，西方的现代性诉求也罢、现代性反思也罢，一直内在于现代社会结构，因此他们对人的内在性的整体表达水平，要比中国的这一路小说叙述、小说批评高得多，他们对认同的理解，也必然更加切实而有效。因为他们所表达的内在性在外在的之中，"并且通过外在的，来实现这内在的"。这就避免了黑格尔意义的那个矛盾，"如果主体片面地以一种形式而存在，它就会马上陷入这个矛盾：按照它的概念，它是整体，而按照它的存在情况，它却只是一方面"[1]。恰恰相反，当前中国这一路小说批评话语，实在都陷在了对片面"内在性"求索的逻辑怪圈之中。所以，阅读这类文字，总感觉它们是在逃避什么、拒绝什么，或者在有意掩饰什么，它们的那个被无限张扬的"内在性"，仿佛与其想要达成文化认同的终极诉求目标是越来越远了，而不是越来越近了。

以上情况而外，其他信仰文化小说及其批评也存在类似问题。比如神话史诗《江格尔》中雄狮洪格尔的"灵魂已不在体上"，而是附体到其他万物上的说法，作为信仰图腾仪式和神秘主义文化原典本也无可厚非。但当下作家、批评家如果依此知识建构出某种原始意义的和完全自然主义的"天人合一"，置一切导致其之所以如此的现实问题不管，用这个来应对现今人们的意义缺失感，就不单是幼稚了，恐怕还有回避现实棘手问题之嫌。我们阅读过大量关于西北西南诸少数民族地区的社会问题调研报告，信仰生活的确仍保留在这些地区人们的精神世界中。但应该说，影响信仰生活或者说导致其信仰生活不能按期进行的原因，其实并非新型城镇化本身，而是新型城镇化过程中严重走样的社会机制，这是他们焦虑甚至无助的真正源头。由此可见，仅限于宗教原典体系的精神叙事及其批评，是多么的隔膜。

另外，从《格萨尔王》生成的小说叙事及其批评话语，也在近年来少数民族文学及其研究中大量存在。其模式不外乎两点：一是暂时屏蔽所有强有力的外部干扰，着力构建完整的信仰文化秩序，然后以此对抗目前的生活现实；二是把当前的社会生活进行文化化过滤，完成文化化简化后，当前社会现实特别是纷繁复杂的经济生

261

---

[1]　[德]黑格尔：《美学》（第一卷），朱光潜译，商务印书馆，1984，第 124 页。

活、政治生活的枢纽仿佛一下子变成了单纯的个人选择问题。这时候，在个人主动选择的层面，便容易安置理想状态下的信仰生活和个体内在性生活。很明显，这也是另一形式的自我隐瞒和自我安慰，所得的自我确认，也就只在个人角度的特殊情境下有意义，一旦放到社会关系中检验，肯定经不起多少考验。在这一层面来说，许多汉族作家、批评家源于"国学""传统文化"的小说叙事和批评，暴露出的问题也大体差不多。强调个人修为、人格理想主义、道德理想主义永远都需要，问题的关键在于，古典文化、传统文化及其转化而来的古典性、传统性，是不是有能量能动于当代社会？是不是有坚实的现实依据支持？如果不能、不支持，那么文学及其批评的思想敏锐度就是可疑的。1998 年出版的马丽华《雪域文化与西藏文学》一书，其实已经透彻地分析过特殊个人体验文化与文学的微妙关系。她指出一边是"神鹰啊，神鹰"的美妙旋律弥漫不散，局外人偶尔置身其中仿佛真是误入"神性"世界，感叹不已；一边却是"戏不够，神来凑"，"神性"世界被符号化，久而久之作家本人也就必然产生如许骑虎难下的尴尬和内部分裂感。①如果翻一翻类似前期研究成果，要深入探讨今天如出一辙的流行及流行的背景，实在不难得出结论。

其次，逃避现实和狭隘的文化传统主义文学观的问题。除了对宗教原典的故事化处理以外，另一突出写作现象和批评现象就是，对"文化现代性"价值期许的淡化和对狭隘文化传统主义的青睐。这与前者是一对因果关系。

"现代社会"形态首先发端于相对成熟的西方某些现代国家，现代理论自然还是西方某些世界级理论家的要比中国的更透彻一些。单从个体选择来论，如果某些人认为中国要回到传统社会，甚至回到传统宗法社会，那就有必要摒弃相对成熟的现代理论，回过头来膜拜中国宗法社会理论论述。这一点作为个体趣味，当然毋庸

---

① 马丽华:《雪域文化与西藏文学》，湖南教育出版社，1998，第 174—175 页。

置疑。然而，文学及其理论批评毕竟乃天下公器，个人经验或趣味也就不能仅止于个人利益得失与兴趣好恶。之所以现代主义文化及文学，大量被吸收进中国文化及文学结构，并成为大多数读者思维中的一个价值软件而存在下来，最起码说明当代中国人普遍的现代意识已经觉醒并趋向于自觉。这恐怕主要靠现代教育及其匹配的一系列现代社会变革、现代社会经济秩序的初步启动，而并非狭隘的文化传统主义——一种把传统文化缩减成与人的现代意识毫无关联的宗法社会的具体道德伦理方式方法，并且唯具体道德伦理方式方法求的文化选择观念。这是与现代社会现实、文学的现代主义需要分不开的。另外，如果文艺彻底大众化了，那倒反而是文艺的取消，尤其在当今消费主义社会，更是如此。

耽于对整体社会机制、对社会阶层处境的探讨，而仅仅把个人对社会的一点浮浅的感知，误当作社会的本质存在，从而成为文学及文学批评的始基。这种狭隘的文化传统主义的文学观，最致命的一个认知是，眼里没有别人，没有共同体，没有整体意识，或者，根本没有社会疑难杂症，没有尖锐的民生问题。相比较西欧成熟的第二现代性，思想、审美、价值、日常生活上致命的错位就此产生了。西欧目前的个体化浪潮具有第二现代性或自反现代性的特点，它既是与工业化、城市化和自由主义化（第一现代性）相联系的早期个体化趋势的发展，又是对早期个体化的反映。中国当前如此个体化文化引进的当然也是西欧个人主义，但仅是西欧第一现代性中的功利个人主义或简单的自私自利。①这也是他们热衷于审美、诗意表达的根本原因。

现代理论把批评的触角伸向现实社会结构内层，并决不把文学仅当作个人事件的一种思想表达行为，究其实质，指向当今个体如何完善自我的意义生活机制。以此观之，它的对立面——以极端个人主义为原点，以物质丰裕、成功为整个幸福叙事的价值观，和把

---

① 阎云翔:《中国社会的个体化》，陆洋等译，上海译文出版社，2016，第312—314页。

文学的写作旨归仅仅规定为对自我内心遭遇、得意、亏欠等个人事件为表达对象的文学观，便只是一种赤裸裸的价值篡改。借用"传统文化"的名，实则十足市侩主义、流行主义。反映到文学中，极端者，是封建礼教的复燃；次一级是宣扬人的动物性和物质性，成为马克思意义的"拜物教"；再拔高一点看也至少是对于自己则无限自恋自大，对于他人却变成一个无处不在的道德审判者而已。一句话，狭隘的文化传统主义及其文学，究其根本，并不是真的热爱传统文化或少数民族文化，而是觉得传统文化或少数民族文化安全，进而消费传统文化或少数民族文化也适逢其时罢了。此恕不举具体例子，相信每一个文学及其批评的业内人士都不难感知到。

再次，重新神秘化或重新封建化，也是目前少数民族文学及其批评中比较突出的一个问题。为了更多地了解少数民族文学叙述及其批评所达到的思想水平，在较集中地了解和阅读过一定数量这方面文学及其批评文本后，归纳一下，大致表现在以下三个方面。

一是置换民俗人类学与少数民族文学对象。把对少数民族文学的观察对象、书写对象，进行概念偷换，变成"中华民族"起源意义上的民俗人类学关注对象。如此一来，少数民族文学及其批评，实际上成了对远离社会现实生活的民俗学或人类学研究结果的一个"复述"，起源学意义上的神秘主义故事、发生学意义上"巫祝史宗"叙事结构大量充斥于其间，少数民族人群在现阶段的命运遭遇、人性变化和生存状况等基本命题，从此淡出了文学的观照视野。二是把新型城镇化中弘扬优秀传统文化错误地理解成了文化产业化。"文化搭台经济唱戏"，曾经是新世纪之初人们对经济主义、发展主义、科技主义价值观殖民、借用精神文化的一种普遍行为的批判。然而，当新型城镇化推进到深水区之时，少数民族文学及其批评对完善的现代社会机制的探讨反而让位给了封建宗法文化程式或巫术宗祠仪式。这意味着，以就地城镇化和文化城镇化为主要目的的现代社会改造，实际上成了人们观念上的重新封建化。传统优秀文化与现代社会机制对人们意义危机的深层眷顾，只能被游谈无根的私密化民族传说、巫术、鬼神崇拜所消解和麻醉。这样一来，深层的意义危机、文化危机、身份危机，非但得不到文学及其批评的正面发现与观照，反而真正成了再度异化处理的理由——因为这一类少数民族文学及其批评的主要诉求，虽然总还有文学思想的成分伴随其中，但因文化产业化思维的普遍运用，不能对象化的精神问题，最终其实被化解成了 GDP 指数，也就意味着掩盖了人们的深层精神秩序诉求。三是创作者、研究者个人化、私人化的知识经验和狭窄的思想视野，使得本可以上升为普遍性理论的地方的、少数民族的知识，仅仅停留在个案的标本层面，它的合法性都难以成立，更遑论叙述或批评研究发现现时代出现的新问题。

在前述三大突出问题基础上，按照我们所出示的目前为止的人文价值前沿状态，这里我们将试着回应一下。

第一类思想研究所到达的水平而言，所谓"一是自下而上的生成线索，先是从民间观念到'巫祝史宗'书写，再到彻底官方化，并通过官化形成社会主导性礼仪秩序；一是自上而下的政治认同线索，从介于庙堂与江湖之间的'巫祝史宗'话语，生产而成为制衡'皇权'的'天道'话语系统，再到民间社会的普遍性"。与汉文学相比较，少数民族文学及其批评，其实有得天独厚的感知体验，可以通过对少数民族经验的叙事，最终撑开目前新一体化的经验模式，这便是少数民族文学叙述及其批评实践的张力所在。第二类民俗人类学和神话研究所显明的方向而言，如本著第二十一章所论，启示在于如何通过叙事处理，把特殊个体视角的神秘主义文化体验，转化成普遍性的意义感知系统，进而反作用于现实及其运行的不完善社会机制，从而重构理想的价值体系，诸多错位的叙事，就有了切实的思想依据和现实支持。第三类对西方普遍主义话语批判中所给出的经验告诉我们，要彻底解释文化危机、意义危机乃至身份危机，"文化政治"认同是最高认同。只有把个体信仰、普遍性群体诉求与文化政治合三为一，少数民族文学叙述及其批评的自觉意识才会真正确立。否则，一切的叙述或论述，很有可能都会被蒙上利用或征用的嫌疑，不可能是今天时代彻底的、真诚的和理性的重构。

以上在整体人文话语的框架下梳理当前小说叙事大致路向，特别是少数民族文学及其批评中最显著价值观问题，目的只有一个，就是希望批评自身能够调整观照小说的距离，整合分析小说的知识资源，最后，输出有效的价值观。如果文化认同乃至文化自觉，是目前最为棘手的知识分子诉求，那么，面对我们时代共同的文化危机和文化如何自觉的问题，批评实在没有理由低于同时期思想的、人类学的和哲学社会学的话语水准。

第二十三章　当代西部文学研究
价值模式审视

　　在分析中国少数民族文学及其理论批评时，读者可能已经意识到其背后蛰伏着的一种大的西部文化形象和文化价值模式，它们几乎是以某种审美符号的形式，其中所孕育着的所谓意义及意义机制，或明或暗影响并再生产着中国少数民族文学及其批评的创作和研究思维，这就是当代西部文学研究价值模式。下面便聚焦这个模式，进行一些较系统的梳理和审视。

　　当代中国西部文学研究已经走过了四十多年的历程，毫无含糊，"西部文学研究"早已成了中国当代文学研究中的一个重要环节。现在的问题是，因"显学"或"热点"的原因，对之的研究实际上多有模式化、程式化嫌疑。这时候，就有必要重新审视该研究的价值模式和为特色而特色的伪审美论问题。这里企图从西部文学成为"西部"的"新边塞诗""神话说"和"延安派"开始，逐一探讨其遗漏和缺失之处，在理论批评的角度宕开西部文学创作的狭小半径，从而推动作为思潮、作为地域文学之西部文学的切实发展。

　　"西部电影"或者"新西部电影"，因为直接的视直觉效果，才使什么是西部，什么是西部历史、现实，以及什么是西部思维方式和一般的西部地方性知识形态、人文形象等综合面貌呈现出来了。人们顿时恍然大悟，这便是具象的西部、普通人清晰感知到的西部。尽管这个影像叙事中具象的西部和普通人感知到的西部，可能多数时候来源于电影艺术塑造的和电影艺术处理后的西部"历史"，但是，在镜头的特写而外，从广泛性、普及性，甚至从日常生活的渗透上来衡量，西部文学创作所常有的人物性格特点及其活动的文

267

化背景和研究所常有的阐释方式、审视思维等，绝对具有奠基作用。原因很简单，文学的接受首先仰仗于具体的教育和基本的阅读体验，在电视机还很不普及的二十世纪八九十年代，老师的讲述、同学之间的经验交流和推介、街头书摊、报刊亭和个人征订的文学期刊、报纸，无疑是主要的和唯一的有效交流渠道。在这个有些单面向、被动地接受过程中，其中，西部文学研究中被格外彰显了的价值模式及其渗透的明确的精神方向，更是重中之重。因此，再重新梳理和辨析这些东西，对于清晰认知早期西部话语的构造，就显得尤为重要。

尽管如此，真要坐下来认真思考这个问题，的确很是犯难。直接原因是，学院知识分子、教授和批评家的西部文学研究、理论批评著作、论文并不像人们想当然的那样，好像积累并不多，成果也很少，甚至凭经验似乎只是那么一种单调的声音，构不成什么难度。其实不然，情况正好相反，它的积累相当丰富，它的成果也非常之多，亦非常之杂乱，声音虽不能说是众声喧哗，但绝对也够得上各执一辞，至少都能在自家师承谱系或趣味志趣上形成比较系统的自圆其说的西部文学起讫框架。另外，以我所掌握的有限资料而言，专业研究者之外，文学主管者、主编、编辑、作家、诗人及一般评论文章，若从二十世纪八十年代初期算起，时不时有意组织或自发参与讨论的就很难详尽统计。1982 年甘肃酒泉《阳关》杂志提出创建"敦煌文艺流派"及其相关文章。1983 年甘肃和新疆提出并展开的"新边塞诗"和"开拓者文学"讨论。1985 年《西藏文学》发表《西藏：西部文学的圣地》抢夺西部文学的归属权，到 1985 至 1987 年《新疆文学》易帜《中国西部文学》，乃至甘肃《当代文艺思潮》连篇累牍发表的西部文学讨论文章，一直延续到二十世纪九十年代和二十一世纪初的众多学报，比如《兰州大学学报（人文社科版）》《陕西师范大学学报（人文社科版）》《唐都学刊》《宁夏大学学报（人文社科版）》《新疆大学学报》，核心理论批评刊物和专业报纸如《文学评论》《人文杂志》《甘肃社会科学》《文艺争鸣》《小说评论》《当代文坛》《宁夏社会科学》《文艺报》《文学报》（这还不包括一般文学刊物）等等，保守计算也有千余篇了，合起来对照阅读，雷同自不可避免。然而单独提出任何一篇，仔细咂摸，毕竟总会有新发现，可谓亮点多多、新见频出。那么，面对这样一个庞大的甚至有几分芜杂的话语山头，究竟该怎样分类别究根源？

一

毫无疑问，在系统的、起讫框架自圆其说的，和零散的、灵感式的、旨在补充或颠覆某一点为主要目的的立论之间，为着减少工作量也为着能说明问题这个最低限度考虑，这里，我只好忍痛割爱，选择更有代表性的论述，而舍弃或者归并零散的和灵感式的观点。这样的一个抉择，首当其冲，首先是西部文学的时间该追溯到什么时期，根该扎到哪里，以及由哪些文学或作家来担当奠基者的问题。

归纳起来，关于西部文学，特别是就其鲜明的边疆身份特点来说，"新边塞诗"风格及其审美形式，是相当一部分人理所当然认为的西部文学之根，因此，"新边塞诗"的研究可略备一说法。

梳理"新边塞诗"研究或批评，我发现，唐代"边塞诗"反而成了重点，那些诗人诗作风格气质，既是成就"新边塞诗"的文学史理由，到最后似乎也成了使"新边塞诗"撤除诗歌合法性的证据。这其中相隔千年的"戍边"这样一个政治因素显然成了新旧边塞诗站到同一诗歌历史地平线上的唯一原因。就是说，自二十世纪六十年代郭小川始，途径八十年代昌耀、周涛、杨牧、章德益、马丽华等人的出场而至"新边塞诗"风格基本定型，再到九十年代末乃至二十一世纪初年当前学者批评家的总结和反思为跨度的、生成西部话语的流程，其实是和一千二百年前的高适、岑参、王之涣、王昌龄等"互通声气"的。而这个"互通声气"中，文人们的相似遭遇，而不是不同现实，起了决定性作用。

名为《新边塞诗与盛唐边塞诗》的比较文章，颇能说明问题，

269

也基本代表了这两种新旧诗派之所以被联系起来的普遍认知。作者通过三个"可比性"，即在"时代与地域"、诗人以及诗风的可比性中，似乎顺理成章地完成了理论上的对接。比如时代性与地域性的可比性，认为从整体上看，唐代承隋而起，重建大一统封建王朝，并且在开元、天宝时期把中国封建社会推向了辉煌的顶峰。唐代是一个变革的时代，国内各民族进一步融合，对外空前开放，思想高度活跃，整个社会生活于是呈现出一种流动、变易的趋势，给人以蓬勃而富有生机的感受。这样的时代氛围，必然有助于打开人的眼界，充实人的生活体验，激荡起感情和想象活动的波涛，从而为艺术文化的创造开拓丰富的源泉。唐代的变革带来了经济、政治、军事、文化等各个社会生活领域的全面兴盛局面，形成了耸动整个中华民族历史的、让一代又一代中国人欣羡赞美的"盛唐气象"。"大用外腓，真体内充"，唐代边塞诗尤其是盛唐边塞诗的雄豪风貌，正是以强大帝国的综合国力和所展示的"盛唐气象"为其现实依凭的。而"新边塞诗"产生于二十世纪六十年代，认为新中国的建立使得中国的政权体制、阶级关系、政治思想、文化意识等都发生了根本的变化。七十年代末的改革开放，有力地解放了人们的思想，精神的禁锢初步打破。国门启开，八面风来，社会生活和意识形态渐趋多元、活跃，致使八十年代的中国与唐代尤其是盛唐时代确有某种相似性和可比性。在改革开放的时代，民族成员尤其是知识分子大都具有开阔的襟怀与兼容并包的气派，面对无限的可能性鼓荡起开拓进取的勇气和信心，他们对远大新奇之物充满渴望神往的激情，具有以深刻现实性为理性内核的理想主义、英雄主义的浪漫精神，表现出气势宏大地吸收外来、融汇古今的魄力。这一切由时代决定的创作主体的思想、心理、情感、气质，正是构成盛唐边塞诗和八十年代新边塞诗的共同审美特质的基本内涵。至于相隔千年的诗人，相似性似乎更为充分，得与失也仿佛显得是那么的具体而微。一是从内地到边塞观光旅游的"行吟诗人"，他们匆匆而过，一路吟哦，对边塞风物充满陌生、新鲜、奇异之感，主客之间的距离虽说有利于诗美的生成，但观察体验和题材主题的开掘提炼却也因此而难以细致深入；二是世代生活在边塞的"土著诗人"，他们生长于斯，其边塞之作实同乡土之作，对题材主题的表现得以不断深化，但囿于见闻，无参照系，便易失却更加开阔的视野和变换的角度；三是较长时期生活在边塞的"羁旅诗人"，他们大多心性豪迈，向往异域，向往功业，向往建设，主动出塞，由初来乍到而长期居留，具有前两者的双重体验，创作上兼有二者之长。不论唐代还是当代，边塞诗的代表诗人、诗作都是这一群诗人和他们创作的优秀作品。诗人整体处境可比性完了就是诗风的可比性，不妨也举几例。如"边塞诗"中的高岑"悲壮"，岑参"奇逸峭丽尚奇主景"，李欣"凄婉中见古质"，王昌龄"慷慨雄豪而又深沉含蓄"，崔颢"雄浑劲质、风骨凛然"，王之涣"比兴寄托、余味无穷"，王翰"平易深切、豪放悲凉"，等等。而"新边塞诗"中的代表性诗人，比如昌耀充分散文化的句法，产生出巨大的语言张力和抒情硬度，风格悲慨雄劲而又繁富奇崛；杨牧则"似乎更善于描绘那富饶而又贫瘠、美丽而又艰辛的生活和土地，以及其中孕育的剽悍性格和豪迈情感"；周涛，野性的自然与犷悍的精神，西北自然的冷峻、雄伟、博大与西北人的勇气、智慧和灵性的熔铸，形成了周涛式的犷放和机智；章德益是主观情感意志充分扩张之后的高亢激越。至于马丽华，作为女性诗人，作为"海拔最高的诗人"，她从传统儒家文化发祥地的齐鲁之邦，听凭灵魂的召唤，奔向自然和人文风貌反差巨大的西藏，"是生命热情近于悲壮的燃烧"。最后，当代诗人的"现代性超越"，起了决定性作用，遂使他们的作品成了"新边塞诗"。第一，语言形式上，新边塞诗多用长句，意象繁密，这种语言形式选择使得诗风雄劲、犷放，因而"形体延展，气局开张，内涵厚重"，也就既联系又区别于"边塞诗""篇无定句"的铺排驱遣、自由开合、驰骤腾挪；第二，题材内容上，新边塞诗建设与开拓基本取代了战争生活描写，所以"拓荒与垦殖，劳动与建设"的乐观题材也就与玄宗时期"有吞四夷之志"有了气质上的联系及区别。当然还有情感抒发上的异同及联系，但核心区别在写景上，"写景在盛唐边塞诗中是相对独立的，可以和抒情和叙事成分相区分的。在

271

新边塞诗中，写景已很难单独区分，它已和历史、现实、社会、人性等因素糅合在一处。因此，盛唐边塞诗中的写景更纯粹，更富奇光异彩，更富地域性；新边塞诗中的写景则更繁复，更富人文情思色彩，更富社会性"①。

这种带着明确的目的性进行的可比性，在二十多年后的今天看来显然是无效的，但正是因为有现实目的，找寻西部话语的理论依据才仿佛合理，当年这样的例子还很多，就不再枚举。问题的实质，其实还不完全在可不可比拟上，而在于"边塞诗"那种几乎成了顺口溜的风格能否成立的问题。"边塞诗"如果有伪于西部地域，意味着"新边塞诗"的风格化，也要面临重新洗牌。

据星汉《"新边塞诗"的提法评议》②一文的研究结果表明，古代"边塞诗"及其诗人，无论是"躬践斯土"，还是"未临其地"，其对西域的地理地貌和人情世故的状写，其夸张和想象程度，实际上已经超过了艺术所应有的边界，"唐代边塞诗作者其负面影响在于，'躬践斯土'者多是通过夸张，渲染一种悲凉的情怀"，而"未临其地"者，"多是通过想象，找到一种诗意的感觉"，无论两种中的哪一种，"在诗作中，他们有时在把西域神秘化，甚至妖魔化"。那么，为什么非得这样写诗呢？作者认为原因大致有两个，一是"躬践斯土"者表达对于长途跋涉、长期离别亲人无以回家，但羁旅边疆、戍边西域是不是就能得到朝廷的提拔，心里并没有把握，甚至可能压根儿就没有多大希望，故做诗渲染某种仕途多艰的义愤，也顺便表白自己在外生活的相当不易；另一个是"未临其地"者，出于知识分子的良知，以表达荒凉的"写实"方式，来为边陲之地实际上少有隆恩普照而叫屈鸣冤，既如此，这一路诗作便真正成了时髦写作，应者云集，于是作者引郑振铎《插图本中国文学史》第二十五章评语云"唐诗人咏边塞诗颇多，类皆捕风捉影"。总之，作者建议，既然从"高岑殊缓步"演化为"边塞诗派"，再从"边

---

① 杨景龙：《新边塞诗与盛唐边塞诗》，《殷都学刊》1999 年第 4 期。
② 星汉：《"新边塞诗"的提法评议》，《中华诗词》2012 年第 1 期。

塞诗派"延伸到"新边塞诗派",期间有一千二百年的时间间隔,"新边塞诗派"又在"题材内容上的继承有限",不如终结这个提法。根据其题材、地域等特点,不妨用"关东诗派""天山诗派""军旅诗派""军垦诗派"等名称呼之。

星汉的思考很严肃,也很值得沿此思路深究。其实把"新边塞诗"的理据追究到唐代"边塞诗",人们未曾言明的一个重要原因便是因为所谓的"盛唐气象"。关于这一点思想史家葛兆光的观点极为精辟,他认为那种"盛唐",其实多指物质上的奢靡,精神文化方面恰好还十分贫瘠。主要表现在这样两点上:一是唐代批评时政者不切实际的一面有些"原教旨"意味,即只用原有的知识与思想来批评传统观念瓦解后的人际关系,显得不合时宜;二是狭窄的仕进之路,导致实用主义泛滥,"不得不一面对社会现实采取异常实际的态度,一面对官方意识形态采取协调的姿态,他们已经无暇思想,即使思想,也常常是本着实用的态度,在这样的背景下,思想就只能越来越平庸了"①。如果星汉的研究发现不错,那么,新旧边塞诗中那种看起来无限昂扬的主体性精神和猎奇的地域文化奇景,实际都围绕着实用在打转转,不管是哪种实用。

我倒认为,我们大可不必在名称上费太多心思,值得深度思考的倒在于,由"新边塞诗"或"新边塞诗派"而产生的西部话语风格化的同时,是不是从开始就忽略了比风格更重要的东西?以昌耀为例,如果那时候的研究或批评就打破西部这个地域界限,其诗作中比西部地域更壮观的内容是不是更早能被人们所发现?推而广之,这一路的西部文学价值套路,也许也会老早越过地理环境的纠缠,而进入更核心的人文地带?从文学的能动性言,西部毕竟更需要人文上的观照,而非对特色地理地貌的话语展示性消费。

---

① 葛兆光:《中国思想史:七世纪至十九世纪中国的知识、思想与信仰》(第二卷),复旦大学出版社,2013,第34—35页。

第二种西部文学的追根之路，可以称之为西部"神话派"，以余斌为主要代表。

对于"神话派"，有必要多解释几句。最早把神话即文学母题纳入一般文学研究的，当属原型批评。在世界文艺理论范围，弗雷泽的人类学理论，荣格的原型理论，弗莱的原型批评理论，等等，都堪称原型理论的创始者和奠基者。当人类学和精神分析学尚未结合的时候，即当弗雷泽只看到不同文化背景中存在着相同的神话和祭祀模式，却未能解释隐藏在这一现象深处的无意识的结构和产生这些相同模式的"原始意象"，当荣格发现了其中的"集体无意识"并用"集体无意识"学说解释文学中那些反复出现的意象之下的"无意识的结构"时，在两大理论的影响下，弗莱的原型批评理论成型了，而不是弗雷泽的单纯人类学理论、荣格的"个人无意识"和"集体无意识"概念。既然是一种成熟的批评理论，原型批评理论的核心是什么呢？首先是"文学原型"，"所谓原型，我是指一个把一首诗与另一首诗联系起来因而帮助使我们的文学经验成为一体的象征"，而原型批评的目标之一就是不仅发现作品的叙述和意象表层之下的原型结构，而且揭示出连接一部作品与另一部作品的原型模式，最终"使我们的文学经验成为一体"①。其次是"文学循环发展论"，人所共知的春夏秋冬与生命循环说其实就是其关键。春天与喜剧对应，夏天与传奇对应，秋天与悲剧对应，冬天与讽刺对应。然而冬天过后又是春天，讽刺达到极点又会出现喜剧色彩。"文学由神话开始，经历传奇、讽刺等阶段，又有返回到神话的趋势"，因此文学的发展演变过程呈现出一种循环状态。最后是"整

---

① ［加拿大］弗莱：《批评的解剖》，普林斯顿，1957，第365、99页；转引自朱立元主编：《当代西方文艺理论》，华东师范大学出版社，1997，第171页。

体文学观"，强调文学是一个有机整体，是一个自主自足的体系，忽略了文学的广阔的结构性和文学赖以存在的整个关系、传统，都可能就不是原型批评理论了。

诚然，在余斌的《中国西部文学纵观》①一书中，尤其在第一章和第四章详细论述西部文学起源的部分，始终没看见他提到弗莱的原型批评理论这个概念。但是，有了这个背景，再读他的"神话"说文字，理由似乎更加令人信服了。第一章是"西部文学的历史文化背景"，他以"内西部"与"外西部"、"河内"与"河外"这样的微观概念，论述了不把陕西或者不把陕西的一部分划到西部的理由，虽然也可继续讨论，但基于我在这里要解决的问题来说，毕竟不是重点，而且余斌的划法，到底还是有其文化学和地理学依据的。重点是他关于西部文学"忧患意识"和"流亡者形象"的神话追究，既是对西部文学实质的论证，同时也是对西部文学根基，即之所以是西部的渊源考。这两个线索，牵一发而动全局，的确符合弗莱意义的神话原型和"文学经验的一体的象征"，是西部文学的某种"无意识结构"，里面蕴含着值得进一步探讨的价值信息。

他是这样定位的，忧患意识是"西部文学之魂"。既为"魂"，而非其他，那么，忧患意识便是西部文学区别于其他文学流派的核心元素，这就涉及至少两个方面的规定性问题。一个是在包含与被包含关系中，中国现当代文学与西部文学究竟是个什么联系；二是西部文学自身有无传统。只有这两个条件充分必要，西部当代文学才是成立的，否则，它便会因为自身属性的缺失而趋向于消散。余斌当然首先意识到这两个条件的逻辑关系，故而，他先给中国现当代文学来了个自己的定义，说中国现当代文学因为先有"内忧外患"，再有"政治"——即具体的政策，"文艺从属于政治""文艺为政治服务"等强有力的话语符号，必然决定包含角度的文学是现实主义的。"将文艺（文学）绑在临时的、直接的、具体的政策上，那是一种短期行为。但是文学对于民族灵魂的重铸或再塑，对于精

275

---

① 余斌:《中国西部文学纵观》，青海人民出版社，1992。

神文明建设，具有不可推卸的责任。这就是作家的历史使命感和社会责任感。从这个角度看，文学是不可能脱离政治的。在将近一个世纪的中国现代、当代文学发展中，虽然思潮蜂起，流派纷呈，而现实主义却一直处于领衔的地位。"①本来这些论述没什么新的特点，完全可以不引述，因为一般的中国现当代文学史写作差不多都会这么打头，可是，对于余斌的西部文学的根源追索来说，其意义却不可小视。原因就在于，其他的文学史著述，比如人们所熟悉的洪子诚的、陈思和的和丁帆等人的，这样的开头，引出的却是一直摆脱不了政治羁绊，或一直在摆脱政治羁绊，因而钩沉出来的是一个要么实验过火，要么干脆蛰伏于暗处的模样。而在余斌，现实主义，并且还以忧患意识为基本精神的开端，实在牵扯到了西部文学中的一支主要力量。他们也正好是带着政治的创伤"流亡"到西部的王蒙、昌耀和张贤亮。当代知识分子的处境，于是逻辑地与轩辕帝时代的罪臣茄丰氏，构成了纵使相隔几千年命运却如此相似的"隔代知音"。同是怀揣强烈原罪感的罪臣，去故乡而就远，也就只能默不作声、躬身西行了，"这个匍匐于西部地平线的形象，透出了西部人文化心理结构的最基本的轮廓"：

> 当数千年后曹千里在古乌孙旧地的伊犁河谷骑着那匹杂灰色的老马，"拼命地贬低自己，把自己想得、说得既渺小又卑贱"，感到挖苦自己比挖苦别人有"更多乐趣而更少风险"的时候（王蒙：《杂色》）；当牧马人章永璘在那没有春天的黄土地，与被骗了的大青马进行知识分子命运问题对话的时候（张贤亮：《男人的一半是女人》），人们的灵魂当会感到历史的惊悸与震颤。②

罪臣茄丰氏的这个形象，于是具有了普遍性。无论能文能诗、

---

① 余斌:《中国西部文学纵观》，青海人民出版社，1992，第187—188页。
② 余斌:《中国西部文学纵观》，青海人民出版社，1992，第190页。

留下言论的西部客籍知识分子，或者虽不是知识分子，但作为占西部人数极多数的被动迁移者和主动迁移者，或军屯，或民屯，或无业游民，或刑事犯，或政治犯及其家属，或戍边的军卒，或强制所征兵士，等等，的确无不背负内伤而弓腰西行，承受更多的精神与物质的双重重压。于是，比之政治负罪次之的一类不能不继续生活，但生活却又觉抬不起头来的、由自觉担当变为自卑感、无助感的底层者、弱势者，余斌又以"西部忧患意识的转移"来概括，可谓一语道尽西部土著作家及其笔下小民、"盲流"的处境。这些人物性格和所携带者的文化信息，大多与孤独、寂寞，甚至每每被"孤胆野魂"所困扰，也就一点也不奇怪了。就崇高者一面来看，文人们也是在表达对盲流的忧患意识；从卑微者一面来省视，其实也是一种躲不过去的现实遭遇。

罪臣茄丰一系的"扶伏民"而外，另一位西部人的精神祖先是追日的夸父。一个追，一个被追，"似若无胜负"，在大地的极西处，它们同归于尽，也同归于永恒。历史的原因，前者繁衍较盛，进入西部文学的也就更多；后者露面较晚，进入西部文学的也相对较少。但这些夸父的子孙大多身着戎装，"夸父是中国神话中的大力神，他的子孙们在西部地平线上昂首阔步，以生命的强力显示出另一种西部人的生存状态"[1]。具体到余斌的归纳，前者指流亡西部的知识分子，现实中的王蒙、张贤亮与诗人昌耀，以及他们笔下的人物曹千里、章永璘、"一直高贵地昂着头，从'雪线'的高度睨视人生"的抒情主人公等文本形象都是。后者可能是现实中的陆天明、赵光鸣、麦天枢、邵振国、张承志、杨志军，只是文本形象不是前者那么单色调了，它们最终被塑造成了西部土著人中的一个阶层，甚至一个时代的主要主体。总而言之，茄丰氏到夸父的文化变迁很复杂，不能一言以穷尽，但如要找个典型，其中，"文革"中流亡知识分子中的新生代谢平（陆天明：长篇小说《桑那高地的太阳》），可算是形象地呈现这个复杂过渡过程的人物。

277

---

① 余斌：《中国西部文学纵观》，青海人民出版社，1992，第 270 页。

这个被动"支边"的上海青年，先是理论上接受到了桑那高地"必须打掉'上海人'的文化优越感"这一不成文规则，起码表面得承认"'撅里乔'那'人狼'的管"，但心里却一直回响着到底"谁'支'谁？"的抗辩，但是，老爷子（"人狼"）到底是"桑那的太阳"，他甚至比谢平本人还了解他自己，表面的承认根本不算数，老爷子要"磨"掉他的这一层皮，让他从心底里服服帖帖。在反反复复看起来是刁难其实不过是正常"驯服"的磨砺中，谢平终于憋不住了，不但自己而且告诫他的同伴们："我们早已经不是上海人了，要一天三遍三十遍地对自己这么说。说不听，就喊。喊不听，就用刀刻在自己手背上！"他似乎真这样做到了，不幸的是，这时候他终于还是发现，"老爷子从来没有让自己真正进入他划定的那个'自己人'的圈子内"，他感到了"一种从来没有过的孤独"。更不幸的还在后头，那么回到上海会好吗？会变成上海的"自己人"吗？答案是否定的，回到上海，"他头晕。他憋气。他着急。"①引述这么多，我要强调的是，谢平这个过渡人物性格中主动习得的和被动注入的东西非常多，若除去当代第一代流亡知识分子如曹千里、章永璘们的那部分共同性，比如自我作践、自嘲自讽、无依无靠的精神流亡外，剩下的一部分其实正好是余斌所说西部夸父一系子孙们所共享的普遍性文化"馈赠"。1. 磨秃了主体性，不知什么是自己想要的，只知自己只能如此生活；2. 逆来顺受成了合理性需求，面对尊严反而不自然；3. 坚韧地活着，变成了强人和硬汉子；4. 苦难面前的承担，变成了宗教仪式化典礼。

前两个特点表明了西部芸芸众生在那个时代的普遍性，后两个特点其实是文人们的自我表彰，不乏"原教旨"意味。也正是在这里，余斌的夸父一系，暴露了勉为其难的谱系指认。首要原因是，他把张承志等客籍知识分子的书写与杨志军、赵光鸣、邵振国等西部土著人的体验混淆了。前者本意是"寻找"，后者本来在"实证"。

---

① 小说原话出自陆天明长篇小说《桑那高地的太阳》主人公谢平之口，均转引自《中国西部文学纵观》，第 274—277 页。

"实证"所显示的，里面可能有意志的坚强和情感的热烈，但到底不是在宗教般的世界里，也就不可能是目标明确的"追"，事实证明，被动的"受"才是基本现实。正因余斌在"建设""生产""致富"的政治经济学话语背景来看"受"，似乎反而"受"中也多了几份"追"的哲学色彩。用同一尺度衡量西部不同年龄代际知识分子的体验，导致结果把后起的扎西达娃等生长在西藏藏传佛教文化氛围中的小说，界定为夸父一系精神谱系下的"现代意识"；把张承志等客籍知识分子的小说阐释成是该谱系的正宗。西部本土文化中，而不是整个中国当代文化在那一时期具有普遍性的忧患意识，即茹丰氏一系的本土化忧患实质，于是好像在西部流寓作家之后就断了。

这实际是与西部那一时期文学的现实不相符的。把扎西达娃的小说界定为西部文学"现代意识的苏醒"，当然在当代中国文学学科规定性中，也不是不可以。只是，那个"现代意识"实在只是在《百年孤独》及其魔幻现实主义、现代派和马原被批评界说成是现代主义文学"技巧"的语境下，才算成立。然而无论如何理解，按照余斌的本意，实在不是在茹丰氏一系，在扎西达娃写作的时代的西部本土的"现代意识"及其题中应有之义的"忧"和"患"。

这一点在西部学人著述中也部分地得到了印证。

在赞美完扎西达娃驾轻就熟的电影蒙太奇手法和准确、简洁运用汉语的能力后，马丽华有两段评价值得抄在这里：

> 尤为重要的是，正如宗教学家未必笃信某宗教，才能科学地研究宗教；异民族的人类学家因为不是某民族某部落成员，也才可能客观地归纳整合研究对象的文化体系。同理，没有谁比扎西达娃更不相信一切神话，也就没有谁能像他那样居高临下，轻车熟路地调动宗教、经籍、神话、传说、史实、神示、巫语、鬼魂，包括想象、梦兆、幻化、真假、虚实、无中生有、有中之无……一切皆为他的牧鞭驱使，甚至莲花生巨大的掌纹也尽入他的掌握中；一切又在他那里化解消融，成为他文学生命的滋养。他就

279

这样在他近乎无限的多维时空里任意驰骋挥洒自如，直到他感到疲倦，读者也辛苦得差不多了，他才打住。①

在扎西达娃创作被批评界说成是本土地道的魔幻现实主义的阶段：

> 在这一阶段中，故事不再重要，情节甚至人物也都不再重要。他急于要表达的，是他对民族的历史的传统的宗教的一己感悟，并将其历史精神与现代观念互为参照，奇妙融合，在相互冲突猝然相遇的撞击中摄取一线光芒。"君子生非异也，善假于物也"。不管他借助于谁，马尔克斯也好，海明威也好，宗教的，民间的，都是借他人之酒，浇心中之块垒。撩开神奇怪谲的纱质帷幕，郁郁苍苍一片文化土地生长之物凸现——西藏文坛就用它们与外部世界交流。②

这才是扎西达娃与"因果报应""生死轮回"，与"戏不够，神来凑"以及与写佛时高高渺渺空无一物，写神时才活灵活现（因为神切实地影响到人们的今世生活）的无数宗教文化氛围中的写作者的区别。如果接着罪臣茄丰氏弓腰西行的形象来论，那么，这形象在流寓西部的知识分子那里，如上所论，其忧患意识多半指对政治的反思和批判，而到了扎西达娃等西部土著人这里，在神秘主义宗教文化覆盖区，其实是舍去了俗世的一切生活比如爱情、比如机遇，历经几代人（中篇小说《系在皮绳扣上的魂》故事跨度七十五年）侍奉一个始终未见形迹的山洞人或非人，但最后经现代女医生闯入后才发现原来膜拜的是一副青年男性的骨架。这个女性她叫次仁达姆，她终其一生在山下等待达郎，达郎却在山上娶妻生子，他

---

① 马丽华：《雪域文化与西藏文学》，湖南教育出版社，1998，第133—134页。
② 马丽华：《雪域文化与西藏文学》，湖南教育出版社，1998，第141页。

的儿子们都投入了时代，一个又一个的儿媳都叫次仁达姆。而老次仁达姆或者叫真次仁达姆，心灵守候的其实不过是一具骨架，自然肯定不是达郎的。

神秘主义宗教文化覆盖区中的众生，其精神处境，何尝不是老次仁达姆？又何尝不是曹千里、章永璘背负的另一变种？这种"忧"的东西，或者叫作"患"的东西，在西部非宗教神秘主义文化区，又会变异成什么呢？若再以文学形象来说，出嫁女儿的孟家爸给女儿算了个价码："我要个驴钱！"（邵振国：《买驴》）①女人的价值还可以用粮食、工分进行换算，"是来富子硬缠着要'换上一夜'呢，起初我不依，他说给咱五十斤麦，还拨给十个工，往后还……"（邵振国：《争场》）②把女性等同于畜生，把性等同于物，在这个交易场，男性也就实际上处在更低的位置了，连畜生都不如，尊严更是连物都不比。这一层面，他们即使肉体没有倒下，继续显得那么卖力那么强劲，还能是夸父追日的那个"追"吗？

至于张承志笔下硬汉、强者和"蓬头发"等颇有形而上意味的人格形象，其实更符合西部另一学人的命名，即"现代原始主义"③。所谓"现代原始主义"指对未被破坏的乡村文明有过美好记忆，同时又受过现代观念的洗礼，"对现代都市文明的溃烂现象和进入骨髓的病痼有一番深刻的感悟和洞察"，有了这个思想背景后，再去书写"落后的美""原始的美"。这就与一般地怀恋原始人或旧时代人以及通常的自然主义区别开了。尤其在论述这一问题时，管卫中著作表现得视野开阔，从世界文化寻根思潮到中国情况，再到西部客籍作家作品的细致分析，都往往有精彩观点。正好也弥补了余斌的不足。所以具体到张承志，他曾把张承志与福克纳进行比较，认为两人都是表现理想主义精神，而不是天真的复古主义情绪，这应

---

① 转引自余斌：《中国西部文学纵观》，青海人民出版社，1992，第297页。
② 转引自余斌：《中国西部文学纵观》，青海人民出版社，1992，第297页。
③ 该说法见管卫中：《西部的象征》，青海人民出版社，1992，第92页。

该是极其准确的。也正因此，张承志的这些文学表现，也差不多就与把"现实主义"作为基本精神的西部当代文学，关系不太大了。因为在他那里，"西部"尤其"西海固"的哲合忍耶，既是他的信仰归属，同时因为皈依，其排他性也就在所难免，一定程度他只是在借用"西部"，并不具有文化普遍性。另外，还需补充的一点是，二十世纪七八十年代全球兴起的"文化寻根热"，也称"新时代运动"，当传播到国内文化领域时，大致情况可能像一般文学史著述所描述的一样，先是绘画，再是文学，于是新时期文学史就有了"寻根文学"。但究其实质，在其兴起的西方社会，则首先表现为"反现代性"特点，而不是"反思现代性"。英国社会学家安东尼·吉登斯的名著《现代性的后果》就是对该问题的集中反映。中国学者叶舒宪模仿该著框架，也写有《现代性危机与文化寻根》一书。在该书中，作者对全球化以来中国的"经济主义""科技主义"和"发展主义"给予了尖锐的批判，比如指出，"科技发展走的是有去无回的路。""一往无前的技术自我膨胀再加上为利润而生产的市场经济"，是构成"现代性基础的两大动力源头"等等，深刻而彻底。然而，整部书的思想倾向，却大可商榷。一方面作者似乎把理想的文明形态只寄托在原始人的文明形态；另一方面作者对当前中国社会的把握，也仿佛只流于表层的文化现象，对恰好隐藏在社会机制运行内部实际管用的传统宗法制文化思维方式以及具体的封建道德伦理，作者却持义无反顾的表彰态度。

　　当前中国的文化危机和社会现代化过程中出现的诸多社会性危机，实际上并不是"现代性"是否过剩的问题，而是"现代性"思想一直缺席所导致的经济主义价值观成为了主导性话语压迫的问题。也就是说，在该反思"传统文化热"和"国学热"的时候，他却模仿吉登斯的思维举起了"反现代性"①旗号。这意味着，能不能回去的问题一旦得不到有效解决，那么，一切的"回去"恐怕都得

---

① 叶舒宪主要观点，参见叶舒宪《现代性危机与文化寻根》，山东教育出版社，2009，第十一、十二章。

重新审视一遍。具体到西部，不要说过去，就是今天，是否也到了考虑"现代性的后果"的时候了呢？答案是否定的。不是说西部社会没有"危机"和"后果"，而是说，西部社会尤其缺乏的是深入的文化现代性思想的观照，这一点几乎和全国其他地方是一样的。不能把不理性甚至非理性的经济主义价值观指导下出现的种种问题，都赖到作为思想的"现代性"头上①，于经济、于社会、于政治、于个人都是如此，这一点特别重要，值得引起深思。

不管怎么说，总而言之，事实证明，无论西部文学创作对"西部特点"的继承上，还是文学批评对后来西部文学发展的期望上，就这一路"神话派"的实际影响来看，后起的夸父一系话语和形象符号反倒居于压倒性优势了，而不是茹丰氏一系所产生的不同面向的忧患意识。因此，这一路西部文学研究模式所输送出去的西部价值及其话语方式，便是无比阳刚的、坚硬的、雄性的、血性的、野性的、神秘的和强悍的、穿透的、豪迈的等等，其所显示方向便是不达目的不罢休的和义无反顾的。相反，另一真正贴近西部现实的扶伏民一系西部忧患意识或人物形象、审美符号及其再生产，就此开始则逐渐淡出人们的视线了，这其中当然包括淡忘长期浸染在西部神秘主义文化氛围中的土著小说家扎西达娃对神秘主义本身的冷静与反思。

---

① 韩子勇的《价值或意识模型》《西部：偏远省份的文学写作》等文章，就是以一个切身的体验者身份来求证这些问题的，他特指的西部的"影响的焦虑"，和以边疆为圆心、半径扩展到整个西北地区的所谓因"偏远"而形成的政治经济的、教育的和文化艺术的被边缘及自身边缘化心态，以及来自外地尤其是来自"中心区"的猎奇式的消费态度，都构成了对西部的实际歧视，也实际生成了完全不同于现实西部的另一世俗等级观念下的"西部"，只不过，这些因素往往被忽略，看上去似乎没有显在的"权力话语"扎眼罢了。大意如此，详细论述参见韩子勇：《文学的风土》，新疆人民出版社，2004，第92—131页。

第三种西部文学的寻"根"之路，可以暂时称之为"延安派"，以赵学勇等人为主要代表。

赵学勇对西部文学的主要论述，基本集中在他与孟绍勇合著的《革命·乡土·地域：中国当代西部小说史论》①一书中。因为该著出版较晚的缘故，看得出他们吸收了以前西部文学研究大多数成果，也因为其定位在"史论"，故其框架及思维理念多受丁帆主编的《中国西部现代文学史》②的影响。既然建立在史论基础上，所追求观点的中正平稳和持之有据、言之成理就成了该论的显著特点；另外，史论所常有的历史社会、政治意识形态背景，也成了赵学勇等人架构当代西部文学发展线索的一个显性存在。这样的一些显著特点，它的论述也就不可避免具有学院教授所常有的学术流程，即从起源到发展，再从发展的阶段性到高峰或式微、到药方的开出。文学史的循环往复，其话语表达有时候更像弗莱原型批评理论的流水线，在春夏秋冬的轮回中，神话、传说、讽刺，再回到神话，尽管再回去的神话，肯定已经不是最初的神话了。然而"原型"所构成的封闭系统，着实让学院教授多了一份学科建设的忧思。本来是兴致勃勃地冲着冲破既有学科规定性而去，结果到了最后，又不得不放弃"片面的深刻"，撤回到学科的惯例来，很不情愿地买下学科所需要的单。赵著差不多从解构依附于西部地域和传统宗教文化的文学程式开始，又回到民俗及宗教文化的方法论，很好地注脚了学院知识体系的强大吸附力。

看来，"全球化"的确是学术的双刃剑，在提供新视角的同时，又几乎无可置疑地要把学术的视线弹回来，"深扎本土""深挖传

---

① 赵学勇、孟绍勇：《革命·乡土·地域：中国当代西部小说史论》，中国人民大学出版社、山西教育出版社，2009。

② 丁帆主编：《中国西部现代文学史》，人民文学出版社，2004。

统"魔咒一样敲打着学者们试探的神经。传统这个阿喀琉斯之踵在赵学勇等人那里又上演了一次，著作结尾，作者借作家红柯的话发挥说，"'全球化'带来了世界文化的重新整合，也意味着民族文化获得了走向现代的宝贵机遇。从某种意义上说，当代西部小说要走向现代，实际上正是要在传统中提升自己的品格。而这种自觉的提升，又有谁能以为它不是'全球化'的一部分呢？"其实这个意思，正是对红柯后半句话——"真正的本土化的现代派文学将是它（西部小说）的未来，非理性文化的复兴和建设是它的唯一选择"[1]的回应。这样的回声，听起来的确有点耳熟。不单是专门著述探讨中国现代性危机与文化寻根的叶舒宪持此论，一般的西部文学研究者，大概也都会或多或少把希望指向西部本土的传统文化，尤其西部民间宗教文化。其实，坚守自己特色和彰显自身文化标记，仅仅是"走向现代"之中的一部分内容，但绝不是重要内容；重要内容一定是在尊重个体合理期许基础上所形成的成熟理性经验，即能否把中国国家、个人和生活世界整体的价值正当性进行自我确证的问题。[2]所以，能否走向现代，就当前中国文化趋势[3]而言，其核心制约因素在现代性文化的内部，而不在外部，比如像有人论述的全球化普遍性"现代性的后果"那样，实乃外部因素。如此，要解决整体上的"合法性危机"，如果没有"现代性"思想的照射，而单纯地"回归传统"或无条件地信奉非理性文化（在西部可能就是"宗

---

① 赵学勇、孟绍勇:《革命·乡土·地域:中国当代西部小说史论》，中国人民大学出版社、山西教育出版社，2009，第268页。
② 关于当前中国问题是现代性文化内部的问题的详细论述，参见张旭东:《全球化时代的文化认同:西方普遍主义话语的历史批判》，北京大学出版社，2006，第10页。
③ 如果把无处不在，但除了具体的古代社会伦理道德方式方法外，却并不能令人信服地讲明在"道统"已经被打断，并且建立在工农兵文化基础上的主流的当代中国现代化文化，何以需要传统文化、国学，以及怎样转化传统文化、国学的问题，那么，那种孔子、庄子、《弟子规》《了凡四训》满天飞，甚至因人人都在消费而流行起来的"传统文化热""国学热"，差不多算是当前中国的一种强势文化趋势了。

教神秘主义文化"），非但获得不了现代性，而且可能会推波助澜，导向传统宗法制文明形态。面对当年普法战争的获胜方德国，尼采非但没有模仿其他油滑顺从的知识分子口气写下颂扬文字，反而痛下针砭，给沉浸在"幸福"之中的市侩们送去了《不合时宜的观察》的系列文章。他所诊断的问题，其实和当前中国文化问题很相似，即民族性只有和"生活形式"化合而生成文化风格而不是民族主义或国家神话直接起作用[1]，才能从国家到社会到日常生活形式确保意义生活的机制化。这实质也是强调在当时只获得了战争胜利和物质丰裕的德国，精神文化生活如何走向现代的问题。于是，市侩化知识分子、满嘴幸福的小市民、既得利益的官僚阶层，以及表面丰富多彩，骨子里却是一种标准化的、机械的大众意识形态[2]，便成了他批判的当然对象。

这里的主要任务不是做个像样的书评，之所以要先谈谈对该著的整体印象，意在强调我更看重的是赵学勇等人为西部文学（在他那里是小说）所找到的也许在别人那里往往被忽略的发展线索。因为其独到，所以由此勾连出来的当代西部文学之"根"，庶几为前两种路径所没有，显然宕开了另一视野，至少在当代政治文化内部析出了属于西部的也必然深刻影响西部文学走向的维度。

他的亮点，简而言之，可能是这么一个一体两面的议题：1942年毛泽东的《在延安文艺座谈会上的讲话》对西部文学产生的实际影响，和"革命后"柳青政治乡土文学传统及"史诗性"怎么在西部文学中缺失的问题。

梳理"延安派"线索之前，请允许先简要辨析一下丁帆主编的文学史与赵学勇等的"四代三时期"说的联系与区别。

《中国西部现代文学史》对西部现代文学的历史演进大致分为

---

① 张旭东：《全球化时代的文化认同：西方普遍主义话语的历史批判》，北京大学出版社，2006，第 167 页。
② 张旭东：《全球化时代的文化认同：西方普遍主义话语的历史批判》，北京大学出版社，2006，第 173 页。

四个时期①：1900 年—1949 年属于西部现代文学的"萌芽期"，以 1900 年前后的西部"地理大发现"和敦煌藏经洞的发现为标志；1949 年—1979 年是西部现代文学的"新时代"或者"成长期"，以解放军"进藏""进疆"作为标志，相应地，对"人"的觉醒及"人民"主题的热情颂扬成了这一时期表现的突出的核心内容；1979 年—1992 年是西部现代文学的"繁荣期"，所谓"繁荣"，其实指"西部文学"这个口号的提出及其相关杂志专栏的开设、论著的出版等文学活动，基本在这一时段全面铺开，西部文学究竟是什么的问题也差不多在这个阶段有了几乎全部面目；1992 年之后，是西部现代文学新的发展期，言为"新"，结合其他一些批评家的论述，可等于西部的"新生代"，其主要特点是日常生活为本位的文学写作趋向。丁帆的"现代"，实际只是"萌芽期"，"新时代""繁荣期"和"新生代"均为"当代"部分，也即是说，1949 年仍是丁帆现代文学史中当代的当然开端。而赵学勇等的划分，《讲话》被认为是赋予当代西部文学以"根"的重要文献，自然而然，第一时期的第一代作家主要是在《讲话》发表之后成长起来的一批作家，他们在 1949 年之前就进入了解放区，"但他们的成名却又无一例外是在新中国成立后的最初几年。这些作家自觉地成为《讲话》精神的实践者，并且凭借旺盛的创作精力与日渐成熟的作品，在二十世纪五六十年代的西部乃至整个中国文坛产生了巨大影响"②。柳青、杜鹏程、王汶石、罗广斌、杨益言等是主角。第二时期，即"文化大革命"后开始至二十世纪九十年代为界，这一时期由第一代和第二代——被称之为因"追赶"全国思潮的"合唱"而未见出西部地域特点的王蒙、张贤亮等充任急先锋。所以，

---

① 丁帆主编：《中国西部现代文学史》，人民文学出版社，2004，第 8—18 页。

② 赵学勇、孟绍勇：《西部小说："概念"、"命名"及历史呈现：当代西部小说与西北地域作家群考察之一》，《兰州大学学报（社会科学版）》2005 年第 2 期，亦见《革命·乡土·地域：中国当代西部小说史论》，中国人民大学出版社、山西教育出版社，2009，第 21 页。

在这一时期中，被认为真正成熟的作家是第三代人，如张承志、路遥、陈忠实、贾平凹、扎西达娃、陆天明等。第三时期是二十世纪九十年代中期到二十一世纪初这一段时间，由第三代继续发挥余热、第四代比如阿来、红柯、董立勃、雪漠为中坚的文学时段①，如此，"四代三时期"的封神榜完成。

通过以上描述可以看出，把柳青及其《创业史》作为当代西部文学的政治合法化传统，其革命而乡土的根基里面，实在隐藏着西部地域文化和宗教文化无法看到，但实际是限制西部文学价值伸越的瓶颈。

首先，作者认为，柳青的"五四"后革命现实的文学呈现，走出了"五四"一代主流作家的"遮蔽"，让"革命叙事"一下子走在西部乃至全国的前列了，根扎在了主流政治的内部，城市知识分子启蒙而外，政治意识形态介入后的乡土复杂面貌，也正式提上了文学的叙事日程。"救亡压倒启蒙"的说法，也许完全符合知识分子的思想史实际，但在当时以延安为中心的整个西北农村，《讲话》洗礼后梁三老汉一类所谓"落后分子"，其落后性恐怕也是绵延至今的一种普遍的西部乡土文化土壤的构成要素。这种性质本身决定了他们惯于在沉默和消极中等待政治的红利，也常常驾轻就熟地以具体的生活形式窥视高悬于头颅之上的大概念、大精神的实际发酵效果。有了这样一种政治潜意识，作品的文学性或审美性倒在其次，占领"历史的前台"成了主要动机。因此，面对严家炎的质疑，柳青才会说出这样的话："小说的字里行间徘徊着一个巨大的形象——党，批评者为什么始终没有看见他？"②柳青和严家炎的分歧，与其说是政治性与审美性的争辩，不如说是变化了的语境与不

---

① 赵学勇、孟绍勇：《革命·乡土·地域：中国当代西部小说史论》，中国人民大学出版社、山西教育出版社，2009，第21—26页。

② 柳青：《提出几个问题来讨论》，载《延河》1963年第8期，收入谢冕、洪子诚主编：《中国当代文学史料选》，北京大学出版社，1995，第597页。转引自赵学勇、孟绍勇：《革命·乡土·地域：中国当代西部小说史论》，中国人民大学出版社、山西教育出版社，2009，第60页。

变的文学史标准之间的分歧——梁生宝形象典型与否，事关文学史惯例，但不关一个具体青年已有精神世界被某种新权威文化重新构造时的切身体验，至于他的成长反映党的成熟，毕竟是显在而作者又格外重视的文本表层信息。这一角度，梁三老汉的"落后性"亦复如是观。陈忠实无数次谈到《创业史》对自己写作《白鹿原》时的精神馈赠，细读过《白鹿原》的人大概都知道，正是柳青把审视现实的镜头，越过高悬的启蒙，推近到权威话语与具体生活话语基本吻合、不吻合、错位和分道扬镳的程度（反之亦然），才是《白鹿原》所继承的重要脉系。

《创业史》的文学史意义，虽然可能还继续处在聚讼纷纭的阶段，但它的基本情况已经是中国当代文学学科常识，无须在这里再多费笔墨。需要多说几句的倒在于，柳青文学价值取向之于后来西部文学创作或批评研究的关系问题。

柳青的时代当然没有西部文学这个说法，他也就无须为了西部文学而进行创作，这是一个基本前提。正因如此，从前面的两种主要路向不难看出，可以说，自西部文学提出、建构、形成一定规模以来，不管柳青当初到底是怎么想的，他所开启的严肃介入政治、深刻反映政治话语与民众个体、群体日常生活状态的这一种文学理念，的确早已淹没在了无数"文化"，无数个体心灵遭遇的汪洋大海中去了。由于时代政治气候的巨大规定性，柳青或许只能选择《创业史》那样的结构，但当西部文学历经了"思想解放"的二十世纪八十年代，然后又进入集体无意识的九十年代日常生活写作，随之而来的另一尖锐话题——"底层"，也就慢慢浮出了水面。可是，在这一并不算短的时间段落中，西部文学也许比别的什么文学输送了更多的边缘人、底层者、无助者、弱势者，这一点已被多数批评家所注意到。然而，在由如此之多的弱势者、无助者、底层者和边缘人所构成的底层社会中，西部文学作者反而罕有像柳青那样，先放下个体心灵遭遇这个微观人性透视法，以宏观的视野来叙事晚近四十多年来西部社会变迁状况的。我们看到最多的反倒是，要么是民间宗教文化为本位的人性起伏叙事；要么是以超时空背景下个体对物质获取与精神迷失的抉择为首选，满足于《红楼梦》或《金瓶梅》式的纠结；要么只以官场代社会，大大缩减社会现实内涵。在这中间，西部社会结构，尤其是主导性政治经济话语影响下的基层社会机制运行状态，从此从文学世界中遁隐了、不见了。什么原因呢？正如赵学勇所早已有所意识到的那样，可能一旦正面提及政治，就会立刻遭到人们莫名其妙的嘲讽，柳青及其文学也就好像只配被收藏在图书馆里，而言说他，也似乎只配在教室里、在某些毕业生论文里，唯独不宜于公开讨论。当人们对"去政治化"热衷到如此之程度，不言而喻，文学也就不会轻易去蹚政治这浑水了。

这意味着，西部文学无论是作为流派还是地域性风格，更或者是一种理念和价值取向，从被建构以来，除陕西、西南个别作家作品外，传统西北七省区文学，文化政治维度其实一直是缺席的，至少是不自觉的和不完整的。

这也就涉及西部文学的"史诗性"传统问题了。

因为赵学勇等的西部文学研究，是包括西北诸省区和"云贵川藏渝"在内的大西部，虽然正面论述的西南作家作品可能就罗广斌与杨益言的《红岩》、阿来的《尘埃落定》和范稳的《水乳大地》等不多的几部，毕竟这些作家作品都被放到了西部大文化圈来观照了，也看到了它们的共性文化资源。论述的份额和程度是一回事，"史诗性"怎样，是另一回事。幸亏有陈忠实的《白鹿原》、阿来的《尘埃落定》等聊可一备，否则，当代西部文学（小说）具备"史诗性"的实在乏善可陈。对于其他众多西部叙事文学，其实都很难说是接着柳青的路子往下走的。柳青的路子就是《创业史》的路子，也就是说，叙事政治环境中的个体命运，即使是在后现代所谓"碎片化""无厘头"文化氛围中，它也可以转换为卢卡奇意义的总体论风貌——历史发展也许并无本质规律，人也许并无恒性，尽管如此，也绝不能说，特别是中国特点的现代社会一旦走向纵深，个体就完全游离于群体乃至社会体制而独立存在了。可能的情况反倒是，个体处处受制于政治经济话语的驱遣，甚至在貌似众声喧哗实则被标准化的、机械的意识形态所不断塑造。个体无以规划自己、无以成为整全的人，以及看上去很破碎、意义感不能统一，其根本原因是不是在实际的社会运行机制上？或者在把个体仅作为个体而不是把个体作为群体乃至阶层组织之不可分割一员的理念区别上？如果视野只在具体细节上，只在自我内心，只在消费地方知识和民俗文化上，世界也就仿佛只能如此。这实际是把自己与庸人主义，与琐碎的追求者①，与怠慢亵渎真理，以至于把真理降格为科技主义，以及与文化相对主义等等量齐观的必然后果；也意味着这本身已从认识论的角度动摇了文学能动于社会现实的根基。"史诗性"作品之所以值得不断讨论和阐释，其首要价值许诺就在于，它能提供给不同时代的人们以有效方法论和丰沛思想支援。否则，倘若我们一直处在超时空的文学世界中，久而久之，除了习得各种不同文化趣味外，我们判断时代趋势的水平会大大降低，极端者，或许只在乎自己的文化归属问题、在文化身份上也可能会纠缠不休，但绝对疏于考虑普遍性社会现实问题，以至于在根本性思想言说上丧失判断能力，也就迟早有一天无法返回时代前沿，那个时候就是我们真正失语的时刻。无疑地，今天的西部文学创作和文学批评，已经远离了柳青及其《创业史》的精神传统和思想框架。不是把"史诗性"当作范本而丢弃了，就是因警觉特定时期政治而歪解了。总之，如果把"史诗性"只当作一种大视野、大关怀来看待，那么，今天的西部文学及其文学批评，的确并没有继承柳青及其《创业史》的衣钵。

其次，因为挖出了柳青这个当代西部文学的传统，文化西部而外，乡土西部这个至关重要的基础便清晰了。在城镇化大趋势中，有了乡土西部这个基本前提，农民而到一般市民，一般市民而到公

---

① "庸人主义""琐碎的追求"等概念，均见［英］弗兰克·富里迪：《知识分子都到哪里去了：对抗21世纪的庸人主义》，戴从容译，江苏人民出版社，2012，第4页。

民的叙事分歧就不再含混。就是说，西部城市文学的不成熟①，只要懂得了它的底子，理论观照也罢，叙事探索也罢，就有了明确的价值针对性。

赵学勇等人最后关于把西部文学希望寄托在传统文化和宗教文化的结论，我之所以持保留态度，原因其实来源于一个假设。假如我们"回不去"，那么怎么办？中国本来就是一个乡土国家，西部乡村社会更是乡土中的乡土，这是由它的历史所决定的。但是另一方面，城镇化却势在必行，而且也是时代大趋势。据相关数据显示，现在每天至少有七十多个自然村在迅速消失，暂时还没有消失的村庄，其主体也差不多是"386199部队"（妇女、儿童和老人），接下来的问题便是，乡土文化首先怎样被市民文化所接纳，并共同生成现代性文化的问题。这就意味着，我们必须在乡土的文化底子上，再进行考量城市文化。鉴于此，西部文学要再度焕发二十世纪八十年代的那种朝气，只能首先处理好西部城镇文学，而叙事城镇文学，就得先熟悉当前阶段民俗人类学意义的和社会学的西部农村。因为前者蕴藉着厚重的习俗，后者发现了真正的社会结构。前

---

① 目前为止，就研究或批评来说，前面提到的一些重要著述中，几乎都辟有专章进行了专门探讨，但相比较李兴阳的《中国西部当代小说史论（1976—2005）》一书，无论理念概念，还是价值论，都似乎更正面一些，大致属于在西部城市文化内探讨西部城市文学的性质，研究者虽然企图打破传统城乡二元对立论，但实际的论述却仍无法从根本上摆脱二元论的束缚，略显捉襟见肘。这固然首先取决于研究对象的世界观，然而，不可否认的恐怕与当代成熟社会学理论的严重缺席不无关系。如果以自觉的现代理论作为武器，即使相同的对象也许会显得很不一样。当然从另一侧面也说明，中国城市文化理论及城市文学还很不成熟，基本上是以乌托邦式乡土文明形态来参照当下城市文化、文学的模式。李兴阳：《中国西部当代小说史论（1976—2005）》，安徽大学出版社，2006。

者如河州"花儿"与陕北"信天游"的文化内涵①所显示的那样，民间的日常生活肯定受过权威话语的影响，然究其实质却并没有因为改造而产生本质性变化，民间文化内部似乎有个相当顽固的东西在不同时期都发挥着实际的价值作用，这是为什么？而社会学所发现的当今社会结构，其实已经是消费社会，那么，"新穷人"②就成了完全有别于传统物质穷人的一个时代概念，向来属于知识分子的启蒙思想是否充分意识到了它的存在？答案是否定的。如果我们的社会只能在现代社会的轨道上往下走，而不是返回去，那么，就有必要辩证地看待传统文化，尤其地域共同体文化和信仰共同体文化，因为它们天然地排斥社会性共识。当然，以上诸种文化，另有用武之地，那就是它们曾经是将来还会是文化产业的灵魂，不过，这只与钱有关，与地方 GDP 有关，与政绩有关，然而唯独与这里论述的精神文化关系不大。

以上对叙事惯性的批判，包括长篇小说与短篇小说的现代性

---

① 李雄飞:《河州"花儿"与陕北"信天游"文化内涵的比较研究》，民族出版社，2003。尤其是该著"中编:歌手心理论"和"下编:民歌流变论"以及"末编:民歌环境论"等论述，如果结合人类社会学著作《新乡土中国（修订版）》(贺雪峰，北京大学出版社，2013)、《回乡记:我们所看到的乡土中国》(贺雪峰，人民东方出版传媒、东方出版社，2014)，以及孙立平的"社会'断裂'三部曲"来读，对当前中国社会的认识结论，绝对不是文学叙事中的模样，就算本持现实主义精神的文学，也都难以类比。从感染力的程度论，文学或许不只是在认识论上缺失了重要内容，就是审美性，也因社会学基础的薄弱，而经不起再三的推敲。文学上这些问题的出现，不能说是传统文化一家所致，但主要由传统文化中的知识与思想支持的文学叙事，的确也是使文学走得不深也不远的主要原因。

② 关于因"消费社会"和"新穷人"等观念在文学理论批评中的缺失，而导致文学批评理论不彻底的详细论述，可参见牛学智《消费社会、新穷人与文学批评的日常生活话语》，《文学评论》2013 年第 6 期，系拙著《当代批评的本土话语审视》第十一章内容，北岳文艺出版社，2014。然而该概念在社会学领域其实已经是常用术语，但文学研究界可能会相对陌生。要了解详细界说请参考 [英] 齐格蒙特·鲍曼:《工作、消费、新穷人》，仇子明、李兰译，吉林出版集团有限责任公司，2010；[法] 让·鲍德里亚:《消费社会》，刘成富、全志钢译，南京大学出版社，2008。

问题、文化价值问题、流行趣味问题，以及少数民族、西部文化符号化等问题——林林总总这些问题，其实都汇集在小说叙事对"意义生活"或"精神价值生活"的探讨上，所以这一类叙事惯性便体现为对极端的、特色的、特殊的和个别性题材的关注。下面的章节转入更微观视野，将从写作技术层面讨论"温情叙事""普遍人性论""底层叙事"问题，外加诗歌写作中的"文化地域化""审美形式"，以及海子变成"叙事"的问题等——之所以这些问题是叙事惯性问题，是因为它们不同程度牵扯到更普遍的文学理念和价值取向，是能放到"国"字号层面并基本代表着"国"字号叙事状态的文学意识形态，揭示其惯性意味着对至少一个时期中国当代文学的审视。希望通过宏观文化透视与微观文学叙事文本分析，更深入地、更客观地反映出当前突出的中国文学叙事惯性问题，以"引起疗效"的注意。

第二十四章　当前小说之"温情叙事"批判

近年来，暴力、血腥、冷漠、虚无感、颓废感等叙事元素，在当代文学中似乎已经有了大大的收敛，与此同时，涌现了一批充满热情、富于诗意并且饱含悲悯情怀的文学写作潮流，尤以"底层文学"为最甚。然而，这些作品一旦合起来，在某一段文学史的大格局观察，不同作家不同作品不同角度大同小异的叙事选择，马上就会映照出相同时代趋于强势话语的某种同一性趣味来。不妨以获某届鲁迅文学奖的若干小说为主，看一看这些同一性的趣味到底是些什么。

一、肯定诗意，也要看见主体性的乏力

底层文学不仅有力地改变着政治意识形态对现实结构的重新配置，而且也在不经意间悄悄地扭转着当代中国文学的基本走向。既注重了底层者个体相当不堪和不得圆满的一面，也关注了个体内心世界油然而有的安详、宁静、爱意和善良等核心生命体验，以及美好的理想信仰。底层叙事虽可能肇始于社会阶层之间的不平等，然而最终努力接通人类共性价值的诉诸，甚至怎样褒扬都似乎不过分。可是，由人的精神问题转向到人的文化属性问题，由本质上的社会视角转向到个人化的民间视角，由尖锐的思想对话转向到温软的回忆性体验。恐怕是底层文学不能不警惕的一个价值问题。其中最突出的是把民间视角变成民俗文化意义上的诗意呈现。

刘庆邦的多数短篇小说走的就是这个路子。在我的阅读视野内，他这方面题材的小说一经出炉，就马上被选刊看中。这至少说

明，民俗文化内容他了解得多并且写得好，更重要的是这类小说可能更与以选刊为代表的某种文学标准有关。当甜腻的趣味、温软的抒情和内敛的私人意绪走俏的时候，底层文学或许就走向了它的反面。

比如刘庆邦曾获得第二届鲁迅文学奖的短篇小说《鞋》，故事主体是二十世纪七十年代农村一对青年男女之间的爱情故事，故事的大体结构是《人生》中刘巧珍和高加林的翻版，即最终因为男青年的"进步"而与女青年不得不在文化上拉开距离的恋爱悲剧。刘庆邦的着力点在"鞋"上，选鞋样、呵护鞋底、精心纳鞋底的过程，就是女孩子干净、纯朴和对他人世界不无天真的理解过程。注视人的单纯、逼视人简单的一面，这在人性越写越欲望化，越来越复杂难辨的今天的确值得一再强调并且给予充分肯定。但随之而来的更为棘手的问题是，单纯的土壤究竟是什么？结合刘庆邦为数不少的类似篇目会发现，刘庆邦的问题不只是重复自己，比如故事模式的重复，对人看法的重复，等等，而是过于信赖民俗文化对人的发现。《鞋》中的"鞋"实际上充当的是过去农耕文明的一个特定符号，也就是说，女孩子天真、纯朴、善良只能在既定的民俗文化内部是合理的，一旦走出这个圈子，离开以民间的名义定位的传统文化的氛围，一切都将面临着打破。那么，女孩子的人性问题恐怕就要重新调整。这表明，刘庆邦的诗意、爱意、纯真其实是以对现实的撤退为代价的。《响器》中高妮对美的追随，《春天的仪式》中星采对"梦"的坚守，等等。几乎都无法把复杂多变的现实生活，尤其往往受外力作用的他者世界纳入其中。民俗文化强迫下的单纯和简单不等于现实的残酷和无奈从此就消失了，情况可能是被遮蔽了。这里，刘庆邦利用民间已有的送葬仪式、布鞋情结，承载了人物传统的生命形式——这些深入其中的人物命运，只能在给定的民俗文化氛围中具有悲剧性，无法离开那个文化土壤而存活。这也说明，民俗文化它代表民间社会价值取向时是有局限的，至少人物的深度还不能放置到现实中去一再拷问。这是把民俗文化秩序等同于传统的局限。它只能让思想顺延和臣服，而不能使思想具有"否定"

的功能。因此，这类小说，它企图创造的正面肯定性形象除了提供回忆和伤感，它的审美诉诸就不会有力地撼动深层的现实结构。人们从过去寻求意义，也总是会在对过去意义的批判中渴望新的意义。这种常常处在意义与放弃意义的徘徊状态，也是众多作家退回到民间社会的主体性困厄。只表明他们寻找自己意义的乏力，而不能说他们找到了自己的新意义。进城农民的书写，走向另一个写作诉求，即他们需要求证底层者被迫要有的"现代性"问题。这在本质上与退回到民俗文化没什么本质上的不同，都描写了当代中国底层者的尴尬与忙乱，或者宁静与自闭。

　　以这个角度，《吉祥如意》完全可以看作是这个体系中的一个产物。不同的是作者郭文斌知道儿童视角的局限，他也清楚完全地沉浸到封闭的民俗文化秩序当中对小说将意味着什么。所以，《吉祥如意》就基本上是在伤感而不失欢愉，怀旧而不忘祝福，凄怆而不失美丽，匮乏而饱含善意的抒情诗调子中，给即将面临危机的生命，给正在遭受困厄的情感，给已经囚禁了自由的人们，用心灵的体温吼出来的赞歌。作者在末尾特意注明的写作时间和写作背景——"2003 年端午（非典时期）草于鲁院""2006-7-26 改定"。其用意，我的理解主要是包含了这样的意思：提醒人们，在平安的日子里不要对这个本来高贵的"吉祥如意"表现得过于麻木。面对突然降临的天灾——祝福吧！面对人祸——那些提防的眼神，那些恐惧的战栗，祝福吧！于是，小说中就出现了传说中能通血脉、能祛除瘟疫的艾草，就出现了童心透明的五月和六月。他们相互传递着艾香，他们相互传达着善良。然而，在更高的视界来看，即离开了孩子的领受能力和种种仪式制造的自洽氛围，沉重的生活是否还会节日般归来？如此等等迫在眉睫的人的问题，都仍将处在待解过程中。

　　诗意、美好甚至甜美的确是《鞋》和《吉祥如意》的共同特点，但当我们把它们赖以赋形的美学形式——仪式般的民间文化模式去掉，让它们的人物走进当下的现实，女孩子还有心思花去几乎全部的精神把玩一双在他人看来本无足轻重的鞋吗？走出童男童女期的五月和六月还会被艾草的芳香陶醉得不辨姐弟界限吗？也就是《鞋》的诗意，是以时间上的距离，造成了人们对美的追忆；《吉祥如意》以心理上的反差，还给人们心理上的补偿。放大了看，赋形于民俗文化形式的小说，之所以能给人一种情感上的震撼（当然，震撼是这类小说毋庸置疑的美学贡献），是因为人们在接受的时候已经十分明白它无力担当"现在"，它仅仅属于一个遥远的过去，一个与此在的命运、生存、冲突、变局毫不搭界的历史遗产，甚至一定程度上恐怕是以故事的形式充当着人们一再追思的传统文化模型的角色。这个意义上，把本来有价值的民间视角转换成民俗文化本身，才使得来自历史的、时代的、现实的和各种意识形态网络中的人在文化的意义上寿终正寝了。因此，他们的诗学观都是以逃避的形式、封闭的事相、民俗文化的母题麻痹了人们对当下现实的自主判断。也不妨说，这类文学因放大了属性特征明显的文化，最终放弃了对人的追问。它们是说事的文学，而不是写人的文学。这也就部分地回答了当下现实为什么无法甜美的部分原因。因为一旦触及当下现实的人，就必然要首先进入弱势者的生存世界，或者所谓优越者的存在世界。不管是底层者的物质问题，还是优越者的无聊问题，都不可能使一个有思想见地的写作者盲目乐观。

二、"温情"不只是技法，更是生命形式

"底层叙事"进入到一定阶段，当它们进入底层世界的方法论显得依然呆板，无法给人们提供足够多样的故事的时候，也即当初开辟的伦理道德内容无法进入广阔的社会核心的时候，底层叙事中的"苦难"就只好蜕变成"苦难美学"——一种想方设法让苦难者在理想的层面完成人格的仪式活动。所以从现实的批判转化成情感的发掘，再把这种情感形式以审美的方式表现出来，就是温情叙事。温情叙事是底层叙事的高级形式。如果"在路上"的农民是写实主义，打工妹的城市爱情就是审美主义。从打工妹的私人空间打

入城市的腹地，从凶残者或落难者的情感秘密讨要人性的健全，是我看到的近年来形成气候的一种格式化人文关怀。

田耳的中篇小说《一个人张灯结彩》若按照他的自解，应该是表现几个无助者的孤独，特别是哑女的心灵"失语"感。当然这篇小说给人更大的冲击或许并不仅仅是个体的精神事象，虽然能否表现出弱势者的精神问题似乎成了二十一世纪以来作家们一个心照不宣的标准。田耳做出自己的申明即便有些多余，但也不妨是说明当下语境中作家创作潜意识里靠拢某种风向的不自由状态。我以为《一个人张灯结彩》的灼人力量或许在反映公安生活方面，通过展示老公安老黄的郁郁寡欢，公安生活内部的诸种腐朽、不作为以及滥用权力的本相被显赫地推到了读者面前，"他者"世界肯定压倒了个体精神生活的分量。结合田耳其他的小说，通过类型人物的塑造，对"合理化"生存哲学的深入揭示，的确显示了他不凡的问题意识，在同龄人中理应是佼佼者。这里暂且认可作者的原始意图，我们看一看作者是怎样呈现哑女的心灵秘密的。作者正是沿着"我们习惯上认为生理上有缺陷的人可能很规矩，其实是个误区"的思维写哑女的。这样，哑女的劣迹就正常展开了，她与杀人犯厮混，杀人犯就是后来杀他哥哥的凶手，这是被同情者的恶；凶残者的善或者人性中的"温暖"也是以这个逻辑展开的，行刑之前对哑女的爱的表达和与哑女约定的大年夜的张灯结彩等"嘱托"，是恶者的善。单独看，如此情节不仅可能而且是合人性的。然而，把不同作家表达这一人文意义的内容放置到一起，问题就显出了几分蹊跷。

《喊山》（中篇小说）的作者葛水平表达人性温暖的方式也如此，光棍韩冲与有夫之妇私通，名声搞坏无法娶上媳妇；杀人在逃犯讨饭者腊宏强娶红霞为妻，红霞过着噩梦般的日子，连说话的权利也被剥夺了，慢慢变成了"失语"的哑巴；韩冲、腊宏的这些行为体现的是底层者的"恶"。腊宏被韩冲炸獾误炸死时发现手里捏着孩子喜欢吃的野酸枣，韩冲在处理腊宏丧事上的人情味和照料红霞母子三人上的体贴入微、百般良善，是恶者的悲悯。的确，作家良苦用心要表达的人性的复杂和丰富肯定有理论的强大支持，要体现的悲悯意识和人文情怀也毋庸置疑，要给文学提供正面肯定性价值的文学精神更无须否定。我表示质疑的是，非得通过偶然性来成全人性温暖的做法，恐怕只能说明作家对意义的不诚实，生活积淀的匮乏也同时成了作家的真正危机。

　　段崇轩对葛水平的创作有整体的研究，他用"强化小说的'戏剧性'"①来解释葛氏小说的成熟技法。作为推动情节发展的偶发事件，动用戏剧性冲突，文学史上也不鲜见，绝不是什么大惊小怪的事情。为了进一步纠正我判断的片面性，当我找来近年来频频亮相于《人民文学》《小说选刊》《北京文学》等大刊，也被评论界誉为"一匹黑马""中国文坛最抢眼的作家""中国文坛的重要收获"，甚至把2004年的小说创作称为"葛水平年"的葛水平的其他作品如《甩鞭》《黑口》《天殇》《狗狗狗》。细读后还是觉得"戏剧性"并非葛水平的"技法"，而是其创作时善用也用得几乎天衣无缝的价值"投机"和人文"技巧"。譬如《甩鞭》，王引兰先嫁给土地主麻五，结果麻五在土改批斗中被"坠蛋"而死，后嫁给贫苦农民李三有，李又在一次干活时"坠崖"而亡。这很吊人胃口，有凶手吗？凶手是谁？包袱抖完结果出来了，铁孩机关算尽为的就是要成全他的爱，得到王引兰。作者用两条人命换来的就是这个蓦然回首的"爱"，"死—情"是葛水平追寻温暖或者残酷的叙事模式。再回到《喊山》，如果把情节拎一下，仍然是以无辜生命换有限真情的技术。杀人逃犯腊宏如果不被炸死，他手里捏着的孩子平常喜欢吃的野酸枣就不会有人发现，他就肯定还是个彻头彻尾的冷血动物。包括田耳的《一个人张灯结彩》，同样是非得让哑女变坏才看出其孤独的一个故事。说葛水平在技术上处理得天衣无缝，只是指她能够持续地调换读者的胃口，要么让人物死于非命，要么死于暗算，但死者和凶手毫无疑问都是真正的弱势者。这个角度，段崇轩说的"葛水平笔下没有单纯的坏人"真是一语中的。只是他在褒扬葛氏

---

①　段崇轩:《打开小说的"可能"之门——评青年作家葛水平的小说创作》,《当代作家评论》2007年第5期。

小说人物精神形象丰富的同时并没有看破里面的玄机，因为作为批评家，段崇轩对人性复杂的渴望程度并不比葛水平弱。

青年批评家李美皆给她的评论集起名为《最易搅浑的是我们的心》，实在有深意。征服人心的温暖、人性的复杂、价值的肯定性或否定性，不是拼出来的，也不是做出来的，是活出来的，经历出来的。它呼唤的是耐心的体验和诚实的感受，却万不是假惺假意的技术装点和技巧拼凑。

三、文学怎样观照"他们"及时代的尖锐问题

面向大多数的写作，就其本质而言，不应该理解为对个性的取消，对内心空间的挤兑。这种文学最终所能达到的境界以及产生的效应，理应是一种坚定的文化行为，当然是马修·阿诺德意义上的"文化"。阿诺德说文化即探讨、追寻完美，"一旦认清文化并非只是努力地认识和学习神之道，并且还要努力付诸实践，使之通行天下，那么文化之道德的、社会的、慈善的品格就显现出来了"[①]。读迟子建的《世界上所有的夜晚》（中篇）和范小青的《城乡简史》（短篇），首先感受到的是作家在探寻什么在追寻什么。阅读的轻松使你入迷，掩卷的沉思促你联想。沉陷于她们的小说世界，思考最多的是我们津津乐道的"个人性""内心化"甚至于"文学性"等一系列被视为重要发现的理论，都将留有巨大的阐释余地。至少，这两部小说虽然都以个体的内心生活切入，主题上都深关个人意义上的精神性问题，但最终他们几乎无一例外地牵动了时代的尖锐矛盾和人类如何走出自我意识囿限的可能性。也就是它们最后达到的品质，不是提供给人们一套圆熟的结构技法，亦不是实践理论批评界一嘘三叹的某几套文学标准。她们的小说可能是聊天交流，

301

---

① ［英］马修·阿诺德:《文化与无政府状态》，韩敏中译，生活·读书·新知三联书店，2002，第 9 页。

可能是沟通对话，可能是假设反证，然而，本意却是现实如何可能或者不可能——不能不承认，胸中倘若没有时代的整体图景，个体领域的诸种难堪将何以有效？所以，这类小说推到我们面前的不只是一个摇头晃脑的审美问题，更是重新打量世界的认识论问题。

李建军说，"迟子建没有停留在过度个人化的叙事话语，而是极大地超越了一己的悲欢，深入而真实地续写了乌塘镇可怕的生存现实，从而使她的这部小说实实在在地成了'底层叙事'"。又说"优雅的浪漫，正是这种在我们的文学中不复见久矣的精神，赋予了迟子建的小说以感人的力量！丰富的诗意，正是这种在我们的文学叙事中严重匮乏的品质，使《世界上所有的夜晚》成为一首庄严的安魂曲！"[①]。"实实在在地成了'底层叙事'"的确是重要发现。这里需要补充的是，那种感人那种精神究竟是怎样表现出来的？在"怎么写"上迟子建袒露了她的"笨拙"，像她自己申明的那样是怀着一份"私心"来写的，"想给自己的伤痛找一个排遣的出口"[②]。但这种"私心"好像非但没被消除，反而更加沉重了，"我找到了吗？"现实中丈夫的突然离去，给迟子建造成了不可抹去的严重创伤，这需要找一个适当的渠道把它宣泄掉，然而在乌塘镇，她很快被更加不幸者淹没了。苍凉的"鬼"故事，离奇的"嫁死的"，陈绍纯悲凉的歌声，蒋百嫂的怕黑，就算喜剧色彩的独臂人父子，你能道尽孩子幼稚的魔术表演背后的辛酸吗？迟子建就是以采访者、民歌搜集者的身份介入到那个世界的，她不忘自我伤痛的掺杂着自诉、倾诉的讲述，最终被他人更加的不幸更加的不测更加的无助、无望融化了，收编了，稀释了。"我的心里不再有那种被遗弃的委屈和哀痛，在这个夜晚，天与地完美地衔接到了一起，我确信这清流上的河灯可以一路走到银河之中。"从自我到他者，从倾诉到倾

① 李建军:《什么样的小说才是好小说——关于"第四届鲁迅文学奖·中篇小说奖"的阅读报告》,《北京文学·中篇小说月报》2007年第12期。
② 迟子建:《获奖感言:我与"他们"》,《北京文学·中篇小说月报》2007年第12期。

听，从哀怜到哀鸣，从委屈到渺小，小小自我在无数次的多层面的他者世界的比照中实现了真正的超越。这部小说的精神气质，就是作家主体的精神气质，这部小说呈现出来的强劲的观照力和出示的精神品质的实践方式一再表明，人是由渺小长大的，人也只能在体恤他人中才能精神成人。

如果说《世界上所有的夜晚》是一部关于人的精神成长的小说。那么，范小青的《城乡简史》则是通过乡下人王才王小才父子认识的不断打开，把想象变成现实的过程。一直以来，面对底层面对城／乡，我们已经炼制成了一个权威的审视标准，也形成了一套成熟的文学叙事模式。有人通过打工妹别有用意的爱情企图发现了乡下人进城后身份确认的困难，有人给"在路上"的农民身上加上了过重的文化砝码。但"城市化"总还有一部分人永远也不会被"化"掉，对于这部分人而言，"留守"的孤独是事实，无效的折腾、无奈的呼号也是现实。然而，敢于肯定地说，这类人群一定还有别的生活。比如理想，比如梦——我以为，不关注到这类人群的这些生活内容，打工妹的情感秘密、农民的进城，很大程度上就是对打工妹和农民处境的简化。

一个城里人随手记上去的数字牵引着王氏一家进了城，并且住了下来，的确荒诞。但是从另一个角度看过去，昂贵的香薰精油价格对识字不多的人的吸引不仅可能而且真实。我自己也有过漫长的农村生活经历，最初我好好学习的动力就是有一天能够用精美的钢笔写字，这奇怪吗？范小青以平实的语言、语重心长的叙述、全知的视角，在亲历者亲历的眼里，在以己推人的联想里，呈现的就是我们意识中贫瘠、落后而又模糊的西部农村具象。范小青的主人公蒋自清丢失的那个账本对蒋来说已没有实用价值，只是他的一种心理需求。所以他才会千方百计地去找它，这样，他便成了王氏一家现实的见证者：道路的如何遥远，生活的如何贫苦，教育条件的如何不堪，等等。这时候，范小青面对王氏一家其实并没有背过脸去，只不过，她以蒋自清寻账本的亲历客观地展现了农村社会状况，体现了范小青真诚的写作态度。

　　《城乡简史》在一般的读者那里恐怕很容易理解成"喜剧"，因为像王才这样的底层者，在一批批"底层叙事"的不无异化的描述中已经被脸谱化了。他们就该是灰头土脸、脑袋死板、表情单调、爱情下贱、安贫守穷的一副旧社会的模样。三流泡沫剧和晚报新闻十分热衷的是城乡之间那种尖锐的对抗、你死我活的仇恨，因为这样设计方便出戏。文学其实就是把这个反复搜刮的苍白大地当作了它赖以发挥的"现实"：一个个滥情发廊女的眼神都带着某种政治攻势的意味，打工妹一次真诚的情感泄漏似乎都包含着巨大的身份危机，甚至为了成全某个空洞的理论、落实某个语焉不详的精神大词，不惜把认识城乡世界的切入口对准活生生的生命。哑巴所宣扬的失语程度，死亡所彰显的温情分量，其实暴露的恰好是作家的残忍和不人道以及浅陋。如此"底层叙事"看得多了，不妨说《城乡简史》是一部合格的农村社会调查报告，其中揭示出的尖锐的时代问题丝毫不逊色于任何一部以弱者生命为赌注的所谓"悲剧"小说。

　　本来千里迢迢去找的就是账本，为什么蒋自清后来又放弃了呢？原来当他寻寻觅觅终于摸到王才家门前时，王才门上贴的留言条打动了他。那个条子上特地注明自己借别人的钱一定要加倍偿还，但别人欠他的债一笔勾销。"看到'一笔勾销'这四个字的时候，他的心情忽然就开朗起来，所有的疙疙瘩瘩，似乎一瞬间就被勾销掉了，他彻底地丢掉了账本，也丢掉了神魂颠倒坐卧不宁的日子。"农民的大气究竟感化了城市人。范小青似乎在强调，城乡之间的精神沟通是可能的，相互间身份的确认、文化差异的缩小需要双方的用力才行。但前提必须是相互进入对方的世界，并且要有足够的耐心，就像小说中的蒋自清与王才做到的那样。在这个基础上，不管作家投注多少温暖的同情或道德的审判，还是文化的思索，它都是可信的并且能从平淡中震撼人心的。

　　以上分析表明，不同的作家心里可能都装着不同的底层，也都有选择怎样写的自由。但要论到境界，论到文品和人品的诚实程度，路子似乎很窄也很难，那就是义无反顾地了解生活，心无旁骛地耐心体验生活，除此别无他途。从上述有限的作品我看到的一个颇有代表性的底层思维是，理念很到位，就是要诗意、温情、温暖，但文学的实践却往往是通过对已有文化模式的封闭型缅怀，或者把解决的办法寄托在一个非常态的偶然性、戏剧性冲突上，以至于不无端地搭上几条无辜生命，所要的那个"精神""意义"就不足以明确。这是一种严重的写作误区，它使文学变得哗众取宠、华而不实，可能有结构、有技术，写得也很巧，更有理论批评家想要的标准，但无论如何没有思想的分量和审美的冲击力以及现实的观照力。

第二十五章 当前小说之"普遍人性论"批判

　　普遍人性论，也就是终极人性论，迄今为止，还没有哪一个人给普遍人性论下一个权威的定义。但这丝毫不影响人们对这种人性论的评判和实践。理论批评者通常会抛出"人性含量"这一张王牌来评判作品在人性上把握的深刻程度，即是说人性深刻就是好作品，人性肤浅就是坏作品。而人性深刻的标志，主要依据显然是对人性劣根性的批判和对人性善性的褒扬。人性的深刻，有时候，或多数时候其实就是要求作家写出冥冥之中"人兽同体"的所谓复杂性。很显然，深刻人性在过去实际上是人的"二重性"或"多重性"，而现在，在人性解放和价值多元的文化语境中，人的内心世界如果还是那么几个可以数得清楚的面，尤其没有把人在一定情境下恶的潜意识、意识表达充分，就觉得这个人性不深刻，或者不像人们想象的那么深刻。非得要榨出如鲁迅当年在《一件小事》中交代的皮袍底下的那个"小"来，然后再在推向极端的这个"小"中挖掘出一点"光亮"来，居然成了当下文学普遍追求的人性书写模式。甚至这个人性书写模式中恶的一部分可以任意放大，善的部分要尽量压缩，就是说深刻人性实际上是拐着弯表现人的假、丑、恶，俗、赖、贱，一追到底，否则，就不能指认是写出了人性的深度。或者反过来，写人的真、善、美，也要走到极端，不惜翻出老祖宗那里就曾有过的和谐、淡然、恬静甚至与世无争（其实是自然主义生存状态中的吁求），不然，仿佛所要表现的那个人就不够正面、不够肯定，最终也就预示着这个人和这个叙事主体缺乏精神建构能力。当然，更中庸一点的办法就是给两方各打五十大板，使文学人物显示出一般很难用"好"与"坏"概括的模糊面影，"过去是革命把人变成非人，现在是反革命把非人变成人"，基本上是二十世纪九十年代以来文学写人的隐性模式。虽然很难举证九十年代以来文学强烈诉诸的"个人性""现代性"是如此人性复杂论强行逼迫出来的产物，但也很难排除那些形色可疑的"个体"、极端个人主义立场的"独立人格"就是人文精神所呼唤的"个人"——只可能是亟待建立的"个人"的副产品。具有"个体"的色彩，却绝不具有真正个人的意义，充其量是"准个体"时代的写作。

"阶级论"之后的这种普遍人性论，就此其实已经堂而皇之地转化成了人性的"复杂"和"丰富"。掰开来说，所谓的写出了人性的复杂性和丰富性，指的就是，恶或者坏得无法条分缕析分析的人物性格状况，或者在民间的名义下、人物自在的说辞下，无比昂扬、无比自洽的正面肯定性价值。如此的人性实践模式，相比在特定政治话语框架内图解人性的单一思路肯定有了很大的进步，但似乎还不能说这种模式就已经是文学到目前为止的最有效途径。面对如此讨好理论批评品评，可是细琢磨又实在没有多少主体痛切体验的可分析人性套路，换一个角度来看，在两方面（创作和批评）都十分讨好的普遍性，怎么想也都是四平八稳的东西，文学很有可能在这种"安全"的名义下步入令人后怕的休眠期。美国著名解构主义文学批评家 J. 希利斯·米勒的"文学死了"的骇人断语，虽然本来的前提语境是电信时代文学纸媒"形式"的"死"。可是，我国当下的文学，毫无含糊也是处在这样危险的氛围中的，如果文学在人性的探索路上顺溜地滑行，认为只到"复杂"和"丰富"旗帜下的普遍人性就万事大吉了，那么，文学因人性的安全而死就会比米勒的"形式"之死提前来临。在这个暧昧的文学背景下，我的问题是，即使能给这种复杂论找到合适的作品证据，那么，达到了此标准的文学作品，是不是就意味着完成了文学应该完成的使命？这里隐藏着的普遍性的思维误区是，在人性问题的探讨上，应该、理应追问文学对人性弊端的发现，还是满足于对"本质论"规划内人性复杂模式的印证？

发现人性中的疑难，作为文学的问题意识，不单是文化角度

307

的观察，很大程度是作家们在政治、性意识、苦难体验、爱情和历史积习的综合网络中对人性的微观书写。张贤亮在人性发掘上的建树，无疑具有开创的意义。作家、知识分子章永璘所渴望的和正在思索的，其实也是张贤亮本人相当一段时间的思想面貌。他对"野蛮"的向往，在性的征服中的胜利感，不只是痞性的十足表现，而且他在人性反思中看起来深受弗洛伊德和西方个人主义思想影响的人学观，其骨子里实际上极不自觉地弥漫着返回集体的渴望，生存之根不在心而在性，是《男人的一半是女人》和《习惯死亡》等"爱情三部曲"的核心主题。今天的研究者不无遗憾地指出张贤亮是"未完成的大师"，在人性反思是否彻底的角度考察，的确，只能说张贤亮在那个时候已经意识到了"野蛮"与"文明"之间无法成人化、理性化的困惑。但他并没有自觉地迎难而上——建立他的语言和他的人性观。南帆在张贤亮《青春期》（张贤亮《唯物论者的启示录》中最新的一篇）中发现了张贤亮"隐蔽的转移"。知识分子发现了从大众中脱离出来的历史时刻，他们与大众的距离也得到了丰富的经济学诠释和社会学肯定。当年那个只对黄香久、马樱花产生"野蛮"性念头，或者哈姆雷特式恋母情结的章永璘，今天终于露出了狐狸的尾巴。他用痞子的流氓方式吓唬闹事的民工，"痞性"实际上早就是《绿化树》《男人的一半是女人》《习惯死亡》暴露的张贤亮的人性观：性饥渴导致的对女性的崇拜，崇拜中猥亵的成分引带出了他骨子里嬉皮笑脸的流氓习气。这和用江湖做法处理民工闹事具有内在的统一性，只不过，张贤亮自始至终表现得像个真贵族，没有意识到他的人性论的巨大缺陷罢了。而这些，正是另一个被称为"痞子文学"的制造者王朔正面表达的内容。对于王朔，"躲避崇高"只是问题之一，他的终极目的是"捣乱"。他把"没有一点正经"视作颠覆、解构他认为的主流意识形态法则的法宝。也当然地，"使坏"就是他传达出来的"个人性"。

回顾这两位有个性的作家，概括而言，他们给后来的文学书写者在人性理解上开的头不外乎两个：一是写性，在性中照射人内心的阴暗面，可能还有他们对政治的看法。把政治意识形态对人的压抑，通过性发泄的方式告诉世人，因此，即便自命崇高的精英者内心也许完全是一幅痞子图景。无论当年"拯救"过他的黄香久和马樱花，还是今天为讨个说法不得不闹事的民工，对于章永璘这个知识分子，他的所谓平民情感和有时有点屈膝下跪的仰视，不过是落难事后的怀旧情绪。张贤亮正是利用"性"撕开了人性深处的假面具，但撕开以后不但没离开具体的"性"，反而把所寻人性之赢弱——被压抑的男人的性能力，当作了拯救人性的有效切入点。这种建立在个人特殊体验上被放大了的普遍人性论，从此"合理"地成了作家们寻找人性普遍性的途经。贾平凹的《废都》、莫言的"红高粱系列"，无不是这个所谓普遍人性论体系中的产物。推延开去，新时期以来致力于人性探索的大多数作品，"野蛮"与"文明"的对峙，实际上早已呈现出了某种浅薄粗鄙、无法再向前推进的人性误区。另外，这种极端的两级对垒，还是道德理想主义所热衷的试验田，一些天真的批判、草率的返璞归真大体上都与此有着千丝万缕的联系。二是写流氓，写貌似叛逆实际上只是些儿童"过家家"（邓晓芒语）式的长不大的"顽主"形象。后来者对"个人性"的理解，多数时候只看重王朔对另一弱势群体——知识分子，这个被误读成体制代言人的调侃和戏弄之上。以为这样做，人物就有了所谓的"独立"，文学就有了所谓的"批判"。做个可能不太好证明但一定不背离阅读感觉的推测，担纲二十一世纪文学主角的"晚生代""70后""80后"，他们文学中随处可见的暴力，那种左逃右突的"逃奔"，不明就里的说"不"和"眩晕感"，文化谱系上难道不是"痞子文学"的文学史遗产吗？

在今天语境中，阅读大量的有志于在人性问题上发掘出自己理解的作家作品，除了引进"物化""异化"，似乎还少有突破以上两种人性模式的。人物指认身份的那种惶恐，存在主义哲学范畴内的意义不确定性，以及在消费主义气场中被物欲牵着鼻子走的地道的个人主义个人性，一种毫无自我建树、精神迷失的"个体"，到底在多大程度上创造了自己的言说方式？他们有自己的语言吗？答案肯定是否定的。他们都是些体制内的小打小闹者，物欲不得满足的小烦恼小牢骚的发布者。更可怕的是，这些大同小异的人性，长期被当成是对普遍人性的书写。与张贤亮、王朔相比，这一批面目模糊的人物，他们提供的人性问题甚至还不及张、王当年，张、王在他们的时代到底提出了人性受限制、不得伸张的诸多问题，而他们充其量只挠到了人性在这个时代变革的一层皮毛。

为什么今天的文学，能在人性观非常清晰甚至有强大的理论支持的轨道上反而容易误入歧途呢？一些作家生态研究成果表明，多数成名了的作家已经中产阶级化了，或者担任着不同层级作协的领导职务，生活经验的悬置，对于这个时代真正历史主体——大多数弱势群体，已经不很熟悉，人性书写很可能只是按照某些引进的观念胡编滥造出来的。最典型的莫过于余华的《兄弟》（下）和贾平凹的《高兴》。比如《兄弟》（下），与指认《兄弟》（含上部）是中国的《巨人传》相比，一些完全出于常识的阅读对比肯定更为可信。刘绪源在他的博客文章《是什么支撑了〈兄弟〉（下）的创作》中以数据和实证对比的批评方法做出了如下结论，我看非常准确。首先，小说的人物情节，几乎都顺着一个"两极转化"的模式在进行（或反复进行）。最亲近的兄弟几度变得形同陌路，甚至导致了对方之死（李光头与宋钢）；最纯真的爱情也会走向家破人亡（林红与宋钢）；最恶心的人会成为难分难解的性伴侣（林红与李光头）；最诚实的男人会去贩卖假货，甚至以自己的男儿身验证"丰乳液"的奇效（宋钢）；从小损害李光头的刘作家可以成为李光头的吹捧者、朗读者、发言人、副总甚至总裁；最不可思议的是，单纯的林红竟会毫无根据地成为红灯区的老鸨。在书中，好多这样的变化其实都是缺乏根据的，它们的根据就是作者想要说明的理念，这种两极之间的转化带来了表面的戏剧性，但因其单调、生硬和不可信，最终只能使读者反感。我不知这一写法是否学自维克多·雨果，可毕竟这是从技巧出发，而不是从生活和人物的性格逻辑出发。

再次，某些表面效果暂时赢得了作者的欢心。在下部中，我们会发现，作者对于数字简直着了迷：打人要一拳一拳地数（打刘作家是二十八拳，书末踢赵诗人扫堂腿是每次十八下）；写信要一个一个字数（林红给宋钢的信是八十三个字）；"刘镇被林红认真看过两眼以上的男子一共二十个"（然后是一组一组的分析）；而每说到李光头的"十四个忠臣"，都要一遍一遍复述"两个瘸子、三个傻子、四个瞎了、五个聋子"这种写法，偶一出现觉得好玩，但如果一个成熟的小说家老是依靠这些绕口令式的表面效果，那就很让人失望了（这让我想到韩寒《三重门》中大量堆砌的手法极为单一的"幽默"）。快速写作的压力不容作者细加推敲，于是，就靠这种表面效果把自己哄瞒过去。《兄弟》（下）失败的原因，归根结底，无非就是从概念出发，而且不限于概念，还包括从对立的两极中彰显的人性的普遍性（恶与善、美与丑、真与假之间的人性平均值）。《高兴》虽不同于《兄弟》（下），但贾平凹对于民工生活的想象，对民工精神处境的诊断，有多少是来自鲜活的现实，相信每一个有底层生活经验的人，不用什么高深的理论就能做出准确的判断。"记录"知识分子对一个时代底层者精神内容的想象，贾平凹也许做到了，但那种想象之物是不是就一定是底层者刘高兴们由衷的心灵期许，或者生存现实乃至精神迷途，恐怕多半是贾平凹的一厢情愿。贾平凹的不了解底层还要写底层，不能简单地说成是对"底层文学"写作潮流的跟风，但也很难排除贾平凹与多数底层叙事者共同的浅薄：除了知识分子颇有隔靴搔痒的"为民请命"的道德诉求外，文学中还很难看到作者对底层现实的入微掌握。底层者的精神难堪被再度遮蔽。"剥夺剥夺者"式的思维给文学造成的伤害，不仅使文学成了追赶时潮、弄虚作假的玩物，更重要的是建立在再度叙述之上的叙述，历史主体真正成了永远的幕后者。

　　普遍人性论成为文学探索中的安全港，另一个显赫的雾障是普遍性地主张拆除人物的地域性差异。

　　长期以来，人们似乎已经乐意接受某种惯例的暗示，这突出地表现在地域与作家的关系上。比如柔绵、伤感、含蓄等美学术语总与南方有关；粗粝、豪爽、直率大概就要由西部（西北）作家来领受了。这也不奇怪，如果有一天，作家所赖以蜗居的地域环境以及由此环境潜移默化塑造成的生活方式、思维方式与他（她）的文字关系不大了，那么，我想这只能表明文字死了，而不是作家世界化了。

可是，最近我看到的情况似乎不全是这样。2008年5月1日《文艺报》发表了一篇题为《从"西部文学"说开去》的文章很有代表性。看来看去，大概是说，文学是没有边界的，没有东西部之分的，它永远忠实于心灵，永远向敢于创新的人敞开。接着作者颇为雄辩地举了一大批文学人物，意思是我们最终记住的是有心灵的人物，并且证明那些有特色的地域风物、风土人情"已经深深融进了人物的内心世界，转化为一种形而上的追思与叩问"。这些道理当然不错，就文学理论本身而言也非常自洽。然而，如此的观点倘不仔细辨析，扫一眼，的确觉得所说多半在理。文学不就是人学吗？这是近百年前周作人说的话。今天的语境，人文关怀、人性化自然是愈提愈有劲了，但翻的还是老祖宗留下来的账本，而且，仔细推敲一些类似的说法，除了这些精神大词本身的威力，确乎没有什么可供反复把玩的新意。

反过来能否说，人物活过来的前提条件，或者人性复活的必要条件，是不是首先得有个适合人物生存的地盘，所谓皮之不存，毛将焉附。皮与毛的辩证关系，我看完全可以用来证实地域与人的关系。当下流行起来的一些文学理论说辞，它的可靠性只部分地征之于当下的文学事实，如果把文学的时间再向前推移，许多可能压根就不会产生。1840年出生的托马斯·哈代，今天的读者也许有少数人能记得《德伯家的苔丝》以外，哈代在多数人那里恐怕并不比一个蹦蹦跳跳的三流歌星重要。然而，哈代早期作品就有的"崭新的美"——"一种蒙上悲剧色调的消极的美"，同时"又是一种含义温柔的积极的美"。如果没有九岁时"变成"一只羊的经历，冷杉抽泣的呻吟、冬青挣扎中的低语、桧树在颤抖中嘶嘶的鸣叫等直接经验就很难想象。更不用说理解那个隐忍沉默而又极富反抗力的弱女子苔丝了。说穿了，要理解苔丝在重重困境中的苦苦求索，以及在爱情的追寻中所表现出来的性格、意志、气质，即便抽掉哈代本人早年的生活挫折，都是很难理解的。而这个性格恰好是哈代自己、亲人、邻人和他们共同的道契斯特小镇环境气候统统合起来才能化合成的一个人物。可以说，阴郁的小镇是独特的，柔弱并且一路不顺的哈代是独特的，然后才有了苔丝这个哈代借以表达人生"迷途"的独特角色。

而现在，倘若按照普遍人性论，或非地域性人性论来评价哈代和他笔下的苔丝。情况恰好应该是相反的。也就是说，普遍人性论者或者非地域性人性论者，是不屑于从人存在的微观环境来考察人物的必然性和或然性的。他们一般把关注点放在人物的结论上，然后再推及到同类的身上，总结出一两条黑格尔哲学范畴之内的"普遍性"就算完事。这就不难理解，为什么今天理论批评界有那么多的"作品论"（实则"人物论"）问世，可实际上真正挠到人物痒处的文字却又少之又少；为什么立志于思潮归纳的宏观大文几近批量生产，差异性的个案研究却又往往被嗤之以鼻。

看来，批评理论的确有必要进行一次真正地域性的转移，否则，文学人物真有死于普遍性的危险。

西部有些作家的有些作品，的确因为视野的狭窄，即站在西部看西部、写西部、感受西部，作品烙上了深深的地方色彩，外界的人很难理解其中的文化，也可能存在看不明白的情况。但这不等于人性中渗透了地域性就一定意味着作品在揭示人性上毫无贡献，狭窄的地方意识与人的地域性是两码事。世界文学史上一些经典作品一再证明，久负盛名的文学人物，作家起初观察的切入口都不大，或者从一个邮票大的小镇子进入，或者从人物自己一次不起眼的遭遇撕开口子等等，也都不故意逃避人物的日常饮食起居、谈吐笑靥甚至生活的恶习，也就是正面关注了人性中的地域性。可是，这样的作品非但不狭隘，反而人物能够更长久地活在历代读者的心目中。这表明，饱满的人性，它从来就不是宏观的、一般性的，而恰好是微观的、个别的和地域性的。比如从福克纳的约克纳帕塔法走出来的凯蒂、从沈从文的湘西走出来的翠翠、鲁迅的"鲁镇"中的祥林嫂等等。之所以福克纳在中国文坛的接受过程很大程度上被看成是一个地域文学作家，是地域文学的代表者，因为地域文学是二十世纪文学随着世界文学一体化以及全球化趋势而必然产生的现象，涉及的是人类生存空间的区域化与一体化的关系的根本问题。其中隐含的最令人感兴趣的深层问题就是人类怎样看待他的生活方式。

当然，个别性和地域性要警惕"寻根文学"的循环和轮回，否则，个别性还可能是一己的私念、闺房和密室，地域性还可能是粗野、豪爽，或者柔绵、忧伤等省事的概念先行。另外，发掘一个古老的民间传说，甄别一项巫术神话，演绎一段悠久的节日仪式，更不应该是个别性的圭臬，因为它是事，而不是人。

这里一个方便而合适的例子可能仍是福克纳。在中国一些先锋作家的接受和模仿中，福克纳给人们留下的文学印象似乎就是白痴形象和意识流手法—— 一种仅靠想象支撑，并且可以抹掉地域特征方便地出入于任何地方，身上承载了现代人普遍性生存困境的现代主义或后现代主义人物。至于《喧哗与骚动》中的那个"天真的失落"的女子凯蒂，一个奠定了"一切美国故事里最伟大的主题——讲天真遇上经验"的人物。步其后尘者多数因痛苦体验的匮乏，或写好类似的人物需要在"传统"与"现代"之间考验叙事者真正远景意识的地方，往往陷于二元对立的尴尬而不了了之。该终结的时代要么就是一堆屎壳郎，只配被革命，要么就是不管怎么变革，那时代就是心灵中不可移易的乌有之乡。福克纳描写的环境主要是美国南北战争之后"颓败的南方"，凯蒂也是令人怀恋的理想的南方与具有全新幻景的现代意识之间的一个人物。可是，凯蒂不单是个梦魇式的形象，只有痛苦和分裂，更重要的还有忍耐、奉献、怜悯和爱。难怪福克纳的研究者把福克纳的家乡——"那块邮票般大小的地方"称为约克纳帕塔法寓言，并说福克纳还不是表现南方及其命运，而是南方所表现出的人类命运。凯蒂身上所蕴藉着的"远景形象"和邮票大小的地方，使福克纳走向了人类。

其实走向人类是每一个作家心照不宣的雄心，余华就说过，他愿意是《圣经》的作者的话。迄今为止，《活着》《许三观卖血记》可能是余华最好的作品。在人性的普遍性上显然模仿《喧哗与骚动》

的这两部作品，余华所表现的"叙述的力量"其实仅限于无节制的想象力。即在完全漠视或者基本不考虑人物置身于今天无论怎么说都具有与以前完全不同的"现代性"语境中的特殊地域性，也就是不考虑人物对于必然苦难和或然苦难的积极态度，一味倾注于作家幻觉状态下的"苦难中的温情与温情地受难"的营造。结果，福克纳笔下人物显示的不能以通常所谓的二元结构评价的普遍人性，余华的确模仿得很像那么回事。可是，在对人性真正富于个别性的发掘上，比如凯蒂本性的"天真"与美国南北战争后人们遭受心灵重创进而对世界心怀的必然"经验"之间的那种哲学意味的张力，即通过凯蒂所蕴涵着的"远景形象"的细腻探照上，余华好像只能反复地把玩并渲染苦难，无法走出自己给人物的先在定位，他的人物除了没完没了地深陷在苦难中再没有别的精神信息。在"拒绝遗忘"的民族良知方面，在把巨大的"苦难"转化成实在的净化民族灵魂的精神资源上，还有在面对人物的遭遇所表现出来的冷漠的"温情"方面，余华都表现得很积极，他显然把他面前的福克纳及伟大的文学理解得过于简单了。原因可能很多，但说到文学的关键环节，他显然是太自信于想象力对文学的贡献了，以至于在想象神秘论的牵引下，几乎对人物活动的地方太陌生，对人物太不了解。直奔那个飘飘忽忽的普遍人性，再加上极不诚实的写作态度，"十年磨一剑"的《兄弟》（特别是下部），给人们提供的谈资也还是十年前的老东西。

　　余华和贾平凹无疑是这个时代的两个代表性作家，我发现众多研究者倒是表现得很及时，在这两位作家的新作品还没出炉，或者刚刚面世就迫不及待地表达着他们的看法。但细读那些批评文章，出新意者的确不多。多数时候沿用着新处言"新"的批评思路，或者至多在"创新""突破"之类大而无当、悬而未决的地方说上几句貌似缺点的话就算过去了。这就造成了一种极坏的文坛习气——看起来是充分意识到了这两位作家的影响力，实际上，理论批评对程式化的普遍人性论的迟钝反应，一次次助长了印证性的普遍人性论的创作恶习，大家都把平庸的、有迹可循的、有证可查的普遍人性当成了文学的安全港湾。

315

另外，借鉴甚至在大的框架上模仿伟大的作家并不奇怪，也不应该苛刻指责，但这应该有个起码前提。那就是伟大的文学和伟大的作家应该始终是方法论的启示，人言言殊的"纯文学"没法有个统一的标准，但普遍人性肯定是"纯文学"诸多元素中一个坚硬的思想骨架。不管从哪里出发，要到达普遍人性，必须熟悉并尊重人物生活的微观地理环境，包括人物灵魂中弥漫着的时代更替时必然有的历史气息，拼的就是作家的诚意，福克纳即是。反之，余华即是。

普遍人性论作为塑造人物的普遍价值追求，当然有它的真理含量。我们表示警惕的是，它同时也是一柄双刃剑，也就是说当它成为作家的共识并且视其为操作得便的公式，成为从对立的两极求取人性平均值的做法时，这个普遍人性就是可疑的东西，它的包容性使作家变得无比慵懒，文学也就在它的庇护下以权威的名义亮出了苍白的将死的面容。

第二十六章　当前小说之"底层叙事"批判

　　"底层叙事"应该是现实主义的一个极端化体现，而不是现实主义的全部。如果不在这个层面上理解"底层叙事"，"底层叙事"的伸张度就非常有限。也正因为比较极端，它可能直接地面对了并且只书写了还在为吃饱肚子奔忙的人群。于是，"底层叙事"总给人的印象是太政治化，或者像有人说的是"新左翼文学"。大白话解释这个看起来颇费脑子的名词，核心意思还是过去"左翼文学"的基本东西，只不过在前面加个"新"字，感觉上就时代化了。像"新世纪文学"的"新"一样，玩的是感官游戏。仿佛蓄意恶搞者给阿 Q 配上一套时髦的行头，让老光棍 Q 同志沿街走一圈，说不好的确招来都市俊男靓女好奇的眼神，认为曾经只能在梦幻中才敢大胆地挑剔众多女人的阿 Q，这回终于真的"阔"起来了，也许还敢真的姓一回赵了。对于追新逐异、时尚至上的脑袋，相信有这样的看法并不是他们的虚伪，而是一种基本认识。至于城市里吃肯德基、浸泡着动漫的一代，比如被称之为裆里还带"尿不湿"的"80后""90后"，看到改头换面后的老 Q，他们非但不理解这位老流浪汉曾经住过的土谷祠，并且经常吃赵太爷家丁棍子的经历他们也简直无法想象。

317

一

　　鉴于如此的语境，觉得"底层叙事"反映了时代尖锐的问题，进而担心这类文学因具体的"政治性"会走得太远。这种认知即便不是过虑，也差不多是对"底层"与"底层叙事"应有内涵的狭隘理解。

为什么这样说呢？

因为对"底层叙事"的狭隘理解，说到底就是对底层的一种偏见，具体说是对底层者，那种在一般人的眼里总是先要吃饱肚皮，再要尊严的广大群体的误解，认为不就是吃饭的问题吗？至多也不过是外加一点尊严和理解吗？适当的抚慰一下，感情上表示一下不就行了吗？之所以有轻巧的认知，是因为人们压根儿没有把这群人及其处境当作一个时代的大事来看待，文学对这群人的关注，也就不可能被视为精神回暖、价值重建，特别是个体人格独立的有效介入。其实，这个群体可能散布在社会的各个角落，它包括一不小心失业者、失去了土地死乞白赖投靠城市者、好不容易再就业了内心却总有别的想法的人。倘若模仿社会调查的方法进行分类，给这些人拉一挂名单，其实这群人并不是一类人，他们本来就是中档次还不到的工人、学生、民工、知识分子、个体户，而且还可能在量上占据着重要的比例，这种神色表情的人几乎随处可见。所以，只能说它是一个庞大到无法具体说清身份的群体——实际上它分布在无数个社会阶层里，可以说有多少个阶层就有多少种这样的底层者。不同的作家有不同的底层者，这是我们最常听的一种解释。那么，文学在一个适宜的氛围、恰当的时间和一种正义感的推动下，表现了他们，并且使本来陌生特别是那些正在或准备"娱乐至死"的人们看到了他们的影子。说好听点，这类文学如果表现的诚意上没有太大的水分，也无论是哪种"现实"，只要"真实"还能算现实主义的一个坚定的衡量标准，"底层叙事"就不可能对衡估一个社会整体的人文指数毫无价值。即使在消费主义至上、相对主义成为主导的多元化时代，"底层叙事"中顽强地透露出来的哪怕必然要遭人非难和蔑视的人道主义、知识分子的道德优越感，也仍然不能算作社会的坏事。可是，有人偏偏就肯在这个被称之为"纯文学"转化的节骨眼上下功夫，认为如此的文学似乎先是把文学的功利性，即必须要"解决"的问题摆到了时代的前台。直接说，"问题"把现实主义"窄化"了。理由是文学的"就事论事"或把丰富的现实

"问题化"，虽则尖锐，毕竟很难读出跨越时空的永恒"人性"。甚至有人说，这类文学的局限就在于，问题解决了，文学也就跟着终结了。

岂不知，这是个相当管用的提醒。许多"底层叙事"作者正是敏感地领悟到了这个提示的所指，迅速快捷地把本来就有点出卖"苦难美学"的"底层叙事"，相当聪明地转向了"甜美美学""和谐美学"以及"幸福美学"。

虽则极端，但"底层叙事"总还是缘现实的问题而发的，我也不揣冒昧提个现实的问题，什么问题能够马上解决？什么问题还将永远成为问题？打工妹好不容易盘上一个小店铺变成发廊女，看来的确解决了一个棘手的问题；农民进城脚跟站稳了一个泥糊糊的工地变成了"务工者"，暂时有饭吃了，也绝对算解了燃眉之急。可是，这个发廊女还有她的生活链：结婚、生子，孩子上学、生病就医、住房面积等等。农民工也还继续有他的后续问题：在农村的父母妻儿究竟怎么办？就是务工者本人，即便能够拿到工钱，总不能把颠来颠去、有家回不了的日子看成是"问题"的解决吧？

迄今为止，所有的"底层叙事"其触角其实伸得没有那么远。看起来写的是一个底层者的一生，实际上有意放大的大致是某个方便突出"问题"的点。正是这个很有政治针对性的"断面"，暴露了一大批底层文学作者急功近利的写作趋向，也使得这一写作潮流过早地蒙上了"早夭"的生命迹象。可以就近取一个热点时事事件来说明。"5·12汶川地震"凝聚了人心，某些时刻甚至表现出了爱的极致；北京奥运恢弘的开幕式、神话象征般的闭幕式，不消说主要体现的是"大国崛起"的政治意义。经济上的高消费性，被凸显的东方民族文化性、科技上的高技术含量以及人文精神的强力渗透，都以后来举办国无法超越的实力表达了中国人的骄傲和自豪，也使中国的强大有效地凝固成一个眼见的客体矗立在北京。

然而，就我眼见的文学，尤以这两次特大事件以后为界，特别是小说、诗歌总体上呈现出了一种极其迷茫却又着实是发自心底的颂歌、浪漫的景象。就算是一直固执的底层叙事者，也格外表现出的那种堪称明朗的积极的肯定的叙事格调都无比强烈地表明，长期以来积压在胸的"底层"情结仿佛一下子找到了答案，大有对自己亲手经营的"底层叙事"推倒重来的"否弃"感、自责感。说得夸张一些，几乎到了满篇祝福、满纸吉祥、字字幸福、句句抒情的荒唐地步。笔底下那些号呼者、不得圆满者、猪狗一样的苟活者顿时沉浸在了民俗的自得其乐中，似乎再也不需要出门打工了，也似乎再也无需领受老板僵硬的表情了。也或者酒桌上某次很不体面的调戏本身就是个误会，工地上风餐露宿的日子说不定还是一种别有情趣的生活体验。如此等等，都显而易见地证明，"底层叙事"在肇始之初打开的文学表达空间就不怎么有容量，换言之，当底层文学创作者"就事论事"的期望值本来就停留在物质保障的最低线上时，名义上的"尊严""自由""人格"等提法也许就一直不在文学真正的审视范围。

　　当表层的期许得到了"政治"的许诺，准确地说，得到了被批判者出自意识形态幻觉的神话般轰炸，底层文学者便在温馨怡人的氛围中只能缴械投降了。究其原委，一方面，固然说明"底层叙事"通过"问题"最终要彰显的诗意、温情、幸福根植得不够深。更重要的一个方面是，创作者并不是以人类的、人性的、个体人格的意识来看待这些一不小心就会处理成类别的"多余人""零余者""弱势者"——匮乏者向盈余者、劣势阶层向优势阶层乞求。仅限于物质层面的"一小撮人"与"另一小撮人"之间看起来辐射面推开来了，实际上聚焦点基本上围绕一己利益的"打架"，非但无法伸展更深的精神诉求，反而会使精神批判变得越来越浅化。也就是在这种类型化非常明显的文学叙事中，人们不能从被支持者的一方看到超越这一方身份的远景诉求，也无法从该批判的一方读出培植他们的庞大根系。思想眼光的局限和悲悯情怀的利益化姿态，当原来提出的问题慢慢地被"政治"超级大音化解、稀释之后，附丽于这个群体身上的道德义愤、情感倾诉仿佛一下子冰释了，甚至被更高的观照照亮了。那么，所谓底层文学中的底层者就只剩下了明确的经济身份。这又一转化至关重要，也非常厉害。因为它既是底层者之所以为底层的社会学意义，同时它的修辞策略和话语方式即便还是批判性的，那也是在被允许的范围内并且拥有政治上的正确性。

这个时候，这一类人（底层者）无疑属于一个在大时代面前掉队的小丑。面对"崛起"的大国，他们是拖后腿者、捣乱者和需要改造者。理所当然，作为阿 Q 的后裔、陈奂生的下一代，他们身上的文化元素、灵魂上的民族劣根性遗传，是早已被论证好了的。重要特征之一是，他们不配放到现代主义文学的长河里浓墨重彩。要使这个群体依然构成文学表达的一个小角色，当务之急就是给他们配备合适的语境，比如一个自洽的民间节日仪式，一段不辨邪念歪气的民情，或者一幅藏污纳垢的民俗画面。一句话，在这些传统文化场合，管你是什么货色，反正创作者不会因为人物没有现代人格而负莫须有的责任。也许，这就是"底层叙事"转向伪浪漫主义的最根本原因，一种并不诗意的诗意，一种并不浪漫的浪漫。总而言之，就是把眼睛蒙上，不谈现实问题，只谈"传统文化"；不谈残缺和破碎，只谈诗意和完整；不谈压抑着的痛苦和无奈，只谈勉强表现出来的欢声和笑语。

二

要说为了如此的伪浪漫而缺失人物的主体意识，还算文学风格之一种，的确还在创作自由的范畴内。那么，把这种伪浪漫主义定位成是找到了底层者在这个喧哗世界的正面肯定性价值，我实在弄不明白这种荒谬的判断依据究竟是什么？

一个简单的实验人人都可以一试，那就是你可以把那种沉浸在某种封闭的氛围中的人物拉出来，让他脱离那种好心情的节日仪式、离开那种甜蜜的风俗演绎、告别那种令人陶醉的民情，走进尔虞我诈的名利场，走进高消费的人群，甚至走进房子、车子、孩子就学、亲人生病等一系列更为迫切的竞争现实。安详的诗意还会有吗？平静的心情还能维持多久？和谐的心态还有生命力吗？这不是要求文学必须书写眼前的那点现实，也不是要求文学必须咬牙切齿、横眉冷对。而只是说，文学既然来自于经过双方努力可能达成共识的不同心灵，面对人们差不多都熟悉的现实共同体、人物共同体，应该达到不撒谎、不骗人的起码标准。如果连这一标准都很可疑，不要说紧贴现实的"底层叙事"，一切题材的文学都将会只剩下一堆技术的碎片。我还可以举出我卜居的小城周边的一个实例，知情者告诉我，×××新区搞新农村建设和乡村振兴，村民为响应组织号召变卖了田地和果园算是搬进了新楼房。可是上面的检查、视察一拨又一拨，为不给当地的领导丢面子，家里的设置必须统一并且要有一定档次。怎么办？政府只好先指定素质还算可以的几户人家，给他们订购了统一的真皮沙发，包括待客的起码饮具、瓜果之类，然后再在附近的沙滩上撒上星星点点的绿草屑。意思是"新农村"的最后结果就是从外到内、从内到外，从人到物、从物到人，都要绿茵茵一片。领导指着远远的绿地情不自禁地说，你们都把沙滩变绿洲了，还有什么做不到的事情？村民慨然作答，我们就住在这诗情画意的绿洲中。至于远在山区的"新农村"建设试验和乡村振兴示范点，那些寄托着村民乌托邦理想并经过严整规划的整齐房舍，漂亮的确是漂亮，可是村民们依然心有担忧的是，那些房舍的干净、整洁和设施的现代化，并没有把随他们一起生活的牲畜、家禽以及必要的"脏"设计进去，一生泥腿子可能还将继续泥腿子的农民，生活在这样的家园里，生存的难题如何解决是可想而知的。即使土地的传统功能可以勉强转换，农耕的生活方式也可以强行更改，学业未成的子女也可以劳务输出，生老病死的困苦亦可以有相关的配套措施不断跟进，哪怕是高额的代价。但一个不得不依赖土地刨食吃的农民，要说让他一进门就打开电视，一张报纸、一杯茶水，在张口闭口股市、吵来吵去韩剧的氛围中了此余生，不是白日梦，也是天方夜谭。

　　"新农村"建设和乡村振兴是国家对底层者尤其农民的政策回应。对于如此之复杂之难以预料的农村社会，天南海北、南腔北调、郊区山区、平原大山，偏僻的、便利的，富庶的、赤贫的，发达的、落后的，不管是不同的民情不同对待，还是不管不同的民情都采取整齐划一、一刀切的办法，肯定面临的首要问题就是众口难调，难免有顾此失彼的漏洞存在。然而作为文学者，尤其作为底层文学的创作者，发现不了问题，是能力问题，明知道问题的所在，还要不由自主地甚至发自内心地进行拙劣图解，不能不说是主体性的最大悲哀。不料，引发底层文学写作者思维发生关键性转变的也就在这里。"绿茵茵"特别是平时不可能长出绿草的沙滩的确是诗意的，绿洲上有炊烟升起、鸡犬相闻的确也是无比浪漫的。以这个角度，底层文学作者也许并没有撒谎，只不过，这一类的"课题"似乎也没必要一定要所谓作家来做，相信任何一个三流记者、新闻工作者、宣传干事就可以摆平，那还要文学、作家干什么呢？

话说到这里，似乎就要走到死胡同了。相关作家完全可以理直气壮地站出来说，你以上举的事例即使属实，那也是腐败问题、形式主义的工作作风问题。我们是弄文学的，而且是"纯文学"。"纯文学"研究的主要对象是永恒"人性"。那种"就事论事"式的问题文学，既然所论之事在现实中无法兑现，文学又因本事而简化了丰富的现实生活内容。或者说，国家意识形态都已经高度注意到了"底层叙事"最终意欲实现的和谐、富强、幸福、美满，即"问题"已经解决了，或者正在力求解决，我们何不直接通过挖掘民俗知识来正面歌颂它、表扬它？这种看法是不是具有普遍性，我未曾调查，还不好妄自小看作家们。但从我个人的阅读直觉来判断，至少现如今（尤其在一些特大事件以后）的"底层叙事"已经暴露出了作家们的如此浅见，大量民俗小说的涌现就是明证。个别通过传统节日喜庆氛围表达底层者非但不底层，反而充满甜蜜自洽、诗意温情人生始末的作品，你甚至能感觉得出，作家对现实、对时代、对他本来熟悉的那个底层世界，不知隔膜到了什么程度。话说得难听点，心灵已经被一些强劲的"喜庆"风、"和谐"风吹得早已找不到北了。沉浸在如此"良好"环境，满脑子的感激都写不完呢，还哪顾得上审视那些攒动着的人头心底里到底是什么感受？艰深的理论，面对如此之现象，一会儿命名，一会儿发现大众的最新趣味，一会儿又窥斧运斤说是体现了什么时代对文学的新要求，等等不一而足。但依我浅薄的智商和残缺的记忆，民间老百姓对这类事从来有个准确的说法，那就是"和稀泥"。与文学沾边的事，把作家说成是"和稀泥"也许不雅，但也实在没办法，老百姓的智商没有那么缠绕，故意掩盖事实真相、有意撒谎骗人、搅屎盆子，话再说得好听，名头再大，叫法再动听，本质上它也还是"和事佬"，而且是令人作呕的"和事佬"。

把屎壳郎说得再天花乱坠，屎壳郎的成分毕竟是屎；给落霜的驴粪蛋再怎么赋予审美的形式，驴粪蛋始终是驴粪蛋。通常见到的批评文字，总乐意用"投合消费主义""迎合大众口味""娱乐化"等自认为尖锐的武器指责这一类文学的写手，还十足地觉得问题可能就在这里。实际上，底层文学沦落到现在这个地步，思想、价值、良知之类的批评，差不多早已是对牛弹琴。因为人家的目标或者用意，就是建造一个个围绕"和谐""幸福""盛世"的传统文化。准确地说，他们只在乎昔日哭鼻子抹眼泪的人在文化中如何被改变，变得如何安详、快乐、诗意的事，而不是建造的文化氛围如何遮蔽、歪曲哭鼻子抹眼泪的人的事。别尔嘉耶夫对奴役人的"个体人格"的诸多因素有过精辟的见解，其中在谈到美感的诱惑与奴役时，他写到，宗教的唯美主义全副身心地关注宗教仪式，从心理学的观点看，人由此进入麻醉状态；道德的唯美主义以人的美和美感代替人的具体生存和人的个体人格；哲学的唯美主义，则放弃追求真理，仅朝向审美者，仅注重人的某种激情状态，仅关心和谐与不和谐的建构；而政治的唯美主义则摈弃正义、自由，跟哲学的唯美主义一样，仅仅钟爱某种激情状态。

324

三

以此观之，由当初的尖锐、勇毅转向到实际上的伪浪漫主义的"底层叙事"，表明它只是一个全然生活在自己的感觉和激情状态中的审美者，那么，这种仅关注"怎样"，而不关注"是什么"的被动主体，其灵魂结构体察过的事物，只能以对现实的回避为前提。他们不再找寻真理，当然也不会发现真理。就像别氏说过的，"找寻"是主动性，不是被动性。同样，"找寻"意味着奋斗和挣扎，而非顺从。

表面看，这是当代中国作家思想的眼光不够深透所致。譬如颇有蜂拥之势的"底层叙事"，眼睛就盯着吃喝拉撒睡那么点事，等这点事过了，再往下走一步，涉及同类长期以来被困顿的精神问题，没人愿意深究，基本上是集体性近视。骨子里，不能不说与近年来大力倡扬的某一路文学传统有关。这一路传统的彰显，表明了要"文学性"——实际上是要"本土性"人类化的人，一开始就从根本上背离了人类性，至少在审美的幌子下远离了探讨人类性的重要话题。

汪曾祺的确开启了当代不谈政治、少谈政治的文学先河，沈从文的启示似乎也在任时局怎样变动文学总要在"人性美"（多数模仿沈从文的创作者并不愿深究"美"的背面还隐藏着什么）上有所建树，张爱玲的一而再再而三的"发热"，反复的阐释中人们已经没有太大的热情审视张爱玲的"悲凉"了，张爱玲留给当下文学创作者的遗产恐怕只有不辨、少辨善恶是非，只有"好玩"的"世俗之心"了。在如此普遍而异口同声的文学气流中，我敢说，文学只能出产大同小异的"文化价值"、似是而非的时代信息和十分过气的诗意浪漫。不可能诞生高屋建瓴的大悲悯、顶天立地的"个体人格"和透彻人心的真抒情。本来很有前途的"底层叙事"突然收敛起犀利的批判锋芒，进而不明真相地醉倒在浪漫主义怀抱，意欲何为？也许本来就不是一个单纯的文学问题。

第二十七章　当前诗歌之"文化地域化" 批判

靠地域文化打天下的当然不止小说，诗歌写作中地域文化问题也非常突出。现在几乎无人谈论"西海固文学"的命名了，因为它不需要讨论，需要的甚至是风靡全国性的认可，但我总觉得在这个时候尤其要追问，原因之一是作为主流意识的推介和鼓励，这是可以理解的，甘肃的"甘南"、云南的"昭通"也是这样，但当它作为一种文学的命名，它的含义就不能仅是作家出生地的指称，不管命名者的用意如何之成立，一旦进入读者视野，就有必要进行学理意义的再探讨，现举西海固诗歌为例。

一、虚空的诗性承诺

虽不能妄言说第一首写西海固的诗就与"苦难"有瓜葛，但至少写西海固离不开苦难，基本成了评判西海固诗歌的一个诗学标准。这里令人思索的问题便出现了，站在创作主体本能反映的立场或者纯粹是里尔克所谓"我必须"的角度来观察，西海固不仅是贫穷的代名词，甚至在许多人眼里，它几乎等于苦难本身。那里交通闭塞、四处缺水、孩子繁殖泛滥、土地贫瘠、十年九旱，那里的人进城的感觉仍是"人多得没个数数，楼高得没个数数"（石舒清小说）；也许还有些地方有些家庭仍维持着二十世纪五六十年代的生活水准，一条裤子老大穿完老二穿，还有土炕沿儿上捎带掏一溜洞，孩子们像被饲养着的小畜似的分别趴在各自的小洞跟前蹴着用饭。一句话，那里的人过得苦啊过得难啊。诗人就是没有一点终极关怀的诗思，以上生活理应是西海固特征的最尖锐源泉。

问题是这些关注有些过剩，以至于读一首而尽得全部。贯穿始终的苦难，这样的抒写便不再是个性。看看前现代、现代、朦胧诗时期，直到标榜后现代的今天，国人无不在苦难中寻求出路，不同的也许是有关西海固的一点物质示意：巴掌大的天、肠子似的山路，再加几件落后的农耕工具，迷茫、焦渴、期盼、执着、苦熬、顽强的眼神都显出了区别的十分牵强。那么，再深究下去，苦难是西海固，但苦难并非西海固的全部。当然"十万只影子""十万只豹子""金豹断身"可能是另一种隐喻，使诗走向相反的方向，完全可以当作人类精神朝圣的炼狱般的追问。关键是这可能成为了一种借口，打了几次苦难的擦边球，终于对这片土地陌生起来，或者说一味相信这种先验经验，使诗在蹈虚中走到了西海固的尽头。其结果有两种，一是回到磨盘、羊群、鸟鸣、犁铧所编织的泛乡村梦呓中；一是开始试探属于城市的咖啡、酒吧、情人、水泥钢筋的冰冷等。

生态意义的西海固下辖六县几百个乡镇，其广袤是任何一个中小型城市都无法比拟的，不要说产生几个诗人，就算里面正蕴藏着一个诗歌王国都是可能的，但生在其中的诗人并不能明确这一点，他们的身上不是沾上了擦洗不掉的泥土而是染上了再也挥之不去的城市小资情调，他们的诗歌关注点开始不再"为人民""作为人民"了。与西海固现实相干的苦难情结也开始消失，原因倒不是来自于对存在的思考的孱弱，而是来自于自己的内心——功利性对诗性的彻底瓦解和平民勇气的自我丧失。

327

二、自恋式的回家感

"家园"或"还乡"一类词语已经成了当今颇为流行的一种诗美追求，但基本的内涵却都在"彼在"上，即精神家园或精神还乡。曾经的"知识分子立场"与"民间立场"之争，虽然后来变成了毫无意义的诗人身份论战，但发起的初衷似乎还包含有一点针砭真伪"还乡"的意思。无论怎样，到了今天，"家园意识"都在不谋而合中步了海德格尔的后尘，甚至于连一个三流还不到的诗人他都会拿"诗人的天职是还乡""诗是真正让我们安居的东西"等来为自己不被读者理解的诗做注脚。这些言论确为海氏所为，而且他发表这些论断的前提是荷尔德林的诗。可能还有更不为人所知的是海德格尔差不多到了死亡的前夜嘴里还念叨着"存在"的符咒。他"还乡说"的致命根据是"必须有思者在先，诗者的话才有人倾听"，即思指忧心者的思，诗人在这里充当的是一个清醒的梦呓者的角色。一头是"忧心者"的思，一头是"诗人"的回忆。没有思者在先，诗人便不会被昭示，他将远离那个来自本源之处的若即若离的声音。同样，诗人的回忆如果不能最终接近忧心诗人的思，或者换句话，词语一旦出口，传达的是这个而非想要的那个，以至于脱离忧心诗人的守护，他就没有底气说出隐秘的发现与若即若离亲近的那个真理。一句话，海德格尔最理想的"还乡诗"就是他终其一生呵护着的"存在"。

那么，在这个背景上再来谈论西海固诗歌中的家园意识，哲学层面的家园诗并没有出现，当然诗人可能并不以为然。从创作主体考虑，努力想成为这类诗的诗人，他们首先在意的是怎样纳哲学进入诗中，把"彼在"如何发挥到极限，甚至不惜凭借后现代主义思潮当中的怀疑与否定因素，为了躲避对中外经典家园诗模仿的嫌疑，夸张地渲染有关生态或物质西海固的贫穷啊封闭啊——这样做的目的只有一个，用西海固地区先天的缺陷：闭塞、落后、农耕反衬出置身其中的人的顽强、虔诚或者生存的神性、诗性。艾略特提倡诗应是包含整个哲学的，但成诗后应是除去所有哲学的。西海固此类诗力求显示的却是由哲学进入也尽可能地包容整个哲学——富足的别人的思想，而自己只负责搬挪。这样的用力也许很容易发展到相反的一面，即在"安居"的诗意上附加上一些标志哲思的装饰，让诗在隐喻、多义、转喻等技术范畴"走向"世界，来达到鲁迅先生所谓"越是民族（地域）的就越是世界的"效果。思路基本是摆脱地域给诗带来的束缚。在某种程度上，这些被提升的西海固精神背后，还隐含了诗人们潜在的自卑感，他们不是通过正视现实的贫乏、通过平民自身的努力来回应现实的困顿，而是把诗歌理想寄托于自造的英雄神话上。也就是说，他们是以一种虚浮的理想主义方式，掩盖了现实本有的惨烈性与非妥协性，"安居"的"诗意"是一开始就建立在第二世界之上的，而不是在第一现实即首先在"此在"基础所抵达的那个"彼岸"。知识分子所应有的拷问，便只有在自恋的迷雾中产生冥想或梦呓而并非清醒时的"忧心者"。在这些诗中美恰好成了遮蔽真理的一种呈现方式，即起作用的是某种真实的事物，而不是真理。

西海固家园诗中虎西山却是另一个模样，比较共识的看法是：古典、淡雅、有意境。我却以为他的深远在于深得中国传统哲学，即"恍兮忽兮"的朦胧精髓。但他仍未能超越鲁迅先生曾经所警惕的"心宅"陷阱，他的家园"彼岸"显然少了一份精神的独立品格，他现在需要的并不是深厚，或许是审视的眼光，破坏"大地"去缔建世界。

三、暧昧的现实关怀

类似于"现实关怀""终极关怀"，现在真是提得太多了。有的是从已知的文本信息中看到了文学之于人类的精神光芒；有的是通过文本的局限一再地表示出这样的愿望，算是一种理论的指引。但无论属于哪一类，都表达了人们对弥漫在思想周围所谓的"历史终结"的由衷焦虑。一是表现为对解构后多元化秩序即"判断中止"或"情感零度"的怀疑；一是重提词概念实则表达对知识分子危机的恐惧。尽管以"现实关怀"来界定诗歌，并不符合诗的逻辑，以至于遭到非难，诗人可能会轻而易举地用"神秘主义""超现实""非理性""酒后""花后"等初衷来推翻。但"写"是一回事，"理解"又是一回事。事实上从二十世纪九十年代到今天，"诗"的确是在这样一个思潮中被踢来踢去而不得圆满。正如我在上文中谈及西海固诗的"此岸"与"彼岸"一样，西海固诗歌在"现实"面前也处在了两难境地。

首先是主题问题，美国诗人华莱士·斯蒂文斯面对自己的诗被误读时有过一些解释，他说："我认为题材的选择也是一种完全非理性的事情，如果诗人不剥夺自己的选择自由的话。"他的意思是，如果你奉行的是意象主义或别的什么主义并始终坚持不渝的话，你选择的主题很明显极为有限。但如果你选择保持自由，漫步世界，体验你碰巧体验的事物，就像大多数人那样——虽然他们会矢口否认——那么，要么你的主题选择是偶然的，要么你作出抉择时的情形是完全无法预知的。这里有必要警惕的是对"有意味的形式"中"形式"的苛求。相比较，大家普遍觉得王怀陵对"老家"现实的关注是较彻底和有力度的，即他的目光"投向了那个十年九旱、土地撂荒、沙暴频袭的'老家'。'老家'是他的故乡，也是他的精神家园，更是他创作的源头"①。当然，诗果真是这样，也不愧为好读的诗，至少在情感上是可靠的。但我要说的是，恰好因为诗人"主义"完全自觉，正好说明诗人"思"的最初姿态是"因为他是诗人"而不是"他是诗人"，自然他在极其有限的"主题"规定中触及的是名义上的主题。也许是沙尘暴席卷的某个村庄、一片龟裂的土地、渴望的一场雨、渠畔的荒凉等等，而不是真正的主题。真正的主题应该是漫过"已知"即客体而感到的一种对和谐与秩序欣悦的氛围，或者通过诗，真正找到的总是已知背后的"未知"的可能。王怀陵的诗，作为关注西海固现实生活最直接的诗（评者普遍的观点），他提供的乃是西海固的一个形而下的结果，却并不是形而上的一个过程。

至于其他的这个题材的诗作，虽然数量仍占总体的大多数，我以为他们尚且需要首先解决的是姿态问题。就生态意义而言，尤其近几年，西海固的变化是有目共睹的：撤地立市、商业化、农耕文

---

① 杨梓:《宁夏青年诗人创作漫评》,《朔方》2002 年第 7 期。

明的被打破等等。诗人们也表现出对守护异常的焦灼：诗不能不做，但"现实"只充当了诗的一点灵感的借口，沉迷于个人话语的修饰，表现出囿于"已知"当中的无比倦怠和枯萎。或者纯粹把诗当作为个人鸣不平和表达自我委屈的一份向外界的说明书，即基本的生存超过了文化的生存，诗人们应有的生命意识，因强劲的想象力的匮乏而受制于现实生存的常识和经验。我们看到的不是非理性的自由想象的神奇组合，而是鲜明的理性化、逻辑化的技术焊接。我的结论是，诗关注现实，要么"自我"隐退，呈现一种"未经人为加工"的自然状态；要么去掉生活中那种容易呐喊出的"悲剧"，让智慧沉默着去叩问读者的感觉。

四、高姿态的百姓独唱

这里有必要阐明的是，"民族回声"不单是指作为民族存在形态的存在物，也是指精神的期许与俗世（即生存的实在）的局限不谋而合抑或甘愿不谋而合之时所建筑的形式、起居习惯等才称之为或才接近于称之为这个民族的民族标志。我在此企图强调的是诗歌作为"彼岸"的明灯，或者作为可能的到达"彼岸"的一种诗意氛围，它需要完成的乃是某种民族文化心理的比较稳固的建构性使命。正如余秋雨论述的那样："一个民族、一个国家、一个人种，其最终意义不是军事的、地域的、政治的，而是文化的。"这种民族的"文化"特点，也不尽指当代的新一代青年诗人走的那种"内容"和"形式"结合的路子，即西方后现代主义（或后殖民主义）诗歌文本与当下中国日常生活片断或中国古典意象与私人情绪相结合。很大程度上，它是一个民族特征的标志，是此民族而非彼民族。或者它就是民族的存在物而非存在的遮蔽物。解构主义诗歌奉行的是要一再地"割断传统的神经"，它们的立场基本是反传统、反文化，即极度张扬个人主义来反叛以"国家——民族"为核心内容的宏大主题或历史抒情；压倒性地以非理性、直觉、神秘主义去

331

破坏甚至颠覆经验、记忆和终极意义。这里，可疑的问题便出现了：一是，反什么"传统"、反什么"文化"，建立什么传统、建立什么文化？从解构性后现代主义风靡以来，诗歌尤以"民间"的姿态出现了"下半身""非非主义"等，他们所"反"不一定是儒家精神统治中僵化的那一部分，还包括对人类所固有的"实质性传统"（敬重权威、怀旧、恋乡、渴盼家庭温情、道德感等）的反叛，比如"判断终止""情感零度"等。至于"文化"，倘笼统概括，西方以"彼在性"的《圣经》为"元理解"；那么，中国则是以"天人合一"的《易经》为基础。这个"反"，只能是寄于中西文化"比较"与"合璧"基础上建立的一种没有缺陷、没有差异的"文化乌托邦"而已，此并非建构而实则是直觉和情感意义的被压抑的生命要求复苏的本能反抗。二是，把建构寄托于创造个人抒情神话上，自觉地充当民族代言人的角色。

　　再回到西海固诗歌，冯雄的"天堂诗"、单永珍的"情感追问诗"、泾河的"民族精神诗"、杨建虎的"秋天""村庄"。一方面，他们恪守传统，稳重、扣问、痛苦、关注现实；一方面他们被经济的"全球化"大潮击得左右摇摆，既有民族的自大心理，又表现出了相当的民族虚无主义。具体地说，首先诗人处在了文化转型的边缘，面对农耕文明被破坏，又必须让"怀旧"题材重新进入"当下"。因此，诗人的尴尬并非美学的、技术的，而是缺少当代生活的人文积淀，即艾略特所谓"历史的意识"。他们诗的底蕴是从当代中国或当代西方横空进入，并不是那个出发于中国"整体"的一个必要延伸。其次是乌托邦信仰的整体匮乏，这一点正好与外界诗风相反，缺乏自觉的探索，基本走到了狭隘传统的死胡同，反显得凭空蹈虚。是古典意义的词语营造，可靠的当下存在的意义被书斋气的"终极关怀"取代，剩下的只有书本的传统。再次是建构意义的诗美观的虚幻，要么注重"宏大"，要么是"私人"情绪的神奇渲染甚至神话制造，力求要呈现的民族回声显得高调而空茫。

　　之所以要提到以上的诗歌言说背景，我是说，影响这种亘古的民族之声晃若"隔世"的原因也许很多，诸如缺少对经典的拷问、缺乏对民族感情的最富深刻的内心把脉，对"诗最终是贵族的"或它的读者最终只属于少数人等立场的尊奉以至拔高以外，导致诗人浮躁的还与这个朝夕相处的思潮有着直接关系。看得出，西海固诗人坚守的不易，但他们不觉中被卷入，被置于一个急待调整和完善的临界点。当然面对一大堆的民族"素材"，必要的不是进行无休止的融汇和整合屈原、杜甫，而是完成"无边落木萧萧下，不尽长江滚滚来"的"不尽"和"无边"。那么，那种声音才会多一分和谐与秩序。

五、狭窄的地方旋律

以上谈到西海固诗歌在现实、家园、民族抑或苦难历史等诸方面的状况，尽管这还算不得对"整体"诗歌走向的把握，但至少可以下这样的结论：西海固诗歌以地域命名的可能性已被否定。这样的现象意味着一种可能的诗歌精神"个性"的基本迷失，它的内部秘密已经被公开，而不再是昔日的自给自足。既表明了西海固诗歌内部秩序的打破以及与外界交叉共振"对话"的另一新的视域；同时却又折射出主体对"西海固"未知文化进一步追问的放弃。这可从部分崛起的新人诗作得到佐证，这部分诗人群体主要由在校的大中专院校的学生和散落在基层的知识分子构成。

为探讨的方便，现将此类诗歌概括成两种：一种是书斋气的理想守护型，其诗歌立场是不断生成的和解释性的，表现为对都市消费文化、商品文化的消解，面向乡村的温情缅怀已然遁失，诗美价值趋向于青春期伤感和安逸无为的牧歌农耕气氛。除了留下对前辈诗风的"追随"和与生活隔膜的"本本气"硬伤外，可能做诗的激情还可靠，其他也就很了了。一种是苦熬着的对理想受阻的书写，他们大多有直接的生活体验和心灵受挫的经历，又保持着知识分子对终极、乌托邦信仰、真理叩问的热望，但又不得不面对环境的恶劣甚至现实的残酷。虽然由隐喻进入了文本的第二世界，但因视野

333

的狭窄或者索性说生存重于文学，批判自然处在泛理性的形而下甚至囿于政治文化层面，诉诸停留在祈求对困苦生活的解脱和对不合理现实的牢骚上。

所以说是一个"佐证"，首先是诗人梯队对已成西海固诗歌风格的深信不疑。这虽然对整体的地域特色的形成会造成好的风气，尤其对某个成熟的诗艺会起到推波助澜的作用，但因缺乏必要的非理性与对传统的"破坏"勇气，"未知"领域仍悬而未决。艾略特说，诗人如果过分沉迷于他人或自己的风格，便会反使风格丧失。用在这里倘还有意义的话，你的诗如果一开始就对"元历史"失去直觉的话，你的风格就只能是修辞学的差异，即"一首诗的结束是另一首诗的开始"，任何历史在诗中就不再可能成为当代史。当然，理论家应负有不可推卸的责任（他们大都上心于"史"学意义的梳理，谈审美、谈语言、谈技术、谈境界，就是少有人谈论诗歌精神或对诗歌的未来做出哪怕不合理的预言）。其次是以苍白的古典士大夫情结逃避着已然蔓延的物质主义思潮。士大夫情结也许不够确切，但文本弥漫着的怀旧、超脱、安逸情绪，其实作为抵达"彼岸"的精神图像已经很是式微，更算不得个体充盈的"独立世界"，它已被外界搅乱，是"拒绝"后的"后退"，是对陌生化世界缺乏修补的掩饰。再次是繁星般迷乱的诗潮导致了诗歌重心的偏移。后现代主义文化哲学思潮在开创了一个多元、非中心、不确定、内心性的无比广阔的话语言说背景的同时，它也制造了一个个争夺言说权利的平台，被追逐的思潮越来越多了，流派越来越迷人了，网络发表越来越容易了。一时间，解构、亵渎、非非、下半身、中间代纷纷登场；转喻、游戏、反创造、混合、能指、卑琐、日常化甚至"上帝之死""作者之死""人之死"，追求"物—物"等不绝于耳。诗人已无心用足够的精力去拷问"思"的初衷，迷失在了存在主义所认为的"语言是存在的家"中而不能自拔。不要说"存在的家"将动摇，"生存的家"恐怕都不见得认识了。

六、有关批评或结语

当我们仍在为偏远地区搞文学创作不易而倍感艰难的时候，文学与偏僻可能已经发生了辩证的置换：不是像庞德、汉森之来自爱达荷，休果之来自俄勒冈，詹姆斯·赖特之来自俄亥俄，而是相反。虽然他们中的大多数三十岁还不到或者三十岁刚过就已经有"创作谈"，譬如《回族文学》为单永珍、泾河开的"回族作家之窗";《星星诗刊》《十月》《绿风》《诗刊》等权威性文学刊物都为他们辟过"西海固诗人"的专辑。毋庸置疑，倘若从大流的角度考察，无论在名刊上亮相还是继续散见的其他篇什，作为"好看诗"，其审美意义理应得到褒赏，然上升到哲性诗学层面去进一步审视，本应该凸显的西海固人文、西海固镜像、西海固底蕴，假如上文的把握还有理由的话，就十分游离了。倘若评论界也还只是好处说好、坏处言不足，一路温文尔雅下去，今日的"西海固文学"就一定会在学理内涵上丧失依据。

我们关注的视角不能只停留在诗人的阅读、观察和体验上，更要了解诗人的生活，"撤地设市"表面看可能只是一个城市行政权限规模的变化，但实际上与之相关的精神特征也由它而引起变更。古老的农耕安分风貌开始进入以城市为特征的消费的小市民化；小市民化又向着城市中产阶级迈进。当然这种变革并不单以家庭影院、小洋狗、跑车、夜总会等物质的出现为实质性标志。这个时候，最直接的将会是怀旧情绪的再次出现和小资情调的跟跄上演。诗歌作为直觉的最危险闸门，为了避免"激情泡沫""影响的危机"，此时远离诗歌也许是对诗歌的真正敬畏。"远离"不是消失，也不是拒绝和排斥，更不是怀疑和批判，而是沉淀和调整。

我以为最攸关的两件事也许必须考虑。一是重新找回今天可能存在着的西海固内容，离开"西海固"的象征和象征的"西海固"，如古典韵致、田园情绪、集体幻想、神话原型、隐匿人格等等，让具体、细节、坚实的事物回到它本来的位置，让那些长期被文化象征、文化符号遮蔽、隐藏在暗处的部分显现出来。它既不高尚，也不卑下，它不像什么，它就是它自己，它存在着，它不在文化中存在，它不在象征里存在，它存在于自然中，存在于与我一对一的关系中。存在不再是隐喻与梦想，存在便是事实。二是为这灵魂生活寻找最恰当的表达形式。

而"审美形式"，是不是能单独挑起诗学大梁呢？答案好像是否定的。

第二十八章　当前诗歌之"审美形式"批判

前不久，因为参加某个诗歌研讨会要发言，集中精力读了专门为该研讨会而出的一本文学期刊诗歌专刊，该专刊有一百八十多页，亮相诗人从"60后"到"80后""90后""女性诗人"共六十余人，刊诗二百一十首。从刊物栏目命名"60后：他们，黄金的刻度""70后：他们，祭祀的青铜""新生代：他们，黑铁的光芒""她们，银子的歌唱"，亦可以看出，编辑是有意为着打破某种地域风格局限，在"诗意审美"层面来展示当前的某种诗歌创作态势的。诗歌编辑成天埋头于诗歌阅读，他们当然了解诗歌的运行轨迹。既如此，为了省点时间，一开始，我便把我的阅读定位在对"审美"和"审美形式"的体会与理解上，心想，兴许能有什么东西震撼到我。然而，通读完的感受是，的确震撼了我久已麻木的文学心灵，不过，振幅好像不大，充其量是有震感。现在我先把这些诗的审美形式大体归纳一下。

可以先分为面向社会的诗、面向自我的诗和面向他人的诗三个大的类型。在三大类型中还可再行分解，面向社会的诗又分为两种。一种是欲言又止，植入批判，思想有张力。比如王怀凌《弯腰记》，"如果不弯下腰来／我就不可能看清堡子山周围深草中／若隐若现的坟冢／苗圃里擦汗的老人和地头上独自玩耍的孩子"；冯雄《绽放》，"一朵花的绽放　也是这尘世／一点小小的幸福／当你把隐藏其中的苦难／呈示给一个失去理智的世界／谁在乎你的晨开晨落"；查文瑾《石窟》，"佛在山洞里／原来他也怕风雨"；等等。尖锐的象征意义总是隐藏在常见事物和日常词语中，当然也因缺乏进一步具象化呈现，诗句并不完整，只是泛化的批判而不是具体的尖锐，因此表意仍然比较抽象。另一种是戛然而止，重在现象描述，思想趋于收敛。马占祥《轰隆隆的落日》，"现在，我在山里，只静静看着轰隆隆的落日 / 低下头，在一座寺庙后藏下余光"；杨建虎《从解冻的河流开始》，"远走他乡。从解冻的河流开始 / 就让我们一起等待—— / 水落石出"；等等。这类面向社会的诗，经常留恋于一物一现象，是轻轻触摸现象，而不是深度分析现象，弄不好极易写成废话，这两首诗最后两句话看似有什么味道，其实是典型废话。这里只是举一些典型事例，但由此可见，面向社会的诗，实际并没有什么实质性社会内容。

面向自我的诗，有三类表现形式。其一，穷究其源，以叙述为主，审美形式呈追述式。梦也《在我早年的文章里》每一节打头一句都是同一句话"在我早年的文章里"，追述了早年的思想初衷，也叙述了为什么放下那些"危险"元素的原因，但诗突然又结束于"有一包被偷偷掩埋的炸药包 / 不知什么时候爆响？"延伸向社会的诗意神经被掐断，作者选择了否定早年的自我，在检讨中把自我思想中的冒失、莽撞熨帖得平平展展、顺顺溜溜了。其二，反躬自问，以心灵辩难为主，审美形式呈反讽式。安奇《向西》，"就好像继续向西我就可以亲手捏制一个陶罐 / 盛满为我续命的水　古河道已经干枯　而水滴还在"；刘乐牛《做自己的陌生人》，"有多少伤痛，我就接受多少祝福 / 夕阳惨淡的黄昏，我以 / 自己为天涯，对苦难的每次挣脱 / 都蕴含无限希望"；等等。辩难既有自我的根本动力在于体验到了比自我更大的力量、视野，当然这种辩难又不全是自我内心修养的，是对原有自我的一种轻蔑，这预示了一种反讽，将指向自我的重构。其三，抉心以自食，以自我颠覆为主，审美形式呈解构式。单永珍《供词》比较典型，"在培训学习期间偷偷约会 / 在咖啡屋耍过酒疯 / 在游泳池看过姑娘的乳房 / 在理论学习笔记里抄过下半身诗歌 / 在东岳山上和一群屠夫结义"。自我解构不同于自我辩难，后者不会改变心灵的方向，前者却是彻底推倒；后者有扩充、重构，前者永远在颠覆的路上。论思想力量，在所有面向中，恐怕唯独解构主义最有力量，因为它以自我解剖为窗口，一直会追究到一切僵化的根源，只要靶心不变的话。这一类诗歌也是当前中国诗歌中最稀缺的一种气质。

面向他人的诗，至少有以下四类姿态。一是以飞翔的姿态张望，思想是超脱的。林一木《交还》写的是父亲，起始于童年命名，终止于家族命运，"父亲，它讲述的是一个家族命运的 / 僭越者 / 以羞愧之石 / 交还你的权力的故事"。他人命运并未融入自我，他人遭际也就最终仍然是供人远距离张望的"故事"。二是以抚慰的姿态俯视，思想是融入的。李耀斌《送别》所送之对象不明确，但里面有揪心的疼痛，"粘在指间的一缕白发 / 携带着我的体温，一段岁月 / 几场风雨的一缕白发"。俯视不见得高于飞翔，但俯视不会把轻的东西写重，飞翔却能，这是本质区别。三是以邀约的姿态审视，思想是他者化的。陈燕《花祭》，"我仔细观察过 / 小区所有的植物 / 想必栽树之人和我一样 / 都深情于纯粹 / / 除了洋槐 / 剩下的全是玫瑰"。审视最令读者生厌的修辞是以自我经验或干脆以自我心灵为尺度，但这诗中巧妙地把自我与他人身份进行了置换，淡化自我认知的同时，认同也就产生了。虽然认同可能是片面和粗暴的集体无意识，毕竟，它们均比自我宽阔。四是以拥抱的姿态进入，思想是同一化的。杨森君《藏书石》，"一本完整的书 / 只配神在月夜下轻轻地取出来 / 翻看它"。敬畏而至于到神的高度，基本上接近跪拜了。这种俯身向下的姿态，也许充满人文情怀，但多数时候与对象在同一高度，这就取消了诗应有的独立价值。

既然是谈当前诗歌的审美和审美形式，以上所列恐怕多有遗漏，很可能还会往下分解出更多的形式出来。不过，仅这几种类型，窥斑见豹，足以说明今天诗歌写作，即便是纯粹审美和审美形式分析，也是相当单薄的。单薄在哪里呢？皮之不存，毛将焉附，这话说得不错。夯实审美感受和审美形式的，仍是诗歌的主题与价值取向。

通读完近二百页的诗歌专刊，一个突出体验是一个味儿。自问也罢，拷问也罢，疑问也罢，反问也罢，几乎都合拢在自我内心的安宁、享受、幸福和诗意上。这就出现了一个匪夷所思的问题，要么诗人眼里的他人、现实、社会、世界真那样；要么诗人在睁眼说瞎话。二者必居其一，如果是前者，显然是伪命题，60后、70后、80后和女性诗人，看同一季节同一片落叶，怎么可能是同一感受？如果是后者，一定是某种受用的诗歌选用、评价标准导致的集体感知体验的模仿。

不信，我们可以用同有独特体验的诗人诗作稍作对比，便一目了然。

比如，"出走""云游"，王小妮看到的是"割稻的人""捡破烂的人"，我读到的这些诗人，他们也走得很远看到了很多陌生的事物，但最后只说明自己如何要清静下来修炼自己，这是转了一圈的唯一成果，实在太简单了。王小妮诗中的那两种人，其实在别的诗人笔下就一个称呼，底层者。单从事实描述上看，没有什么本质区别。然而诗如果不重视语义，等于白写。显然，王小妮眼里有人，而我读到的这些诗人，眼里只有自己和自己的一点得失。比如，"喝酒"，李白诗里确有不少酒气，也弥漫着醉态。但谁能说"青冥浩荡不见底，日月照耀金银台。霓为衣兮风为马，云之君兮纷纷而来下。虎鼓瑟兮鸾回车，仙之人兮列如麻。忽魂悸以魄动，恍惊起而长嗟。惟觉时之枕席，失向来之烟霞"是说胡话，或者所指含糊呢？我读到的喝酒诗，诗人好像喝了假酒似的，昏头涨脑、摇摇晃晃、不知所云。比如，"死""坟茔""天堂""孤独""灵魂""悲悯"，昌耀诗一般不直接写这些大概念，但处处感觉到置之死地而后生的精神力量；可我们诗里的这些东西，基本是"僵尸"或者看到了"僵尸"而已，意义含混。再比如，"幸福""快乐""享受""静心"，杜甫也写快乐，但快乐的前提是"安得广厦千万家，大庇天下寒士"后的"俱欢颜"；严重被诗界误读的海子，当然更写有不少快乐的诗，可快乐的充分必要条件，不但是"愿你在尘世获得幸福"，而且还能自由地做到"喂马，劈柴，周游世界""和每一个亲人通信／告诉他们我的幸福／那幸福的闪电告诉我的／我将告诉每一个人"。我们这些诗人的快乐，梳理一下，只在或主要在欣赏一朵花的开放；聆听一支小夜曲产生的明亮幻觉；走在充满阳光、雾霾及风雨的人间等等，总之，大家脑中没有什么尖锐时代问题意识。更可怕的还在于，更年轻的诗作者，似乎更加灰暗更加阴沉或更加轻飘更加轻佻，仿佛一出生就一副人生退场的架势，或者没开始写诗就一副老态龙钟的世故圆滑傻样儿。这是怎么了，诗歌真的病了吗？

行文至此，我也不知深层原因在哪里，只是直感告诉我，大家不约而同如此一个味道，首先与某种时代趣味有关。那么，我愿借英国文学理论家特里·伊格尔顿《理论之后》一书中的一个批判观点来结束本文。他批判的是中产阶级或中产阶级姿态、身段的一批人文知识分子，他说在他们眼里，"身体成了极其时髦的话题，不过它通常是充满淫欲的身体，而不是食不果腹的身体。让人有强烈兴趣的是交媾的身体，而不是劳作的身体。言语温软的中产阶级学生在图书馆里扎堆用功，研究诸如吸血鬼、剜眼、人形机器人和色情电影这样一些耸人听闻的题目"。我读到的这些诗人诗作，也许还不止于此，但是他们异口同声的那种柔绵、哼哼唧唧乃至于少年强说愁的眉头紧锁、牙关紧咬，实在与大英图书馆里的那帮中产阶级的学生趣味，并无什么特别的两样。

第二十九章　海子叙事与思想遗忘

　　当海子诗歌变成诗歌界如何"叙事"海子的行为艺术之时，真正变了味的便不只是词语了，而是词语背后的深层精神、审美取向和思想问题，它们统统在欢乐的消费中被遗忘。以这个角度，海子叙事就已经不单是对海子诗歌的理解问题了，毋宁说它是我们这个时代某种集体性诗歌表情和态度。当然，要切实分析其中的精神、审美与思想问题，还得从具体现场氛围与直观词语入手。

　　到 2014 年 7 月 26 日为止，在这之前，"德令哈"这个词，在我脑海里是非常之模糊的，乃至于令我极度汗颜，也极其尴尬。以前给学生教海子诗歌或拜读海子诗歌、阅读研究海子诗歌的文章时，印象中似乎都未曾听说过——当然，海子那首著名的"日记"，后被人起名为《姐姐，今夜我在德令哈》，因为有最后一句好像只能当作爱情诗来读的名句"姐姐，今夜我不关心人类，我只想你"的缘故，德令哈也就轻轻被划过了，甚至于它究竟是地名，还是人名，或者其他什么秘密称谓，我都基本没做过任何深入的追究。

　　现在，当我真切地站在德令哈海子陈列馆与"倒流"的巴音河之间海子诗歌碑林中时，细细品咂包括这个简短日记在内的海子生前短诗，我想的最多的居然不是这个小地方为什么要设立海子青年诗歌节的问题，也不是我们今天以这样那样形式纪念海子及其诗歌创作的问题，而是不管朗诵还是沙龙、房间密谈，都严重缺少的一种东西——就是说，在今天这个消费主义时代，是什么使我们有意无意走向了海子诗歌精神的反面？

　　我坚信，我的这个感觉，一定来自于现场某种强烈的氛围刺激。

一

德令哈把 7 月 26 日定为"海子青年诗歌节"，每两年举办一次。这个动议缘自 1988 年海子途径德令哈并短暂逗留德令哈时写下的几个"日记"。其中就有写作日期是这一天的《姐姐，今夜我在德令哈》的短诗。首届海子青年诗歌节创办于 2012 年，我参加的是第二届。我看过时任海西州文联主席、诗人斯琴夫的一篇文章，这篇文章基本阐明了在德令哈设立海子青年诗歌节的经过。文章题目叫《海子与德令哈有缘》。文章提到"海子""德令哈"和"姐姐"等这些关键词的来由，并说因为有德令哈，他意识到以海子这首短诗为根据，做点文章想来可能会在提升这个寂寞小城的知名度上起到巨大作用。从海子诗歌入手，提升一个新建城市的知名度，无论怎么理解这个动机，都不单是功利的。因为就经济发展而言，海西州有的是全国其他地方没有的矿藏资源，那都是 GDP 增长的要命项目，完全犯不着打海子的主意。

既然设立海子青年诗歌节，纪念活动不外乎朗诵、沙龙、研讨和颁奖，每两年有组织地重新浏览一次这个早夭的天才诗人本身，自然是议题应有之义了。

无可置疑的是议题，但不质疑议题不意味着所有云集于此的诗人、学者、评论家，包括海子的家人就完全是摸清了海子那几首日记真正思想的，这是两回事。我甚至觉得，哪怕仪式化程度再淡一点，也不能因为欢乐、庆典和声音的高调而遮蔽了那几首日记已有的深味。那样的话，我们记住的可能只是"姐姐"以及和"姐姐"这个具体的人有关的"抒情"——事实上多数人，只记住了海子在德令哈所谓的"爱情"。

正是因为人们的目光基本停留在抒情和爱情上，这才是需要深究的。而钟情于抒情和爱情的结果是，人们不可能回到海子的1988 年。即便是爱情成分极高的《姐姐，今夜我在德令哈》，也即

343

便是我们只读"姐姐，今夜我不关心人类，我只想你"，"人类"与"你"之间形成的思想张力，根本就不是选择关系、因果关系，或者递进关系。非要辨明里面的关系张力的话，我倒觉得它只能是让步关系，或者限定关系。"只想你"被限定在"今夜"这个特定时间。这意味着在今夜之前，海子始终关心的是"人类"，决非"你"。这不是说把"想你"这个行为退而求其次放到第二位，那样的话，诗恐怕就没多少美感可玩味了。我强调的是，把"只想你"放回原诗语境，关心人类或者想人类的语境支持是相当鲜明的，除非你不联系上下文语境。该诗的第二节和第三节是个重点。"我两手空空""握不住一颗泪滴""今夜我在德令哈""一座荒凉的城"，细读，里面的逻辑及其表意已经非常完备。"姐姐"一词的出现，其实并不影响"空"和"荒凉"的诗意方向。影响诗意方向的倒在第三节，比如以"唯一的""最后的"分别作为限定语的"抒情"和"草原"。我做个大胆的推理，当太阳、王、神等巨型意象，暂时告一段落之时，1988年的夏季海子之所以选择"抒情"和"草原"这个具象来替换人类，这时候他强烈的主体性表达实际已经接近尾声。至少在他看来，抽象意象已经耗尽了它的思想象征能量。因为抽象词语所能穷尽的只能是个人主体性，而无法到达群体，或者说共同体。与"荒凉的城"直接对等的是"草原"及其"抒情"的表意系统。如此，那个具象的"你"在城和草原所构成的空间中，就其象征意义来说，相当于"人类"。很明显，在海子这个思索着的主体内部，矛盾、斗争早已激烈化。矛盾和斗争的结果是，他把自己原先似乎高于普通民众的观照视野来了个骤降，让它低一点，再低一点，乃至于形成与芸芸众生平视的目光。平视的目光所见，德令哈这个小城不幸浸淫在细雨中，在看似近心却依然渺远的茫茫草原或戈壁之上，显而易见，不管怎样，这个空间还是适合抒情的。说是向往"内心荒凉"式的抒情也罢，二十世纪八十年代刘再复用理论阐释的完全释放的主体性"自由"也罢，总之，是抽象人文主义的浩叹。不同的只是，当心的荒凉感一再升腾，以至于到了悲剧的程度——也许还会包括途中的邂逅，个人情感遭遇与人文感知上的空渺，顿时在内心闪电中交织、冲撞，最后终于化合为哲学意义的、先知般的独语，八十年代初中期特有的人文忧思，八十年代后期"上至日月星辰，下至国计民生"的人文知识分子思想方式显形了。而统摄这个思想方式、强烈的诗人主体性意识和抒情的空间氛围的，不是别的什么，而是生成于"五四"、复活于八十年代的"自由"。所以，反复读海子的这首短诗，总有种旋律沉潜于诗行背面隐而不显。当你停下来想要探讨个究竟时，它倏尔变了面孔，仿佛只有抒情；当你正准备抓住抒情深挖下去时，忽而又变了，好像又根本不是抒情。因此，悲剧而欢快，欢快而悲凉，才是诗本来的感情。诗以压抑书写着甜蜜的忧伤，甜蜜的忧伤却又蕴藉着一触即发的异质思想。仿佛那声音就在不远处，但能耐心、甘心谛听的心灵实在已经渐渐走远，寻求更实惠的护身符去了。诗人的深重惋惜在其中，然而更多的是"同情的理解"。

　　研究海子及其诗歌的文章、著作当然相当富裕了，然而恕我直言，许多观点只不过两种意思。一种认为海子是"神性"写作，另一种认为其诗是优美的抒情诗。但都很少正面提到海子的写作是主体性向共同体体验的转折的。有了这个集体无意识，人们便绝少把海子最后的"抒情"读成批判而不得的一种转型的体验了。

　　这正是我认为，海子的"日记"正好是对他前面的神性写作的自我解构的一个深层原因。其一，他的意识深处的确有"纯诗"的雄心，这进一步放大了他的主体性诉求，但从"日记"开始，他似乎有了某种清醒而悔恨的感情在里面了。具体说，他觉得爱具体的人或者人类，远大于抽象的、解放的——以八十年代那种"开放"文化氛围来佐证，就是说他觉得他走得太快了，以至于忽视了身边事物的缓慢变化。带着悔恨的清醒，甚至自我否定的果断，"只想你"似乎盖过了"关心人类"。其实不然。神性构思中的所谓"关心人类"只不过经过他被放大了的主体性的检验后，证明是快了、超前了和高估了。其二，他虽然没有回避启蒙心态，但他的启蒙到底是根植于他脚下的麦地和他头顶的天空颜色的。所以"自由"的受阻和被误解，便构成了他日记的主题，而不是他同一时期类似

"朦胧诗"那样的政治反思、人性反思。这是他的"人类"和"你"，既可当作抒情，也可当作爱情来咏唱的实质原因，也是可以画等号的思想依据。只是，"当作""画等号"毕竟是他特有的诗歌修辞，万不是实质意义的同构。

当然，爱情表达到极致会超越具体的爱，抒情到尽头肯定接近抽象的哲思，我相信酷爱哲学的海子，这一点他还是明白的。正是这一点，也是他不屑于在爱情和抒情上多添一笔的写作禁忌。可是这一点抒情的或者爱情的尾巴，竟然成了今天人们拿它说事的主要理由，这是海子的错吗？我看到最极端的兑换等式是，既然"岁月静好"已经退化成了"岁月静好婊"，那么，"面朝大海，春暖花开"也庶几可诛，因为它的气质长得实在太像那个"婊"了。

二

另一个关于海子及其诗歌的关键词是"成熟与否"。

我未到德令哈之前，未到德令哈海子诗歌碑林之前，在没听到朗诵艺术家张宏用声音传达海子短诗之前，包括入选"新课标"高中教材的《面朝大海，春暖花开》在内，我读到的几乎所有关于海子的研究文章，差不多都围绕"青春写作""服丧式写作"展开。前者意指海子诗歌的不成熟，后者隐喻海子的追随者的不成熟。当然论述这两个观点的开口度都比较大。比如关于"青春写作"，论者一般会围绕"青春期"来做文章，这样一来，海子诗歌中的桀骜不驯，思想情绪的离经叛道，以及诡异奇崛的词汇，才方便统摄在"大而无当"的名下。对青年叛逆者和年轻轻狂的道德主义指责，也好安置在长期以来所谓规范的价值理念之下。追随者那里所谓"十万个海子"式的喊叫，所谓"麦地赤子"般的轻逸抒情，所谓"圣王"一样的高贵，以及"祖国（或'以梦为马'）""珍贵的人间""几千年前"一类海子式的特有词汇，在绝唱之余，差不多也就真的成了诗学阐释上"空洞""形而上"的代名词。尤其当我悉心聆听完所有的朗诵，参与过所有的沙龙讨论之后，"不成熟感"几乎成了大家心照不宣的集体认同——注意，几乎所有参会的诗人、学者、评论家，包括海子的家人，其实是在他们认为"成熟"或被某种力量允许、授意的"好心态"的水平尺度下，不约而同看待海子的"不成熟"的。他们用以佐证他们经验的是现代汉诗在海子这里的极致使用，即恣肆的表达和淋漓的抒情。用通俗的话说，是海子用他短暂的生命创造了汉诗极致的抒情性品质。但这些东西在他们那里，印证的就是海子的年轻狂妄和不懂事理、不成熟。他们的意识里，海子及其那些生前的短诗成熟一点、世故一点，海子也许便不至于以那样残忍的方式结束生命。面对年轻生命，谁都会这么假设。问题是，判定肉身的去留与理解思想的生命并不是一回事。

我不想重述海子被提到的生前短诗，也不想复述研究者的铿锵命名，更不想沉陷于技术主义的朗诵氛围。在这里，我只想提请列位注意的是，我们在每次缅怀诗人海子的时候，是否也要学习荷尔德林的样子追问一句，海子的生前短诗，真的只是对抒情的贡献吗？

我不妨顺手举海子的《活在珍贵的人间》为例，略说一二。

活在这珍贵的人间
太阳强烈
水波温柔
一层层白云覆盖着
我
踩在青草上
感到自己是彻底干净的黑土块

活在这珍贵的人间
泥土高溅
扑打面颊

活在这珍贵的人间

人类和植物一样幸福

爱情和雨水一样幸福

　　"珍贵"这个词，肯定地说在今天的诗歌中，已经不多见了；而且像"强烈""温柔""干净"这一类形容词，在大多数被日常生活牵引的诗人看来，也差不多不用了。他们看待日常生活的视角是破碎的和后现代的，因此日常生活世界中人的主体性感知其实是被消解和取缔的，也就不可能用到这些主体性强烈的词语。另外，海子的"太阳""泥土""人类"等属于"宏大叙事"谱系的词汇，二十世纪八十年代之后，经过九十年代"人文精神讨论""躲避崇高""下半身写作"，以及二十一世纪初"日常生活""内在性"的强力灌输，这些词汇都似乎成了人人喊打、人人避之而唯恐不及的精神赘疣，哪里还会出现在诗行中呢？

　　然而，结合海子短暂的人生历程，结合二十世纪八九十年代乃至二十一世纪初文化思潮的波动，以这首短诗为例，我依然认为，海子的写作体现了一种思想的大气和个人心智的成熟。这表现在至少两个方面。

　　首先，爱情抒情或者其他感情，比如怀乡、乡愁抒发，在海子那里仅仅是个形式，他是用抒情的常用形式，隐藏不常说、不能说、不能直说的内容。因此在他的修辞中，"幸福""爱情""珍贵"总是以反义的、反讽的和反写的姿态出现，所以整体阅读，他要表达的东西，似乎很传统也很原始。其实不然。他诗中的快乐、勇往直前下面隐藏着巨大的悲剧和无奈，故而，"珍贵"一词便多了几分终结之感。沿着这样的思路，《面朝大海，春暖花开》其实也一样，欢快的底下，是对这人世喧嚣生活体验的终结，他以回去的方式，表达了他对当下的拒绝。

　　其次，海子以反启蒙的修辞方式，正面迎击了启蒙的困难。关于这一点，还可以结合他的《祖国》一诗，会看得更加清楚。

我要做远方的忠诚的儿子

和物质的短暂情人

和所有以梦为马的诗人一样

我不得不和烈士和小丑走在同一道路上

万人都要将火熄灭　我一人独将此火高高举起

此火为大　开花落英于神圣的祖国

和所有以梦为马的诗人一样

我借此火得度一生的茫茫黑夜

　　这是前面两节。有了"远方""短暂""诗人一样"的限定，"祖国"便呈现出了两个明暗文本。一个是现实祖国，一个是理想国里的祖国。这就佐证了一个长期以来被误解的命题，即海子的生前短诗真的就是纯抒情诗吗？真的就是只符合声音的声音文本吗？或者真的就是不成熟的青春写作吗？答案是否定的。一言以蔽之，海子是不可多得的能以死来写生、能知死而后生的诗人之一，他用古旧的抒情形式，真正建构了他容量丰富、思想尖锐的启蒙主义、人文主义诗歌世界。他正在赋予具象形式的东西，岂是有细节而无气象的琐碎的日常主义所能理解？他正在建构的整体意义世界，岂是心平气和、四平八稳玩弄细胞成分的技术主义所能了悟？直接说，通过海子生前短诗的"不成熟""青年化"，才具体地印证了当前大多数流布于大小版面诗歌的本质性羸弱。不过，惯性思维告诉我们，面对故去的诗人，特别是像海子以那样的方式离世的诗人，总好像有一种潜意识在支配着我们的阅读神经，那就是必须敬重，必须以经典的态度朝拜式阅读。否则，仿佛是对逝者的大逆不道，对思想的亵渎。在这样的传统中，我猜，以"不成熟""青春写作"对待海子生前短诗的人与以经典、思想对待海子诗歌遗产的人，其实是处在同样的心情态度中的，都丧失了在今天真实的诗歌写作环境中正常理解海子诗歌的理智。不同只在，前者以批判、嘲讽遮掩今天诗歌的琐碎、凌乱；后者因虔诚而遭质疑。绕过"宏大叙事"其实

349

是二者的潜在目的。具体到海子生前短诗，它给今天诗坛的镜像，就是要不要宏大的问题。可惜，海子的宏大叙事，直到今天也没多少诗人能真正理解，他并不是人们厌弃的那个宏大，这才是今天诗歌真正的悲哀。不仅如此，今天的诗人及其诗歌却还主动地自觉地沉浸在他们所营造的"海子叙事"中，又是那么彻底和义无反顾，作为诗歌思想之一种的海子遗产，真的成了绝响？

——这是我们每次怀念海子及海子的诗歌，特别是其生前短诗，不能不严正面对的诗学问题。

（补记：本文草就于2014年8月的某个深夜，那是从青海德令哈海子青年诗歌节归来时的一点现场感受。草就后，一直躺在电脑的某个硬盘，原想，既然是急就章，就让它速朽吧！蹊跷的是，五年都过去了，当年关于海子诗歌的基本表情好像非但没变，反而大有把怨气怒气以及其他莫名其妙的什么气撒向海子的迹象。看来看去，有些病的确具有周期性。既然如此，这则旧文，收集在此处，或许勉强可以构成本书"叙事惯性"批判的一个戏剧性收尾）

附录:（2014—2019）

这里也收集了四篇独立文章，乍一看好像与本著正文部分关系不大，其实在逻辑上与正文有着千丝万缕联系，毋宁说它们就是正文逻辑的一个自然延伸。因为在"批评问题审视""叙事惯性批判"两个大话题的持续追踪梳理和分析审视中，按照本著的意图，的确需要正面的批评个例来进一步深化。那么，论评青年小说家叶炜两组"三部曲"的"转型时代"，分析陈继明最新创作的长篇小说《七步镇》与中篇小说《母亲在世时》中的"认同"，探讨金瓯的"在路上""混混"叙事的前瞻性，以及梳理王漫曦的短篇小说《陪读时代》中的城镇化难题，不是偶然却很偶然地吻合了本著论述到这个地步的思想基调。也许这些作家及其作品，并非完全自觉地意识到了本著一再警惕的叙事惯性现象，但按照他们小说文本中重要的叙事信息，的确与本著的核心观点不谋而合了。如此想来，读者从对这四篇独立文章的阅读中，兴许能以逆推的方式更完整地理解本著正文的用意了。

附一 叶炜和他的"三部曲"

目前为止，青年作家叶炜至少创作了在文学界受到普遍好评的两组"长河小说"，在如此体量庞大而叙事内容丰富的写作中，无论"乡土中国三部曲"，还是"转型时代三部曲"，其叙事触角一直指向社会现实，具有很强的现实针对性。所谓"三部曲"及"转型"，不是得出历时性的结论，而是以文学的眼光、文学的想象，呈现了此时代中国乡村和中国知识分子两个全然有别于前人叙述的世界真相，里面有激烈辩论，有稳实讲述，更有理性审视，充满了反讽意味和象征色彩。本文对以上内容进行了较系统分析与研究，并指出了叶炜创作所留下的文学叙事经验；其现代性思想意识，也构成了观照大多数同类小说的参照标准。

2015 年青岛出版社出版了叶炜的"乡土中国三部曲"，包括《富矿》《后土》和《福地》；2019 年安徽文艺出版社又推出了他的"转型时代三部曲"，分别是《踯躅》《裂变》和《天择》。短短几年连续创作出版两组长河小说，约二百万字，猛一看这信息，说实在的，真是吓一跳，这得多大能量呀！我也知道，叶炜工作、生活在高校，主业是文学教学研究与学术刊物编辑，另还撰有学术专著《叶圣陶家族的文脉传奇》和《自清芙蓉：朱自清传》及其他大量研究论文等。这样驳杂而多重身份的人，打死我也不敢相信能一组一组推出长河小说来。以前浏览众多长篇小说作家创作谈留下的印象是，长篇小说作者其实是非常抵触文学"理论"与"知识"的，他们警惕的原因无非是想拥有一个相对纯粹的自我认知系统与捍卫一个相对自由的感性世界。然而，叶炜却打破了这样一个惯例，他的小说世界里没有任性的荒诞，没有狂妄的想象，没有匪夷所思的非理性，当然更没有颠覆人正常思维的人性异数，有的是清晰思想照射下的谨严与理性，属于典型的知识分子写作。他像一架攻城略地的坦克，一五一十攻略"乡土中国"，运用典型环境论叙事方法，化宏大为细微，达到事半功倍效果；探微烛照"转型时代"，典型人物牵一发而动全局，亦能条分缕析丝丝入扣，学院内部肌理跃然纸上。其叙事雄心之大、叙述范围之广之杂，体量之宏巨，实在堪称文学写作楷模。面对这样一个创作者，无论如何都值得花费点时间来研究。

一

我看到许多"乡土中国三部曲"的论评者在撰文时，总是把"新"作为当然立论来阐释三部长篇小说。意思是叶炜写出了"新"的农民、"新"的时代和"新"的问题。在阐述各种"新"时，他们自然也界定了自己"新"的内涵，如果不读小说文本，那种旨在发现"新"的评论，当然也是自圆其说的。不过，读了小说文本，情况的确不是论评者说的那么回事儿。《富矿》中的麻庄人，的确为了钱，为了煤矿，不惜村毁屋塌；当发现过度开发而环境恶化时，也不惜以极端的方式来抗拒、阻碍乡村经济发展的节奏。这就产生了所谓传统与现代或者愚昧与文明的冲突问题。这是现代性问题吗？肯定不是。但是论评者却想当然地认为是现代化以及现代性过程中的必然结果。《后土》有一个极有趣情节，就是村人对小龙河的改造会影响麻庄风水表达了罕见认同，于是论评者依着作者的叙述信息得出结论认为，民间民俗文化中的"土地庙"崇拜大概是乡村精神失落及乡愁发生的根源。单纯从精神寄托看，也许有道理，可实质上这种"信仰"恐怕不见得与现代性有多少联系吧！更加之小说叙事之信仰，那是需要用反语来解释的现象学，如果叙述了什么就认定作者思想就是什么，无异于误读。《福地》中麻庄乡贤万仁义看起来穷极全部心力守住了村庄的传统伦理与道德秩序，可是这只是就传统来看传统的结论，倘若用现代性眼光看过去，该小说叙事可能正好表达的是村庄传统文化必然走向终结的命运。由此可见，迷恋乃至迷信"新"，对于叙事文学来说，其实是一种极不负责任的态度，特别是对叙事文学作者的思想意图，很可能还是一种善意的剿杀。主观上我们非常希望我们的生活与人生一夜之间能全然一新，但真正的观念之新、价值理念之新、生活方式及意义机制之新，恐怕没那么容易。也即是说，按照某种理论或想象写"新"是容易的，但写之所以不"新"或因"旧"始终盘踞在世界中心进而"新"显得暗淡是不容易的。叶炜"乡土中国三部曲"的总的叙事旨趣，显而易见在后者，写到最后一部《福地》也不是为了得出一个类似社会学调查报告一样的乡村治理结论，而是从乡村文化的再生可能与既有乡村文化的内部厮磨、角逐中，让人们在反讽式、隐喻式叙事中体验到一种意味深长的忧患和沉思。

以上回顾，不是为了重评"乡土中国三部曲"，是为着提醒读者注意，叶炜其实是一个颇具自觉现代性意识和知识经验储备的小说家，他已经不再满足于通过故事的大冲突、情节的偶然性和人性的不确定性来叙述现代性处境了；也不再满足于通过对某个人物封闭的内心猜测来证明人性的丰富与复杂，或对荷尔蒙的肆意放纵来撰写被认为是表征现代性首选要素的"孤独"主题。他的长河叙事中，像《平凡的世界》那样，社会性内容始终是支持人物命运转折的坚实基础，高校运转机制始终是成就人或者毁坏人的必然土壤和空气。语感看似朴实无华、云淡风轻，其轻描淡写背后实则埋藏着重重危机，这才是接近现代社会机制本身的叙事。因为，只有任何不正常都被认为是习以为常，那么，习以为常本身的问题，才显得触目惊心。我认为，"转型时代三部曲"正是在这样的思维基础上产生的，其思想既连通着"乡土中国三部曲"，又有了新的积累与深化。

"乡土中国三部曲"以苏北鲁南地区的麻庄为"乡土中国"的缩影，来形象地呈现中国农村近半个世纪的社会变迁和人们的思维观念变化，表面看起来叙事遵循的逻辑是改变——冲突——回归的模式，因为那地区也基本符合现代性观照条件。一是穷，落后；二是曾经干净，纯粹；三是有保存相对完整的传统元素，具备一般所谓坚守的资本。但实际上这个三段论正好构成了否定——肯定——否定或者否定之否定的思想过程。也就是说，当叙事越完备、天衣无缝之时，它的生命力、前景可能越灰暗。叶炜在《福地》中对万仁义所注入的期望，正如陈忠实在《白鹿原》中对朱先生的叙事，都是一种反讽的大隐喻和大修辞，是向前无路可寻的后视式"回光返照"，让这部单部长篇收官"乡土中国三部曲"，叙事思想指向也就意味深长了。到了"转型时代三部曲"，因为叙写的对象一下子变成了高校生活，写作方法和叙述技巧以及聚焦的视点人物，也就需跟着有所调整和深化处理。比如《踯躅》章节标题运用雅致古典的修辞，方便于表现农裔身份知识分子心灵经历突变时的异常矛盾感受；《裂变》章节变而为事件中心，故事与故事之间形成了叠加与相互推进相互深化的效果，有利于把本来异样的高校学术流程叙事得正常化、常态化，突出强烈体验反差；《天择》章节标题则又一改前两者惯性，以主要人物一直使用或曾经长期使用的物件为名，强化了物见证人事无端的寓言化色彩，使一直处于阴暗处私密处的内容变得普遍可感可知。如此等等，这些形式上的新鲜探索，对叙事的进一步深化，起到了事半功倍的感染效果，有效彰显了他观察对象、叙述对象、审视对象的日常生活现代性意图。

二

名为"转型时代"，在叶炜其实是今天时代知识分子在知识环境中成长、蜕变以及被磨光磨平磨滑的整个知识生产环节和维持其生产的机制结构。传统乡土的"超稳定"被打破，新的文化秩序却又好像不停地在变化始终找不到落脚点，只能以谁抓住的东西最"新"为当然的参照标准。表面追"新"逐"异"，背后却仍然新葫芦旧酒。要透视与呈现这个世界里的人生世相，《儒林外史》（吴敬梓）式的背景、《围城》（钱钟书）式的知识、《灵与肉》（张贤亮）

式的遭遇和《曾在天涯》（阎真）式的经历等等，叶炜或许都有所欠缺，他当然也不可能再去写一组高级模仿之作。他为文的真诚和朴素，对文学叙事的坦诚与原始，也就体现在这里。他理解的中国知识分子的成长，的确有别于前面几部作品对之的刻画、塑造乃至定型。他笔下的中国当代知识分子，可以大致分为三段历程来理解。第一历程是如何从乡土传统文化及其所构造的无处不在的日常生活惯性、伦理生活惯性、情感生活惯性和价值生活惯性中，像蛇蜕那样一点一滴摆脱出来，而且每一点每一滴都需背负"背叛""大逆不道"乃至当代陈世美的骂名。等把庞大的根系、盘根错节的文化纠结甩在身后，开始正儿八经走上知识之路时，蓦然发现，长期的乡土"浸濡"，无法把文本知识与高校实际知识运行惯例结合起来，后两者已然不是站在乡土的角度看上去的那么纯美、那么纯粹。非但如此，它们其实很大程度上是乡土经验与城镇市井趣味经过经济主义自私自利价值选择精心打造后的混合物。这时候，农裔的脐带尚未剪断，城镇的世俗法则已经鱼贯而入了。摆在面前的便只有数得着的两条路，要么随风俯仰，任潘多拉盒子打开，来者不拒；要么故步自封，自卑、胆小、畏手畏脚、张不开嘴迈不开腿，以至于坐失良机。"转型时代三部曲"中的第一部《蹦跶》写的就是这个东西。那个叫陈敌的人在二十五万字的《蹦跶》中出出进进几十趟，到最后泥腿子的身份似乎变了，成了名副其实的大学生，但他和别的大学生不一样，身后没那么干净利索，在农村还有"油瓶"拖着后腿呢！红颜和乐乐是他上大学之前留在农村的"后缀"。表面上，他好像颇善男欢女爱之事，游刃有余周旋在郭聪与李巧之间，即便在一直写毕业论文的叙述人"我"眼里，陈敌俨然一成熟大学生，该有的都有了。其实不然，我们读过不少仗义执言、为民请命或者虚与委蛇、王顾左右的知识分子叙述，马二（《儒林外史》）、林震（王蒙《组织部来了个年轻人》）、方鸿渐（《围城》）、池大为（《沧浪之水》）等等，但却还没有一个起点如此之低、实际也活得如此之不堪的知识分子。这就可以解释何谓"转型"了，至少在第一历程中，中国当代知识分子，从受教育、经济状况、家庭情况以及社会文化氛围来看，多数实际上是陈敌这样的人。一开始他们就被抛到了个人主义经济主义价值追逐大潮中了，一开始也就染上了一百年前阿Q老兄"想要什么就是什么"的"理想生活"幻景，时代转型塞给他们的不是价值机制，而是一路的狂奔和追逐——这种个人主义，之所以很容易与后来的经济主义价值观结合，主要原因就在于正中了人性中自私自利的下怀，起点上已然不是现代法治意义上文化自觉的现代性个体了。

第二历程是知识个体如何转进知识体系，或知识体系怎样消化处理知识个体的问题。陈敌这类人被大量补充进高校知识生产关键环节，这是社会结构变革的重要成果之一，那时候社会阶层之间还保留着互相流动的小小渠道。正如前面所提，当《踯躅》中的陈敌成长为《裂变》中青年知识骨干的史真时，他选择的和能够选择的路子好像只有后者，即从故步自封，自卑、胆小、畏手畏脚、张不开嘴迈不开腿等，进化而成为执着、坚定、仗义执言和为民请命。这其中的原因需要解释一下。在史真所在的高校化合物实验室，有着巨大的油水，而项目主持人又是校相关领导挂名，即是说史真只有相对独立的项目经费使用权，但没有支配权。那么，传闻中这个实验室的所谓"铊中毒"事件，其实撕开的是高校项目管理、财务制度与学术个体之间的矛盾。只有没完没了中止研究，才能没完没了追加项目经费，项目的真正受益者也才能够不断创造出腐败的空间和资本，这是埋藏在高校学术背后的一根人所共知的利益经济链，经久不息。不幸在于，史真不知从哪里携带而来的价值体系、学术体系却与之格格不入。有的人或许会把这个问题解释为学者个人操守与整个学术环境之间的错位，那么《裂变》便很容易被理解成一部一般意义的学术腐败小说了。之所以史真选择了他该选择的路子，在史真那里，并不是不要名不要利，他要的是合理的名合法的利。这是与传统知识分子完全不同的一个形象，史真绝非"朝闻道夕死可矣"，也绝非庄老一路来的假清高之流。他与整个高校项目化学术体系的根本矛盾是，他身上所照射出的现代知识分子的逻辑思路，不能见容于经济利益最大化而不是学术价值最大化的知识生产机制。

　　这就扯到农裔出身了。从陈敌那里开始，陈敌身上的确还有传统乡村文化的若干非常优秀的东西，但这东西一经现代大学中莫名其妙的末流流行文化渣子打扮，再经量化学术体制巩固甚至机制化处理，俨然成了代表所谓现代学术的规范和标准了。那么，史真的遭遇其实正是陈敌身上未被异化的传统乡村文化与已经被机制化了的现代大学学术体制之间水火不容的交锋，这与利不利、义不义，乃至谁舍利，谁又取义，没有半点关系，也与学者个人操守与学术环境矛盾没有直接关系，它的本质仅仅是叶炜所叙事的大学及其整个学术环境越来越江湖化，而不是越来越现代性的问题。

　　可见，《裂变》中的"转型"也仍然面临着一大难题，要么学者个人主动剿灭自己的学术操守，把学术只看作是一个谋生手段；要么知识生产环境进一步优化，取消完全经济主义的运作机制。然而从小说叙事看，史真被挤对走，意味着项目化追求利益最大化已然是那所高校及其评估体系所认可的所谓现代学术规范流程。所以，理解史真，不能割裂开认为是个人品质，总指望冒出来一两个这样的人能牛犊顶橡树，总有人冒死去顶就觉得坚守成功了。这是痴人说梦。史真走了，他到了另外的大学，他的学术也将继续。不同大学的宽容度虽然不同，但在经济社会要拥有自己的社会份额，进一步将遭遇相同的瓶颈，这便是《天择》的主要叙事对象，那就是高校权力话语与学术话语、学术话语行规与个体学术良知之间的摩擦问题了。

　　牛万象是《天择》中一路见证、参与、策划古彭大学申博工作的一个人，他带着《踯躅》中陈敌的"狡黠"与"圆滑"，也带着《裂变》中史真的"较真"与"坚持"。他当然也带着陈敌同时游戏于众多美女学生之间的本领，亦带着史真"贼大胆小"的一系列不可告人的私人秘密。但终归牛万象还是牛万象，在古彭大学申博的整个过程中，他寄身在古彭大学宣传部，这是最接近高校权力话语的一个地方。因此，叶炜所谓"转型"，此处便指高校权力话语与民意之间的错位。古彭大学前前后后几次申博失败，所牵动的无非是权力话语圈内部与整个学术评价体系之间的对峙，读《天择》，这种长久对峙被逐一细化成了论文生产圈、新闻生产圈、政治话语生产圈和用人惯例圈。分开来时，它们各自为政、自成体系；合起来，它们相互勾连、镶嵌交织。无论哪种势占上风，被随意用来用去的棋子，始终是学术及相关学术代表，个体学术良知的代表尤其最容易被利用。

这样的高校环境，是不能简单用龌龊或无耻来形容的，因为本不是个体的事，也本不是单纯道德伦理问题。然而对一个知识人的成长而言，它可能就是绕不过去的第三次历程。因为：一、个体学者不能摆脱高校权力话语圈而独立存在；二、个体学者不可能摆脱不同圈知识构造的重新打扮；三、个体学术生产的流通最终还得仰仗各种圈的认可。所以，《天择》通过高校权力部门的叙事，所出示的难题是统揽性的。一边系着《踯躅》，照应了陈敌初入学术体系，他的所作所为也都能从《天择》中找到源头；一边扯着《裂变》，史真的压抑经历也都早在《天择》中埋下了伏笔。总而言之，整体来说，"转型时代三部曲"实质上构成了反讽意义上的封闭循环。所谓"转型"，只能向别处寻找借鉴，而不是自恋式自我确认或乌托邦式指望某个传统力量包治百病。

这无疑是整体性眼光，而不是局部的或某些细节的自觉问题，叶炜自觉的现代性思想意识就体现在这里，无疑也给评判同类小说叙事提供了审视的参照经验。

三

当然，通读完"转型时代三部曲"，单就文学叙事和叙述看，个人觉得还有好好挤一挤水分的余地。百万字三部曲，如果压缩成一部，结构会更加紧凑，反讽力度会更强，也未尝不可。蹊跷的是，创作大部头超长度小说，似乎并非叶炜一个人的追求，长河小说创作好像已经成了今天的一个热潮，作家一边骂没人读书，一边却动辄上百万乃至几百万字地制造阅读"怪兽"，不知这种分裂究竟出在哪里，藏着怎样的市场机密？另外，"同居时代"这一情节线索在三部长篇小说叙述中会不时出现，每到关节点处一定是人物在男女之事中太随便了，那么，有没有可能把无须用"性"来推动的情节，转换成用故事内部机制所需来推动，如此，"转型"则会更加具有社会性。如此等等，细细说来，"转型时代三部曲"的确还存在一些不足。不过，瑕不掩瑜，在如此庞大的体量中，叶炜能以融入血液的现代性意识和经验，来整体呈现当代中国知识分子成长、成型乃至走样、变调的普遍性知识生产环境与氛围，而且留下了陈敌、史真、牛万象等完全有别于前辈或同辈作家的知识分子人物形象，仅此一端，叶炜的思考与实践无疑早已在全国小说创作的前沿位置了。

附二 别样的思想冲击

重新思考陈继明的小说,对我来说仅是近一两年的事。他的创作我当然不陌生,然而,不陌生是说在研究界发现的所谓"西部文学"这个范畴。"西部文学"现在是不是中国当代文学学科中的一个"显学",是不是依然那么得力地支撑着当代文学专业大多数硕博毕业生的论文,的确不得而知。可是,二十世纪八十年代中后期至二十一世纪初这一时段,跟"西部风"的风靡一样,许多文学研究者趋之若鹜扑向"西部文学",都是留下了过剩文字证据的,这绝不是谣传。在那个阶段,我本人不止一篇论文写过陈继明的创作,但总的来看,也基本未能超出那个有点铁板钉钉的"西部文学"。不用多说,那些随感或"正规"论文,好像都是人们自认为熟悉的"西部文学"的,也是之前我自认为没什么问题的"文学研究"或"西部文学研究"。

我开始重新思考陈继明小说,一部分源自对自我惯性思维的修正,另一部分恐怕与他真正别样小说集中出现在某个阶段不无关系。打断惯性思维的链条,得益于我对一直以来人们认为的"西部文化"及其"西部形象"的整体性反思有密切联系。用近三部著作的容量从现代性的思想尺度盘查完后,我发现,"西部文学"整体上确实处在一个较低的情感模式和形象思维层面,不足以用现代性来阐释和分析,这是导致我重新打量陈继明另一批小说的直接原因。至于他真正的另类小说,大概从二十世纪九十年代初的《月光下的几十个白瓶子》《骨头》《青铜》到近几年的《北京和尚》《灰汉》《圣地》《陈万水的名单》,以及2018年的长篇小说《七步镇》等,仔细想他的现代性思想叙事线索其实是清晰的,只不过在他长达近三十年的创作历程中,他别的颇为复杂的创作尝试或题材有时的确很是迷惑读者，致使研究者把他划到"西部"既有的形象特征和文化习惯也就觉得自然而然了。反正陈继明在西部滞留时间足够长，又确实写过西部文化现实和西部地域生活，再加之文坛本就由话语等级构成，仿佛历来支撑文学史骨架的总是那么一些作家，而另一些"地方"作家天然地只配陪衬或输送"地域特色"。如此这般，久而久之，陈继明的创作实实在在处在了一个被普遍遮蔽和忽视的境地。这种缺乏耐心、捆绑打包、大而化之甚至跟风走的研究恶习，的确值得研究陈继明小说的人好好反思反思。这当然是后话了，现在读了他的最新中篇小说《母亲在世时》①，更激发了我重新思考他小说的欲望。总结来说，那是一种少有的思想冲击和思维颠覆，它不属于现今文学刊物那种常见的"文化小说""求道小说"，当然也不是较低层次的"人性小说""特色小说"，更是超越了作家们热衷追捧实际上思想非常浅薄的各色"危机小说"或"认同小说"，这后一类小说还往往披着不同"身份"外衣，因而粗略读过去也就似乎有那么几分暗合时下"后现代"文化潮流的意思。其实不然，以上突出小说写作现象，无不是直接或间接向强势意识形态暗送款曲的迎合之作，普遍显得沉淀不足、趣味小众化。而陈继明的这一路别样小说，几乎都可以用反以上流俗趣味的思维来读。

从叙事的思想指向上看，很显然，《母亲在世时》是《七步镇》的一个必然延续。《七步镇》中那个作家、知识分子东声，所反复考订、研究、回忆、追溯、再造的自我形象以及由此而深入展开的"自我指认"问题，顺理成章链接到了《母亲在世时》的"母亲"身上。所以，这篇小说中的"母亲"拥有几乎所有能经得起反思和自我反思的身份与资质。她是中国当代史的见证者、参与者、话语与知识形象的建构者；她是中国当代第一代城市知识女性；她自愿选择嫁给了一个有着复杂历史及传统伦理道德象征意味的地道的农民；她也生命力奇特地旺盛进而有条件经历当前堪称极端化的经济

---

① 陈继明：《母亲在世时》，原载《湘江文艺》2018年第3期；全文转载于《中华文学选刊》2018年第12期。

生活、政治生活、知识生活体验；她当然也是常人，几乎毫无悬念要在"叶落归根"的传统文化中循环完她最后的一段人生路，生命绚烂于昔日贫瘠的故乡海棠，亦寿终于标志儿女们光宗耀祖的海棠小洋楼。

问题就来了，陈继明塑造这样一个老太太，与东声有什么文化血缘关系呢？这就有必要简单回顾一下长篇小说《七步镇》的故事流程。

作家东声是一个回忆症患者，有漫长的心理疼痛史，在求医治病的过程中，意外知道了自己的部分前世经历，真假难辨，有无存疑。之后，东声用接近考古和刑侦的方式探微索隐，抽丝剥茧，真的找到了自己的"前一个"人生。民国前后出生于甘肃省甘谷县七步镇，曾做过几年土匪，杀人无数；后率众从军，加入胡宗南部队，任团长；在中条山对日作战中大败而归，之后成为育马专家，先为家族养马驯马，后成为生产队的饲养员，"文化大革命"中死于仇杀。同时，身为回忆症患者的东声也对自己的今生进行了心理学意义上的顽固追溯和艰难反思，这是比回到前世更加复杂和惊险的过程。于是，前世和今生互相纠缠，彼此映照，构成了奇妙的互文关系，也大大延伸了一个人的当代精神史。在这里，"回到前世"是小说笔法，是切入书写的刁钻角度，叙事思想却意在表明，向来讳疾忌医的人们有可能通过阅读来一次必要的自我追问和灵魂认知。

《母亲在世时》呢？作为中篇当然没有长篇《七步镇》体量大、浓度密，它也不是在《七步镇》叙事结束的地方开始，或者在《七步镇》有意造成的空白地带开始，而是成为了独立于《七步镇》的"姊妹篇"。东声是作家，致力于人性及灵魂拷问，同时自身也忽忽悠悠成了话语意识形态、知识意识形态或价值意识形态的制造者，比如"自我确认""内在性生活"等等。《七步镇》无疑是在一大堆类似知识、概念、思想中浸泡出来的，因此它拥有凌厉的、决绝的颠覆和反思姿态。它告诉人们的主要思想是，抽掉历史背景、社会现实的"自我确认"，该是多么的苍白和无力；删除了暗流涌动的政治经济学威力及价值软件的"内在性生活"，该是多么的赢弱和可笑。小说的最后，看起来东声转了一大圈好像回到原初了，其实他的平静与正常，是心灵历经磨难之后更高一层的理性与秩序，是文化现代性对文化传统主义乃至情感主义、道德理想主义的胜利。不过，《七步镇》所祛之魅，到底在文化艺术界及其审美逻辑结构中，是由主角东声的身份及其世界所决定的，这就给《母亲在世时》预留了空间。

从这个角度看，相对而言，《母亲在世时》更是大众的、底层的与弱势群体的。不同之处是，陈继明在该小说中倾注的道德反叛勇气似乎比《七步镇》更甚。因为要在思想的烈火中炙烤"母亲"的确不同于其他任何人。首先，这是一个棘手的道德问题，是传统文化伦理所不齿的；其次，"母亲"是我们所拥有的意义象征体系中最敏感的一个概念，犹如多米诺骨牌，牵一发而动全局；最后，"母亲"本身早已是我们情感结构中的阿喀琉斯之踵，长期以来担负着审美最强感染力符号的作用，脆弱而敏感，摇撼不得。正因如此，在我们的现实生活和精神价值生活中，"母亲"无处不在，价值裂痕也尽显其中。对于商界"巨子"的哥哥，"母亲"对其"神童"的预期，即便有违于现代经济规律，但按"母亲"所携带着的革命史话语和宗族知识，哥哥的败北便决定了他只能是一个现代社会的失败者；姐姐也是政界"骄子"，可谓精英，在"母亲"眼里亦不负其"神童"潜质，然而姐姐还是走到了出境被"限制"乃至于最终被抓起来的地步，"母亲"的落差不可谓不大；"我"与妹妹，实际也几乎走在与"母亲"价值相背的路上，是"母亲"时时担心的对象。至于说小说中的诸多感情、婚姻纠葛，与"母亲"千里寻夫的坚定相比，更是千疮百孔、不堪一击。

到此为止，城裔的、有革命经历的、富有文化的，特别是有着固化价值系统的普遍性"母亲"形象就被立起来了，在她及她时代特有的知识、信念、理想、情感、价值、生活方式所形成的氛围中，她可谓坚定、执着、顽强、持之有故，有些理论和信念，甚至在特殊语境也不乏真知灼见，比如当儿女们情感破碎、婚姻失败时，"母亲"的恒定与坚毅，不啻是一种镜鉴与参照。可是深层次上思考，"母亲"总是"从前……"式的话语方式和"本来如此"式的果断决绝，距离哥哥成其为自己，姐姐成其为自己以及"我"和妹妹成其为自己何其错位！半推半就，假戏真做，儿女们的自我分裂自觉不自觉已成"母亲"的一部分而存在，"母亲"固有的也早已是儿女们本来抵触却又不自觉所认同的主要内容。特别是关于"母亲""势利"的叙事，更是意义丰赡、反讽重重。贵为人母，在众儿女面前，总是标榜一碗水要端平，可事实是，"母亲"往往私爱"成功者"哥哥和姐姐。尤其每每与商界精英的哥哥照面，"母亲"则反而像个听话的孩子，言语、身体、神情包括立场，唯哥哥言听计从，"母亲"威严彻底崩溃，不能不说这是陈继明最为放肆的叙事。应该说，这也是作家对被钦定了某种威权文化价值秩序的看法，这种我们每个人都不得不浸淫其中，也都不可能发出根本性颠覆之声的文化，与个人最终成为个体化之间究竟是个什么关系，是很清楚了。只有到了这一层面，关于"母亲"的象征叙事与作为象征体系的"母亲"叙事，才算深入和彻底。由此可见，《母亲在世时》是在《七步镇》个体拷问基础上的一次更加精细化的叙事，它由个体确认的危机扩散开来，进入到了造就个体的家庭、家族及其现代史层面。如此读来，《母亲在世时》真让人不寒而栗，它的上游是鲁迅及其"五四"启蒙传统，下游能接续的只能是王蒙的《活动变人形》、张炜的《九月寓言》、礼平的《晚霞消失的时候》等不多的一些小说了。与此同时，和它们对立的作品，大体可归入"自我确认"或者"内在性生活"范畴，其队伍之长、容量之大、人数之众，实属罕见，都不同程度支持着文学史叙述和学位论文框架，毫无含糊也是主要奖项的备选篇目。

　　《母亲在世时》的另一叙事及人物当然是众儿女们和他们的故事，按照故事的自然发展流程，他们好像都有点落荒而逃，或者有点回到文化传统的意味，实际上这只是就"母亲"的叙事而得的结论。简而言之，无论他们物质富裕精神贫乏，还是精神自由物质空虚，亦或者陷入双重困顿，其根源本不就在他们自身，也未见得就在"母亲"。那么，是什么呢？依据我对陈继明以往小说的了解，也根据本篇小说的纹理可以推知，他是不愿明晃晃出示答案的作家，也并不是把写小说当作智力游戏的脑筋急转弯式故事编排家，他的结论就在小说叙事过程中，哥哥、姐姐、"我"与妹妹，之所以谁也主宰不了自己的命运，是因为他们的环境缺乏价值机制的制衡。从这一意义看，《母亲在世时》的确脱胎于《七步镇》思想也发展了《七步镇》中的文化现代性叙事，因为他所研究的个体危机深关纷繁芜杂的历史土壤和匮乏苍白的现代文化，从来不是就个体论个体，就危机论危机。

这也就是我说的今天的读者未必能读进去类似小说的原因，因为他们的文学神经早已被重新改造过，思维观念也早已是不知所以然的"自我确认"和不明就里的审美体验惯性——"内在的"与"内在的生活"。

别样的思想冲击

367

附三　金瓯小说与现代性

目前少数民族文学创作基本呈现为这么几个价值取向。一是铭记和撰写自己的民族知识，二是结构自己的民族信仰，三是叙述自己的民族身份。不管哪一种倾向，小的差异总还是明显的。但大的方面看，都是某种程度的身份焦虑或文化危机所致。而身份焦虑或文化危机，又都是"文化自觉"这个关键词麾下的小故事。因此，从价值诉求来看，民族叙事其实又是大同小异的自我确认。甚至这种开口度渐趋缩小的自我确认，在个体化认知上，越来越倾向于孤立的私人化意识；在现实社会的判断上，越来越倾心于自我利益得失；在人文价值诉求上，越来越自私。这样一来，虽不能说全部，至少也是多半，都缺少对普遍性社会问题和精神文化问题的思想能量。也就是说，社会性内容是越来越少了，叙事的经验来源越来越借助神秘乃至灵异知识了。紧接着，文学的世俗化程度和普适性阅读体验，也就越来越低、越来越稀少了。

不能不说，这样一种少数民族叙事，与新型城镇化以及现代社会文化建构基本要求，是很不匹配的。之所以如此，原因当然很多。但细究其文本组织，现代性视野的普遍缺失，恐怕是其共同局限。

要谈清楚这个问题，可能需要征用更多的文学创作文本，这当然并非本文用意。这里想通过小说家金瓯的中短篇小说创作，着重谈谈他的叙事与目前一般叙事文学以及现实社会的关系问题，兴许能够窥斑见豹。

关于宁夏青年小说家金瓯创作的一些重要信息，有必要多啰唆几句。大致来说，分为两个阶段。第一个阶段是二十世纪九十年代中后期至二十一世纪初。在这差不多十年时间里，金瓯只出版了一本二十万字左右的小说集，叫《鸡蛋的眼泪》，收入十来篇中短篇小说。创作量如此之少，可是他却能与创作量比他多得多的两位兄长陈继明和石舒清合称为"三棵树"，足见有识之士的眼光真不一般，也足见金瓯的实力也很不平凡。简而言之，金瓯这个阶段的小说创作，比如《前面的路》《鸡蛋的眼泪》等等，已经以童话甚至寓言的叙事方式，表明了他创作的追求。在他看来，经济发展逐渐走向纵深阶段的中国个人处境，是个需要花大量精力和想象性才华眷顾的主题。如果稍有不慎，经济主义个人会马上屏蔽作为主体性的个人。那样的话，人们便极有可能把本来不发展的个体化，作为成全意义感并生产意义感的经验来看待，真正的现代性个体，即为争取意义感而生的个人经验，反而成了支撑人之所以为人的认知盲区。虽然如此，这一理念要真正构成小说的叙事本身，似乎还不那么容易，《前面的路》就是明证。该小说写了一帮无所事事、游手好闲的年轻人漫无目标转悠银川附近地方的所感所为和所想。既然漫无目标，一路便走走歇歇、嘻嘻哈哈，不正不经、不庄不谐，夹杂着相互的攻讦，也携带着明明暗暗的理想与梦境。总之，名之为"前面的路"，实际上路在哪里最后都成了问题。小说充满了反情节、反冲突、反高潮性。明眼人一看就明白了，此类手段，其实是他对美国"垮掉的一代"作家杰克·凯鲁亚克创作于1957年的长篇小说《在路上》的戏拟与滑稽模仿。

这样，问题就来了。读者会理由充分地指责，再怎么高明，毕竟是戏拟与滑稽模仿，那又有什么价值呢？实质就在这里。金瓯其实是通过《在路上》的方式，在探讨二十多年前中国年轻人某种普遍的盲目感，也就是说他是敏锐地抓住了那个时候最先觉悟到个性的重要性但又耽于把个性转化成主体性，并在共同体内形成一致意见的思想萌动。所以，那样的个性，既非中国"五四"的个性之解放的个性，也绝非杰克·凯鲁亚克笔下萨尔、迪安、玛丽卢们起因于追求个性，但沿途一路搭车、开车、挡道拦车，最后不得不作鸟兽散的瞎逛荡。虽不认同被指定的那个"路"，但经过磨合、抬杠，人人心中似乎形成了不一样的"路"，便是金瓯创造那一帮年轻人的真正贡献。同样，《鸡蛋的眼泪》中，被吃者鸡与吃者人之间，即使没有有效的言语交流，可是他们似乎反而容易理解双方，可是具有语言天赋的人与人之间，交流与沟通却真正成了问题。反复叙事这一看起来有点童话性质的命题，在当时好像并不被太多读者，包括批评家所重视，充其量也就当是童话罢了。其实不然，如果理解《前面的路》的意图，《鸡蛋的眼泪》的寓意也就清楚了。起码不会把要形成意义感而不得的努力，误读成人畜嬉戏的一般寓言故事吧！不过，需要强调的一点是，金瓯那个时候的写作语境和所受惠的思想资源，的确走得比较远，不是通常源于具体现实问题的自然主义文学价值观和道德主义评价标准所能解释得了。

　　金瓯第二个阶段的小说创作，从二十一世纪初延续到当下。在这另一个十年里，他照样只写了薄薄一册短篇小说集《潮湿的火焰》，合计十二篇小说，二十万字刚过。与前一阶段相比，他面对的文学语境已经大变。择其要者而言，除了本文开头所提到的那些现象之外，大家都不约而同似乎一夜之间无根了、失掉家园了，也似乎刹那间的功夫，国学、传统文化成了宝贝，大有不回到传统不罢休的架势。于是，花一整天时间捣一罐茶也能捣出人生哲学的，放羊也能放出人生况味的，甚至认为宗法社会的礼教、等级制关系学仿佛丢得可惜的，等等，不一而足。这些名堂，都被冠以"文化自觉"，其假想敌是西方社会"过剩的现代性""现代性危机"，也就意味着这一类大同小异的臆想式、过去式、服丧式叙事，都可以叫作"文化叙事"或"中国经验"。这个时候，金瓯的小说，可以说深化了、加宽了，也可以说依然故我、以不变应万变。因为有了今天无以计数变得面目全非了的小说在做参照，相对于面目全非的"变"，他持续的个体化追问，就他本人而言只是在深化，而不是变化。一言以蔽之，他第二阶段的创作，可以这样来概括。他虽然是满族，但他的小说中没有多少满族的标签；他虽然在写都市年轻人的精神处境，甚至意识处境，但不是作为少数民族身份的处境；他也经常叙说个体化的进展程度，但基本不是"文化自觉"名下的状态。这是他的小说创作与其他少数民族作家的根本区别。读他第二阶段的小说，必须继续提现代性，也必须在现代性的概念中去理解他笔下年轻人的集体无意识。有两点感受特别深，我只通过几篇小说来谈这个感受，而不是他创作的全部。

一、他格外重视"情感零度"。《一条鱼的战争》讲的就是一条鱼被杀死过程中如何挣扎、如何体验死亡的过程，不是人的体验与感知，是鱼的反应与抗争。通常写狗、写狼——像杨志军的《藏獒》、姜戎的《狼图腾》、刘亮程的《一个人的村庄》等，是以人的心灵来写狗和狼，最后总要得出畜生比人更具人性这样一个观点。金瓯写一条鱼的被杀死过程，是鱼在说鱼话，鱼在讲鱼事，鱼在行鱼的动作，鱼有鱼的思维。他几乎所有的叙事重心都在鱼身上，这样，鱼的一生，就成了人一生的镜子。叙事鱼就是叙事的目的本身。人在鱼折腾的一生中，看出了门道，人的不自主、人的不自由，甚至人被无处不在的温和框架所制约、所规定的基本境遇，便最终成了小说的意图。

二、他特别倾心主体性个体。主体性个体就是行动、思考按自己的逻辑，而不是受外界形形色色的意识和价值的摆布来行事。《零度体温》《潮湿的火焰》等等，就是如此。这些小说的主角由一群年轻人，而不是一两个所谓的主人公构成。所以，他的小说强调的是年轻人如果不在具体单位、具体家庭、具体行业，甚至不在具体伦理管束之下时，最可能出现的个体化状态。要么成为混混，要么为混混付出高昂的代价。同时，这些看起来没有什么明显意识形态烙印的年轻人，实际上非常有主体性。这个主体性，一般表现在成为别人眼里的混混时的清醒意识，也表现在遭遇混混戕害时的欣赏，或者说主动承受的心理准备，是典型的自己为自己负责、自己为自己的后果买单的个体。《零度体温》中的讨债者和还债者，都认同抽血抵债这一事实。非但如此，被抽者也很享受一管管自己的鲜血被滋到墙上，然后慢慢变紫变黑变成许多图案干在墙上的过程。《潮湿的火焰》也类同。讲述的是一个叫阿文的年轻人差不多也是为一个莫名其妙的女孩莫名其妙跳楼去死的故事。告诉阿文家长阿文死讯的女孩正是那个让阿文最终跳了楼的她，看起来无比紧张，其实内心也在开别的小差，至少没有老辈那样对待生命的负罪感和尊严感。当然，这批年轻人一般沐浴在崔健的《宽容》，或许巍的《两天》一类旋律中。由此可见，他们对待自己和对待别人的生命，也都或多或少带有摇滚的意思。如此等等，这些个体，他们琢磨最深的头等大事，是怎样找到自己的意义感，已经看不到其他物质匮乏和基本精神保障之类苦大仇深的负担了。也就是说，他们的世界里已经没有了社会学通常讲述的社会问题了。

作为理论概括，如此归纳金瓯这些小说的主旨，似乎无大碍。但对于一般的读者，这样的阐释，恐怕多少有些云里雾里。心想，写这么个小说，怎么就扯到"自己为自己负责"了？鉴于此，长期以来形成的非如此不可的阅读思维惯性不妨多说几句。简单说，我们通常阅读一篇中短篇小说，首先是看故事，其次是看文化，最后才是看价值。看故事，主要体现在对故事的道德水准和人性认识上。如此一来，小说好不好，多半指的是故事里的道德成分够不够、人性的分寸把握得符不符合常识。而道德成分和人性常识，说到底也就是"真实"的问题。"真实"一旦被抛出，小说叙事上的努力一下子就变得不重要了。因为"真实"是个人经验层面的东西，而叙事则必然靠思想来推动。"真实"与"思想"一经相遇，失败的多半是后者。原因就在于后者是未经人们体验的，至少是未经多数人所感知的。金瓯小说与一般文学读者之间的冲突，可能就从这一层面开始了。盖因他没有恪守那个所谓的"真实"——大家都忙着为某个底层者的现实处境开药方呢？谁还会异想天开，去思索一帮街头"混混"到底在干什么呢？并且那帮混混做事想问题又是那么离谱。看文化，主要是看小说人物关系的布局和用以维系关系的秩序。有关这一点，要想有个切肤之感，读读《小说月报》《小说选刊》大概就能明白。我的感受来说，这些选刊选载的小说，基本上都走的是中庸之道，甚至平庸之道。似乎传统主义一夜间成了我们的命根子，也似乎我们一夜之间都丧失了信仰丢失了家园，变成了蓬头垢面惶惶如丧考妣的弃儿。你看，连维持起码的人伦底线，都显得惊天动地。更不用说嘴里念念有词不离孔孟之道的"乡绅"

了，那简直在小说里能翻云覆雨、扭转乾坤。不消说，这类小说是当下文学读者的最爱。金瓯仿佛很早就离开了这个文学场，他及他笔下的年轻人关心的是我该往哪里去和我该怎么办，而不是我从哪里来和我的祖辈们曾经从哪里来因而我也理所当然该接受他们的精神衣钵。所以他的那些并无要紧事的人物关系，也就老早地脱离那个秩序井然的文化天罗地网了。

有了前面两个首要的阅读惯性作潜意识里的评判标准，那么，看价值，实际上就变异成了看小说故事的最后结局。关心既有或先前道德伦理者，一个失足青年的浪子回头，就是最大价值；觉得人性是文学的全部者，一个内心分裂者终于看见月缺花残黯然神伤了，那就认为小说一定是建构了某种久远的东西了。当然，张口闭口不离"道"、横竖左右认为眼里所见皆浮云谁都是潜在拯救者的人，在他们的世界里，一个疲于奔命却每每解决不了基本生存的人，主要问题是欲望太大，不够安静。或者，按照祖辈的活法，哪怕"长太息以掩涕兮，哀民生之多艰"式的抱怨，都没有一路不闻不问只顾低头拉犁，面带喜色、对什么都充满感激之情，对任何高于自己的人都感恩戴德获得的"道"多，也就才算小说有价值。情况还远不止这些，更为重要的是，当文学读者或非文学但经常阅读文学作品的读者阅读经过以上三层关系的转化，最后生成一种认为文学就是经济社会人们闲暇时的心灵慰藉、忙碌之后的消遣、焦虑过程的逃避、无助之时的自我麻醉，也即文学就是玩意儿时，非但取消了文学应有的知识价值、认知价值和想象力价值，而且会马上堕落成连琴棋书画瑜伽打球喝茶猜拳等不如的精神生活赘余。那么，这时候，最直接的一个矛盾就摆在我们眼前了，我们还生产那么多文学报刊干什么？我们还需要作家诗人干什么？我们还花那么多精力和时间谈论它干什么？如此等等，不一而足。恕我直言，凡此种种，或许都不在金瓯进行小说叙事的胃口之内。

现在看金瓯的小说，为什么必须与现代性有关的问题，为什么必须在现代性思想观念中活动的问题。

首先，现代性思想中的个体化，是讲究人对自己的主动规划

的，也是在乎人本身的内在性生活和意义感的。金鸥笔下的人物，
或者他感知到的人物，不具有这样的特征。或者说他们的不自觉、
无主体性，其实是"第二现代性"中的现代性，而不是第一现代性
中的现代性。第一现代性中的现代性，至少在近几年的中国文学思
想表达中，好像闹出了不少笑话。总把现代社会机制不完善导致的
普遍性焦虑，归结为没有信仰，因此觉得我们应该提早提防"现代
性危机"，警惕"过剩的现代性"，提倡"回归传统"就成了唯一途径，
哪怕回到传统宗法社会也行，因为人在那里生活能感受到某种稳定
性，这是其一。其二是把老庄哲学中的逍遥，或者把不管什么时候
人都有的个性，放得很大，认为以人自然状态下的个性来反叛、嬉
笑任何的文明规范，就是对个体性的实现，因而这样的生活就是文
学人经常叼在嘴上的"内在性生活"。从一定意义上看，金瓯的小说
及其人物行动，折射的正是这种不成熟的现代性文化。它不是民主
文化内部生成的成熟个体化——第二现代性的现代性意义感。第二
现代性中的现代性，表现在个体身上，最重要的一点是，在完善自我
的同时，还在不断地帮助完善他人。而金瓯小说中的这些人物，实际
是在不断地破坏自己，也同时在不断地破坏他人。能写出这一点，在
宁夏，在西北，乃至在当前全国前沿创作者队伍中，其实不多。

其次，有了这个理念自觉，金瓯的小说便有意识突出了其创作
的艺术性。《狗下午》就非常有代表性。我没细究过金瓯的阅读影
响来自哪里，但大致感觉而言，好像受美国"极简主义"代表作家
雷蒙德·卡佛的启发比较深。《狗下午》中的对话艺术，差不多都
能在卡佛《阿拉斯加有什么》《一件好事儿》等篇章中找到影子。《阿
拉斯加有什么》中两对夫妇本来相约去阿拉斯加度假，正在客厅喝
饮料商讨此事之际，突然发现其中两人有情人关系。于是，卡佛展
开了很长的一段对话，让读者来体验受害者一方的心理创伤。这些
对话，便形成了小说文本的叙事重心。《一件好事儿》也讲的是妈
妈给孩子过生日定制蛋糕，但因孩子中途遇车祸夭折，她忘记去取
蛋糕，可是不知情的蛋糕店却不知道这一切，因而一次次电话催促
妈妈来取蛋糕而产生严重误解的事。释解前者的"威胁"，卡佛用

的是其中男受害者的痛定思痛，后者用的是"吃"和"说话"——妈妈不停地吃蛋糕，蛋糕店老板不停地与痛失爱子的夫妇聊天说话，以帮助其跨过精神困境。金瓯的《狗下午》，也用人与袖珍狗叫声的混乱，反复强化三个年轻人之间的误解，使其心理和情绪暴露无遗，最终情节结束于小女孩的意外怀孕，也同样构成了故事结束，话语却才开始的文学体验效果。

由此可见，金瓯的小说其实走得比较远。这些年轻人基本没有其他文学中常见的物质困苦，也没有其他文学中常见的身份焦虑，这只是表面现象。本质性支撑是，金瓯是站在第二现代性的前沿，来处理他小说中人物的个体化的。这个个体化，实际上就是社会机制已无可挑剔，人的可能性只取决于人本身。这样，他的小说就会遭遇一些现实困难。要么读者必须连着读到三篇以上，方可理解并喜欢他的意图；要么索性因语境的隔膜，望而生畏，远离他的小说。这便从一个侧面反映出，我们的新型城镇化建设也好，完善现代文化也好，或者提升人的现代化程度也罢，宏观讲讲倒也简单，若是放到日常生活及具体个体的观念形态来衡量，要走的路还很遥远。

如此说，并不意味着金瓯小说绝无不足。恰恰相反，仅我读到的篇章而论（其实他也就写了这么多），他的局限也很明显。按照他的小说叙事已经搭建起的框架说，他理应纳入更充分的社会内容来支撑他所关心且一路专注不放弃的个体化程度，但可惜的是他小说中类似黑格尔所讲的，通过"外在的"来实现"内在的"的背景比较淡化，这多少削弱了他叙事的完成。另外，他的人物一般是"混混"，像前文所说，看不出隶属于具体单位、具体家庭乃至具体道德伦理秩序。这样一种人物类型，叙事学称之为"不可靠叙事者"。既然如此，好处是可能形成更大的思想张力，真正衡量出目前我们语境中的个体化进展程度；但同时，这一叙事视角，也会虚化人物生存的现实背景，导致思想叙事让位于个别修辞追求。有的批评家和喜欢他小说的读者，几乎不约而同地认为他写的是一帮"混混"，运用的是"荒诞手法"等，应该说不无道理，差不多都源于他小说文本所提供的重要信息。

附四 王漫曦及其短篇小说《陪读时代》

刊物与好小说的关系向来比较微妙。

有的好小说肯定首发于重要刊物，并被评论家率先推介或者径直被转载、获奖；有的好小说命运就不一样了，不但不能被重要刊物发表，而且还可能会赐予差评，被论评、转载、获奖的概率几乎为零。"重写文学史""重读""再解读"等名目下被拾起的"漏网之鱼"，大多属于这样那样被迫错过的好小说。甚至也可以夸张一点说，经常被热心的读者念念不忘的小说，它们的传播、接受过程一般比较不尽如人意。此等现象的普遍存在，至少说明一些比较重要的文学刊物，其在特定意识形态下被养育而成的文学趣味和价值标准，许多时候是很不靠谱的。特别是当那些具有别样乃至扎眼审美企图、思想锋芒的作品遭遇标准化流行趣味时，情况就更是如此了。

王漫曦的《陪读时代》①，据我所知，恰好属于好小说而未能在重要文学刊物露面的情形。三年前我就拜读过该小说未刊电子版，按作者的叙事企图、凝聚普遍社会问题的视野和概括新型城镇化过程中典型中国故事的雄心，直觉判断，正常情况下这小说应该不止在重要刊物发表，还会被其他选刊转载。没想到，时间过去了三年，辗转几家重要刊物之后，发是发了，可却竟是以如此低调的形式与它的读者见面，这多少让人对所谓重要刊物的选稿条件有所怀疑了。这绝不是低估类似《湛江文学》一类刊物的社会影响力，而是喟叹于现如今文学趣味的标准化、同质化与等级制。实际情况当然是即便《人民文学》上面的多数作品不见得比《湛江文学》刊发的好到哪里去，可是，毕竟这不是同一个性质的问题。

---

① 王漫曦：《陪读时代》，《湛江文学》2018 年第 4 期。

　　闲话休说，言归正传，现在来说说王漫曦和他的这篇小说。

　　三十多年前，王漫曦就迷恋写小说，并且他的小说成就就已经属于"西海固文学"中的佼佼者了。那时候，他在《六盘山》编辑部当编辑，下基层找作者改稿，腾挪版面推介新人，是他的本职工作，可谓恪尽职守、兢兢业业。在相对封闭的文学生产环境，在几乎每一个西海固小说家成长为《朔方》及《朔方》之外其他重要文学刊物的重点作者的过程中，差不多他们的小说首先都得历经王漫曦等人之眼的挑剔过关才行，他也就当之无愧是那一阶段西海固小说家的守门员和伯乐。这样的专业鉴赏背景和扎实的写作努力，才成就了他，不久被调入宁夏电影制片厂担任编剧，一直到退休。这期间，他的小说初心并未忘怀，早期的中短篇《蓝色舌头》《火飞翔》等，至今还有读者和论者在提及，长篇小说《租借生命》《尕西姆马和福》等，其厚重文化积淀和精妙构思，或者充当硕士学位论文的重要骨架，或者充任地域文学史阶段述评的重要依据和段落，如此等等，不一而足，都表明作为成熟小说家的王漫曦，某种程度盖过了作为影视编剧的王漫曦。

　　有了这么一个复杂却又单纯的文学历练背景，再读《陪读时代》，就自然会勾连起影视与小说的话题来。大家知道，莫言、刘震云、刘恒、王朔、杨争光、周梅森等一线小说家，都曾或现在还是小说家加编剧，也出产了不错的小说和影视剧。但从他们的作品可以看出，总的来说，介入编剧愈久小说反而写得愈差，反之，小说保持基本水平的，独立编剧基本不怎么成功。最好的选择，只能是编剧与小说家分家，或者至多这两门东西只能作为跨学科经验和视野，来重点成全一门，二者兼而有之，犹如鱼与熊掌不可兼得一样困难。刘震云的例子，雄辩地证明了这一点。他一边深度参与影视，一边所写的《手机》《我不是潘金莲》《吃瓜时代的儿女们》等长篇小说，若不是"名人"的"蝴蝶效应"在苟延残喘发挥市场余热，按照正常的长篇小说审美惯例来衡量，倘出自"非名人"之手，恐怕连自费出书都有障碍。只要严肃一点的出版社、慎重一点的出版商，谁敢把出自网络段子手的鸡汤故事、自媒体情境中的热点资讯和古典读物中的笑话掌故拼贴而成的白开水似的冗长故事当回事呢？

当然，影视编剧与小说创作结合、联姻的优势也很明显。简而言之，就是互相借鉴，起到他山之石可以攻玉，或借鸡下蛋的省便而已。尤其在自媒体时代，没有影视编剧意识的小说家，小说可能会写得非常笃定、憨厚，但不见得有适合现时代人们阅读节奏、生活节奏的时间观，因而总体效果显得滞重而拖沓，感染力效果骤降。更重要的还在于呈现思想的方式上，处理不好，影视叙事会完全瓦解小说的能量，而不是成全。一句话，特别是符合中国观众审美习惯和伦理习惯的影视剧，本质上是取消思想表达的，这与小说丰满思想表达，正好相反。

正是得益于对影视剧肌理的熟悉，对编剧流程的熟练，《陪读时代》作为小说，才显得非常扎眼。

小说讲述的实际是"小黄帽"的故事。在广袤的山区，城镇化的结果和后果早已同时显现出来了。一边是基本日常生活水平的提高，现代化生活方式的推进、适应；另一边是教育、家庭伦理、医疗等核心民生问题的雪崩式断裂。"小黄帽"作为一个典型社会现象，它的出现，正是"陪读时代"的到来。大量农村小学开始凋敝，乃至于关门，这不是说农村孩子数量突然锐减，而是必须跟随进城打工、"城镇化"了的大人到县城学校去上学，所谓"386199"（38指妇女，61指儿童，99指老人）部队，描述的即是其中之一情形。大量农村适龄儿童拥入县城，可是县城学校并未扩容多少，为了交通好标识，学校要求上下学小学生一律戴统一发放的小黄帽以示分辨。这时候，小黄帽便成了小说重要符号和关键视点。通过小黄帽，背后的社会学和经济学问题，才能被逐一拉出；透过小黄帽，几乎每一个因小黄帽而牵扯进的小家庭及其伦理结构、亲情结构，都将重新洗牌。

但是，这些内容，只是王漫曦结构小说的一个视野，是小说有意隐藏的部分。也就是说，他没沿着通常编剧的惯性思维去讲述。他回到了小说的思维，摒弃了浮于表面但很可能有看点满溢道德眼泪的谴责式、否定式故事模式，压缩了场面的喧哗和冲突的极端化场面与情节。拎出了无数小黄帽大军中的一个小黄帽娜娜，抓住了这一个小黄帽的家庭及其妈妈妥娅来做文章。这种删繁就简，其实是给素材瘦身、减肥。去掉的部分涉及城乡对峙而总是乡村伦理占据上风的经验主义趣味，涉及个人与整体命运争锋而总是集体主义气势压倒个人诉求的宏大叙事遗风，更涉及文化传统主义与文化现代性胶着互织而总是传统文化打败现代文化的保守主义"文化自觉"。消除了思潮惯性之后，当然还有一层流行看法需要揭开，那就是凡触及此类命题，探索的眼光好像不得不腰斩于传统悲情戏的程式，只留下一把辛酸泪而终止体验走向深入。在这篇小说中，娜娜及妈妈妥娅、爸爸高启明一家三口，怎么忍痛割爱甩开农村亲人、家业进城谋生的抉择及后面的庞大累赘，即是这性质。王漫曦也没有完全铺开这些情节，他知道，弄不好，也是一般流俗故事，见不了深层次的悲剧，缺失了文化的反思。如此这般叙事处理，到了最后，之所以妈妈妥娅与偶遇的烧鸡生意人"鸡王"之间的露水交欢值得写，是因为这一点不单撕开的是传统道德伦理看不到的东西，而且也是裸呈了被人文知识分子反复转译进而变异了的现代文化看不到的东西。这两样东西，总结来说，前者要求妥娅恪守妇道，甚至安贫乐道，否则就是诅咒城镇化和声讨现代性对人心的搅乱，力倡回到原来的乡村格局和乡村秩序中去；后者要求妥娅自重、尊严，否则就是堕落和迷失，诱导妥娅孤零零做一个众人仰慕的英雄主义者。

妥娅与"鸡王"偷情也罢，互相利用也罢，寻求刺激解闷也罢，当然是没有什么真情可言的，正如"鸡王"这个双关词一样，众陪读妇女既然能给他起这个外号，也是多少经历过一些实战经验后送去的评价。这里面，陪读妇女们的孤独、寂寞生活，无需多说，也是一目了然的。

值得进一步解释的就是这个关系。按照小说叙事的纹路和作者的倾向，妥娅与"鸡王"不正常关系之所以能贯穿始终，我的理解，其所指在透视城镇化后，个体处在"回不去的乡村，进不了的城市"

夹缝中的诸多两难。其一，妥娅因寂寞而勾搭"鸡王"，从而感情走上了不归路——不见得是依恋"鸡王"，而是对陌生情感生活的向往，即便在女儿娜娜的鄙夷态度中似乎做到了深刻忏悔，但真能恢复如初吗？这是暂时超越了具体生存生活境遇的情感觉醒，现有社会机制、家庭伦理机制能提供吗？答案是否定的，当然这不是娜拉走后怎么办一类世纪之问的简单重复。其二，小黄帽作为整篇小说的一个强力审美符号，虽出现规模、频次不多，但仅有的几次却出现在要命之处，比如在妈妈交媾之时的幻觉中，在爷爷奶奶太爷爷太奶奶意识到妥娅怀孕之时，它的出现，一定还有红绿灯闪烁的光芒，作为被陪读的下一代，娜娜们的人生路该在什么时候迎来红灯停绿灯行的正常秩序？这不是物质层面单纯城镇化能否完成的问题，是文化现代性即人的现代化何时兑现的问题。目前来看，解决这问题的方案似乎还遥遥无期，它不只深关"高高兴兴上学去，安安全全回家来"，还涉及他们能否最终成为一个健全的人，以及他们所置身的环境能否形成得体的机制保障的问题。其三，妥娅的确是不慎怀孕，但既是事实，也就不免社会化，作者推出的叙事信息不是置丈夫、家人、孩子和众陪读妇女于道德的尴尬境地这么简单，小说提出的问题或许是，在剧烈流动的现代社会，我们是否生产出了足以应付复杂文化关系的价值软件？如果没有，那么吉登斯意义的血缘之外、亲属之外的"亲密关系"，该怎样处置？这种关系将不可避免成为个体化成熟阶段必然遭遇的难题，显然，既有传统伦理道德文化和不成熟现代城镇小市民文化，都无法解释过去，出口究竟在哪里？如此等等，还可以继续追问下去。

作为一个短篇小说，我觉得有如此之多的暗扣，来逼问读者、考验读者，本身是其十足思想分量的表征。仅此一端，《陪读时代》的审美涵咏价值、观念挑战价值，便不言自明了。这也是我固执地认为，作为有思考尖锐度的《陪读时代》，最终未能亮相于重要刊物，也就不大可能被严肃对待的当下文坛，给人以沮丧的原因。这不是哪个作家的哪个具体文学作品没有获得公正待遇的世俗功利诉求，它牵扯到我们时代整体的文学趣味和标准是什么一类大问题。

后 记

这本书能结集出版，是偶然；能在此忝列作家出版社"剜烂苹果·锐批评文丛"第二辑，是偶然中的偶然。

此书中个别章节写于 2004 年，至今已经十五年了。按照今天的文学语境或文学理论批评思潮，应该做较大的修改才是。但又一想，那时候虽然沉静不足，但激情却饱满，只要观点基本不过时，也不妨保留它的原貌为好，起码也是一种思想的痕迹。至于分别编入"批评问题审视"和"叙事惯性批判"两大话题下，其实也和我十多年来的思考有关。我对文学创作的研究和观察，反应一直比较迟钝，总是在热点、焦点过后才开始想问题，这决定了关于叙事问题的探讨，便有了许多"反思"和"质疑"的意思。对文学批评的态度也大体如此，还是慢好几拍，因而留下的文字反而好像少了许多在场的热烈和激动。不管哪种状态，十多年来，批评问题和叙事问题，却一直是我关注的两个核心。如此慢慢悠悠，总会有些积累，也总会自上一篇"待解问题"开始，到下一篇新的困惑产生，然后再从新的"待解"开始，可谓循环往复。十多年一晃而过，文坛主角更换了不知多少茬，可是回头温习，某些关键问题依然坚固。对文坛来说当然是悲哀，但对本小书而言，确也给了我不少信心。这也是成全我把它起名为《双重审视》并勉为其难把思考最终凝聚到这两大问题的缘由。

还是感谢最早动议把它列为"剜烂苹果·锐批评文丛"第二辑的吴义勤先生，以及具体策划、运作的编辑田一秀老师，没有他们的支持，此书难以出版。同时也应该感谢宁夏哲学社会科学领域"领军人才"培养工程的资助和宁夏社会科学院领导的关怀，赖于相关项目的帮助和相关领导的督促，此书才得以顺利面世。

　　总之，由于这些朋友、领导的关照，使我在寂寞中感到温暖，是应该郑重致谢的。

2020.04.06

图书在版编目（CIP）数据

双重审视 / 牛学智著 .—北京：作家出版社，2020.12
（剜烂苹果·锐批评文丛）
ISBN 978-7-5212-1084-2

Ⅰ.①双…　Ⅱ.①牛…　Ⅲ.①中国文学—当代文学—文
学评论—文集　Ⅳ.① I206.7-53

中国版本图书馆 CIP 数据核字（2020）第 145965 号

双重审视

作　　者：牛学智
责任编辑：田一秀
装帧设计：孙惟静
出版发行：作家出版社有限公司
社　　址：北京农展馆南里 10 号　　　邮　　编：100125
电话传真：86-10-65067186（发行中心及邮购部）
　　　　　86-10-65004079（总编室）
E-mail:zuojia @ zuojia.net.cn
http://www.zuojiachubanshe.com
印　　刷：天津中印联印务有限公司
成品尺寸：152×230
字　　数：339 千
印　　张：24.5
版　　次：2020 年 12 月第 1 版
印　　次：2020 年 12 月第 1 次印刷
ISBN　978-7-5212-1084-2
定　　价：58.00 元